La Policía de la Memoria

Novela

Obras de Yoko Ogawa
en Maxi

La Policía de la Memoria
La fórmula preferida del profesor
Venganza

Yoko Ogawa

La Policía de la Memoria

Traducción: Juan Francisco González Sánchez

MAXI
TUSQUETS
EDITORES

Obra editada en colaboración con Editorial Planeta – España

Título original: 密やかな結晶 (Hisoyaka na kesshõ)

Publicado por vez primera en Japón en 1994 por Kodansha Ltd., Tokio.
Derechos de traducción al castellano concertados con Yoko Ogawa, a través de Japan Foreign-Rights Center/Ute Körner Literay Agent

Diseño de la colección: Guillemot-Navares

Bajo el sello editorial TUSQUETS M.R.
Avenida Presidente Masarik núm. 111,
Piso 2, Polanco V Sección, Miguel Hidalgo
C.P. 11560, Ciudad de México
www.planetadelibros.com.mx

Primera edición impresa en España: febrero de 2021
ISBN: 978-84-9066-909-9

Primera edición impresa en México en esta presentación: agosto de 2025
ISBN: 978-607-39-3294-3

Impreso en los talleres de Impregráfica Digital, S.A. de C.V.
Av. Coyoacán 100-D, Valle Norte, Benito Juárez
Ciudad de México, C.P. 03103
Impreso en México – *Printed in Mexico*

La Policía de la Memoria

1

En ocasiones, vuelvo a preguntarme qué fue lo que desapareció de nuestra isla en primer lugar.

—Mucho antes de que vinieras a este mundo —me decía mi madre cuando yo no era más que una niña—, la isla estaba repleta de cosas que han desaparecido paulatinamente y que ya no se encuentran entre nosotros. Se trataba de objetos, conceptos e incluso seres vivos de lo más variado y con las más diversas características: transparentes, aromáticos, zigzagueantes como culebrillas o brillantes como diamantes... Cosas maravillosas que ni siquiera tú, mi niña, eres capaz de imaginar.

Yo escuchaba embelesada, con los ojos bien abiertos y sin perder detalle, cada una de las palabras de mi madre.

—Desgraciadamente, tras su desaparición, el recuerdo de cada uno de esos objetos va escurriéndose poco a poco de nuestra memoria y desbordándose, como gotas de agua, para precipitarse al profundo pozo del olvido. Si vives aquí, ten por seguro que a ti también te sucederá, y lo único que cabe preguntarse es qué será lo primero que olvides.

—Pero dime, mamá, ¿sentiré miedo cuando eso suceda? —preguntaba yo, llena de aprensión.

—Ni lo más mínimo —replicaba ella—. Sucede sin que apenas te enteres. No sentirás dolor ni fatiga. Una mañana de un día cualquiera, al despertar, algo se habrá esfumado de tu vida, dejando intacto lo demás, y, entonces, tan solo percibirás un tibio desajuste con respecto al día anterior. Te recomiendo cerrar los ojos y aguzar el oído, captar la sutil diferencia que vibra en el aire como una especie de señal. Y si prestas suficiente atención, es posible que se te desvele la identidad de aquello que habrá dejado de existir en la isla y, por tanto, habrá salido también de tu vida para siempre.

A mamá le gustaba sacar y abordar el tema de las desapariciones cuando nos encontrábamos en su polvoriento estudio del sótano, siempre transitado por el cristalino murmullo de un arroyo que discurría junto al ala norte de la casa. En los más de treinta metros cuadrados de suelo áspero del estudio, yo pasaba largos ratos sentada en un taburete observándola afanarse en tareas como afilar un cincel o pulir piedra con papel de lija: era escultora.

—¿Sabes? Cada nueva desaparición trae consigo cierto grado de agitación en la población de esta isla —continuaba en su habitual tono sereno—. La gente sale a la calle e intercambia sus opiniones y pareceres acerca de aquello que ha desaparecido antes de que su recuerdo se desvanezca por completo. Mientras unos muestran consternación, otros buscan consuelo y recreo en una especie de nostalgia prematura. Sea cual fuere su reacción emocional, mantienen viva la costumbre de quemar o enterrar, según el caso, los restos que todavía conservan del objeto que ha caído en obligado olvido. A veces, también los lanzan al río. Dicha actividad altera la rutina ordinaria durante apenas dos o tres días, transcurridos los cuales nadie conservará el más mínimo recuerdo de qué fue aquello que había formado parte de sus vidas hasta poco antes.

Invariablemente, mamá se detenía al llegar a ese punto. Abandonaba por un momento sus utensilios de escultura y me llevaba a un pequeño rincón situado bajo la escalera, en el que se encontraba una vieja cómoda repleta de pequeños cajones.

—¿Por qué no pruebas a abrir uno de los cajones? —me proponía—. El que quieras.

Mis ojos recorrían despacio cada una de aquellas manijas ovaladas cubiertas de óxido mientras me preguntaba cuál de los cajones debía abrir. Me tomaba cierto tiempo decidirme por uno.

De hecho, lo meditaba largamente. Sabía que en el interior de cualquiera de ellos se escondía algún objeto tan enigmático como fascinante. Y sabía que esos objetos formaban parte del pasado olvidado de la isla, que solo habitaban en ese lugar secreto bajo la escalera, al amparo de mamá.

Por fin me decidía. Abría un cajón, y entonces mamá, sin dejar de sonreír, colocaba el contenido que se ocultaba en él sobre la palma de su mano.

—Mira. Es un lazo —indicó en una de esas ocasiones—. Desaparecieron cuando yo apenas tenía siete años. Servían para adornar el pelo y se cosían a la ropa.

—Esto es un cascabel —señaló en otra ocasión—. Verás. Hazlo rodar sobre la palma de tu mano. Qué sonido tan agradable produce, ¿verdad?

—Qué magnífica elección has hecho hoy —aplaudió cierto día—. Este cajón contiene una esmeralda, precisamente el objeto al que, entre todos, le guardo más cariño. Se trata de un valioso recuerdo de la abuela, y, como ves, es de una distinción y belleza incomparables. Pese a que antiguamente las esmeraldas eran las piedras preciosas más apreciadas y cotizadas de toda la isla, nadie conserva siquiera el más exiguo recuerdo de lo que eran, de su hermosura y singularidad.

—¿Y qué me dices de este papelito tan pequeño y finito?

Se llamaba «sello postal». Cuando querías comunicarte con alguien que se encontraba a considerable distancia de ti, escribías en un papel lo que desearas decirle y adherías un sello para que pudiera llegarle por muy lejos que viviera; de manera que el sello cumplía con una función muy importante, ¿no crees? Pero eran otros tiempos...

Lazo, cascabel, esmeralda, sello... Aquellas palabras pronunciadas por mamá emanaban fragancias exóticas de plantas recién descubiertas y de nombres pintorescos de niñas de lejanos países, y yo disfrutaba evocando ecos de épocas pasadas en las que aquellas palabras todavía recorrían las calles y las casas de la isla. Sin embargo, dicha imagen flotaba difusa y distante en mi mente. Aquellos objetos que mamá me ponía sobre la palma de la mano se me antojaban pequeños mamíferos durmientes, acurrucados y sumidos en un estado de hibernación, cuya vida latía opaca y oculta en su interior. Entonces, ante aquellos cajones secretos, me embargaba una sensación de vacío; y del mismo modo que pasaba el rato volcada en la inútil tarea de modelar en arcilla la inaprensible forma de las nubes, me entregaba también a los etéreos sonidos de aquellas palabras que manaban de los labios de mi madre, permitía que calasen en mí.

De entre todos los relatos que me contaba mi madre, mi favorito era el del *perfume,* que era un líquido transparente contenido en un pequeño frasco de cristal. La primera vez que sostuve en mis manos aquel frasco de cristal con el líquido transparente, pensé que allí había agua azucarada para beber e, inmediatamente, me lo llevé a la boca.

—¡No, no! ¡No lo bebas! —me advirtió mi madre entre risas—. Mira, voy a ponerme una gota aquí, en el cuello. ¿Ves?

Mamá se acercó el frasquito al cuello, tras la oreja, y muy cuidadosamente lo inclinó hasta que una sola gota asomó, quedó suspendida en el borde y se unió a la piel.

—¿Y para qué haces eso? —pregunté, sin la menor idea de qué era lo que acababa de hacer mi madre.

—El perfume, propiamente dicho, es invisible —replicó ella—. No obstante, puede conservarse en el interior de un frasco.

Agucé la vista para observar el etéreo contenido.

—Una sola gota sobre la piel basta para otorgar a todo tu cuerpo una fragancia muy agradable que puede llegar a cautivar a quien se encuentre cerca y advierta el olor —explicó mamá—. Cuando era jovencita, todas nos poníamos un poquito antes de una cita con un chico, y tan importante era elegir un perfume como ponerse el vestido adecuado. Este que tienes ahora sobre la palma de la mano es el que usaba yo cuando salía con tu padre. Me costó mucho encontrar uno que no sucumbiera a la intensidad de la fragancia de las rosas del jardín donde solíamos vernos. Me refiero a ese jardín que hay en la ladera del cerro que mira al sur de la isla. Recuerdo la sensación del viento haciendo ondear mi pelo mientras yo observaba a papá con el rabillo del ojo, preguntándome si habría advertido la fragancia de mi perfume.

Las palabras de mamá se impregnaban de una mayor vehemencia cuando me hablaba del perfume que cuando lo hacía de cualquier otro objeto de su colección.

—Aunque en aquella época podíamos percibir todo un abanico de olores —prosiguió— y dejarnos maravillar por una gran variedad de matices, hoy nada de aquello forma parte de nuestras vidas, y nadie ha vuelto a recordarlo. Incluso si hubiera alguien capaz de echar de menos aquellos olores de otros tiempos, no encontraría una tienda donde adquirir un frasco. Recuerdo la fatídica fecha en que ocurrió: fue exactamente en el otoño del año que me casé con tu padre. Entonces se produjo la desaparición de los perfumes. Tengo muy presente la imagen de los vecinos acudiendo en procesión a la ribera del río con sus frascos, y los veo destapándolos para verter su contenido en las aguas para que estas lo arrastraran y se lo llevaran para siempre lejos de la isla. No faltaban quienes se acercaban los frascos a la nariz a modo de gesto lastimero de súbita nostalgia por el aroma perdido. Era inútil, su sentido del olfato se había tornado tan inservible como la capacidad de su memoria para evocar el perfume. Este ya no era más que simple agua para sus narices. Y así transcurrieron dos o tres días durante los cuales una enorme cantidad de peces murieron, de modo que una espesa capa de un hedor nauseabundo fue desplegándose y extendiéndose sobre la superficie del agua, ante la más absoluta indiferencia de la población, cuyo sentido del olfato había quedado notablemente deteriorado.

Un aire melancólico se apoderó de los ojos de mamá, que me sentó sobre sus rodillas y acercó el cuello a mi nariz para que pudiera oler la gotita de perfume.

—¿Llegas a percibirlo? —preguntó.

Capté un leve matiz que lo hacía diferente al olor a pan tostado o al del cloro de la piscina, y rebusqué en mi memoria recuerdos que me permitieran al menos expresarlo con palabras, pero me quedé callada. Qué podía responder.

Mi silencio se prolongó hasta que, finalmente, mamá exhaló un suspiro y desistió de seguir intentando hacerme comprender aquello.

—Me rindo. Para ti esto no es más que agua. Una ínfima cantidad de agua. Y ya no hay nada que se pueda hacer para remediarlo. Lo perdido en esta isla perdido está. No hay manera de hacerlo volver.

Mamá colocó de nuevo el frasquito en el interior del cajón.

El reloj de pared dio las nueve, hora de volver a mi habitación y acostarme. Mamá, por su parte, martillo y buril en ristre, se puso a trabajar de nuevo en su escultura, con la luna en cuarto creciente pintada sobre el cielo nocturno, al otro lado de la ventana alta del sótano.

Tras el habitual beso de buenas noches, pude verbalizar por fin la pregunta que había estado deseando hacerle durante todo ese tiempo:

—¿Cómo consigues recordar todo lo que ha ido desapareciendo? ¿Cómo es posible que huelas un perfume cuando el resto de la gente lo ha olvidado?

Mamá se quedó mirando la luna durante unos instantes y después se sacudió levemente con los dedos el polvo de piedra adherido al delantal.

—Yo también me hago siempre esa pregunta —respondió con un deje áspero en la voz—, pero no encuentro respuesta. ¿Por qué no pierdo ninguno de mis recuerdos? ¿Por qué precisamente me ocurre eso a mí? ¿Será así siempre o llegará el día en que también yo me sume a la lista de la desmemoria?

Mamá bajó la mirada en un gesto de resignación. Le di otro beso a modo de consuelo.

[illegible]

[illegible] ocupado de la ventana [illegible]

[illegible]

[illegible]

Mientras [illegible]

[illegible]

[illegible]

2

Tras el fallecimiento de mi madre y, posteriormente, del de mi padre, viví sola en la casa familiar en que había crecido. No mucho después, hace unos dos años, la anciana asistenta que me había acompañado durante mi infancia murió de un ataque al corazón y me quedé más sola aún.

Tenía algunos primos en un pueblo al otro lado de las montañas del norte, cerca del nacimiento del río, pero no los visité nunca y ellos tampoco hicieron lo propio. Las montañas estaban cubiertas de arbustos plagados de espinas y sus cimas coronadas por desalentadoras nieblas perpetuas que ahogaban el deseo de aventurarse al otro lado. A ello debía añadírsele que no existían mapas en la isla y, por tanto, nada que diluyera la incertidumbre acerca de lo que uno podía encontrarse por allí. Ni siquiera había un simple y escueto registro gráfico del contorno de la isla. Nadie sabía cómo era. Tal vez los hubo en algún momento del pasado, pero en todo caso no quedaba rastro alguno de ellos.

Mi padre era ornitólogo y trabajaba en un observatorio sito en la cima del cerro del sur de la isla, donde pasaba una tercera parte del año de tiempo completo, noche y día, anotando una gran cantidad de datos, tomando fotografías e, incluso, incubando huevos.

A mí me encantaba subir a verlo con el pretexto de llevarle el almuerzo, y siempre era muy bien recibida por los investigadores más jóvenes, que premiaban mi visita con galletas y una taza de chocolate caliente.

Papá me sentaba sobre sus rodillas y me permitía mirar a través de sus binoculares. La forma del pico, la tonalidad del contorno de sus ojos, el modo en que desplegaban sus alas..., ningún detalle se le escapaba. Sabía identificar a cada una de las aves que pasaban ante nuestros ojos. Recuerdo lo excesivamente pesados que me resultaban los binoculares y cómo los brazos se me cansaban enseguida, entonces su mano izquierda acudía a mi auxilio para sostenerlos.

En una de aquellas ocasiones, con nuestras mejillas rozándose, sentí el deseo de preguntarle por la vieja cómoda en cuyos cajones mamá conservaba todos aquellos objetos. «¿Tienes alguna idea de qué guarda allí?» era la cuestión que pugnaba por salir de mis labios, pero la imagen de mamá mirando a la luna en cuarto creciente a través de la ventana se encargó de retenerla en mi garganta.

—Cómete el almuerzo antes de que se eche a perder —fueron las palabras que pronuncié, a modo de desvaída advertencia de parte de mamá.

De camino a la parada del autobús, acompañada de papá, siempre me detenía unos instantes en una pequeña área habilitada para poner comida a los pájaros y hacía pedacitos una de las galletas para dejarla ahí.

—¿Cuándo volverás a casa? —le pregunté aquel día.

—El próximo sábado —contestó él, con visible desasosiego—. Quizás...

Llegado el momento de la despedida, papá agitaba el brazo con tal ímpetu que el lápiz rojo, la brújula y el rotulador fluorescente que guardaba en el bolsillo del pecho de su chamarra de trabajo parecían a punto de salírsele.

Me alegré de que la desaparición de los pájaros se produjera tras la muerte de papá. Si bien es cierto que, en líneas generales, los habitantes de la isla se las arreglaban para encontrar un nuevo trabajo sin excesivas dificultades cada vez que se producía una nueva extinción que afectara al que ya tenían, creo que papá, a quien la vida le había escamoteado cualquier otro talento que no fuera el de identificar aves, no habría sido capaz de adaptarse a ningún otro oficio.

A partir de la erradicación de los sombreros, uno de nuestros vecinos, que se dedicaba a su confección, no vio especial inconveniente en acomodarse a la fabricación de paraguas; el marido de nuestra asistenta pasó a encargarse del almacén del muelle después de que el ferri quedara fuera de servicio y no requiriese más de sus labores de mantenimiento, y la hermana de una antigua compañera del colegio cambió su profesión de peluquera por la de partera. Dichas transiciones no solo no acarreaban crisis personales ni provocaban una aguda nostalgia en quienes pasaban por ellas, sino que incluso la significativa disminución de los ingresos que solían conllevar era aceptada de buen grado. También es verdad que la Policía de la Memoria tendía a poner especial atención en aquellos ciudadanos demasiado vacilantes a la hora de decidirse por una nueva profesión.

En cualquier caso, todos, incluyéndome a mí, fuimos perdiendo simplemente la memoria del pasado, sin excesiva añoranza. ¿Cómo es posible añorar lo que no se recuerda? La propia isla, flotando en aquella vacía inmensidad que era el océano, representaba a la perfección, en su aislamiento, lo que en ella acaecía a diario.

Pues bien, la desaparición de los pájaros no se produjo

de manera diferente a las demás. Sencillamente, un día como cualquier otro, al alba, ya no existían sobre la faz de la tierra.

Al despertar, como era habitual en dichas ocasiones, percibí cierta aspereza en el aire que interpreté como la señal de una nueva extinción. Permanecí con los ojos bien abiertos acurrucada bajo las sábanas y recorrí con la mirada cada rincón de la habitación. El juego de maquillaje reposaba como siempre sobre el tocador, igual que los clips y las hojas de papel donde tomaba notas descansaban sobre el escritorio, y la colección de discos sobre su correspondiente estantería. Las cortinas de encaje seguían también allí, como siempre. Pero cualquier minúsculo detalle podría haber desaparecido, así que hice acopio de paciencia y agucé la vista.

Me levanté y me eché un cárdigan por los hombros. Salí al jardín y comprobé que todos los vecinos habían hecho lo mismo y que sobre sus rostros, como sobre el mío, se cernía una sombra de inquietud mientras oteaban los alrededores. El perro de la casa de al lado ladró en registro grave.

Fue entonces cuando por encima de nuestras cabezas, a gran altura, se perfiló la redondeada silueta de una pequeña ave de tonos parduzcos y blancas pinceladas sobre la pechuga que cruzaba el cielo alejándose.

«¿No era aquel uno de esos pájaros que había observado alguna vez desde el observatorio junto a papá?», me pregunté. Y apenas lo había hecho, me di cuenta de que desde las más recónditas profundidades de mi memoria iban borrándose tanto el significado de la palabra «pájaro» como las emociones y sensaciones asociadas a esta, y, en definitiva, todo tipo de remembranza vinculada a las aves.

—Hoy han sido las aves... —sentenció lacónicamente el antiguo sombrerero—. No se pierde gran cosa. ¿A quién puede afectarle algo así, si lo único que hacen es volar a su antojo?

El antiguo sombrerero se ajustó la bufanda al cuello y estornudó levemente. Nuestras miradas se cruzaron y sus labios esbozaron una incómoda sonrisa, como si en ese preciso momento hubiera caído en la cuenta de que papá había sido ornitólogo. Sin añadir nada más, se dirigió raudo al trabajo.

Los demás parecieron sentirse aliviados al comprender la naturaleza de la extinción de aquel día y pusieron también rumbo a sus respectivos asuntos matutinos. Yo me quedé un rato allí sola, mirando al cielo...

Aquella pequeña ave parda trazó un enorme círculo y se alejó en dirección norte. No conseguía recordar de qué especie podría tratarse y me lamenté de no haber prestado mayor atención a los nombres que papá me enseñaba cuando las contemplábamos a través de los binoculares, bien pertrechados en nuestro puesto del observatorio.

Traté al menos de mantener vivo el recuerdo de la silueta con que se recortaban sus alas sobre el cielo, de sus alegres gorjeos y del color de sus plumas. Sin embargo, y a pesar de su fuerte vinculación con la memoria que guardaba de mi padre, me di cuenta de que también ellos iban alejándose y diluyéndose en el olvido, y de que aquel punto lejano que todavía se vislumbraba en el cielo no era más que una criatura que se desplazaba por la acción de sus alas, incapaz ya de despertar en mí algún tipo de emoción en particular.

Cuando por la tarde me acerqué al mercado a hacer unas compras, me encontré con grupos de personas portando jaulas de pájaros. En su interior aleteaban inquietos periquitos, capuchinos de Java y canarios, mientras sus dueños permanecían en silencio y con la mirada ausente, tratando tal vez de asimilar lo que estaba sucediendo.

Y así fueron despidiéndose de sus mascotas, cada uno a su manera. Unos pronunciaban sus nombres y acercaban cariñosamente las mejillas a los barrotes de las jaulas; otros colocaban comida entre sus labios para que los pájaros se acercaran a picotear de estos, y uno a uno, al dar por finalizado su particular ritual de despedida, abrían de par en par las puertecitas de las jaulas y las alzaban al cielo para que sus sorprendidos e indecisos moradores pudieran abandonarlas. Aquellos que se atrevían a salir, daban un par de vueltas alrededor de sus dueños antes de alzar el vuelo y desaparecer en la lejanía.

Cuando por fin desapareció el último de ellos, un denso silencio envolvió el lugar y los dueños de los pájaros fueron regresando a sus casas tras dejar allí abandonadas las jaulas vacías.

De ese modo, la desaparición de los pájaros en la isla se dio por finalizada.

Al día siguiente, sucedió algo completamente inesperado. Estaba desayunando mientras veía la televisión cuando oí el timbre de la puerta. La vehemencia con que sonó me hizo comprender inmediatamente que fuera quien fuese no traería buenas noticias.

—Llévenos al despacho de su padre, por favor —dijo uno de los cinco miembros de la Policía de la Memoria a quienes, tras abrirles la puerta, invité a pasar al vestíbulo.

Su indumentaria consistía en chamarra y pantalones verde caqui, cinturón ancho, botas negras y guantes de cuero. Bajo la chamarra, a la altura de la cadera, se insinuaba una pistola. Su aspecto, desde luego, no inspiraba nada bueno y me pareció que solo las insignias que llevaban prendidas cerca del cuello de sus chamarras los diferenciaban entre sí, aunque no me detuve a observarlas con detenimiento.

—Llévenos al despacho de su padre, por favor —repitió en el mismo tono de voz el hombre que se había situado delante de sus compañeros. Sobre su chamarra lucía insignias con forma de rombo, óvalo y trapecio.

—Mi padre murió hace cinco años —contesté pausadamente, tratando de calmarme.

—Estamos al corriente de ello —intervino un segundo hombre, con insignias cuneiformes, hexagonales y con forma de «t», y, como si tales palabras hubieran funcionado a modo de señal, los cinco se pusieron en marcha en dirección al despacho de papá, acompañados del golpeteo seco de sus zapatos contra el suelo y del tintineo de las armas contra los broches de sus fundas.

—Acabo de traer la alfombra de la tintorería. Si me hicieran el favor de descalzarse...

No se me ocurrió nada mejor que decir. Evidentemente, no me hicieron ningún caso y mantuvieron impertérrito su paso escaleras arriba, hacia la planta superior.

Parecían conocer a la perfección la disposición de las estancias de la casa, pues llegaron sin la más mínima vacilación al despacho de papá, donde, con una destreza asombrosa, se pusieron de inmediato manos a la obra con el asunto que les había traído.

Mientras uno de ellos abría de par en par la ventana, que había permanecido cerrada desde la muerte de papá, otro se afanaba en forzar las cerraduras de los cajones del escritorio y del armario con un instrumento largo y afilado semejante a un bisturí, y los tres restantes rastreaban con sus dedos hasta el más recóndito centímetro de las paredes a la búsqueda de alguna cavidad oculta. Inmediatamente después, todos se concentraron en examinar cada uno de los manuscritos, apuntes, cuadernos, libros y fotos que iban encontrando. De entre todos los que iban pasando por sus manos seleccionaban aquellos que percibían como una posible amenaza al orden social o que simplemente contenían la palabra «pájaro», y descartaban los que, según su criterio, eran inofensivos. Los primeros eran arrojados al suelo, donde acabaron formando una pila desordenada. Yo, inmóvil bajo el marco de la puerta del despacho, contemplaba todo aquello sin perder detalle, al tiempo que mis dedos toqueteaban nerviosamente la manija de la puerta.

Había oído hablar alguna vez de lo extraordinariamente bien preparada y entrenada que estaba la Policía de la Memoria, y sobre cómo a cada miembro se le asignaba un cargo y área de responsabilidad atendiendo a un exhaustivo proceso de selección, primando siempre la eficacia sobre cualquier otro factor. Mis cinco visitantes no eran una excepción a dicha norma. Silencio, miradas incisivas y una máxima economía en la ejecución de sus acciones eran prueba de ello. El único sonido que llegaba a mis oídos entre toda aquella afrenta a la intimidad de mi hogar era el producido por el suave roce de las yemas de sus dedos sobre el papel, como cuando los pájaros abren sus alas para alzar el vuelo.

La pila de papeles y libros lanzados al suelo no tardó en alcanzar unas dimensiones considerables, lo cual indicaba que casi todo lo que había en el despacho de papá guardaba alguna relación con la ornitología. La letra manuscrita de papá, con su tendencia a inclinarse hacia la derecha, llenaba los folios y los cuadernos que, junto a las fotografías que con tanta dedicación había tomado a lo largo de interminables días de atenta vigilancia y paciente espera bajo el techo del observatorio, caían de las manos de los cinco hombres y se derramaban como hojas de otoño sobre la tarima del piso.

A pesar de lo caótico de su proceder, el refinamiento y destreza con que llevaban a cabo cada gesto era tal que podría llegar a pensarse erróneamente que su tarea era digna de aprobación. Me debatía por hacerles comprender de algún modo mi enérgica oposición a aquella actuación en mi casa, pero el corazón me latía con fuerza y me sentía paralizada, sumida en un mar de desconcierto.

—Por favor, traten mis objetos personales con más cuidado —supliqué por fin.

No hubo respuesta.

—¿No se dan cuenta de que son recuerdos de mi padre? —insistí inútilmente. Aquel montón de papeles y cuadernos que se levantaba frente a mí se tragó mis palabras sin que ninguna reacción aflorara a los pétreos rostros de aquellos hombres.

Uno de ellos, que lucía insignias rectangulares y con forma de gota, introdujo su mano en el cajón inferior del escritorio.

—Lo que hay ahí no tiene relación con los pájaros —indiqué de inmediato. Papá usaba ese cajón para guardar las cartas y fotografías de la familia.

Indiferente a mi advertencia, el agente procedió a examinarlas como había hecho con los demás papeles y seleccionó una sola foto de todo el fajo. En ella aparecíamos en familia. Papá sostenía un magnífico y raro ejemplar de un ave de colorido plumaje que él mismo había criado tras incubar el huevo y cuyo nombre, evidentemente, no recuerdo. Después de ordenar y agrupar cuidadosamente el resto de las fotografías junto a la correspondencia familiar, el hombre las devolvió a su sitio, dentro del cajón inferior del escritorio; y ese fue el único gesto amable mostrado por uno de los cinco miembros de la Policía de la Memoria durante aquella visita no solicitada.

La selección de material prohibido pareció llegar a su fin y, acto seguido, sacaron de los bolsillos de sus chamarras unas bolsas negras que empezaron a llenar con todos los papeles, cuadernos y libros arrojados al suelo. Al ver que los apretaban y comprimían en el interior de las bolsas a fin de introducir en ellas la mayor cantidad posible, como si de material desechable se tratara, no albergué ninguna esperanza de que fueran a conservarlos. Por supuesto, no buscaban nada en concreto, sino simplemente hacer desaparecer todo tipo de documento gráfico o escrito que atestiguara la existencia de las aves. Al fin y al cabo, la principal función de la Policía de la Memoria era completar y hacer efectivo cada proceso de desaparición y olvido a medida que estos iban produciéndose.

Tal vez aquella visita no había sido nada comparada con la ocasión en que la Policía de la Memoria se llevó a mamá. En cualquier caso, desde la muerte de papá el recuerdo de las aves había ido diluyéndose más y más con el paso de los días hasta desaparecer esa misma mañana, de manera que supuse que al menos no habría más visitas de inspección por parte de la Policía de la Memoria.

Una hora en total fue lo que les llevó llenar diez grandes bolsas de escritos de papá, en el transcurso de la cual la luz del sol había comenzado a penetrar intensamente a través de la ventana y a caldear la estancia. La pulida superficie de las insignias lanzaba destellos intermitentes desde el cuello de las chamarras. Impertérritos y ajenos al calor, sin transpirar siquiera, los hombres desarrollaron su trabajo con apremiante indolencia.

Finalmente se echaron al hombro dos bolsas cada uno, se subieron a una camioneta que los esperaba estacionada a la puerta de casa y se alejaron.

Había bastado una hora para que el ambiente del despacho de papá se hubiese transformado totalmente. Su rastro se había esfumado por completo para no volver nunca, dejando tras de sí una fría oquedad. Me situé en medio de la sala y permanecí de pie allí. Efectivamente, se había convertido en un vacío profundo cuyo abismo trataba de succionarme.

3

Mi vida transcurría escribiendo novelas. Había publicado tres. La primera de ellas versaba acerca de las desventuras de un afinador de pianos que recorría salas de conciertos y tiendas de instrumentos musicales en busca de su amor perdido, una pianista cuyo paradero desconocía y de quien solo conservaba el vago recuerdo del eco flotante de sus notas. La segunda narraba la historia de una bailarina que, tras un fatal accidente que le seccionó la pierna derecha, acabó pasando sus días en una casa con invernadero, acompañada de su novio botánico, y, finalmente, la tercera era el desgarrador relato de una joven que debía cuidar de su hermano pequeño, afectado por una enfermedad degenerativa que iba destruyendo sus cromosomas, uno a uno.

Todas y cada una de mis tres novelas exploraban el tema de la pérdida; asunto, por otro lado, que nunca ha dejado de interesar al común de los mortales.

No obstante, y a pesar de la inherente importancia de la tarea del escritor, si me hubieran preguntado cuáles eran las ocupaciones recibidas con mayor indiferencia entre los habitantes de la isla, escribir novelas sería, sin duda alguna, una de ellas. Desde luego, los libros no abundaban por aquellos parajes. El decrépito edificio de madera situado junto al jardín de rosas y que albergaba la biblioteca apenas era visitado por dos o tres personas al día, y las estanterías de su única planta acumulaban montones de volúmenes olvidados cuyas páginas se desharían entre los dedos de los lectores, en caso de que los hubiera, convertidas en polvo ante el más leve roce.

Los ejemplares dañados no se reparaban y, en su conjunto, el catálogo de la biblioteca no solo no aumentaba, sino que tendía a disminuir, hecho que por supuesto no provocaba queja ni lamento alguno entre los satisfechos isleños.

Las librerías afrontaban un destino igual de decrépito. No había lugar más desolado que estas en las áreas comerciales, ni dependientes con peor humor que los que se apostaban tras sus mostradores, con una hilera de libros descoloridos a sus espaldas.

En definitiva, pocas eran, por estos lares, las personas que mostraban una genuina inclinación por la lectura.

En mi caso, escribir ocupaba casi todo mi tiempo, y permanecía, sin excepción, desde las dos de la tarde hasta bien entrada la noche sentada frente a mi escritorio. El fruto de esas largas horas rondaba las cinco páginas diarias más o menos. Escribía sin prisa y encontrando especial deleite en ir completando cada línea de manera pausada y sosegada, seleccionando meticulosamente cada palabra, eximida de todo apremio y fatiga.

El estudio que utilizaba había sido la habitación de mi padre mucho tiempo atrás. A diferencia de entonces, yo lo mantenía ordenado y pulcro, lo cual se debía en parte a mi costumbre de prescindir de notas y referencias para la elaboración de las tramas de mis novelas. Los únicos objetos presentes sobre el escritorio eran unos cuantos folios, un lápiz, una pequeña navaja para sacar punta y una goma de borrar. No me quedaba más remedio que conformarme con lo que allí había. El vacío dejado por la Policía de la Memoria después de su paso por el despacho de mi padre ya no había forma de llenarlo.

Antes de la puesta de sol, acostumbraba a tomarme un descanso de una hora para dar un paseo y caminar a lo largo del paseo marítimo hasta alcanzar el pequeño muelle donde un ferri aguardaba eternamente la hora de su partida, y tras una breve parada en el observatorio de aves regresaba por el caminito que bordeaba el cerro.

Un manto de herrumbre arropaba por completo la superficie del paciente ferri, cuya cubierta ya no podía dar la bienvenida a ningún pasajero, ni sus motores llevarlo a puertos lejanos. Sin duda, no tardaría en desaparecer sin dejar rastro, como otras tantas cosas que antaño habían formado parte de la isla.

La brisa marina había ido desprendiendo los caracteres de su nombre escritos en la proa, y un tupido tapiz de algas cubría la cadena del ancla y se extendía por el casco de la embarcación hacia la popa hasta cubrir la hélice, mientras, más arriba, las ventanas quedaban ocultas tras un revestimiento de polvo. Su estructura se asemejaba al cuerpo sin vida de una gran bestia marina a la espera de convertirse en fósil.

Mucho tiempo atrás, el marido de nuestra asistenta había trabajado como mecánico del ferri, pero cuando el transbordador dejó de funcionar, había pasado a encargarse de las diversas tareas de mantenimiento del almacén del muelle. Después de jubilarse, hizo del abandonado ferri su hogar, y este se convirtió a su vez en parada habitual de mis paseos al adquirir la costumbre de acercarme a saludar al viejo y disfrutar de unos minutos de su agradable compañía aderezada siempre con conversaciones intrascendentes.

—¿Qué tal se encuentra usted hoy, señorita? ¿Y cómo va la novela? ¿Avanza? —me preguntaba a menudo, al mismo tiempo que, con un gesto de la mano, me invitaba a tomar asiento.

No faltaban en el interior del ferri lugares donde sentarse, de manera que dependía de nuestro entero albedrío (y del capricho de las condiciones meteorológicas) elegir uno de los bancos de cubierta o el sofá de un camarote.

—Más o menos... —contestaba yo sin rehuir cierta ambigüedad.

—En ningún caso permita que escribir le pase factura a su salud —replicaba siempre él, con independencia de la respuesta que yo le diese—. Crear mundos imaginarios complejos a partir de la nada no es un oficio al alcance de cualquiera. Y usted se dedica a eso cada día, sentada ante la hoja en blanco. Si sus padres estuvieran todavía entre nosotros, se sentirían muy felices de tener una hija como usted —añadía con un gesto de asentimiento dirigido a sí mismo.

—Escribir novelas no es para tanto. En mi opinión, mucho más complejo y enigmático es desmontar un motor, sustituir sus piezas y volver a armarlo de manera que funcione perfectamente.

—No, no. El ferri ya es cosa del pasado, y el pasado no tiene arreglo —decía, y guardaba silencio durante unos segundos—. Ah, por cierto, hoy he comprado unos duraznos de primera calidad. Vamos a probarlos.

Se incorporaba y se dirigía a una pequeña cocina que se encontraba junto a la sala de máquinas. Volvía con un gran plato repleto de duraznos sobre el que había extendido hielo picado y unas hojitas de menta, y a continuación preparaba té en abundancia. El anciano se desenvolvía con similar destreza en la sala de máquinas y en la cocina.

Él era siempre la primera persona a quien ofrecía un ejemplar de mis libros en cuanto se publicaban.

—Ah, usted ha escrito esta novela, ¿verdad? —inquiría, pronunciando la palabra «novela» con marcado respeto y sincera veneración, e inclinando la cabeza en el preciso instante en que sus manos recibían mi dádiva, como si de una ofrenda sagrada se tratara—. Muchísimas gracias. Quedo enormemente agradecido —repetía mientras las lágrimas afloraban a sus ojos y corrían por sus mejillas, cosa que me producía no poca turbación.

A pesar de su conmovedora efusividad, el anciano jamás leía ni una sola línea de ninguna de mis novelas.

—Me encantaría que me dijeras qué te ha parecido —le pedía yo, solícita, en cada ocasión.

—Tendrá que disculparme lo que voy a decirle, pero opino que, si uno lee una novela de principio a fin, la consume y la deja exhausta, ¿no cree? Y yo jamás permitiría tal cosa. Así, al no leerla, se mantiene intacta, junto a mí, como el primer día —explicaba, y unía sus arrugadas manos a modo de gesto de conclusión irrebatible.

El anciano llevaba cada nuevo ejemplar al camarote del capitán y lo depositaba cuidadosamente junto a los demás, sobre un altar de cierta divinidad marina.

En el transcurso de nuestra merienda, intercambiábamos opiniones sobre los más diversos asuntos, la mayor parte del tiempo alrededor de los escasos recuerdos que conservábamos de una época pasada. Sobre papá, sobre mamá. Sobre la asistenta, sobre el observatorio de pájaros, las esculturas y aquel pasado remoto en el que el ferri transportaba pasajeros hacia tierras lejanas... Desgraciadamente, el inventario de nuestra memoria iba mermando de forma paulatina con el paso de los días y con cada nueva desaparición, pero ello no nos impedía deleitarnos en nuestras evocadoras conversaciones aderezadas por el jugoso sabor del durazno, como la de aquella tarde.

Cuando el sol, en su descenso hacia poniente, alcanzaba la línea del horizonte marino, me despedía del anciano y volvía a tierra firme a través de la escalerilla que bajaba desde la cubierta del ferri. La pendiente no era demasiado pronunciada, pero el anciano siempre me acompañaba y me ofrecía amablemente su mano para que me sujetara a ella, como si yo fuera una niña.

—Vaya con Dios, señorita —se despedía cada tarde.

—Sí, hasta mañana —correspondía yo invariablemente.

Él permanecía inmóvil, siguiéndome con la mirada hasta que mi imagen desaparecía.

Entonces yo ponía rumbo al observatorio de pájaros situado en la cima del pequeño cerro, y me recreaba en la maravillosa inmensidad del paisaje marino que se extendía ante mis ojos, dejándome llenar por él mientras inspiraba profundamente el aire fresco que la brisa traía hasta mí.

Al igual que la habitación de papá, el observatorio ornitológico también había sucumbido sin remedio a las irrupciones de la Policía de la Memoria hasta acabar convertido en una triste ruina despojada de toda evocación de su antigua función original y olvidada por los ornitólogos que antaño lo frecuentaban para sus observaciones aviares.

Me situaba de pie frente el ventanal desde el que solía observar los pájaros junto a mi padre y, provista de sus binoculares, trataba de seguir el revoloteo de algún pequeño espécimen de ave que se dignara hacer acto de presencia, cosa que apenas ocurría y que, aun dándose el caso, no pasaba de ser una extraña visión carente de significado que despertaba en mí, más aún si cabe, la conciencia de la futilidad del mundo de mis recuerdos.

Luego bajaba la ladera y proseguía mi camino de regreso, con el sol ocultándose a mis espaldas, hasta la ciudad. A esas horas, una atmósfera difuminada y serena se instalaba sobre la isla para recibir a los trabajadores que volvían a sus casas cabizbajos tras su jornada laboral, mientras los niños entraban impetuosos en sus casas y los tambaleantes camiones cargados de mercancía del mercado ambulante pasaban a mi lado y se alejaban haciendo carraspear sus fatigados motores. La calma que se extendía por todas partes podía interpretarse como preámbulo de una nueva extinción, de una nueva pérdida para nuestra memoria.

Y, así, la isla daba la bienvenida a la noche.

4

Un miércoles por la tarde, cuando me dirigía a la sede de la editorial para entregar el manuscrito de mi última novela recién terminada, fui testigo por tercera vez en un mismo mes de una inspección de recuerdos.

Con la perspectiva del tiempo caí en la cuenta de que la detención de mamá por parte de la Policía había marcado el inicio de las infames inspecciones de recuerdos, que habían ido ganando en contundencia y agresividad. Lo cierto era que la Policía había constatado la existencia de personas inmunes al olvido forzado a que nos sometían, y ello condujo al establecimiento de una facción dedicada a acabar con los casos de memoria perenne, cosa que se llevaba a cabo por medio del arresto y encierro de los sujetos con dicha capacidad.

Sucedió en el momento en que, tras bajarme del autobús, me disponía a cruzar la calle por el paso del semáforo. Tres camiones de color verde militar llegaron al cruce y lo atravesaron impasiblemente, dejando atrás una hilera de vehículos que habían aminorado apresuradamente la marcha y se habían echado a un lado de la calzada para permitirles el paso. Por fin, se detuvieron ante un edificio que albergaba una clínica dental, una aseguradora y una academia de baile, y diez miembros de la Policía de la Memoria emergieron de las lonas verdes, saltaron a la acera y desaparecieron en un abrir y cerrar de ojos tras el portal del edificio.

Los viandantes y conductores que nos encontrábamos en ese momento por el lugar contuvimos la respiración. Unos se apresuraron a tomar algún desvío y huir inmediatamente de allí, otros se quedaron, rogando con todas sus fuerzas que aquel espectáculo terminase lo antes posible y sin poner en peligro la vida de nadie. Los camiones, sin embargo, parecían pertenecer a una dimensión temporal diferente a la de los ciudadanos y permanecieron inmóviles e inmutables como rocas durante lo que me pareció una eternidad.

Apreté contra mi pecho el sobre en el que llevaba el manuscrito de la novela y me quedé completamente quieta, parapetada tras el poste de un farol. Las luces del semáforo fueron alternándose del verde al amarillo y del amarillo al rojo, para volver al verde, pero nadie se atrevía a cruzar la calle. Los pasajeros de un tranvía que transitaba un poco más allá contemplaban el espectáculo apretujados contra las ventanillas, y entonces me di cuenta de que, más que apretar el sobre del manuscrito, estaba estrujándolo.

Transcurridos unos instantes, un ruidoso eco de pisadas procedente del interior del edificio alcanzó mis oídos y los de todos los demás transeúntes, intensificándose como una cascada sonora que se precipitaba inexorablemente contra nosotros. Se trataba de una heterogénea algarabía, mezcla del taconeo enérgico de los miembros de la Policía de la Memoria con las pisadas inseguras y menos intensas de un reducido grupo de cuatro personas que salía del edificio en fila india, escoltado por los diez agentes.

Se trataba de dos caballeros de mediana edad, una mujer de unos treinta y tantos años y pelo castaño, y una niña de constitución delgada y próxima a la adolescencia. Los cuatro, a pesar de que los rigores del frío invernal no habían hecho aún acto de presencia, llevaban varias capas de ropa, un abrigo sobre los hombros, y bufandas y pañuelos envolviéndoles el cuello. Portaban también maletas de viaje y abultadas mochilas a sus espaldas. Daba la impresión de que se llevaban consigo todos aquellos objetos que consideraban necesarios para una vida alejada del entorno habitual.

A juzgar por cómo llevaban las camisas y las blusas sin abotonar del todo, por cómo los cordones de los zapatos bailaban sueltos sobre estos y algunas prendas de vestir asomaban por la abertura de las mochilas, daba la impresión de que habían sido forzados a preparar su equipaje a la máxima velocidad posible, sin tiempo siquiera para despedirse de sus hogares, que estaban a punto de abandonar, tal vez para siempre. En su marcha hacia los camiones, los agentes mantenían los cañones de sus armas apoyados en la espalda de los arrestados. La expresión de sus rostros, sin embargo, no reflejaba angustia. Sus miradas se alzaban hasta algún punto lejano del horizonte y sus ojos se mostraban tan serenos como la lisa superficie de una laguna perdida en el corazón del bosque, bajo la cual se oculta una multitud de recuerdos secretos.

Las insignias prendidas en los uniformes lanzaban esporádicos destellos mientras los agentes procedían con la eficacia y economía que les caracterizaba. Los cuatro arrestados caminaron ante mí, dejando a su paso un sutil olor a desinfectante que procedía tal vez de la clínica dental.

Les obligaron a subir, uno por uno, al remolque del camión cubierto por una lona, con las armas de la Policía apuntándoles todavía a la espalda. La última en hacerlo fue la niña, que llevaba una mochila con un parche de tela con forma de osito cosido a la misma. Tras lanzar su mochila al interior, trató de alcanzar el escalón que mediaba entre la calzada y el remolque. Este quedaba a demasiada altura para ella, de modo que falló en el intentó y se cayó de nalgas sobre el pavimento.

Se me escapó un grito y el sobre se me resbaló de entre los brazos y cayó al suelo. Las hojas del manuscrito se desparramaron sobre la acera, y eso provocó que los transeúntes me lanzaran miradas desaprobadoras, temerosos de que cualquier contratiempo, por insignificante que fuera, pudiera atraer la atención de la Policía.

Me agaché de inmediato a recoger los papeles, algunos de los cuales habían caído sobre un charco, mientras que otros habían tenido la mala fortuna de ser pisoteados y acabaron con la huella de las suelas de los zapatos. Un muchacho se ofreció a echarme una mano y entre los dos pudimos juntarlos todos sin demasiada demora.

—Este es el último, ¿verdad? —dijo el joven, prácticamente susurrándome al oído.

Asentí con la cabeza y le expresé mi agradecimiento con un sutil guiño. Afortunadamente, aquel inoportuno baile de papeles no había despertado la más mínima reacción en ninguno de los agentes de Policía. Ni siquiera una fugaz mirada.

Uno de ellos tendió la mano a la niña desde el remolque. Las rodillas que se adivinaron bajo el borde de la falda eran pequeñas y firmes, todavía infantiles. Alguien bajó la cubierta trasera de lona y el motor del camión arrancó.

Incluso después de que se hubieran ido, transcurrieron varios minutos antes de que el tiempo volviera a correr con normalidad, y cuando por fin las siluetas de los tres camiones desaparecieron de nuestro campo de visión y el ronquido de los motores quedó prácticamente enmudecido por la distancia, el tranvía se puso en marcha. Acto seguido, como arrancados de un estado letárgico, los viandantes comenzaron a caminar, cada uno en la dirección que le correspondía. Acabábamos de presenciar una inspección de recuerdos, ejecutada sin consecuencias fatídicas para ninguno de nosotros, sus testigos. También el muchacho se alejó, cruzando la calle por el paso de peatones. «¿Qué sensación le habrá quedado a la niña en la mano después de que la ayudara el policía?», pensé mientras volvía a dirigir mi mirada a la puerta del edificio.

—Cuando venía hacia aquí ha sucedido algo horrible —le dije a mi editor, el señor R, en el vestíbulo de la editorial.

—Te refieres a una inspección de recuerdos, ¿verdad? —adivinó él mientras se encendía un cigarrillo.

—Sí. Parece que las cosas se están poniendo feas últimamente.

—Pero no hay nada que nosotros podamos hacer al respecto —observó exhalando una larga bocanada de humo.

—La de hoy ha sido diferente. Ha tenido lugar a plena luz del día, en un edificio céntrico, y se han visto implicadas cuatro personas. Hasta ahora solo sabía de operaciones nocturnas en las que únicamente era arrestado un miembro de una familia.

—Tal vez estaban al corriente de lo que se les venía encima y se habían ocultado en ese edificio.

—Se habían ocultado en ese edificio... —repetí, algo azorada por la extrañeza de tal supuesto, e inmediatamente me mordí los labios al caer en la cuenta de que nuestra conversación estaba derivando hacia un terreno delicado e impropio de personas que aprecian su seguridad y honorabilidad. Uno nunca podía tener la completa certeza de que a su alrededor no hubiera algún agente de la Policía de la Memoria vestido de civil. Además, en cuanto a las inspecciones de recuerdos, se habían extendido rumores de lo más variado por toda la isla. Fuera como fuese, en el vestíbulo reinaba una apacible serenidad, y aparte de la recepcionista, apoltronada con aire aburrido tras el mostrador, y tres caballeros enfundados en sendos trajes y que mantenían una intensa discusión sobre un montón de papeles junto a una gran maceta de ficus benjamina, allí no había ninguna otra persona.

—Estoy convencido de que se habían escondido en uno de los pisos del edificio —apuntó el señor R—. Ocultarse es la única alternativa que les queda. Se dice que hay toda una organización clandestina dedicada a proteger y prestar ayuda a esas personas. Por lo visto, es un rumor cierto. Se encarga de garantizarles dinero, provisiones y un refugio a través de toda una red de contactos. Ahora bien, si la Policía de la Memoria descubre el escondite, ya no hay más que hablar...

El señor R se quedó pensativo, sin saber cómo continuar, pero enseguida tomó su taza de café y, dirigiendo la vista hacia el patio interior, mantuvo los labios sellados.

En el patio había una fuente rodeada de un sencillo muro de ladrillo y sin ningún ornamento ampuloso. Cuando cesaba la conversación en el vestíbulo, podía oírse el gorgoteo del agua a través de los cristales, como los suaves acordes de un instrumento a lo lejos.

—Hay una cosa que me pregunto desde hace tiempo. —Tomé la palabra mientras observaba el perfil del señor R vuelto hacia el patio—. ¿Cómo se las arregla la Policía de la Memoria para distinguir a ese tipo de personas? Ya sabe, me refiero a aquellos cuyos recuerdos no desaparecen. Que yo sepa, no comparten ninguna característica física que permita distinguirlos, así como tampoco existe correspondencia entre la edad, la profesión, el sexo o el linaje. ¿No les bastaría con llevar una vida normal, rodeados de gente corriente, para pasar desapercibidos? Con limitarse a simular que la desaparición también ha tenido efecto en ellos les bastaría. No me parece que sea especialmente difícil.

—No creas que las cosas están tan claras... —comenzó a decir el editor tras unos segundos de silencio—. En primer lugar, quizás no sea tan sencillo como piensas ocultar ese don especial. La conciencia es un fenómeno en medio de un océano de fenómenos que escapan a su control, de manera que no creo que podamos ejercer una completa supervisión de todo lo que pasa por nuestra mente. En segundo lugar, ni siquiera son capaces de imaginar qué se siente al perder toda memoria vinculada a un objeto concreto. Eso deja fisuras abiertas por las cuales se les puede atrapar y, al final, la única solución de que disponen es ocultarse en un lugar que ha sido preparado para ello.

—Supongo que tiene razón.

—Esto que voy a decirte a continuación no pasa de ser un rumor, pero parece que ciertos métodos de análisis del código genético permiten identificar a los individuos que son inmunes a la pérdida de recuerdos. Por lo visto, la formación de técnicos capaces de realizar estos análisis está llevándose a cabo de manera secreta en un laboratorio de investigación genética adscrito a la universidad.

—¿Identificación por medio de análisis genético?

—Así es. Los genes esconden información que no tiene por qué corresponderse con ningún rasgo externo en concreto y que solo un análisis exhaustivo puede desvelar. Y, por cierto, los chicos del laboratorio de investigación deben de estar trabajando duro últimamente, haciendo avanzar de forma considerable la técnica de análisis, a juzgar por el grado de acierto y la precisión con que la Policía ha actuado estos días.

—¿Y cómo se las arreglan para obtener las muestras de ADN? —pregunté.

Antes de responder, el señor R apagó su cigarrillo aplastándolo en el cenicero.

—Mira. Esta es la taza de café de la que has estado bebiendo, ¿verdad? —indicó, al tiempo que tomaba en sus manos mi taza de café y la situaba frente a mis ojos. Sus dedos estaban tan cerca de mi boca que seguramente podría sentir mi aliento sobre ellos. Asentí un poco con la cabeza sin decir nada—. Lo único que tiene que hacer la Policía —prosiguió el señor R— es llevarse la taza de café y obtener una minúscula muestra de la saliva que hayas dejado en los bordes, y, finalmente, analizar el ADN presente en ella. Para ellos, eso es pan comido. ¿No te das cuenta de que hay miembros de la Policía infiltrados por todas partes? Incluso en la sala de té del vestíbulo de la editorial. De esta manera, van recopilando muestras de ADN de los habitantes de la isla, y es muy posible que a estas alturas hayan logrado crear un gran inventario de datos genéticos pertenecientes a la población. No me puedo imaginar hasta dónde pretenden llegar con ello, pero lo que sí sé es que, por muy alerta que estemos y muy precavidos que seamos, no podremos evitar dejar rastros biológicos allá por donde vayamos. Ya sea sudor, restos de pelo o uñas, e incluso lágrimas y grasa natural de nuestra piel, todo es susceptible de dejar una marca a nuestro paso; así que es inútil escapar a ello.

Con enorme lentitud devolvió la taza al plato y se quedó mirando el café que quedaba en el fondo.

Junto al ficus benjamina ya no se oían voces, y los tres hombres que allí conversaban habían desaparecido. Sobre la mesita reposaban tres tazas de café. La chica de recepción se había acercado hasta allí con gesto flemático para colocar las tacitas sobre una charola.

—Sin embargo... —comencé a decir, pero esperé a que la recepcionista se alejara antes de continuar—, no entiendo por qué se los llevan detenidos. Realmente, no causan ningún daño...

—Desde el punto de vista de quienes ejercen el control de la isla, los recuerdos que supuestamente deben desaparecer suponen un daño para el conjunto de la población solo por el hecho de no hacerlo. Y, como mínimo, entran en contradicción con el resto; de manera que ellos mismos deciden tomar cartas en el asunto y encargarse personalmente de que las cosas vuelvan a su cauce.

—¿Habrán matado a mi madre?

Era injusto hacerle una pregunta así al señor R, pero se me escapó de manera involuntaria.

—Opino que la han convertido en conejillo de Indias para sus estudios e investigaciones —replicó él eligiendo con cuidado cada palabra.

A continuación, se abrió una brecha de silencio por la que se coló el sonido de la fuente. Entre él y yo descansaba inerte el arrugado sobre del manuscrito de mi novela. El señor R lo tomó y sacó el manuscrito.

—El acto de crear un mundo nuevo a partir de palabras en una isla donde las cosas van desapareciendo no deja de ser extraño —comentó, y acto seguido sacudió con la punta de los dedos algunos restos de polvo que todavía seguían adheridos a los folios. Lo hizo como si acariciara a un ser pequeño e indefenso.

Me di cuenta de que ambos estábamos pensando en lo mismo. Nos miramos y experimenté una especie de temblor que había ido abriéndose paso en nuestro interior desde hacía tiempo. Los miles de destellos de luz que se reflejaban en las gotas de la fuente otorgaban un brillo especial al contorno de su rostro.

Quise añadir algo, pero la mera idea de que pudiera llegar a ser verdad me produjo tanto temor que preferí guardármelo para mí: «Si algún día las palabras desaparecieran, ¿qué sería de nosotros?».

[illegible]

[illegible] de la [illegible] de la [illegible]

[illegible]

[illegible] en donde [illegible] de la [illegible]

[illegible]

5

El otoño quedó atrás y llegaron los rigores del invierno, con su oleaje áspero y su gélido viento del norte que arrastraba y traía consigo amenazadoras nubes procedentes del otro lado de las cumbres.

El anciano del ferri vino a casa para echarme una mano con la limpieza del horno, el mantenimiento de los conductos del agua y la quema de hojarasca, entre otras tareas.

—Este invierno tal vez nieve. ¡Sería la primera vez en diez años! —dijo al tiempo que descolgaba algunos manojos de cebollas del techo de la despensa trasera—. Mire. ¿No le parecen magníficos los tonos ocres que adquiere la piel de la cebolla con el calor del verano? Son como alas de mariposa, finas y secas. El año en que se ponen así suele nevar en invierno.

Desprendió una capa de piel y la estrujó sobre la palma de la mano produciendo un agradable crujido.

—¡Qué bien! Entonces, voy a tener la oportunidad de ver la nieve por tercera vez en mi vida —exclamé alborozada—. ¿Y tú? ¿Cuántas veces has visto nevar?

—No las he contado. Pero he atravesado muchas veces el mar del norte en el ferri... Y por allí nieva hasta el hartazgo, se lo aseguro. Por supuesto, estoy hablando de muchísimo antes de que naciera usted —dijo, y volvió a colgar las cebollas.

Tras acondicionar la casa, encendimos la estufa de la cocina y comimos wafles. Con la estufa recién limpiada, a las llamas les costaba prender y se resistían con un crepitar sofocado. Al otro lado de la ventana, un avión dejaba a su paso una larga estela blanca en el cielo, y más abajo, en el jardín, un hilillo de humo se elevaba procedente de la fogata de rastrojos ya extinta.

—Menos mal que te tengo para que me eches una mano con las cosas de la casa. ¿Qué haría yo sin ti en estas fechas? Con la angustia que me entra cuando se acerca el invierno y me veo tan sola... ¡Ah, por cierto! Te he hecho un suéter —dije, y me faltó tiempo para dar el último mordisco a un wafle y levantarme para ir a buscar el suéter gris que había tejido para él—. Toma, pruébatelo.

Visiblemente sorprendido, el anciano carraspeó, apuró su té y tomó el suéter en sus manos con un gesto similar a aquel con el que había aceptado mi novela unos días antes.

—Me siento abrumado. Lo que yo hago apenas tiene importancia, y, sin embargo, usted me trata así de bien.

Se quitó el suéter lleno de bolitas de pelusa que llevaba puesto, hizo una bola con él como si se tratara de una vieja toalla y lo introdujo en la bolsa que llevaba con aparejos de trabajo. A continuación, se puso el nuevo como si fuera el objeto más delicado del mundo.

—¡Qué calentito es! ¡Y qué suave!

Se mostró tan entusiasmado con el blando tacto de la lana del suéter que no prestó ninguna atención al hecho de que las mangas le quedaran un poco largas o el cuello pareciera apretarle ligeramente; ni tan siquiera reparó en el pegote de crema pastelera que se le había adherido a la mejilla al llevarse un segundo wafle a los labios.

Después de cenar, introdujo sus alicates, el destornillador y el papel de lija, entre otras herramientas, en una caja que ató a la cesta de su bicicleta y se despidió para poner rumbo al ferri. Al día siguiente, las temperaturas bajaron notablemente, marcando el comienzo del auténtico frío invernal y haciendo imprescindible el uso del abrigo para salir a la calle. El arroyuelo de la parte trasera de la casa amanecía medio congelado y la variedad de verduras habitualmente disponible en el mercado ambulante quedó significativamente restringida.

De manera que pasé los días encerrada en casa, trabajando en mi cuarta novela, que versaba sobre una joven aprendiz de mecanógrafa que había perdido la voz de manera crónica y que, con el propósito de recuperarla, se embarcaba junto a su pareja, precisamente uno de los profesores de la escuela de mecanografía, en una insólita búsqueda. Aparte de recibir el asesoramiento de un logopeda, su pareja la colmaba en atenciones: le acariciaba el cuello y le confortaba la lengua, mordiéndosela suavemente con sus propios labios con la esperanza de que le retornara la voz por fin. A menudo pasaban el tiempo escuchando canciones que habían grabado juntos, tiempo antes de que sucediera el extraño contratiempo. Todos los esfuerzos fueron en vano, y a ella no le quedó más remedio que comunicarse con él por medio de su máquina de escribir. Entre ambos se elevaba así, sin descanso, el traqueteo de las teclas contra el rodillo, como una especie de hilo musical que los mantenía unidos. Cierto día...

¿De qué manera debía continuar el relato? Ni yo misma lograba hacerme una idea. Pero no era capaz de quitarme de encima la impresión de que la serenidad y parsimonia que habían recorrido la narración hasta el momento acabarían dando paso irremediablemente a amenazadores nubarrones que se cernirían sobre los personajes.

Pasada la medianoche, estando yo enfrascada en la novela, me pareció oír un golpeteo contra un cristal, como si llamaran con los nudillos. Dejé el lápiz sobre la mesa y agucé el oído. Nada. Lo único que se escuchaba era el silbido del viento. Volví a concentrarme en la escritura, pero apenas había escrito un párrafo más, volví a oírlo: toc, toc, toc. Sonó con discreción y siguiendo una cadencia regular.

Descorrí la cortina y miré hacia fuera. Las luces de las casas vecinas estaban apagadas y no había rastro de nadie. Cerré los ojos y traté de localizar el origen del golpeteo. De repente, un pensamiento cruzó mi mente: ¿no provenía del sótano?

Casi no había vuelto a pisarlo desde la muerte de mamá y mantenía la puerta cerrada con llave. Yo había puesto tanto empeño en que el sótano permaneciera excluido de mi vida que encontrar la llave no iba a resultarme una tarea fácil. Revolví todos los cajones de la casa hasta que por fin di con una lata en la que guardaba un manojo de llaves y extraje una que estaba completamente oxidada. No pude evitar hacer bastante ruido, y aunque sabía que lo más sensato habría sido no perder la calma y no armar escándalo, la paciente constancia de los golpecitos me puso un poco nerviosa y me apremió a encontrarla.

Finalmente, abrí la puerta, descendí por las escaleras y accioné el interruptor de la luz. El sótano se iluminó y observé una figura al otro lado de la puerta corrediza de cristal que comunicaba con el lavadero anexo al arroyo. Nadie lavaba la ropa allí desde la época de la abuela. Mamá había limpiado allí sus herramientas para esculpir, pero de eso hacía más de quince años.

El lavadero era un pequeño cuadrado pavimentado junto

al arroyo, al que se accedía a través de la puerta de cristal. Como el arroyo apenas alcanzaba los tres metros de ancho, no había sido particularmente difícil colocar un pequeño puente de madera hecho a mano (precisamente por mi anciano amigo del ferri) para atravesarlo. Pero debido a la falta de uso y de mantenimiento se encontraba en un estado de conservación precario, con la madera medio podrida y a punto de caerse a pedazos.

Pero ¿qué estaría haciendo alguien allí?, me preguntaba una y otra vez mientras decidía qué hacer. ¿Acaso era un ladrón? No, los ladrones no llaman a la puerta. ¿Y si fuera un maniaco sexual? Tampoco parecía probable si tenía en cuenta la discreta contención con que efectuaba los golpecitos.

—¿Quién es? —pregunté cuando logré hacer acopio de valor.

—Perdón por la hora. Soy Inui.

Abrí la puerta. Era el doctor Inui, un viejo amigo de papá y mamá y profesor de dermatología en el hospital universitario de la isla. Y no estaba solo. Lo acompañaba su familia.

—Pero ¿qué ha sucedido? —interpelé invitándolos a pasar.

La mera percepción del sonido de la corriente de agua, muy cerca de sus pies, hizo que me estremeciera de frío. El aspecto de los cuatro no era precisamente alentador.

—Lo siento mucho. Soy consciente de la enorme molestia que debemos de estar causándote en estos momentos —se disculpó el doctor visiblemente consternado.

Su esposa tenía los ojos humedecidos por el frío, o tal vez por el llanto, y la piel tersa, sin maquillaje. La hija, de unos quince años, mantenía los labios fruncidos en un gesto tenso y el hijo, de unos ocho, recorría con una mirada llena de curiosidad cada rincón del sótano. La esposa del doctor se agarraba a un brazo de su marido, que con el otro rodeaba los hombros de la hija, quien a su vez sostenía la mano de su hermano. Este último, por su parte, se agarraba con los dedos a uno de los bordes del abrigo de su madre. En definitiva, todos los miembros de la familia permanecían físicamente unidos entre sí, de un modo u otro.

—No es ninguna molestia. Por favor, pónganse cómodos —traté de animarlos—. Han cruzado el arroyo por el puente, ¿verdad? Se habrán dado cuenta de que apenas se tiene en pie. ¡Seguro que en algún momento han temido incluso que se desplomara! Pero ¿por qué no han venido por la entrada principal? Subamos a la sala de estar, no vayan a resfriarse; ya verán como ahí entrarán en calor.

—Muchas gracias, pero no podemos aceptarlo —dijo el doctor—. No disponemos de mucho tiempo y debemos evitar llamar la atención en lo posible. Es importante que vayamos al grano y nos marchemos sin demora.

El doctor exhaló un suspiro y, como si esa fuera la señal que estaban esperando, se aproximaron más entre sí.

Los cuatro vestían abrigos largos de cachemir de gran calidad, y llevaban las manos, el cuello y los tobillos, o sea las partes del cuerpo que el abrigo no llegaba a tapar, enfundadas en guantes, bufandas y gruesas calcetas de lana. Cada uno portaba dos pesadas bolsas, una en cada mano, cuyo tamaño difería en función de quién la llevase.

Me apresuré a limpiar y ordenar la gran mesa que usaba mamá como lugar de trabajo, acerqué unas sillas y los invité a sentarse. Dejaron las bolsas bajo la mesa, bien ordenadas una al lado de otra, y después de tomar asiento se mostraron dispuestos a hablar.

—Al final, también ha llegado a nuestra casa... —informó el doctor. Apoyó las manos en la mesa y cruzó los dedos, formando un semicírculo que parecía tener el poder de absorber su voz.

—¿A qué se refiere? —pregunté, llena de impaciencia, al percatarme de que el doctor no lograba continuar debido probablemente a lo delicado del asunto.

—Una carta de la Policía de la Memoria —replicó por fin. Su voz sonó serena y cabal.

—¿Una carta? ¿Por qué?

—Solicitan nuestra presencia en el laboratorio de investigación genética mañana. Perdón, hoy. Esta misma mañana vendrán a buscarnos. Por otro lado, se me ha destituido de mis funciones en el hospital universitario y, básicamente, nos están obligando a mudarnos al laboratorio a mí y al resto de mi familia.

—¿Dónde se encuentra el laboratorio?

—No lo sabemos. De hecho, nadie lo sabe. Pero tengo una idea bastante aproximada del tipo de actividad que llevan a cabo allí. Oficialmente se realizan proyectos de investigación médica, pero sabemos que, de manera paralela, trabajan en la detección de personas cuyos recuerdos no desaparecen. Pues bien, me piden que colabore con ellos.

Me vino a la memoria la conversación que había mantenido con el señor R en el vestíbulo del edificio de la editorial. Lo que él me había dicho no solo no era un mero rumor, sino que una persona tan cercana como el doctor Inui estaba a punto de formar parte de ello.

—La carta llegó hace tres días, de manera que no hemos dispuesto del tiempo necesario para evaluar la situación con calma. Aseguran que mi sueldo se triplicará y que se encargarán de todo lo relativo a la educación de mis hijos, así como del alojamiento, el seguro, el coche, los impuestos y, en definitiva, todo lo necesario para vivir cómodamente.

Desde luego, me ofrecen unas condiciones difíciles de rechazar.

—Es la misma oferta que le hicieron a tu madre hace quince años —intervino por primera vez su esposa. Su voz parecía un calco de sus ojos llorosos.

La hija escuchaba en silencio y dirigía la mirada hacia quien estuviera hablando, mientras su hermano toqueteaba con cierto reparo algunas de las herramientas para esculpir que reposaban encima de la mesa.

Recordé el momento en que se llevaron a mamá hacía quince años. El doctor y su esposa me apoyaron mucho cuando aquello sucedió. Yo no era más que una niña, y ella llevaba en brazos a su hijita recién nacida.

El papel de la carta, metido en un sobre de pálidas tonalidades violetas, tenía una textura áspera. Por aquella época, la expresión «inspección de recuerdos» no era aún de dominio público y ni mis padres ni el matrimonio Inui estaban en condiciones de prever la deriva de los acontecimientos, ni de sospechar sus terribles implicaciones. No obstante, la falta de perspectiva ante lo que se les venía encima no amortiguaba la punzante sensación de recelo producida por el hecho de que la carta no hiciera mención explícita del motivo por el que se le solicitaba a mamá presentarse ante las autoridades, así como tampoco del tiempo que duraría.

A pesar de mi corta edad, tenía la certeza de que el asunto de la carta guardaba relación con los recuerdos cerrados bajo llave en los cajones de la cómoda del sótano, y, mientras los adultos persistían en su debate, mi mente volaba y recreaba el tono furtivo de la voz de mamá cuando me relataba las historias que aquellos objetos secretos atesoraban, y mis ojos volvían a contemplar la sombría expresión que había nublado su rostro cuando le pregunté por el motivo de su extraordinaria capacidad para recordar.

La deliberación se prolongó considerablemente, pero ni mis padres ni los Inui llegaron a ninguna conclusión satisfactoria. En lo que sí parecieron estar de acuerdo al final fue en restarle importancia y en no encontrar razones de peso por las que negarse al mandato de la carta.

«Creo que se lo están tomando demasiado en serio y que no es necesario sacar las cosas de quicio ni preocuparse más de la cuenta.»

«Efectivamente, no es para tanto. Además, aquí estaremos para echarles una mano en lo que sea, tanto con la casa como con la niña. Así que, de verdad, no se preocupen.»

El doctor Inui y su esposa se alternaban para tranquilizar a mis padres, cosa que lograron gracias a su actitud animada y resolutiva.

A la mañana siguiente se presentó ante la puerta de casa un imponente y lujoso vehículo de la Policía de la Memoria, de un negro lustroso y tan grande como una casa. Tanto las manijas de las puertas como las llantas de las ruedas y la insignia de la Policía situada en la parte delantera del capó destellaban al sol de la mañana, mientras que, en el interior, mullidos asientos tapizados de cuero incitaban, seductores, a tomar asiento cómodamente.

El chofer llevaba guantes blancos y le abrió la puerta a mamá. Antes de entrar, mamá dio unas últimas instrucciones a los Inui y a nuestra asistenta, abrazó a papá y, por último, puso ambas manos sobre mis mejillas. Yo sonreía.

Todos sentimos un gran alivio al contemplar la magnificencia del coche y la cortesía del chofer. Asumimos que, si mamá merecía un trato tan exquisito por parte de ellos, no cabía desconfiar de sus propósitos.

Mamá se arrellanó en la parte trasera del vehículo y nos despedimos de ella agitando las manos mientras seguíamos con la mirada el coche a medida que se alejaba. Mamá parecía una artista que hubiera sido galardonada en una exposición de escultura y se dirigiera a la ceremonia de entrega de premios.

Sin embargo, aquella fue la última vez que la vi con vida. Una semana después, trajeron su cadáver junto al certificado de defunción.

Por lo visto había sufrido un fatal ataque al corazón, y el mismo señor Inui, tras llevar a cabo una autopsia en el hospital en el que trabajaba, confirmó la causa natural de la muerte.

«Le sobrevino una afección inesperada cuando se encontraba trabajando con información clasificada en nuestro departamento. Lamentamos enormemente su pérdida...»

Papá me leyó en voz alta el comunicado procedente de la Policía de la Memoria. A mí me pareció estar escuchando una lengua extranjera, porque no comprendí nada de lo que decía. Me quedé muda, con la vista fija en las lágrimas de papá, que caían encima del sobre violeta y lo empapaban.

—Tanto la fuente de los caracteres del texto como la marca de agua y el tipo de papel son idénticos a los de la carta que recibió tu mamá —observó la señora Inui. Llevaba una bufanda enrollada al cuello con doble vuelta y un firme nudo en la parte delantera. Cada vez que hablaba, las pestañas le temblaban levemente.

—¿Por qué no se niega? —propuse.

—Si lo hiciera, me llevarían a la fuerza —replicó el doctor sin vacilar—. Básicamente, están poniéndome en una encrucijada. Si me niego a colaborar en sus inspecciones de recuerdos, el perjudicado seré yo. Y no tengo la garantía de que mi familia permanezca a salvo. ¿Qué va a suceder y adónde nos van a llevar si nos arrestan? ¿A prisión? ¿Nos obligarán a hacer trabajos forzados? ¿Nos ejecutarán? De lo que no cabe duda es de que, en vista de cómo tratan a los arrestados en las inspecciones de recuerdos, no será ninguna experiencia agradable.

—Por tanto, doctor, ¿aceptará la oferta para incorporarse al laboratorio de investigación genética? —inquirí.

—De ninguna manera —contestó, y tanto él como su esposa corroboraron dicha negativa con un contundente movimiento de cabeza.

—Nos esconderemos en un refugio —aseguró

—Un refugio... —musité. No era la primera vez que escuchaba a alguien mencionar los refugios.

—Afortunadamente, tengo contactos en la organización clandestina que gestiona los refugios y me han ofrecido un lugar seguro donde ocultarnos.

—Pero, de ese modo, perderá su trabajo. La vida para usted y su familia nunca volverá a ser igual. ¿No le conviene limitarse a obedecer aunque sea contra su voluntad?

—La perspectiva de acabar encerrado en el laboratorio de investigación genética no es especialmente alentadora. Además, uno no debe confiar en la Policía de la Memoria; con ellos nunca se sabe. Una vez que deje de serles útil, son capaces de todo con tal de evitar que el material secreto salga a la luz —dijo el señor Inui, seleccionando con cuidado sus palabras para no asustar a sus dos hijos.

Ambos se comportaban acorde con la seriedad del asunto que los había llevado hasta mi casa. El pequeño jugueteaba con un simple pedazo de piedra, empujándolo y haciéndolo girar con sus dedos como si fuera un pequeño juguete que guardara en sus entrañas el mecanismo que lo animaba. Sus guantes de color azul celeste y sencillo diseño aportaban la única nota alegre en la atmósfera densa y gris del sótano. Parecían hechos a mano, y un cordón de lana los unía para evitar que uno de ellos se perdiera. Recordé que yo había llevado unos guantes así cuando era pequeña.

—Además, no creo que ninguno de nosotros esté cualificado para aportar nada a las inspecciones de recuerdos —añadió la esposa.

—Pero vivir a escondidas les acarreará graves complicaciones —señalé—. ¿Cuál será su medio de sustento? ¿Y qué me dicen de la educación de sus hijos y las visitas al médico cuando estén enfermos? ¿Quién les llevará la comida? No son solo las pequeñas cuestiones del día a día lo que van a poner en juego, sino también su propia subsistencia como personas.

Había muchas cosas que yo no entendía. Laboratorio, análisis, código genético, refugio, organización de apoyo... Todas esas palabras resonaban en mis oídos como parte de un rompecabezas que no conseguía resolver.

—Tampoco nosotros sabemos cómo nos las arreglaremos —reconoció la señora Inui, y, al terminar la frase, comenzó a llorar.

A pesar de que las lágrimas no tardaron en resbalarle por las mejillas, se me ocurrió pensar que la tristeza que la afligía en esos instantes debía de ser tan abrumadora que lo más probable es que no le quedaran fuerzas para llorar de corazón. Su llanto no podía ser más que el rezumar indolente de un exceso de líquido contenido dentro de su cuerpo, sin relación alguna con las lágrimas.

—La urgencia de la situación requería una acción rápida, pero me quedé paralizada sin saber qué debíamos llevarnos. Era inútil tratar de prever qué sería de nosotros, así que me costó muchísimo tomar decisiones. ¿Seguiríamos disponiendo del dinero de la cuenta del banco o debíamos llevarnos efectivo por si acaso? ¿Oro tal vez? ¿Cuánta ropa íbamos a necesitar? ¿Debíamos cargar con tanta comida como pudiéramos? ¿Qué íbamos a hacer con nuestro gato *Aguanieve*?

El río de lágrimas no cesaba y su hija sacó un pañuelo del bolsillo.

—¿Y qué podíamos hacer con las esculturas que nos había regalado tu madre? —añadió el doctor Inui—. Ese era otro de nuestros dilemas. Pensamos que sería muy posible que la Policía irrumpiera en casa para buscar indicios de nuestro paradero y las destrozara junto a todo lo que se les pusiera por delante. Nos habría gustado preservar uno de los objetos a los que guardamos especial aprecio. Sin embargo, encargarle a alguien que cuide de él es muy arriesgado por cuanto puede acabar filtrándose y dando pistas a la Policía acerca de nuestro paradero. Por eso, todo aquel que tiene conocimiento de los refugios y va a mudarse a uno debe tratar de no dejar ningún objeto personal tras de sí.

Asentí con la cabeza.

—Dicho esto, te ruego que me disculpes, pero quisiera pedirte que conservaras las esculturas que tu madre nos regaló. Por favor, hazlo hasta que todo se arregle y podamos vernos de nuevo —dijo el doctor, e inmediatamente sacó cinco figuras de la bolsa deportiva de tela que reposaba a los pies de su hija y las ordenó ágilmente sobre la mesa, como si hubiera estado ensayando cómo hacerlo—. Mira, esta es un tapir que hizo para nosotros como regalo de bodas; esta otra cuando nació nuestra hija, y las otras tres nos las dio el día antes de que la Policía de la Memoria se la llevara.

Mamá tenía cierta afición a esculpir tapires a pesar de que nunca había visto ninguno, y, en cuanto a la figura que celebraba el nacimiento de la hija, era una muñequita de grandes ojos tallada en madera de roble —igual a una que también había hecho para mí—. Las otras tres tenían un estilo muy diferente: eran una amalgama de pedazos de madera y metal, del tamaño de la palma de la mano y sin pintar ni lijar, que no parecían guardar relación entre sí, pero que al juntarlos podrían formar una nueva obra.

—No sabía nada de estas tres —reconocí—. Entonces, ¿se las entregó antes de su partida?

—Así es. En ningún momento se nos ocurrió pensar que ella intuyera algo de lo que le acabó sucediendo, pero... tal vez fuera ese el motivo. Tal vez se encerró en el sótano con la incertidumbre de no saber cuándo sería la próxima vez que podría volver a trabajar y se enfrascó en la creación de estas tres piezas. Nos dijo que era una pena dejarlas abandonadas en el estudio y que, si nos parecía bien, podíamos llevárnoslas.

—Y ahora nos presentamos aquí, en su estudio, para traerlas de nuevo —dijo la señora Inui, doblando el pañuelo que sostenía en sus manos.

—Por supuesto, aquí estarán en buenas manos —aseguré—. Les agradezco mucho la deferencia que muestran por las obras de mamá.

—Gracias a ti. Así, al menos, no acabarán donde no les corresponde —concluyó el doctor sonriendo levemente.

Era consciente de que debían darse prisa para salir antes del amanecer y deseaba hacer algo por ellos. Pero ¿qué?

Subí a la cocina y puse un cazo de leche a calentar en el fogón. Llené cinco tazas y regresé al sótano con ellas. Hicimos un sigiloso brindis y bebimos en silencio. De vez en cuando, alguno de los Inui levantaba la vista y, por la expresión de su rostro, se adivinaba que había estado a punto de decir algo, pero, al no encontrar las palabras adecuadas, volvía a concentrarse en su taza.

El foco del techo estaba cubierta de polvo y proyectaba una luz difusa que iluminaba el sótano con la palidez emborronada de una pintura a la acuarela. Esculturas en piedra inacabadas, cuadernos de apuntes con páginas descoloridas, veinticuatro barras de colores al pastel, una piedra de afilar reseca y una vieja cámara estropeada dormitaban en un rincón apartado. El más leve movimiento hacía crujir las sillas y el suelo. Al otro lado de la ventana no se veía la luna, sino una oscuridad que lo cubría todo.

—Qué rica está —dijo el niño mientras recorría nuestros rostros con su mirada. Tal vez le extrañaba lo mucho que el silencio estaba prolongándose. Se le había quedado una marca blanca sobre los labios.

—Está riquísima —murmuró alguien más.

Todos asintieron con la cabeza. Nadie sabía qué les aguardaba a partir del momento en que abandonaran la casa, la incertidumbre era terrible, pero al menos en ese momento estaban disfrutando del agradable sabor de una taza de leche caliente, y me alegré por ello.

—Por cierto, ¿dónde está el refugio? —pregunté—. Quizás yo pueda serles de ayuda en algún momento. Tal vez pueda llevarles productos esenciales o transmitirles noticias del mundo exterior.

Deseaba que supieran que me tenían a su disposición para lo más esencial. El doctor Inui y su esposa se miraron durante unos instantes y luego bajaron la mirada a sus respectivas tazas. Unos segundos después, él habló:

—Agradecemos enormemente tu preocupación, pero no conviene desvelar la ubicación del refugio. Tranquila, no estoy insinuando que pudieras darles la información a la Policía de la Memoria. Si temiéramos algo así, no nos habríamos presentado aquí con las esculturas de tu madre. Simplemente, no queremos convertirnos en una carga para ti. Ten en cuenta que cuanta más relación tengas con nosotros, más arriesgarás tu propia vida. Imagina, por ejemplo, que la Policía de la Memoria te interroga. En un caso así, tu propia ignorancia podría salvarte, pero si ellos perciben que les estás ocultando información, harán todo lo que esté en su mano para sonsacártela. ¿Lo entiendes?

—Sí. A partir de ahora trataré de limitarme a desearles lo mejor desde mi total ignorancia de lo que piensan hacer. Pero permítanme preguntarles si todavía hay algo que pueda hacer por ustedes en este momento —dije, sujetando la taza vacía entre las dos manos.

—Sí, hay una cosa —respondió tímidamente la señora Inui, tomando una de las manos de su hijo—. ¿No tendrás un cortaúñas? A este niño le han crecido bastante...

—¡Por supuesto!

Saqué un cortaúñas de uno de los cajones de la cómoda, me aproximé al niño y le quité uno de los guantes.

—Y ahora estate bien quietecito, ¿de acuerdo? —le dije suavemente—. Verás qué pronto termino.

Me puse de rodillas ante él y sujeté con firmeza sus finos deditos, perfectamente torneados y limpios de rasguños. Lo miré y él me devolvió la mirada con una azorada sonrisa mientras zarandeaba las piernas en un vaivén nervioso.

Empecé por el meñique de la mano izquierda y, obedientes a la acción de las hojas cortantes, las uñas fueron cayendo al suelo dóciles cual traslúcidos e ingrávidos pétalos de flor, mientras el doctor, su esposa y su hija escuchaban inmóviles los suaves chasquidos. Clic, clic, reverberaban sobre el telón de la noche con su eco metálico. Parecían el tintineo de unas llaves que giraban para salvaguardar aquel precioso momento.

Los guantes de color azul celeste reposaban mansamente sobre la mesa a la espera de que yo acabase.

No volví a verlos.

6

Subí las escaleras. Carecían de pasamanos y de alfombra que cubriera los escalones, que no eran más que unos tablones precariamente ensamblados. El paso era tan estrecho que no habría sabido qué hacer si me hubiera encontrado con alguien caminando en sentido contrario.

A medida que subía, recordé la imagen borrosa del interior de un faro cuyas escaleras había subido alguna vez de niña, y tanto la resonancia de los pasos —cuando la madera de los escalones cedía bajo mi peso— como el olor que llenaba el espacio —procedente del aceite para engrasar las máquinas— se solapaban en mi memoria con los de aquellas otras escaleras de mi infancia.

El faro había dejado de funcionar y emitir luz hacía tiempo, y ya no había nadie interesado en él ni motivos para aventurarse en su interior, pero yo era aún una niña dispuesta a atravesar el manto de matorrales y hierbajos de la loma que lo rodeaba y que me dejaba las pantorrillas cubiertas de arañazos para llegar hasta él. Siempre lo hacía en compañía de un primo mío que en aquellas ocasiones me lamía los arañazos de las piernas lentamente, uno a uno.

En la base del faro, al pie de la escalera, había una pequeña sala que el vigilante del faro utilizaba para descansar durante sus horas de asueto, en cuyo interior había dos sillas y una pequeña mesa plegable sobre la que se encontraban en perfecto y pulcro orden una tetera, un azucarero, dos tazas, dos platos para servir pastel, dos tenedores e incluso servilletas. La distancia entre cada objeto, la dirección hacia la que apuntaba el asa de las tazas, el brillo de los tenedores, todo ello se encontraba tan cuidadosa y escrupulosamente dispuesto que, si bien contemplarlo me producía escalofríos de miedo, me llevaba a imaginar las deliciosas porciones de pastel que se habrían servido en aquellos hermosos platitos.

A pesar de que el farero había dejado su trabajo hacía bastantes años, y a pesar de la gruesa capa de polvo que tapizaba la lámpara, en la sala todo permanecía como si alguien hubiera estado disfrutando de una merienda tan solo unos minutos antes. Se diría que de las tazas iba a elevarse un hilillo de vapor si uno mantenía la mirada fija en ellas lo suficiente.

Todavía excitados por el impecable estado en que se encontraba aquella sala, dirigimos nuestros pasos hacia la escalera y ascendimos, yo delante, él detrás. La penumbra que nos rodeaba y el ángulo tan cerrado en que los escalones se sucedían parecían afectar nuestro sentido espacial y nos impedían calcular cuánto faltaba para llegar a la zona superior donde se hallaba la lámpara.

Yo tendría unos siete u ocho años y llevaba puesta una falda rosa de tablas, con tirantes, que mamá me había hecho. Por mucho que extendiera los tirantes me seguía quedando algo corta y me preocupaba que mi primo me viera las bragas. En cualquier caso, aunque me pregunto cómo se nos ocurrió subir allí a los dos solos, no consigo acordarme de ello.

A medida que avanzábamos nuestra respiración era cada vez más entrecortada; de pronto, escuchamos con más fuerza el ruido de las olas, y el aire se llenó del olor al aceite de las máquinas. Como desconocía de dónde procedía aquel olor y pensé que no sería bueno inhalarlo —me recordaba al de un medicamento—, me llevé la mano a la boca y traté de contener la respiración, pero no tardé en experimentar un sofoco enorme y sentir que la vista se me nublaba.

Entonces me llegó de abajo el ruido que produce un objeto al golpear contra otro, y me imaginé a un hombre, el vigilante del faro, que, tras llevarse a la boca la última porción de pastel con su reluciente tenedor, se precipitaba escaleras arriba desde la sala de descanso —sus labios repletos de migajas de bizcocho y el último bocado todavía disolviéndose en la boca— para seguir nuestros pasos. Quise pedir ayuda a mi primo, pero estaba aterrada, pensando que quien iba detrás de mí ya no era él sino el farero. Me quedé paralizada, sin atreverme a echar la vista atrás, y me acurruqué sobre los peldaños, todavía lejos de alcanzar el final de la escalera.

Perdí la noción del tiempo. El faro se quedó en completo silencio; no llegaba ningún sonido ni de abajo ni de arriba, ni siquiera el del murmullo de las olas.

Agucé el oído. Nada. Un abrumador silencio se había adueñado del interior del faro. Saqué valor de donde pude y comencé a darme la vuelta para mirar detrás de mí. No había nadie; ni mi primo ni el vigilante del faro.

Cuando recorro estos escalones, mi memoria me transporta a los del faro, lo cual es raro, porque lo que me lleva hasta aquí es el deseo de ver a mi novio, motivo que debería impelerme, ávida de abrazarlo, a correr escaleras arriba sin miedo a dar un traspié. Sin embargo, me concentro en cada paso, en cada peldaño.

El lugar al que estoy refiriéndome es el campanario de

una iglesia, cuya campana suena dos veces al día: a las once de la mañana y a las cinco de la tarde.

Abajo, a la altura del suelo, hay un almacén donde se guardan los instrumentos de mantenimiento del reloj y que tiene una amplitud similar a la de la sala de descanso del vigilante del faro, y arriba se encuentra la estrecha estancia que alberga el mecanismo del reloj, pero hasta ahí nunca he llegado porque mi novio me espera en un aula de mecanografía ubicada a mitad del recorrido. A medida que subo y dejo atrás un buen número de descansillos, va llegando poco a poco a mis oídos un tamborileo de teclas, una maraña de ritmos desmañados y ágiles provenientes tanto de alumnos principiantes como experimentados.

Lo imagino a él de pie, junto a una de sus alumnas, toda la atención puesta en los dedos de ella, que accionan vacilantes y temblorosos las teclas, con la indecisión del principiante. Cada vez que se equivoca, él sujeta suavemente uno de aquellos titubeantes dedos y lo sitúa sobre la tecla correcta... Al menos, eso hacía conmigo.

Dejé el lápiz sobre la mesa con la sensación de haber escrito suficiente por ese día y la pesadumbre de que el hilo narrativo no avanzaba como yo deseaba. Le daba una y mil vueltas a un mismo pasaje, volvía atrás, me extraviaba y acababa metida en callejones sin salida, dándome cabezazos contra un muro. Que me bloquee de esa manera me sucede a menudo, así que tampoco en esa ocasión le di más importancia de la que merecía.

—¿Qué tal va la cosa? —Era lo primero que el señor R me preguntaba cuando nos veíamos. ¿Se refería a mí o a la novela? Nunca intenté aclarar la duda.

—Más o menos bien —le contestaba invariablemente, y con la sospecha de que su preocupación iba dirigida más a la novela que a mí.

—Deberías escribir con la mano y no con la cabeza —fue la pintoresca sentencia que esgrimió aquel día (él, que no solía ser muy proverbial), y a la que yo repliqué con un silencioso movimiento afirmativo de cabeza.

Alargué mi mano derecha hacia él y extendí los dedos.

—Eso es —dijo él—. Deja que la historia fluya de ahí.

Desvió pudorosamente su mirada de mis dedos como si estos fueran la parte más íntima y delicada de mi cuerpo.

«Bien, es hora de dormir», pensé, y atribuí la rigidez de mis dedos al cansancio. Guardé el lápiz y la goma de borrar en el estuche, ordené el montón de folios y coloqué encima un pisapapeles de cristal.

Acurrucada bajo las sábanas, mi pensamiento volvía una y otra vez a la familia Inui. Lo cierto es que, desde el día de nuestra despedida, había pasado ocasionalmente por delante de la universidad y de los domicilios del personal docente y nunca había observado nada fuera de lo normal. Jóvenes estudiantes descansaban plácidamente tumbados sobre el césped de los jardines, al tiempo que un anciano conserje aprovechaba el tiempo leyendo ociosamente un libro sobre bonsáis en la caseta de entrada.

Sobre el barandal de las terrazas de las viviendas destinadas al profesorado universitario, en el área trasera del campus, los inquilinos habían colgado, para airearlos, un buen número de futones. Agucé la vista y conté las ventanas del edificio E hasta dar con la que correspondía al departamento 619, donde vivía la familia Inui. Su balcón estaba vacío.

Llegué incluso a entrar en el hospital universitario un miércoles, en el horario en que el doctor Inui pasaba consulta, para asomarme a la sala de espera y comprobar si en la placa de la puerta figuraba su nombre. Pero solo podía leerse el de un ayudante. Y ese era el único detalle que no encajaba con la absoluta normalidad tanto de las enfermeras, con sus idas y venidas trayendo y llevando medicamentos, gasas o historiales clínicos, como de los pacientes, con las perneras de sus pantalones o las mangas de sus camisas remangadas, aireando sus infecciones cutáneas. Nadie parecía echar de menos al doctor Inui.

No solo él, la familia al completo se había evaporado sin dejar rastro.

Me preguntaba si se encontrarían bien allí donde estuvieran, si dormirían sobre camas mullidas, arropados sus sueños entre sábanas blancas, si cenarían alrededor de una mesa pulcramente puesta. Me pregunté por *Aguanieve*, el gato, y la suerte que habría corrido. Ojalá me hubieran pedido que me quedara con él igual que me quedé con las esculturas que mamá les había regalado. Evidentemente, si no lo hicieron fue porque eran conscientes de las sospechas que levantaría en caso de que saliera a merodear por ahí y algún vecino lo viera. Seguro que la Policía de la Memoria también tenía un registro tanto de la raza de *Aguanieve* como de su tipo de pelaje y sus características faciales.

Traté de dormir, pero las preocupaciones brotaban del manantial de mi mente como frenéticas burbujas y no encontraba manera alguna de aplacarlas.

¿Estarían completamente a salvo entre los miembros de ese grupo clandestino de apoyo? Desde luego, el doctor no me ofreció detalles sobre cómo funcionaba dicha organización. Fuera como fuese, deseaba con todas mis fuerzas que al menos sus dos hijos se encontraran perfectamente. ¿Le habrían vuelto a crecer al niño sus uñitas bajo sus guantes azul celeste?

Cuando desperté a la mañana siguiente, sentí el pálpito de una nueva desaparición.

El jardín había amanecido cubierto de escarcha como consecuencia del marcado descenso de las temperaturas, y, en el interior de la casa, el frío había extendido su zarpa sobre todos y cada uno de los objetos que la poblaban, desde los grifos de la cocina y el baño y los orificios por donde salía el gas de la estufa, hasta mis pantuflas y los panecillos —a pesar de que estos últimos los guardaba en la panera—. El viento de la noche anterior se había calmado, como si también hubiese sucumbido al frío.

Puse una olla con sobras de estofado a calentar sobre la estufa y, en el espacio que sobraba alrededor, algunos panecillos envueltos en papel de aluminio. Herví agua y añadí té negro. Una vez que el té estuvo listo, disolví un poco de miel y me lo tomé. Ciertamente, no me apetecía beber ni comer nada que no estuviera bien caliente.

Para evitar el engorro de fregar platos, comí directamente de la olla. Abrí el papel de aluminio que envolvía los panecillos en el momento en que su particular aroma me indicó que estaban tostados y vertí un hilillo de miel sobre cada uno.

Mientras masticaba, reflexioné sobre qué podría haber desaparecido en esa ocasión. Al menos, podía tener la certeza de que no habían sido ni el estofado ni los panecillos, ni el té negro ni la miel, puesto que el sabor de todos ellos era tan real como cualquier otro día.

Daba especial lástima cuando desaparecía un tipo concreto de alimento, y ver los camiones del mercado medio vacíos cuando antes solían llegar cargados a rebosar de una jugosa variedad de artículos me provocaba un pinchazo de amargura.

Recuerdo que de niña me encantaban las ensaladas repletas de ejotes, con papas, huevo cocido y tomate, coronadas con chícharos y ribeteadas con aderezo de mayonesa.

«¿Tienes ejotes bien frescos?», preguntaba mamá en el mercado a uno de los tenderos. «De esos tan frescos que crujen al morderlos...»

Ha pasado mucho tiempo desde la última ensalada de ejotes que probé y no recuerdo absolutamente nada del sabor ni del color que tenían, tampoco de la forma.

Terminé el estofado y retiré la olla de encima de la estufa. Bajé levemente la intensidad de la llama y apuré una segunda taza de té, esta vez sin nada que lo endulzara. Todavía tenía los dedos pegajosos de miel.

A mis oídos llegaba el suave rumor del arroyo, lo cual me permitió deducir que, a pesar del frío de aquella mañana, no había llegado a helarse. Sin embargo, en ese momento, un fuerte ruido me sacó de mis pensamientos: eran los ladridos de un perro y los pasos de niños y adultos que corrían en tropel atravesando el callejón colindante. A pesar de que las desapariciones se habían convertido en parte de nuestras vidas, no dejaban de provocar una gran agitación en la población cada vez que se producía una.

Continué paladeando la masa tierna y caliente de los panecillos, y, tras el último bocado, me incorporé y me dirigí al ala norte de la casa siguiendo el ruido del alboroto. Eché un vistazo a través de la ventana: allí estaba el antiguo sombrerero, el sempiternamente malhumorado matrimonio de la casa vecina, un perro pardo y moteado y un numeroso grupo de estudiantes de primaria con sus mochilas a la espalda, todos ellos amontonados en una zona específica de la callecita. Todos mantenían la mirada fija en el caudal del arroyo y nadie hablaba. Aquel vulgar arroyuelo, sin nada destacable aparte de sus carpas doradas, cuya silueta se adivinaba de vez en cuando nadando a través de la traslúcida superficie de sus aguas, parecía haber adquirido de repente una belleza hipnótica.

Me asomé a la ventana y parpadeé reiteradamente. Un manto formado por una multitud de pequeños fragmentos de colores, desplegados en un abanico de imprecisos matices, entre rosa, rojo y blanco, cubría todo el caudal sin dejar ningún resquicio de agua a la vista. Aquellos fragmentos se alineaban, se solapaban entre sí y fluían pausadamente sobre las aguas, más despacio de lo que cabría esperar, produciendo una sensación un tanto hipnótica.

Bajé apresuradamente al sótano y me dirigí al lavadero, donde había visto a la familia Inui aquella noche. Desde allí podría echar un vistazo al arroyo.

Entre los intersticios de los ladrillos asomaban, aquí y allá, tímidos tréboles, y por todas partes se notaba la aspereza propia de los días fríos. Bajé la vista hacia la corriente. Efectivamente, el arroyo tenía un aspecto inusual. Me arrodillé. Introduje las manos y, formando un cuenco con ellas, extraje un poco de agua. Sobre la palma de mis manos quedó adherida una buena cantidad de pétalos de rosa.

—¡Qué extraño! —oí decir al antiguo sombrerero desde la otra orilla.

—¡Desde luego que sí! —coincidió alguien, y todos asintieron con la cabeza.

Los estudiantes corrían a lo largo de la orilla del riachuelo haciendo sonar el contenido de sus mochilas.

—¡Niños, no se entretengan! —gritó otra persona—. ¡Es hora de ir al colegio!

Los pétalos se mantenían frescos y lozanos, bañados por

el agua fría —debían de estarlo incluso más que cuando formaban parte de la flor—, y su aroma se elevaba mezclándose con la neblina que flotaba sobre el cauce, tan intenso que dificultaba la respiración.

El pequeño hueco que quedó al descubierto durante unos segundos al tomar agua volvió a cubrirse enseguida de pétalos, y, hasta donde alcanzaba la vista, no había más que pétalos y más pétalos que avanzaban, deslizándose cual cabalgata hechizada por el mar, camino a su desembocadura.

Devolví al arroyuelo los pétalos que se me habían adherido a las manos y comprobé que algunos todavía conservaban parte del cáliz de la flor de la que procedían, mientras que otros trazaban hermosas curvas con sus bordes, como faldas con vuelo, y en otros el color palidecía en finos degradados y claroscuros. Los que rozaban el borde de los ladrillos se quedaban enganchados a estos durante breves momentos, para volver a dejarse arrastrar pausadamente por la corriente y mezclarse con otros pétalos, perdiendo su identidad individual.

Me lavé la cara y me apliqué un poco de crema, pero no quise maquillarme. Tras ponerme el abrigo, salí a la calle y caminé orilla arriba con la intención de dirigirme al jardín de rosas situado en la ladera sur del cerro. Mientras me acercaba vi que muchas personas se habían congregado a ambos lados de la ribera para contemplar con fascinación la belleza multicolor que se desplegaba ante sus ojos. Había también más miembros de la Policía de la Memoria de lo habitual, con sus armas colgando de la cintura y su rostro impertérrito.

Parecía que los niños se habían acostumbrado a aquel excepcional espectáculo e, incapaces de limitarse a contemplarlo, lanzaban piedrecitas al agua y la agitaban con palos que habrían encontrado por los alrededores. La corriente permanecía calma, inmutable y ajena a los juegos infantiles. Aquí y allá, sobre el nivel del agua asomaban pequeñas isletas y finas estacas, pero ninguna de ellas suponía un obstáculo para los pétalos, que proseguían su imperturbable avance hacia el mar. Si uno se cayese al agua, un aterciopelado manto de pétalos le daría la bienvenida y lo arroparía suavemente.

—Ha sido una auténtica sorpresa, ¿no crees?

—Cierto, nadie se esperaba algo así.

—Vamos, tomemos unas fotos.

—¿Y de qué serviría? Cuando algo desaparece, no sobrevive ni en las fotografías.

—Tienes toda la razón.

La gente hacía comentarios en voz lo más baja posible para evitar llamar la atención de la Policía de la Memoria.

Con excepción de las panaderías, los comercios aún permanecían cerrados a esas horas, incluida la floristería, a la que me acerqué con la intención de echar un vistazo, pero tenía las persianas metálicas bajadas, impidiéndome ver el interior. Los autobuses y los tranvías circulaban prácticamente vacíos y, poco a poco, la luz del sol iba encontrando pequeños huecos entre las nubes por los que filtrarse para ir dispersando la neblina del amanecer. No obstante, la densa fragancia que los pétalos de rosa desprendían mantenía toda su intensidad.

Mis sospechas se confirmaron: en el jardín de rosas no quedaba ni una sola de sus flores. Solo las hojas y sus espinosos tallos permanecían inalterados como huesos descarnados clavados en el terreno inclinado. La suave brisa que soplaba procedente de la cima del cerro —donde había estado el observatorio ornitológico— era lo único que proveía de algo de movimiento al lugar, haciendo vibrar las hojas y oscilar los tallos, y que la alfombra de pétalos que aún quedaba sobre el suelo se arrastrara mansamente hacia el riachuelo.

No había ni rastro de la chica habitualmente a cargo de la taquilla, con su espeso maquillaje, ni de los jardineros ni, por supuesto, de visitante alguno, lo cual me hizo dudar durante algunos instantes acerca de si depositar o no el dinero equivalente al precio de la entrada. Finalmente, empujé la puerta y me adentré tal cual, sin pagar, siguiendo el caminito indicado por la señalización para una visita más satisfactoria.

El resto de las especies de flores se encontraba en perfecto estado, igual que siempre. Las campanillas, los cactus de Navidad y las flores de genciana habían florecido ajenas a lo que acababa de suceder, aunque, eso sí, parecían haberlo hecho con más discreción que de costumbre. Por su parte, la brisa parecía dedicarse exclusivamente a empujar los pétalos caídos de las rosas, dispersándolos por el suelo.

Pasear por un jardín de rosas sin rosas resultaba tan desolador como observar los vestigios dejados por la actividad de los jardineros: entablillados y fertilizantes cuya acción se había tornado inútil. El murmullo del arroyo no llegaba hasta allí y mis oídos sentían el cosquilleo del sonido blando de mis pisadas al hundirse en la tierra porosa. Metí las manos en los bolsillos de mi abrigo y continué ascendiendo por la ladera del cerro, como si estuviera deambulando por un cementerio en cuyas lápidas no constaban los nombres de los enterrados.

Me di cuenta de que ni contemplar los tallos, sus espinas y hojas, ni leer los carteles explicativos instalados a su lado me bastaba para recordar qué flor había predominado en el jardín hasta ese día.

7

Tres jornadas completas tardó el arroyo en volver a su estado habitual. Después, no se apreciaron cambios con respecto a cómo lo conocíamos, ni en la transparencia de sus aguas ni en el caudal, y las carpas doradas podían verse de nuevo bajo la superficie.

El segundo día, las personas que cultivaban rosas en sus jardines se acercaron al arroyo con las que conservaban todavía, y, de pie sobre su orilla, las deshicieron con los dedos, lanzando los pétalos sobre la corriente a modo de último homenaje.

Una de esas personas era una dama con aire distinguido que se había detenido junto al puente del lavadero y observaba el agua.

—Qué hermosas, ¿verdad? —le comenté. La ternura con que acariciaba sus últimas rosas me había incitado a dirigirle la palabra, y para ello utilicé la expresión que primero acudió a mi mente y que se me antojó más apropiada, a pesar de no conservar ya ninguna noción nítida para describirlas.

—Sí. Estas en concreto ganaron la medalla de oro en un certamen celebrado el año pasado —replicó la dama.

Por lo visto, mi comentario le había complacido.

—Además, eran el mejor recuerdo que me dejó mi padre.

Me sorprendió no encontrar matiz alguno de pesadumbre en sus palabras. Impasible, dejaba caer entre sus dedos aquellos pétalos cuyo color armonizaba con el del esmalte de sus uñas.

Cuando acabó, me obsequió con un elegante saludo de cabeza y se alejó sin volver la mirada atrás, hacia el arroyo, sobre cuyo lecho reposaban, meciéndose plácidamente, los últimos pétalos.

Todos ellos acabarían desembocando en la inmensidad marina, arrastrados a lugares inimaginablemente lejanos, y, si bien habían formado un majestuoso tapiz sobre la superficie del arroyo, al llegar al mar no les aguardaba más que el abatimiento de saberse perdidos y abandonados a la incontestable fuerza de las olas, que acabarían con ellos hasta hacerlos desaparecer. Contemplé dicho espectáculo encaramada a la cubierta del viejo ferri, junto a su anciano morador.

—Tuve la impresión de que el viento solo se llevaba los pétalos de las rosas, dejando intactas las demás flores. ¿Cómo es posible? —inquirí mientras desprendía con el dedo pulgar cáscaras de óxido adheridas al barandal de la cubierta.

—¿Acaso hay que buscar alguna razón para ello? No creo que la haya. En cualquier caso, lo único cierto es que las rosas han desaparecido.

El anciano vestía el suéter que le había regalado y los pantalones de trabajo de su época como encargado del mantenimiento de la embarcación.

—Me pregunto qué será del jardín de rosas.

—Señorita, no tiene por qué preocuparse de eso. Crecerán otras flores. Quién sabe, tal vez acabe convertido en un viñedo, o en un cementerio. Qué más da, el tiempo lo dirá. Y el tiempo no obedece a órdenes mundanas, sino que sigue su curso heroicamente.

—Pero si el jardín y el observatorio de aves desaparecen, el cerro será un lugar desolado. Lo único que le queda es la biblioteca, y no es que sea un lugar muy animado...

—Es cierto. Su padre me invitó a menudo a visitar el observatorio, y me quedaba maravillado con las vistas cuando había pájaros cerca y me cedía los anteojos. En agradecimiento, recuerdo haberles arreglado alguna que otra cosa de plomería y la instalación eléctrica. También conocía a uno de los empleados del jardín de rosas, viejo amigo de la infancia, que siempre me avisaba cuando las plantas echaban los primeros brotes para que fuera yo el primero en acudir a verlos; de manera que conozco bien el cerro. Sin embargo, la biblioteca no es lo mío. Ahí solo he ido cuando usted publicaba un nuevo libro, para asegurarme de que lo tenían a disposición de los usuarios.

—¿Te tomaste esa molestia?

—Por supuesto. Y estaba dispuesto a poner una reclamación en caso de que no tuvieran el libro, cosa que nunca fue necesaria.

—Te lo agradezco, pero me temo que, aunque lo tuvieran, no serían muchos los que osaran tomarlo prestado.

—No podía estar usted más equivocada, señorita. Recuerdo, por ejemplo, que una de sus novelas se la habían prestado a dos personas: una estudiante y un oficinista. Lo sé porque le eché un vistazo a la tarjeta donde se apuntan los préstamos.

El anciano trataba de explicarme todos los detalles. Me fijé en que la punta de la nariz se le había enrojecido por el frescor de la brisa marina.

Algunos pétalos, desteñidos por el paso del tiempo y la salinidad del agua marina, se arremolinaban alrededor de la hélice del ferri, uniéndose a una maraña de algas y peces muertos. Desaparecida también su fragancia, no parecían los mismos que pocos días antes habían ofrecido un espectáculo tan sublime en su pausado itinerario arroyo abajo.

De vez en cuando, una ola se precipitaba contra el casco de la embarcación, haciendo que se meciera levemente y arrancando chirridos a las entrañas del ferri. El sol del atardecer proyectaba su luz contra el faro que se alzaba sobre el extremo del cabo.

—¿Y a qué se va a dedicar a partir de ahora ese empleado del jardín que es amigo tuyo? —pregunté.

—Ya está jubilado —me informó el anciano—. Además, a su edad no encontrar un empleo nuevo no levanta sospechas en la Policía de la Memoria. De manera que no hay nada que temer. Tal vez vaya olvidando todo lo relacionado con la floricultura, pero todavía tiene mucho que aportar: puede limpiar las orejas a su nieto o espulgar al gato, por ejemplo.

Golpeó la cubierta de madera con la punta de una de sus botas. Eran viejas, pero recias, y prácticamente se habían convertido en parte de la anatomía del anciano.

—Sin embargo, a veces me asalta una gran inquietud... —dije con la mirada gacha—. Si el proceso de desaparición de cosas continúa, ¿qué va a ser de la isla?

El hombre se llevó la mano al mentón, poblado de barba. No parecía haber entendido mi preocupación.

—¿Qué va a ser de la isla...? —murmuró.

—Las cosas desaparecen a mucha más velocidad de la que se crean otras nuevas —señalé—. Y si esto es así, no nos espera nada bueno...

El viejo asintió con el ceño fruncido, como cuando le dolía la cabeza.

—Porque —proseguí—, ¿qué producimos en esta isla? Algunas variedades de verduras y hortalizas, automóviles que no hacen más que sufrir accidentes, obras de teatro insulsas, pesadas estufas, ganado malnutrido, cosméticos grasientos y novelas que nadie lee, entre otras cosas... En definitiva, cosas de poca monta y no muy fiables. Ah, y bebés, claro. ¿Cómo va a competir tan renqueante producción con la energía arrolladora con que todo va desapareciendo? Aquello que hace desaparecer las cosas, sea lo que sea, no lo hace de manera impulsiva, en largos intervalos, sino constante, perseverante, con capacidad de abarcar todo un abanico de existencia. Si seguimos haciendo agujeros para enterrar cada nuevo objeto que desaparece, la isla acabará convertida en un queso gruyer, que se diluirá en el mar sin dejar rastro. ¿No lo crees así?

—Tal vez...

Visiblemente alterado, el anciano insistía una y otra vez en remangarse el suéter para volver a estirar las mangas.

—Señorita, usted se pasa todo el día escribiendo novelas y ello puede haber afectado el modo en que percibe las cosas. Discúlpeme, no quisiera molestarla, pero ¿cómo puedo expresarlo? Lo que quiero decir es que una novela pone al lector en situaciones un tanto extremas. En esto consiste principalmente una novela, ¿no?

—Dicho así... —repliqué, balbuciendo, y proseguí—: Sin embargo, no creo que mi desasosiego tenga nada que ver con las novelas. Más bien, creo que tiene una base real en todo lo que acontece.

—De acuerdo —aceptó resolutivo el anciano—. No obstante, recuerde que soy tres veces mayor que usted y, por tanto, he presenciado el triple de desapariciones. A pesar de ello, ni una sola vez he experimentado sensación alguna de angustia ni he temido que una fatalidad estuviera cerniéndose sobre nosotros; tampoco cuando el ferri dejó de operar y me quedé sin trabajo. Es verdad que se acabaron los viajes a otras tierras surcando los mares, como también se acabó el disfrute de ver películas durante los viajes o la felicidad que me proporcionaba trabajar en el mantenimiento de la maquinaria y embadurnarme de aceite. Naturalmente, dejé de cobrar mi sueldo. Pues bien, no le concedo ninguna importancia. Lo importante para mí es que he sido capaz de recorrer un largo camino hasta llegar al momento en que me encuentro ahora, sano y salvo; y eso ni siquiera la desaparición del ferri puede arrebatármelo. Recuerdo que incluso le tomé el gusto al trabajo de vigilancia y mantenimiento del almacén, una vez que me familiaricé con él. Y..., mire, al final he terminado viviendo en mi antiguo y querido lugar de trabajo: el ferri. ¿Qué más puedo pedir?

—Sin embargo, en el ferri no quedan recuerdos del pasado. No es más que un armazón de hierro flotando en el mar. ¿No te da lástima? ¿No te produce vértigo asomarte al vacío que habita en su esqueleto metálico?

Alcé la vista para contemplar el rostro del anciano desde abajo. Se mordía los labios y parecía buscar las palabras adecuadas para continuar.

—Es cierto que, en comparación con el ayer, en la isla faltan cada vez más cosas. Cuando era niño, una atmósfera densa y pesada lo impregnaba todo. Después, el ambiente fue haciéndose más liviano, pero a medida que esto pasaba, también nuestras vidas fueron perdiendo consistencia. Es una cuestión de equilibrio, ¿verdad? Algo similar al fenómeno de la osmosis: cierto grado de desajuste en el equilibrio no implica la interrupción completa del proceso. Por eso no hay necesidad de preocuparse —dijo el anciano, y al finalizar asintió con la cabeza una y otra vez.

Recordé que había contestado de manera parecida —contrayendo el rostro en un manojo de arrugas— cuando, siendo yo todavía una niña, le pregunté por qué los dedos se me teñían de naranja al comer mandarinas o cuál era el lugar del cuerpo al que el estómago y los intestinos se desplazaban durante el embarazo.

—Supongo que tienes razón —concedí—. No es para tanto.

—Claro que no es para tanto. Se lo garantizo. Lo que se olvida y no permanece no puede provocar ninguna infelicidad. Además, ¿no es cierto que quien no olvida es arrestado por la Policía de la Memoria?

Una capa de oscuridad comenzó a extenderse sobre la inmensidad del mar, haciendo desaparecer y arrebatando de nuestra atenta mirada los pétalos dispersos que se arremolinaban sobre su superficie.

8

Estaba a punto de cumplir el tercer mes consecutivo sin poder hablar. A partir del comienzo de aquella calamidad, la máquina de escribir se había convertido en un instrumento imprescindible entre mi novio y yo para comunicarnos. Incluso en los momentos de mayor intimidad, la máquina de escribir compartía cama con nosotros, discretamente situada a un lado, porque para cualquier cosa que necesitara decirle no me quedaba otra opción que alargar las manos hasta sus teclas. Así podía comunicarme con él más rápidamente que con papel y lápiz. Los primeros días me esforzaba por hablar y realizaba algunos ejercicios con la esperanza de recuperar la voz —movía la lengua y tocaba el fondo de la garganta repetidas veces, contenía la respiración hasta no poder más o hacía movimientos ondulatorios con los labios—, pero una vez que me resigné, la presencia de la máquina de escribir junto a mí empezó a formar parte de mi vida diaria, lo cual no deja de ser bastante lógico si tenemos en cuenta que él trabaja como profesor de mecanografía en una escuela y yo soy mecanógrafa, tal cual.

—¿Qué quieres que te regale por tu cumpleaños? —me preguntó un día, y yo bajé la mirada a mis rodillas, porque era donde solía tener la máquina de escribir.

Clac, clac, clac, clac, clac.

UNA CINTA DE TINTA PARA LA MÁQUINA.

Él inclinó la cabeza, apoyó su mano izquierda sobre mi hombro y leyó:

—¿Una cinta para la máquina? Pues no es que pidas mucho —dijo sonriendo.

Clac, clac, clac, clac.

ME PREOCUPA QUE, SI SE ACABA LA TINTA, NO PUEDA HABLARTE.

Lo cierto es que me siento tan feliz así, en su compañía, notando el calor de su presencia junto a mí, que llego a olvidarme del asunto de la pérdida de mi voz.

—De acuerdo. Iré a la papelería y compraré todas las cintas de tinta de que dispongan. ¿Qué te parece?

Clac, clac, clac.

GRACIAS.

Me percato de que la letra impresa causa en mí un efecto diferente al que uno experimenta mediante la lengua oral. Ello tal vez se deba, entre otros motivos, a la levísima concavidad que permanece en el papel cada vez que una letra es estampada sobre él, o a la falta de nitidez de la tinta; quizás también a la simpática inclinación de la «j» y su rabito travieso, o al pronunciado ángulo de la «m», que le hace parecer mellada. Todos y cada uno de estos detalles, entre otros muchos, confieren a la grafía una calidez y un vigor que no encuentro en el habla; aunque, dicho sea de paso, ello no me impide pensar que tanto a la «j» como a la «m» debería exigírseles, tal vez, un poco más de compostura.

Recuerdo perfectamente cuando, siendo alumna de la escuela de mecanografía, él me enseñó a cambiar la cinta de tinta de la máquina de escribir.

A modo de ejercicio, repetía las mismas palabras una y otra vez. «Lo, lo, lo, lo..., este, este, este...», tecleaba, llenando folios y más folios.

—Bien, vamos a aprender a cambiar la cinta de tinta. ¿Qué les parece? —propuso él aquel día—. Es un poco complicado, pero si prestan atención y se fijan en cada paso, no tendrán ningún problema.

Los alumnos se agruparon alrededor de la mesa central y concentraron su atención en los dedos de él cuando se introdujeron por una ranura lateral del armazón de la máquina de escribir y, tras producirse un chasquido, levantaron la tapa y la retiraron, dejando al descubierto las entrañas de la máquina.

El interior era mucho más interesante de lo que yo había imaginado: aquellas palancas ribeteadas por letras en relieve y los engranajes que movían los rodillos; ese repertorio de horquillas y ganchos de curvatura variada y aquellos diminutos ingenios metálicos ennegrecidos por el aceite. Contemplé fascinada la compleja armonía estructural que el ensamblaje de todas aquellas piezas individuales otorgaba al conjunto de la máquina.

—La cinta gastada la desprendemos así, ¿ven? —dijo, y procedió a sacar la cinta, que serpenteó entre las palancas, engranajes y ganchos—. Y la nueva la insertamos aquí, en el rodillo izquierdo, y con este lado del carrete mirando hacia arriba. La cara suave de la cinta es la que ha de quedar vuelta hacia fuera, ¿de acuerdo? Durante este proceso, no olviden mantener bien sujeto el extremo derecho de la cinta. No lo suelten. Lo importante es seguir cada paso en orden, sin descuidar la posición en que colocan cada carrete. Es como enhebrar el hilo en la aguja de una máquina de coser. Primero, la cinta se coloca entre esta fina pieza con forma de gancho, después entre estos dos cilindros. Luego, en la parte interna de esta horquilla; y, por último, tienen que hacerla retroceder ligeramente.

Sin duda, se trataba de un proceso considerablemente

complejo. De eso no me cupo ninguna duda, pero sus dedos se movían de un modo tan ágil y preciso...

—Ya está. Hecho —dijo una vez que la sinuosa cinta quedó bien instalada. Todos los alumnos exhalaron un suspiro de alivio al unísono—. ¿Lo entendieron?

Apoyó las manos en la cintura y nos miró a todos, esperando una respuesta. No había ni rastro de tinta o aceite en sus dedos. Seguían siendo sus hermosos dedos de siempre.

No importaba cuántas veces me lo explicase: yo era absolutamente incapaz de memorizar los pasos que debía seguir para cambiar la cinta de tinta. Siempre que lo intentaba, la cinta acababa enredándose en algún sitio, o terminaba colocándola de tal manera que la tinta no alcanzaba el papel tras presionar una tecla. En fin, cosas así... Por eso me preocupaba tanto que se rompiera la cinta de la máquina de la escuela cuando realizaba alguno de los ejercicios de mecanografía.

Pero las cosas han cambiado. Ya no me preocupo. De hecho, me las arreglo para cambiar la cinta incluso más rápida y hábilmente que él; más que nada porque, desde que perdí la voz, agoto una cada tres días. Las viejas no las tiro. Las conservo y, sosteniéndolas en la mano, me paso largos ratos mirando las marcas de los caracteres que permanecen en ellas, repasándolas y acariciándolas con suavidad, como si dicha acción fuera a devolverme la voz en algún momento...

Le mostré al señor R el manuscrito incompleto de mi nueva novela. El señor R estaba al corriente de las numerosas páginas que ya llevaba escritas, así que se había ofrecido a acercarse a mi casa personalmente para echarle un vistazo y evitarme así el engorro de transportar todo aquel peso hasta la sede de la editorial.

Dedicamos una buena cantidad de tiempo a leer y comentar cada párrafo, uno por uno, atendiendo, sobre todo, a su función y necesidad —o falta de ellas— dentro del conjunto de la narración. Sopesábamos la elección de determinada expresión para sustituirla por otra más conveniente a nuestro juicio —cuestiones a veces tan livianas como escribir «cuaderno de notas» en vez de «bloc de apuntes», «champán» en vez de «cava» o «desviar la mirada» en vez de «apartar la vista»—, completábamos determinada carencia y aplicábamos recortes aquí y allá.

Apoltronado en el sofá con un montón de folios en las manos, el señor R leía y repasaba fragmentos sosegadamente, echaba vistazos aquí y allá mientras acariciaba la esquina inferior izquierda de las hojas, sujetando hábilmente uno de los folios entre los dedos. Trataba mi manuscrito con suma diligencia, aunque yo sentía cierto desasosiego cada vez que lo hacía. Me costaba asimilar que yo misma hubiera escrito una novela que mereciese ser tratada de manera tan exquisita.

—Bien, lo vamos a dejar aquí por hoy —dijo, y extrajo un cigarrillo y un encendedor del bolsillo interior de su chamarra mientras yo prendía con un clip las hojas llenas de anotaciones del borrador para evitar que pudieran desperdigarse.

—¿Le pongo más té? —propuse.

—Si pudiera ser un poco más fuerte te lo agradecería.

—Por supuesto.

Fui a la cocina a preparar más té. Corté unas porciones de bizcocho para acompañar y volví al salón con todo ello.

—¿Es tu madre? —preguntó señalando una fotografía que adornaba la repisa de la chimenea.

—Sí.

—Se parece a ti. Era muy guapa también.

—Qué va. Lo único que heredé de ella fueron mis dientes, fuertes y sin caries. Eso era lo que decía papá.

—Lo cual no deja de ser importante. La belleza depende de los dientes tanto como de cualquier otra cosa.

—Recuerdo que sobre la mesa de su estudio siempre tenía a mano un cucurucho de papel de periódico lleno de pescadito seco para botanear, que mascaba a menudo mientras trabajaba en una de sus esculturas. Cuando siendo yo un bebé todavía sin dientes gimoteaba dentro del parque, ella me daba un pescadito para que me entretuviera mordisqueándolo y me mantuviera callada un rato. Todavía tengo presente aquel sabor. Era como mascar aserrín y yeso, o tierra, qué sé yo.

El señor R se llevó la mano a la montura de sus lentes y sonrió discretamente sin levantar la vista.

Mientras nos comíamos el bizcocho permanecimos en silencio. Lo cierto es que, una vez finalizada la revisión de la novela, nunca me resultaba fácil encontrar un tema de conversación. No porque me sintiera incómoda en su presencia. Al contrario, su apacible respiración me envolvía por completo. Sin embargo, puesto que solo coincidíamos en aquellas sesiones de lectura de los borradores de mis novelas, desconocía todo acerca de él: su pasado, su familia, qué hacía los domingos, sus preferencias respecto a las mujeres o su equipo de beisbol favorito.

—¿Guardas muchas obras de tu madre? —quiso saber el señor R, después de prolongados minutos de silencio.

—Solo las que nos regaló a papá y a mí —repliqué, mirando de soslayo el retrato de mamá una vez más. Llevaba un vestido de verano de amplio vuelo y sonreía tímidamente. Me tenía sentada sobre su regazo y acariciaba mis piernecitas con sus manos robustas, acostumbradas a sostener martillos, cinceles, fragmentos de roca y otros objetos pesados relacionados con la escultura—. Creo que no le gustaba conservar sus esculturas. Sin embargo, me parece recordar que, cuando yo era pequeña, había muchas, estaban por todas partes; en mi habitación, por el suelo... Pero cuando llegó la citación de la Policía de la Memoria, las recogió. Seguramente se temía algo. Yo era solo una niña y la verdad es que no lo recuerdo bien.

—¿Dónde tenía su estudio tu madre?

—Es una sala que hay en el sótano. Por lo visto, antes de que yo naciera, trabajaba también en una casita de campo en un pueblo cercano al nacimiento del río.

Di un golpecito en el suelo con la punta de mis pantuflas.

—No sabía que tuvieran sótano —comentó el señor R.

—Lo llamamos sótano, pero en realidad no está bajo tierra. El vestíbulo mira hacia el sur y da a la calle, pero el ala norte de la casa da al arroyo. La mayor parte de los cimientos de la casa son rocas que forman parte también del lecho del arroyo; así que el estudio de mamá se encuentra bajo el nivel del agua.

—Qué complicado.

—A mamá le encantaba el sonido del agua. No el del ímpetu violento de las olas, sino el del suave discurrir del agua. Supongo que por eso compró aquella casa de campo junto a la ribera del río. Nunca podían faltarle esos tres elementos para trabajar: el sonido del agua, el parque y los pescaditos secos.

—Una combinación heterogénea —observó, e hizo girar el encendedor en la palma de su mano. Prendió un cigarrillo y continuó—: ¿Puedo pedirte que me enseñes el estudio del sótano? —solicitó, vacilante—. Si no te incomoda, claro.

—Por supuesto. No tengo ningún inconveniente en mostrárselo —me apresuré a contestar.

El señor R exhaló una bocanada de humo. Parecía aliviado tras haber hecho explícita aquella petición, que tal vez había estado reprimiendo durante algunos minutos.

Bajamos la escalera que conducía al estudio el uno junto al otro, envueltos en la penumbra. Él se sujetaba a mi brazo derecho respetuosamente y miraba con atención dónde ponía los pies.

—Es mucho más amplio de lo que había imaginado —comentó al llegar, recorriendo cada rincón con la mirada—. Pero hace bastante frío.

—Voy a encender la estufa. Pero tendrá que disculparme; es muy antigua y no funciona bien del todo, así que le lleva tiempo caldearse.

—No te preocupes —me tranquilizó él—. Este frescor procede del arroyo y resulta agradable.

—Lo cierto es que el estudio está totalmente abandonado, como puede ver. Papá sufrió un duro golpe con la muerte de mamá y apenas puso el pie aquí —le expliqué. De hecho, yo misma no había vuelto a bajar desde mi repentino encuentro con la familia Inui—. Pero, por favor, eche un vistazo a todo lo que quiera —lo animé.

Observó la ristra de objetos que había sobre la mesa de trabajo y recorrió con la mirada los anaqueles del mueble donde mamá guardaba sus herramientas —en cuya repisa superior reposaban las cinco esculturas que me trajeron los Inui—. Examinó con la vista cada una de las sillas de madera, se fijó en la puerta corrediza de cristal que comunicaba con el lavadero y, en definitiva, mostró un genuino interés por todo aquello que formaba parte del estudio, tan familiar a mis ojos que casi me parecía anodino. El señor R parecía querer impregnarse de aquella fría humedad que ya había calado las paredes y el aire del sótano en el pasado.

—Si así lo desea, puede echar una ojeada también al interior de los cajones o a sus cuadernos de apuntes.

Y el señor R así lo hizo, con la misma consideración con que había hojeado mi manuscrito minutos antes y levantando pequeñas nubes de polvo de piedra cada vez que tocaba algo. A través de la ventana alta se filtraba la luz del sol, y desde el arroyo llegaba ocasionalmente el sonido de los esporádicos chapoteos de las carpas doradas.

—¿Y esto? —preguntó.

Por fin había descubierto la cómoda situada bajo la escalera.

—Mamá guardaba en sus cajones sus pequeños objetos personales —expliqué.

—¿Objetos personales?

—Sí, pero ¿cómo puedo expresarlo? Eran cosas desconocidas para mí —dije, incapaz de encontrar palabras con las que ofrecer siquiera una somera descripción.

El señor R comenzó a abrir los cajones, uno a uno y en orden desde un extremo de la cómoda. Estaban vacíos.

—No hay nada en ninguno de ellos —advirtió.

—Cuando era niña, cada cajón albergaba un objeto, y a mamá le gustaba mostrármelos en sus ratos libres. Me explicaba todo acerca de cada uno, historias que no tenían nada que ver con las que yo leía en mis libros de cuentos.

—¿Y qué ocurrió con los objetos?

—No lo sé. De pronto, un día me di cuenta de que no estaban. Supongo que desaparecieron durante toda la confusión que se produjo cuando la Policía de la Memoria se llevó a mamá.

—¿Te refieres a que fueron confiscados por agentes de la Policía?

—No, más bien creo que fue mamá quien se deshizo de ellos en los días previos a su comparecencia ante la Policía, porque ninguno de sus agentes bajó al sótano. Además, solo ella y yo conocíamos su existencia. Ni siquiera papá sabía nada al respecto. Yo era tan solo una niña de diez años y no entendía el valor de dichos objetos, pero mamá debió de comprender la gravedad de la citación, y seguramente los escondió o se los entregó a alguien para que los guardara, o tal vez simplemente los tiró.

—Claro, comprendo —asintió, inclinado hacia la cómoda para no golpearse la cabeza con la esquina de la escalera mientras toqueteaba la manija de uno de los cajones y se impregnaba, tal vez, los dedos de óxido—. ¿Recuerdas exactamente qué guardaba tu madre?

Volvió la cabeza hacia mí. La luz que penetraba por la ventana alta refulgió en los cristales de sus lentes.

—A veces deseo acordarme con todas mis fuerzas —repliqué—, porque para mí no existe nada más precioso que aquellos momentos que pasábamos juntas. Pero no lo consigo; y a pesar de mantener viva y nítida la imagen de la expresión de su rostro, el tono de su voz e incluso la sensación que me producía en la piel el aire del sótano, a mi mente solo acuden formas borrosas cuando trato de rememorar los objetos que había en los cajones.

—Me encantaría que me contaras cualquier recuerdo, por vago e impreciso que sea —indicó el señor R—. Incluso aquello que pueda parecerte trivial.

—Vamos a ver... —Miré fijamente la cómoda, antaño elegante y exquisita, que se había convertido en un trasto polvoriento en un estado lamentable, con el barniz maltratado y las manijas oxidadas. Aquí y allá, aún conservaba las marcas de adhesivos que yo había pegado de niña.

—El objeto al que más cariño le tenía... —dije vacilante,

después de meditarlo durante unos segundos— era un recuerdo de la abuela que guardaba en uno de los cajones de la segunda fila. Se trataba de una piedra de color verde... Tan pequeñita como un diente de leche. Estoy segura de ello porque en aquella época yo estaba cambiando los dientes de leche por los de adulto.

—¿Era una piedra hermosa? —preguntó.

—Supongo que sí, pero no puedo asegurarlo. A pesar de que a mamá le encantaba pasar el rato contemplándola fascinada a la luz de la luna, yo no experimentaba emoción alguna al mirarla: ni percibía su belleza ni surgía en mí el deseo de probármela. Solo recuerdo el tacto frío que me producía cuando me la ponía sobre la palma de la mano. Cuando me encontraba delante de esta cómoda, con todos los objetos que escondían sus cajones, yo me sentía como un gusano de seda dormitando en el interior de su capullo.

—Sin duda, es una sensación que experimenta todo aquel que se encuentra ante un objeto olvidado, cuya memoria es apenas una sombra de lo que en realidad fue —observó el señor R, llevándose de nuevo la mano a la montura de sus lentes—. ¿El nombre de esa piedra podría ser *esmeralda*?

No entendí la palabra que el señor R acababa de pronunciar.

—*¿Es-me-ral-da?* —pronuncié entre dientes varias veces. Aquellas cuatro sílabas resonaron en mi interior con ecos lejanos y profundos—. Sí, ¡claro! ¡Era *es-me-ral-da!* Estoy segura. Pero ¿cómo conoce usted esa palabra?

Se hizo el silencio. En vez de responder a mi pregunta, el señor R continuó abriendo los cajones de la cómoda, haciendo sonar las manijas. Al llegarle el turno al primer cajón del lado izquierdo de la cuarta fila, se detuvo y se volvió hacia mí.

—Aquí había un perfume, ¿verdad? —preguntó.

Sentí deseos de preguntarle de nuevo cómo era posible que lo supiera, pero me contuve.

—Quedan restos de olor —aclaró él, y me presionó levemente el hombro para que me acercara a olerlo—. ¿Lo notas?

Incliné la cabeza hacia el cajón abierto y llené los pulmones de aire, recordando que mamá me había pedido hacer lo mismo, pero solo percibí el aire frío. Mucho más nítida era la impresión que su mano había dejado en mi hombro.

—Me temo que no —negué moviendo la cabeza a ambos lados.

—Es normal. Aquello que se olvida una vez, se olvida para siempre —sentenció, volviendo a cerrar el cajón—. Pero yo no he olvidado ni la belleza de la esmeralda ni el olor del perfume —añadió, frunciendo el ceño—. Yo mantengo vivos todos y cada uno de mis recuerdos.

9

Con los rigores del invierno, el aire de la isla fue tornándose denso y pesado, y la luz del sol etérea y raquítica. El fuerte viento que invariablemente se desataba al atardecer obligaba a la gente a caminar con las manos enfundadas en los bolsillos de sus abrigos, la espalda corva y el paso presuroso.

Cada vez era más habitual encontrarse con camiones cubiertos de lonas verde militar recorriendo las calles. A veces transitaban a toda velocidad haciendo sonar sus sirenas, y otras se desplazaban pesadamente con un sempiterno y estridente tembleque de la estructura de sus cabinas, dejando entrever entre las aberturas dejadas por los bordes de las lonas el bajo del abrigo de alguna persona, unos zapatos o parte de una maleta.

La actividad policial relacionada con las inspecciones de recuerdos fue aumentando e intensificándose progresivamente. Por ejemplo, misivas de citación como la recibida por mi madre dejaron de emitirse y la Policía empezó a actuar al amparo del factor sorpresa. No había cerradura que se interpusiera en sus propósitos y, por supuesto, iban armados. Asaltaban las casas y rastreaban cualquier sitio donde pudiera ocultarse una persona —fondos de armario, debajo de las camas— para llevarse por la fuerza no solo a quien allí se ocultara, sino también a quien le hubiera proporcionado refugio, en caso de que lo hubiese hecho.

Después de la expulsión de las rosas del mundo de los objetos de la isla no se produjeron nuevas desapariciones, y, sin embargo, dejó de ser excepcional tener algún conocido que hubiera desaparecido, ya fuera este un viejo compañero de instituto, un familiar lejano del pescadero o alguien de la ciudad vecina. Las desapariciones eran a menudo el resultado directo de una inspección de recuerdos, pero a menudo también significaban que la persona en cuestión había previsto de una u otra manera la inminente visita de la Policía y había logrado ocultarse sin dejar rastro; aunque también es cierto que no pocas veces se descubría el escondite.

Nadie deseaba meter las narices en aquel delicado y dramático asunto, y el mero hecho de murmurar acerca de él era visto como un modo de exponerse al peligro de sufrir represalias. Nadie decía nada, incluso cuando toda una familia desaparecía de su casa. Quienes pasaban por delante levantaban la vista hacia una de las ventanas y rezaban por que no les hubiera pasado nada a ninguno de sus miembros mientras se alejaban en silencio. Los habitantes de la isla acabaron familiarizándose por completo con las desapariciones de uno u otro tipo.

—Si no quieres escuchar lo que voy a contarte, solo tienes que decírmelo.

—¿Eh? —repuso sorprendido el anciano, y dejó de cortar el pastel de manzana—. Qué cosas tan complicadas dice usted, señorita —añadió, y seguidamente susurró, repitiéndolas, las palabras que yo acababa de pronunciar, como si tratara de asimilarlas—. ¿Cómo voy a decirle que no quiero escuchar lo que tiene que decirme sin saber qué es?

—Es que lo que me propongo contarte es confidencial, y una vez que lo sepas no podrás echarte atrás. Tienes que decirme ahora si vas a ser capaz o no de mantener un secreto, antes de que sea demasiado tarde. Evidentemente, no estás obligado a escucharme. Puedo guardármelo para mí durante toda la vida. Pero una vez que sepas lo que yo sé, habrás de guardar silencio. ¿Quieres escucharme o no?

El anciano dejó el cuchillo sobre la mesa y cruzó las manos sobre su regazo. El agua del cazo sobre la estufa de leña había empezado a hervir y la luz que penetraba en la estancia a través de la ventana de ojo de buey iluminaba el pastel de manzana, haciendo que brillase la cobertura de mantequilla.

—Adelante —dijo el anciano, mirándome a los ojos.

—Puedes verte envuelto en un asunto peligroso —advertí antes de empezar.

—Muy bien. Estoy avisado.

—Con riesgo para tu propia vida...

—De todos modos, no me queda tanta...

—¿Seguro?

—Señorita, no le dé más vueltas. Suelte ya lo que tenga que decirme.

El anciano descruzó las manos y volvió a cruzarlas.

—Hay una persona a la que quiero ayudar y estoy buscando un lugar donde pueda esconderse —dije. Me detuve para observar su reacción. No pareció alterarse lo más mínimo; se limitó a esperar a que yo continuara—. Soy consciente del grave peligro al que nos exponemos si se descubre lo que estoy tramando —proseguí—, pero si no hago nada por esta persona especial para mí, sé que acabaré perdiéndola del mismo modo que perdí a mi madre. No puedo hacer esto sola y por eso acudo a ti. Necesito a alguien de plena confianza que me ayude.

El viento arreció y embistió contra el ferri, haciendo chirriar su armazón y tintinear los dos platos sobre los que reposaba el pastel de manzana.

—¿Puedo hacerle una pregunta? —intervino el anciano.

—Claro.

—¿Qué tipo de relación tiene usted con la persona a la que pretende ayudar?

—Es mi editor, la persona que lee mis novelas antes que nadie cada vez que las termino y la que mejor me comprende como escritora; así pues, puedo considerarlo un buen amigo.

—De acuerdo. Puede contar con mi ayuda, señorita —replicó el anciano.

—Muchísimas gracias —dije, poniendo mi mano sobre las suyas cruzadas, arrugadas y grandes.

Coincidimos en que el cuarto trastero ubicado entre el suelo del primer piso y el techo de la planta baja, de cuya obra se había encargado un carpintero amigo de papá, y cuya función principal había sido almacenar aquellos libros y papeles que él no necesitaba consultar con demasiada frecuencia, sería el escondite más seguro, en parte porque el único acceso al mismo era una trampilla en el suelo del despacho de papá.

El cuarto, que era un poco más largo que ancho, no medía más de cuatro metros cuadrados y apenas tenía un metro ochenta de altura —sin duda, el señor R, que era considerablemente alto, no podría estirar los brazos para desperezarse—, carecía de agua corriente y de cualquier mísero ventanuco por el que pudiera penetrar la luz exterior. Por suerte, tenía luz eléctrica.

El estudio del sótano era, desde luego, mucho más amplio y práctico para alojar a una persona, pero los vecinos estaban al corriente de su existencia y, además, podía accederse a él desde el puente, siempre que quien lo cruzase no se dejara intimidar por el deplorable estado en que se encontraba. No me cabía ninguna duda de que sería el primer lugar de la casa donde la Policía buscaría a un hipotético fugitivo. Sin embargo, la mañana en que se apersonaron en casa para confiscar parte del trabajo y de los recuerdos de papá, el cuarto trastero donde almacenaba papeles y libros les había pasado completamente desapercibido a los agentes durante la inspección. Salvaguardar la integridad del señor R requería una medida tan extrema como mantenerlo oculto en un espacio tan angosto y aislado del mundo exterior como el del trastero.

El anciano anotó en unas hojas del diario de abordo las cinco pautas que yo debía seguir a partir de ese momento:

1. Deshacerse de los papeles y libros de papá almacenados en el refugio. Tienen relación con los pájaros y no nos conviene descuidarnos en el más mínimo detalle.

2. Limpiar y desinfectar el cuarto. La limpieza es fundamental. No nos podemos permitir que el señor R enferme. No habría ningún médico a quien recurrir.

3. Extender una alfombra sobre la entrada del refugio. Tendrá que ser una con un diseño lo más anodino posible, que no llame la atención.

4. Tratar de acumular el menor número posible de utensilios básicos para la vida diaria en el refugio y evitar comprar nuevos si no es estrictamente necesario. No podemos permitirnos levantar ni la más leve sospecha.

5. Idear el modo de transportar al señor R hasta la casa. Lo más importante resulta ser lo más difícil.

A continuación, apuntó el plan de actuación que le correspondía a él:

1. Instalar un sistema de ventilación. El escondrijo es tan pequeño que ello va a resultar imprescindible.
2. Instalar agua corriente. Alguna forma habrá de arreglárselas para ello.
3. Pegar un papel de pared lo más grueso posible que haga de aislante térmico y sonoro.
4. Instalar un baño. La obra va a ser un quebradero de cabeza, pero trataré de llevarla a cabo con la mayor discreción.
5. Trabar amistad con el señor R. Esto es de vital importancia, puesto que, a partir de ahora, la vida del señor R va a depender en gran medida de que confiemos totalmente el uno en el otro.

Dedicamos un buen rato a discutir todos los detalles y a memorizar cada uno de los pasos que debíamos seguir para la puesta a punto del refugio hasta que llegara el momento de acoger al señor R. Nos aseguramos de no dejar ningún detalle por resolver. Nos imaginamos todos los posibles accidentes e imprevistos que pudieran surgir y tratamos de pensar el modo de superarlos. ¿Qué haríamos si nos topásemos con una patrulla mientras transportábamos los materiales para los arreglos del escondite? ¿Qué ocurriría si el perro del vecino percibiera el olor del señor R? Y lo peor de todo..., ¿qué pasaría si una inspección de recuerdos sorprendiera al señor R antes de lograr ponerse a salvo? Desde luego, las preocupaciones eran constantes.

—Bien, es hora de tomarnos un respiro —propuso el anciano mientras alcanzaba el cazo que descansaba sobre la estufa y vertía agua hirviendo en la tetera. Luego agarró el cuchillo para continuar cortando las porciones de pastel que había dejado a medias—. Comamos un poco de pastel de manzana.

Esperamos a que las hojas de té diluyeran su esencia en el agua y nos servimos.

—Incluso la mayor preocupación que uno pueda imaginar no pasa de ser precisamente eso: una preocupación sin más —dijo el anciano.

—¿Tú crees?

—Confíe en mí. Todo saldrá bien.

—Sí, todo va a salir bien, ¿verdad que sí?

A modo de respuesta, el anciano me sirvió un plato en el que había extendido una servilleta blanca de papel sobre la que reposaba una gran porción de pastel. Debía de tomarme aún por una adolescente a la que debía alimentar bien en beneficio de su desarrollo físico, porque siempre insistía en que comiera más de lo que yo estaba dispuesta. El mantel que cubría la mesa no tenía una sola arruga, y en el centro había puesto un pequeño florero con una ramita de alguno de los arbustos de bayas rojas que crecían en la cima del cerro.

Tras releer las notas del diario de abordo y asegurarnos de haberlas memorizado, el anciano arrancó las dos páginas correspondientes y las arrojó a las llamas de la estufa para no dejar rastro alguno de nuestras intenciones. El fuego las redujo a cenizas en un abrir y cerrar de ojos, y ambos permanecimos en silencio durante unos segundos con la vista clavada en las llamas. Tuve la sensación de que nuestro ánimo se había calmado a pesar del enorme riesgo que se avistaba en el horizonte. La fragancia del pastel de manzana colmaba la acogedora atmósfera del camarote.

Los preparativos comenzaron a partir del día siguiente. Separé en pequeños montones los papeles y libros que papá tenía almacenados en el trastero y los quemé en la incineradora del jardín como si se tratara de viejas revistas de moda de las cuales quisiera deshacerme. Respecto a la alfombra, coloqué la que estaba en la sala de visitas, y en cuanto a los objetos y productos de uso diario, hubo suficiente con los que ya tenía en casa.

Sin embargo, la reforma que requería el trastero para convertirse en el refugio del señor R no iba a resultar tan sencilla. Por un lado, se rumoreaba que los carpinteros cooperaban con la Policía de la Memoria y que informaban a esta en cuanto les solicitaban alguna obra que pudiera considerarse sospechosa, pero la idea de ser descubiertos llevando a cabo una reforma con nuestras propias manos, sin la ayuda de un carpintero, se me antojaba incluso menos atractiva.

Solo el hecho de transportar hasta allí las herramientas y los materiales necesarios me preocupaba enormemente. Haciendo un alarde de ingenio, el anciano se ató a la espalda tubos y listones de madera; se enrolló a la cintura una bolsa repleta de clavos, tornillos y bisagras, y logró ocultar con éxito todas las herramientas en el interior de los bolsillos. Por supuesto, su llegada a casa, sano y salvo, supuso un alivio indescriptible. Según me contó, había hecho todo el trayecto en bicicleta, mientras sonaba toda una sinfonía metálica proveniente de debajo de su ropa, como si tuviera los huesos sueltos y rotos en mil pedazos. El anciano rio de buen humor mientras estiraba la espalda con extraños movimientos y me relataba los pormenores.

Trabajaba de manera asombrosa. Era preciso y minucioso, paciente y ágil, de vez en cuando se detenía para consultar unas notas garabateadas también en las hojas del diario de abordo y dedicaba unos instantes a meditar concienzudamente acerca del siguiente paso antes de volver a ponerse manos a la obra. Agujereó la pared e introdujo uno de los tubos, que empalmó a una tubería que discurría por el desván, e instaló una nueva toma de corriente; cortó una tabla de contrachapado y la fijó con clavos. Yo traté de estar a su disposición sin importunarlo demasiado.

Puse un disco de música sinfónica con el volumen suficientemente alto para que no se oyeran los ruidos de la obra desde el exterior, y el anciano aprovechaba el clímax de cada pieza musical para utilizar el martillo y el serrucho. Los trabajos continuaron sin pausa para almorzar.

La tarde del cuarto día, la obra estuvo concluida. Nos sentamos en el centro del nuevo refugio, recién terminado, y recorrimos sus paredes con la mirada. El color beige que había elegido para el papel de pared era acertado y el acabado general del habitáculo, sencillo, cálido y elegante, resultaba mucho más satisfactorio de lo que había sido capaz de imaginar. Su angostura era irremediable, pero al menos reunía todo lo imprescindible para vivir: una cama, una mesa, una silla y un inodoro instalado en uno de los rincones, detrás de una mampara de madera contrachapada. El anciano había colgado un bidón de plástico que hacía las veces de cisterna y que yo me encargaría de llenar a diario. La nueva tubería permitía que el agua corriese desde el inodoro hasta el sistema de desagüe de la casa.

También tuvo la ocurrencia de instalar un sencillo dispositivo de comunicación que nos permitiría intercambiar algún tipo de información sin necesidad de entrar o salir del refugio y que consistía básicamente en un tubo que conectaba el refugio con la habitación donde yo trabajaba, en cuyos extremos encajó la boca de sendos embudos que servirían tanto de auricular como de altavoz.

Las sábanas y la colcha, recién lavadas, relucían sobre la cama mullida; las sillas y la mesa olían a madera todavía fresca, y la tenue luz naranja del foco iluminaba suficientemente todo el refugio. Tras apagar la luz y subir por la escalerilla, empujamos la trampilla y salimos del refugio, cosa que no resultaba especialmente fácil, dada la estrechez de la abertura. En primer lugar, había que encoger bien los hombros para atravesarla y, en segundo lugar, aguantar el peso del cuerpo con los dos brazos y hacerlo girar ciento ochenta grados. La verdad es que el anciano tuvo que ayudarme.

Por un lado, me preocupaba que, debido a su corpulencia, el señor R fuera a tener problemas para salir del refugio por el hueco de la trampilla, pero, por otro lado, pensé que apenas iba a necesitar salir y me sentí algo más tranquila.

Cerramos la trampilla y extendimos la alfombra por encima, de modo que habría sido difícil sospechar que bajo ella no hubiera un suelo normal y corriente. Caminé sobre la alfombra, dando algunas vueltas, pero en ningún momento percibí en la planta de los pies ninguna señal que advirtiera de la existencia de una estancia secreta.

10

—Tengo un refugio en el que podría ocultarse —le informé al señor R una vez que el tema laboral que tratábamos quedó zanjado. Se lo dije sin modificar ni la expresión de mi rostro ni el tono de mi voz, como si estuviera invitándolo a comer.

Ese día, el vestíbulo del edificio de la editorial estaba lleno de gente, y por todas partes se oían risas, el tintineo de las tazas de café y teléfonos sonando. En medio de esa algarabía, no me quedaba más remedio que ir al grano y evitar los rodeos.

—Ahí estará a salvo. Haga los preparativos cuanto antes, por favor.

—¿Estás segura? —dijo, al tiempo que dejaba en el cenicero el cigarrillo que sostenía entre sus dedos y me miraba fijamente.

—Por supuesto —repliqué.

—Pero ¿cómo sabes...?

—Eso es lo de menos. Lo importante es que se mude allí antes de que analicen su código genético y...

—Ya tengo una decisión tomada —se apresuró a decir, interrumpiéndome.

—¿Eh? ¿A qué se refiere?

—Verás, mi esposa está embarazada de ocho meses y no le he hablado de mi capacidad para recordar. En el estado en que se encuentra, no voy a dejarla sola; y la otra alternativa, es decir, escondernos juntos, queda fuera de toda consideración en un momento como este, en que necesitará el entorno y las condiciones esenciales para dar a luz y cuidar del bebé.

—Debe esconderse usted solo. De ese modo ayudará a su esposa y a su hijo.

—Pero ¿cómo será mi vida? Ni siquiera sé cuándo podré salir.

El humo procedente del cigarrillo se elevaba formando una sinuosa cortina entre él y yo. Dio tres golpecitos con el encendedor sobre la mesa como si con dicha acción tratara de tranquilizarse.

—Nadie sabe lo que nos deparará el futuro —afirmé—. Y puesto que en esta isla todo parece condenado a desaparecer, también habrá un final para la Policía de la Memoria.

—Nunca imaginé que te oiría decir cosas así. Me siento algo confundido —confesó él.

—Sí, desde luego que he sido un tanto categórica, pero debe comprender que lo más urgente ahora es escapar de la inspección de la memoria que se cierne sobre usted. Es lógico que le preocupe dejar sola a su esposa; sin embargo, si ella conociera los detalles, lo comprendería y lo apoyaría. Yo me encargaré de que todo salga bien. No se preocupe. Estoy segura de que volverá a reunirse con su esposa y su bebé. Piense que lo hago también por mi propio interés: si la Policía de la Memoria se lo llevara, ¿qué sería de mi novela?

En ese momento, me percaté de que había ido elevando el tono de voz sin darme cuenta; así que me detuve, respiré hondo y apuré mi taza de café.

La fuente del patio interior se había detenido y sobre sus aguas calmas flotaban inertes algunas hojas secas mientras un gato negro dormitaba sobre el pequeño muro de ladrillo. Las flores de los parterres, ya secas, permanecían tal cual, impertérritas sobre sus tallos, y, desparramados por el suelo, había algunos fragmentos de papel que el viento había llevado hasta allí.

—¿Dónde se encuentra ese refugio? —preguntó por fin el señor R bajando la mirada hacia el encendedor sobre la palma de su mano.

—De momento, es mejor que no lo sepa —respondí, según lo acordado con el anciano—. Sería una información que podría ponernos en un grave peligro a todos nosotros en caso de filtrarse, y hemos de asegurarnos de que, una vez que se esconda, sea como si se lo hubiera tragado la tierra, sin dejar el más mínimo rastro detrás de usted. Lo entiende, ¿verdad?

El señor R asintió con la cabeza.

—Ni que decir tiene que puede depositar toda su confianza en mí —proseguí—. Lo tengo todo perfectamente planeado.

—Entonces, creo que no me equivoco al afirmar que estás metiéndote en un buen lío por mi culpa.

Sobre la mesa se encontraba el manuscrito de mi novela, y encima de ella reposaban la pluma y el lápiz que él y yo habíamos utilizado respectivamente, apenas unos instantes antes. Por fin, aplastó el cigarrillo en el cenicero y elevó lentamente la mirada hacia mí. Sus ojos no reflejaban confusión alguna. Al contrario, transmitían una tranquilidad cabal y meditada. La sombra que, a medida que se apagaba la luz procedente del patio interior, se proyectaba sobre sus ojos les otorgaba una expresión melancólica.

—No se equivoque. Lo único que me mueve a esto es mi deseo de continuar escribiendo novelas para que usted las publique —dije, y traté de sonreír, pero mis labios estaban rígidos y apenas logré esbozar una mueca—. Bien, ahora paso a informarle del plan. El miércoles próximo, es decir, pasado mañana, preséntese a las ocho de la mañana en los torniquetes de salida de la estación de metro de Chuo. Quizás suene un tanto precipitado, pero no puede ser ningún otro día más que el miércoles, ¿de acuerdo? De todos modos, si tuviera más tiempo, lo perdería en preparativos innecesarios, y, en la situación presente, sobran los preparativos, ¿entendido? Su único equipaje será su propio cuerpo. Acuda con la ropa habitual de trabajo y la mochila. Yo misma me encargaré de pedirle a su esposa aquellos objetos que usted considere imprescindibles, sean estos los que sean, y de llevarlos al refugio. Bien, acto seguido compre un periódico de economía en el quiosco de la estación y deténgase a leerlo enfrente de una crepería que hay a mano derecha, tras atravesar los torniquetes de salida. A esa hora la crepería todavía estará cerrada, pero no le dé ninguna importancia. Transcurridos unos instantes, un anciano con chamarra y pantalones de pana, y una bolsa de papel de la panadería bajo el brazo, se acercará a usted. Préstele atención, pero no le dirija la palabra. Un simple intercambio de miradas de una décima de segundo bastará como señal identificativa, ¿de acuerdo? A partir de ese momento, sígalo. Y recuerde: no trate de hablar con él. Eso es todo.

Expuse el plan entero sin detenerme apenas a tomar aire.

El miércoles amaneció lluvioso. No se trataba de un tímido chubasco pasajero, sino de una tempestad cuyos violentos remolinos parecían dispuestos a tragarse la isla entera. Desde la ventana de mi habitación, con la cortina descorrida, no se veía nada, solo chorros de agua resbalando por los cristales.

No tenía del todo claro si esa circunstancia favorecería o complicaría nuestros planes, ya que si bien podría ayudar al señor R y al anciano a pasar desapercibidos a ojos de la Policía de la Memoria, también podría entorpecer notablemente la libertad de movimiento de ambos. Fuera como fuese, no me quedaba más alternativa que esperar.

Aticé las brasas de la estufa para caldear la casa y preparé té. Estuve pendiente todo el rato de si se les veía por la ventana para correr a abrir la puerta de entrada. Desde la estación de Chuo hasta mi casa se tardaba normalmente unos veinticinco minutos, pero, dadas las condiciones meteorológicas, quién sabía cuánto tiempo extra habría que añadir a tal previsión...

Pasadas las ocho y veinticinco minutos tuve la impresión de que las agujas del reloj avanzaban más despacio y, de pie en el pasillo externo, empecé a lanzar miradas al reloj de pared del comedor y a la ventana alternativamente. Una y otra vez debía pasar la manga del suéter por el cristal de la ventana para eliminar el vaho que se formaba constantemente sobre su superficie, pero lo único que veía —a pesar de que ambas mangas acabaron completamente empapadas de tanto refregar— era una cascada de agua que, como si del telón de un teatro se tratara, lo ocultaba todo, tanto los árboles del jardín como la valla o los postes de la luz y, por supuesto, el cielo. Era un telón grueso y asfixiante, y yo rezaba con todas mis fuerzas para que el señor R y el anciano consiguieran colarse por alguno de sus pliegues y arreglárselas para llegar a casa sanos y salvos. Era la primera vez que rezaba en mucho tiempo.

Por fin, pasadas las ocho cuarenta y cinco llegaron a casa. En cuanto abrí la puerta se precipitaron al vestíbulo, agarrándose por los hombros y calados hasta los huesos. A su paso iban dejando un reguero de agua y el pelo parecía habérseles adherido al rostro, la ropa se les había empapado de tal manera que parecía otra y, a cada paso, los zapatos producían un breve chapoteo. Les pedí que pasaran al comedor y que tomaran asiento frente a la estufa.

El periódico de economía y la bolsa de papel de la panadería parecían esponjas empapadas y los bollos que había comprado el anciano se habían convertido en una masa informe y pegajosa, y, por supuesto, incomestible.

El señor R se quitó el abrigo y se dejó caer sobre una silla, tras lo cual cerró los ojos y respiró hondo. El anciano hizo lo posible por que entrara en calor, dirigiendo la estufa hacia él y yendo a buscar una manta para colocársela sobre los hombros. Cada vez que se movía iba dejando gotas de agua por todas partes. Finalmente, los esfuerzos del anciano dieron sus frutos y tanto el señor R como él mismo empezaron a recuperar la temperatura.

Los tres permanecimos unos minutos en silencio, escuchando la lluvia y con la mirada fija en la estufa. Aunque teníamos muchas cosas que decirnos y preguntarnos, no éramos capaces de articular palabra, como si algo nos presionara el pecho. A través del pequeño agujero redondo de la puerta de la estufa contemplamos hipnotizados la danza de las llamas.

—Todo ha salido bien —murmuró el anciano como si hablara consigo mismo—. Si de algo ha servido la lluvia ha sido para ocultarnos.

En ese momento, tanto el señor R como yo levantamos la cabeza.

—Me alegro de que no se hayan encontrado con ningún problema —dije.

—Por si acaso —prosiguió el anciano—, hemos dado un buen rodeo antes de entrar en la casa, para despistar a quien pudiera estar siguiéndonos, suponiendo que hubiera alguien haciéndolo.

—Sin embargo —intervino el señor R—, nunca imaginé que el refugio fuera tu casa.

Todos hablábamos en voz baja, como si alterar la calma del comedor pudiera traer consecuencias.

—Lo comprendo —repliqué—. De hecho, no tengo ninguna conexión con la organización clandestina que los gestiona. Lo he planeado yo sola y... Ah, permítame presentarle a quien desde que nací ha sido un amigo cercano de la familia, y ahora único colaborador nuestro.

Ambos hombres sacaron la mano por debajo de las mantas para estrechársela.

—¿Cómo puedo agradecérselo? —inquirió el señor R dirigiéndose al anciano, quien movió la cabeza a los lados visiblemente azorado mientras se apresuraba a cubrir la mano del señor R de nuevo con la manta.

—Antes que nada —tercié—, voy a preparar algo caliente para beber.

Calenté las tazas, preparé té en abundancia y lo tomamos pausadamente, recreándonos en el paso del tiempo e invitando al silencio a sentarse con nosotros.

Poco a poco, las ropas de ambos fueron secándose, el cabello del señor R recuperó su volumen y las mejillas del anciano recobraron su rubor habitual. Fuera, la tempestad no amainaba.

—Creo que ha llegado el momento —dije, tras echar un vistazo a sus tazas y asegurarme de que no quedaba té en ellas—. Vayamos al refugio.

Enrollé la alfombra y dejé al descubierto la trampilla. Cuando la abrí, el señor R soltó una exclamación de sorpresa.

—¡Oh! —dijo, y a continuación, moderando el tono de

voz, musitó—: Parece la entrada a una gruta que flota en el espacio.

—Tal vez tenga razón con eso de gruta —concedí con algo de ironía—, pero aquí al menos estará a salvo. Nadie podrá verlo ni oírlo desde el exterior.

Primero descendió el anciano por la escalerilla, luego yo y, finalmente, el señor R. Tres personas juntas en un espacio tan angosto hacían que aquello pareciera la minúscula madriguera de unos roedores. El señor R colocó su mochila sobre el colchón de la cama y, a juzgar por lo abultada que estaba, deduje que en esta ocasión, en vez de guardar manuscritos y galeradas, guardaba objetos mucho más importantes para la subsistencia diaria.

El anciano le explicó, entre otras cosas, cómo funcionaban el intercomunicador de embudos, la estufa eléctrica y el inodoro, a lo que el señor R prestó la debida atención, asintiendo con la cabeza a cada frase.

—Si surge algún imprevisto, puede contar con él —le dije al señor R en referencia al anciano—. No hay ninguna obra que se le resista —añadí, acompañando mis palabras con unos suaves golpecitos en el hombro del anciano, que se azoró y se llevó una mano a la cabeza para acariciársela. En los labios del señor R se dibujó una levísima sonrisa.

Una vez terminadas las explicaciones, el anciano y yo subimos por la escalerilla. Seguro que el señor R necesitaba descansar después de una jornada de tanto estrés, así como reflexionar acerca de lo acaecido y asimilar la brusca separación de sus seres queridos.

—A las doce le traeré el almuerzo. Para cualquier cosa que necesite, por favor, utilice el intercomunicador —dije, volviéndome hacia el señor R antes de salir del refugio.

—De acuerdo. Gracias —replicó él.

Salí, cerré la trampilla y la cubrí de nuevo con la alfombra. Me detuve y dirigí la vista al suelo, incapaz de abandonar la estancia. En mi cabeza resonaban una y otra vez las últimas palabras del señor R como un eco ralentizado procedente del fondo de un pozo.

11

A pesar de que el señor R llevaba ya diez días escondido en el refugio, ni él ni yo nos habíamos habituado a la nueva situación. ¿Cuándo debía llevarle té, a qué hora exactamente debía servirle las comidas o cada cuántos días debía cambiarle las sábanas? Estas cuestiones, entre otras, iban ajustándose, como ruedas de un engranaje, a medida que pasaban los días.

Aunque me sentara a trabajar, no paraban de revolotearme en la cabeza asuntos relacionados con el refugio y el señor R, y eso frenaba el avance de mi novela. Me daba la sensación de que se aburría, y, entonces, tomaba el embudo del intercomunicador para iniciar una conversación, porque eso precisamente era lo que pensaba que él deseaba. Pero al final no lo hacía. Lo que sí hacía era acercar mi oreja el orificio del embudo y aguzar el oído tratando de percibir, sin éxito, algún sonido, por liviano que fuera. Paradójicamente, ese silencio era para mí la mejor prueba de que el señor R se encontraba allí abajo, en el refugio.

Con el transcurso de los días, todo fue mejor. Cada mañana, a las nueve en punto, me presentaba ante la trampilla con el desayuno y la golpeaba con los nudillos —aprovechaba esa primera visita del día para llenarle de agua el bidón de plástico que hacía de cisterna del inodoro—. El almuerzo quedó establecido a la una, y si el señor R necesitaba alguna cosa, me pasaba una nota y algo de dinero, y yo lo compraba en mi paseo vespertino. Libros, cuadernos de apuntes, navajas de recambio para la máquina de afeitar, goma de mascar con nicotina para fumadores que desean dejarlo —el motivo de esto era que en el estrecho interior del refugio lo más sensato era evitar fumar—, agua tónica, entre otras cosas, solían formar parte de su lista. Y la cena, a las siete de la tarde. El baño tenía lugar cada dos días, y consistía simplemente en pasarse una toalla empapada en agua caliente por el cuerpo. Y una vez que la oscuridad se cernía sobre la ciudad, solo restaba esperar pacientemente la llegada de una nueva aurora que pusiera fin a la aparente perpetuidad de la noche.

Cuando volvía al refugio para retirar la charola de la cena, a veces me quedaba un rato charlando o tomando el postre con él si había podido adquirir algo especial. Charlábamos de cosas ligeras y banales sentados en la cama y alargando de vez en cuando la mano para deleitarnos con el sabor de alguna galleta o un trozo de pastel.

—¿Vas acostumbrándote? —pregunté, tuteándolo por primera vez.

—Sí, gracias a ti —replicó.

Vestía un sencillo suéter negro y, en la estantería que el anciano había instalado, había colocado en perfecto orden un espejo, un peine, una pomada, un reloj de arena y un amuleto. Junto a la cabecera de la cama había una pila de libros viejos, entre los cuales se encontraban la autobiografía de un compositor que se había suicidado muchos años antes, un libro de astronomía y una novela histórica ambientada en la época en que la montaña del norte era todavía un volcán activo.

—Si necesitas algo, no dudes en pedírmelo.

—Gracias, pero de momento me encuentro muy bien.

A pesar de su amable respuesta, no daba la impresión de haberse acostumbrado aún. Estaba sentado, levemente encogido, sabiendo que cualquier movimiento mal calculado podría suponerle un golpe seguro contra la lámpara, la estantería o la mampara de separación del retrete, y mantenía una actitud cohibida, siempre con ambas manos sobre las rodillas. La cama era realmente pequeña, y no había nada, ni flores ni música de fondo, que aliviara la austeridad del ambiente. El aire del habitáculo estaba tan estancado que parecía no poder mezclarse con la fina lámina de aire que rodeaba al señor R.

—Pero, por favor, come más —sugerí, señalando unas galletas que había sobre la mesa—, si te apetece.

Con la llegada del invierno, la oferta de alimentos disminuía y, por tanto, resultaba más complicado conseguir dulces. Aquellas galletas, en concreto, las había hecho el anciano con harina de avena que un agricultor conocido suyo le había llevado.

—Están muy buenas —dijo zampándose una de un bocado.

—Desde luego, el anciano no tendría ningún problema para ganarse la vida como cocinero.

Él acabó comiendo dos galletas y yo cuatro.

—Puesto que casi no me muevo aquí dentro, no tengo mucho apetito —se excusó después de rechazar una tercera galleta.

La estufa eléctrica apenas tenía potencia para caldear el lugar, pero afortunadamente no hacía demasiado frío. En cuanto nos quedábamos en silencio, podía escuchar muy cerca de mí su respiración. No teníamos más remedio que sentarnos muy juntos. En ocasiones, cuando desviaba la vista hacia donde él estaba sentado, captaba el contorno de su perfil, nítidamente delineado bajo la luz naranja de la lámpara.

—¿Puedo preguntarte una cosa? —me atreví a decirle mientras contemplaba su rostro.

—Claro —contestó.

—¿Qué siente uno al no olvidar nada?

El señor R se ajustó los lentes con un suave empujón del dedo índice y, acto seguido, se llevó la mano al mentón.

—Qué pregunta tan complicada —se limitó a contestar.

—¿Si la memoria se atiborra de recuerdos, no tienes la sensación de estar a punto de explotar?

—En cualquier caso, creo que la pregunta no es acertada. Nuestra memoria no tiene límites definidos, y por eso tiene la flexibilidad suficiente para dar cabida a cualquier tipo de recuerdo, tenga este la forma que tenga, y por eso uno puede adentrarse en ella y explorarla sin encontrarse con calles cortadas.

—Guardas un vivo recuerdo de todas y cada una de las cosas que han ido desapareciendo de la isla, ¿no es así?

—No estoy seguro de poder llamarlo «vivo recuerdo», porque los recuerdos van experimentando cambios con el paso del tiempo —explicó—; pero aunque tal vez no sean muy nítidos, e incluso algunos de ellos vayan difuminándose hasta desvanecerse, ello, en esencia, no es comparable con la fulminante desaparición de recuerdos que sufren los demás habitantes de la isla.

—¿En qué sentido no es comparable? —pregunté sin dejar de toquetearme nerviosamente las uñas.

—En el sentido de que nadie arranca de cuajo mis recuerdos. Aunque algunos de ellos parezcan haberse evaporado para siempre, dejan tras de sí una vibrante estela que a veces resuena, o son como minúsculas semillas que esperan agazapadas entre la tierra a que llueva para germinar. Y aquello que brote tal vez no sea una imagen clara y nítida, sino un temblor, un dolor, un gozo o una lágrima.

El señor R habló seleccionando cuidadosamente las palabras, como paladeándolas una a una a medida que brotaban de su pensamiento y antes de salir de sus labios.

—A veces imagino que sujeto tu corazón* entre mis manos y lo contemplo —dije—. Es justo del tamaño adecuado para descansar en la palma de mis manos y tiene una textura carnosa y gelatinosa. Lo sostengo con devota aprensión, consciente de que un leve descuido bastaría para que se me resbalara y cayera al suelo. Cierro los ojos para sentir por completo cómo su calidez se filtra a través de mi piel. Al haber estado en la cavidad torácica, arropado por el calor corporal, conserva una temperatura superior a la del propio cuerpo. Y así, con el corazón en las manos, la textura de todos aquellos objetos olvidados se va materializando y poblando mi memoria de nuevo con todo su abanico de sensaciones táctiles. ¿No crees que poder hacer algo así sería maravilloso?

—¿Deseas recuperar el recuerdo de todo aquello que has ido olvidando? —preguntó.

—No estoy segura de desearlo de verdad —repliqué con total honestidad—. Mejor dicho, no sé exactamente qué querría recordar, puesto que he perdido memoria de ello. Ni tan siquiera guardo en mi interior ese eco vibrante que has mencionado, capaz de resonar de nuevo cuando las circuns-

* La alusión al corazón se debe a un juego de palabras posible en japonés, ya que la palabra *kokoro* puede designar tanto el corazón como la mente (y, por tanto, también la memoria). Según la tradición nipona, la memoria se encuentra en el corazón de un modo similar, aunque no asimilable, a como en la Grecia clásica el corazón era el receptáculo del alma sensible. *(N. del T.)*

tancias lo favorecen. Mi memoria es una cavidad vacía llena de agujeros por los que se escapan los recuerdos para no volver, y por eso precisamente echo en falta la gelatinosa textura de tu corazón, transparente y maleable, con esas mil formas que adopta cuando la luz lo atraviesa.

—Tus novelas no transmiten eso de ti. Tu corazón no está hueco —apreció él.

—No te imaginas la dificultad que entraña escribir novelas aquí, en esta isla —continué—. A medida que las cosas desaparecen, también las palabras van evaporándose. Y si he sido capaz de continuar escribiéndolas, tal vez haya sido gracias a tu capacidad de no olvidar.

—Si es como dices, me alegro sinceramente —reconoció.

Extendí las palmas de las manos hacia arriba y las acerqué a él. Ambos las contemplamos como si sostuvieran algo, pero estaban vacías.

Al día siguiente, llamaron de la editorial. El nuevo editor, que se encargaría de mi obra a partir de entonces, quería que nos viéramos.

Era delgado y menudo, y tenía unos cuantos años más que el señor R. Su rostro era tan anodino que resultaba complicado saber si estaba triste o alegre, y hablaba en voz tan baja que se me escapaban muchas de las palabras que decía.

—¿Cuándo cree que podrá acabar la novela en la que está trabajando ahora? —me preguntó.

—La verdad es que no tengo ni idea —repliqué, pensando que el señor R nunca me había hecho semejante pregunta.

—Por lo que he leído, se encuentra usted en un punto delicado de la trama y debe avanzar con precaución para no echarla a perder. Vaya con cuidado, y cuando tenga algo interesante, llámeme, por favor. Estoy deseando saber cómo continúa.

Tuve que apoyar ambos codos sobre la mesa e inclinarme hacia delante para concentrarme y que no se me escapara ninguna de sus palabras, que pronunciaba entre dientes.

—¿Saben algo del señor R? —pregunté disimuladamente.

—Lo cierto es que... —titubeó, y bebió un trago de agua para poder proseguir— no sabemos nada de él.

Eso, al menos, lo comprendí perfectamente.

—Nada de él... —repetí con cautela, para no decir alguna palabra que no debiera.

—Quería preguntarle precisamente si tiene alguna noticia suya.

—Ninguna —dije, enfatizando la negación con un movimiento de cabeza.

—Estamos muy sorprendidos por lo repentino de su desaparición. No ha dejado ningún tipo de nota ni mensaje para informarnos de su ausencia. Simplemente, cierta mañana no acudió a la oficina como cada día..., y así hasta ahora. Sobre la mesa de su despacho encontramos el manuscrito de la novela. Eso es todo.

—Vaya...

—El caso es que —continuó el nuevo editor— de un tiempo acá las desapariciones de personas son cada vez más habituales.

—En ningún momento se me ocurrió pensar que...

—Sí, es increíble.

—Todavía conservo un disco que me prestó...

—Si no le importa, yo mismo podría encargarme de guardarlo. Es muy posible que antes o después tenga la oportunidad de devolvérselo.

—Por supuesto. Y si averiguan dónde está, harán el favor de comunicármelo, ¿verdad?

—No se preocupe. Le informaremos de cualquier cosa que sepamos —prometió.

El anciano era quien se encargaba de mantener la comunicación con la esposa del señor R. Montaba en su bicicleta portando una caja de herramientas consigo y, haciéndose pasar por plomero, podía visitarla sin levantar sospechas.

Inmediatamente después de la desaparición del señor R, ella se mudó a casa de sus padres para dar a luz. No fue una decisión fruto de cómo se habían desarrollado los acontecimientos, sino tomada con anterioridad. Resultó que sus padres regentaban una farmacia —integrada en el mismo edificio de la casa— en un municipio situado en la ladera norte del cerro y que tiempo atrás había sido un núcleo de gran dinamismo por la actividad de una refinería de metales ya clausurada.

El plan consistía en que, los días terminados en cero (es decir, los días diez, veinte y treinta de cada mes), la esposa del señor R se acercaba a la vieja escuela abandonada de la localidad y depositaba una bolsa con aquello que quisiera entregarle a su marido dentro de una pequeña caseta que había en el patio y que albergaba instrumentos meteorológicos. El anciano pasaba a recogerla en su bicicleta y dejaba a su vez una bolsa con las cosas que el señor R quería hacerle llegar a su mujer.

—Con la llegada del invierno, no hay pueblo ni ciudad de la isla que no se suma bajo un denso manto de tinieblas, pero confieso que nunca he visto una desolación como la de la ladera norte del cerro —comentó el anciano al regresar por primera vez del pueblo de la esposa, el primero de los días terminados en cero, sin poder ocultar la oscura impresión que le había producido el lugar—. En cuanto me interné por la carretera de la ladera norte en dirección al pueblo, el viento arreció y se tornó gélido. ¿No es de ahí de donde procede el viento del norte? Apenas se veía un alma caminando por las calles del pueblo, donde parecía que hubiera más gatos que personas, y donde la mitad de las casas, todas ellas de madera, habían sido abandonadas. Eran, tal vez, los antiguos hogares de los obreros de la refinería que, cuando esta fue clausurada, habían puesto rumbo a otros lugares en busca de mejor suerte. Por su parte, la refinería, o lo que de ella queda, es un grotesco amasijo de descomunales vigas de hierro oxidado, gruesas chimeneas apuntando al cielo y estructuras derruidas e informes, que hacen que parezca más un siniestro parque temático que lo que en realidad fue. Cuando uno alza la vista desde cualquier punto del municipio, se encuentra de frente con su sobrecogedora imagen, como un gigante a quien la muerte hubiera sorprendido de pronto sin tiempo para reaccionar o huir, asfixiándolo en su propia herrumbre.

—Vaya..., no tenía ni idea de que el pueblo se encontrara en semejante estado. Recuerdo que de niña veía a menudo el resplandor de las luces de la refinería en el cielo nocturno —rememoré, mientras vertía cacao en una taza para el anciano.

—Hubo un tiempo en que trabajar allí como ingeniero te daba un prestigio inmenso —recordó el anciano—. Ninguna otra profesión podía igualársele en la isla. Pero eso forma parte de un pasado remoto. Qué buenos recuerdos. No había apenas agentes de la Policía de la Memoria ni el temor de estar levantando sospechas a cada paso.

Suspiró y tomó la taza de cacao con ambas manos.

—¿Cómo se encuentra la esposa del señor R? —pregunté.

—Parece fatigada, y me dijo que se sentía incapaz de ordenar en su cabeza todos los acontecimientos de estas últimas semanas. Y no me extraña: no solo ha desaparecido de su vida su marido, sino que está a punto de dar a luz a su primer hijo. En su favor, debo decir que parece estar llevándolo con gran aplomo y que ha tenido la delicadeza de no preguntar en ningún momento por el paradero de su marido ni por quién está a su cuidado. Solo me ha dicho que confía en quienes se encargan de ello y que deja todo en nuestras manos, y mientras hablaba acompañó sus palabras con una sentida inclinación de cabeza.

—No le queda más remedio que esperar pacientemente en casa de sus padres el momento de dar a luz, ¿no te parece?

—Eso es. Pero hay otro problema, y es que el negocio familiar de la farmacia no va precisamente viento en popa en un municipio como ese. Durante el rato que estuve allí, solo entró un cliente, una anciana que se gastó la mísera cantidad de doscientos yenes en un frasquito de mercromina. Todo está viejo: las puertas corredizas, la madera del suelo, los frascos de cristal... Lo vi tan mal que pensé que quizás no debería haberme hecho pasar por un plomero, sino acercarme allí con la decidida intención de remangarme y ponerme manos a la obra para arreglar el desastre en que se ha convertido el local. Ella trabaja sentada tras la caja registradora, pero pude ver su dilatado vientre cuando se levantó para tomar algo de entre un montón de cajas de color ocre, llenas de medicamentos y cubiertas de polvo, dispuestas en orden en los estantes que se alzan a su espalda. El ambiente está tan enrarecido que huele a viejo. Se me partió el corazón cuando me dirigió la palabra con voz sosegada mientras las yemas de sus dedos rozaban las teclas de la caja registradora —comentó el anciano, y dio un trago más al cacao. Entonces pareció percatarse de que aún llevaba la bufanda de lana puesta. Se la quitó y la guardó en uno de los bolsillos de su pantalón.

Llené el cazo de agua y lo coloqué sobre la estufa; al depositarlo, cayeron algunas gotas sobre la superficie caliente y chisporrotearon antes de evaporarse.

—¿Y qué tal ha ido el intercambio de bolsas a través de la caseta del patio del colegio? —quise saber.

—No tiene por qué preocuparse. Ha ido perfectamente. El colegio está abandonado y no corremos ningún riesgo de ser descubiertos. Entre sus muros no queda absolutamente nadie, ni el más mínimo vestigio de su actividad pasada, ni de que en épocas remotas flotara en sus aulas el calor y el olor de varias generaciones de niños. Todo el edificio del colegio rezuma la frialdad de un laboratorio abandonado, y le aseguro que no es un ambiente que invite a quedarse, así que en cuanto recogí los objetos me alejé inmediatamente sin volver la vista atrás.

El anciano extrajo de la cangurera de tela que escondía bajo el suéter un sobre blanco y un paquetito con un envoltorio de plástico.

—Esto es lo que encontré en la caseta —dijo.

—Ah —exclamé, y tomé el paquetito. Debía de ser una prenda de vestir muy bien doblada, o tal vez unas revistas apiladas. El sobre era grueso y estaba perfectamente cerrado.

—La caseta se encuentra en un estado lamentable, en un abandono total, como el colegio. La pintura blanca está descarapelada, el cierre de la puerta no encaja y resulta muy difícil de abrir... Pero he logrado ingeniármelas para hacerlo sin mayores problemas. En cuanto a los instrumentos meteorológicos que hay dentro, como podrá usted imaginar están todos inservibles. El tubo del termómetro está partido, la aguja del higrómetro doblada... Lo bueno es que nadie va a molestarse en abrir la caseta para echar un vistazo a las mediciones de esos instrumentos. En cualquier caso, tomamos la precaución de colocar los objetos en un lugar discreto, al fondo.

—Cuánto te agradezco todas las molestias que te estás tomando... Y te pido disculpas por el peligro al que estoy exponiéndote.

—No es nada —replicó el anciano, negando con la cabeza sin separar la taza de los labios, de tal manera que el cacao estuvo a punto de verterse—. En vez de preocuparse por mí, hágale llegar lo antes posible el paquetito y la carta al señor R, por favor.

—Es verdad. Ahora mismo lo hago —dije, y me dirigí inmediatamente al refugio portando ambos objetos, que todavía conservaban el calor del anciano.

12

Me sorprendió cuando lo vi aparecer en la primera clase de mecanografía a la que fui, con ese aspecto impropio de lo que yo imaginaba que debía ser un profesor de esa materia. Por otro lado, había asumido que sería una mujer. Madura, de voz mecánicamente amable, dedos huesudos y rostro bien empolvado, para más detalles.

Él, sin embargo, era joven y varón. De constitución física bastante común, vestía ropa de buen corte y colores discretos, y aunque no podría afirmarse rotundamente que fuera guapo, cada uno de los rasgos de su rostro, desde los labios y el mentón hasta las cejas y las pestañas, poseía un atractivo indudable. En general, transmitía un aire reflexivo y sereno, pero tenía recodos sombríos aquí y allá. Curiosamente, cada parte por separado tenía el don de representar el todo. Bastaba con mirar sus cejas para captar cómo era él en conjunto.

Tenía el porte de un ingeniero de proyectos, un jurista o un pastor protestante —de hecho, las clases se impartían en una iglesia—, pero no cabía duda de que se trataba del mismísimo profesor de mecanografía y de que lo sabía todo sobre la materia.

Sin embargo, nunca lo he visto sentado ante una máquina de escribir. Se paseaba entre las mesas, corrigiendo el movimiento de los dedos y el manejo de la máquina por parte de los alumnos, y marcaba con bolígrafo rojo los errores que cometíamos una vez terminado el ejercicio de turno.

De vez en cuando nos ponía un examen que consistía en escribir el mayor número de palabras en un tiempo determinado. Entonces, se situaba de pie frente a la clase y sacaba un cronómetro de un bolsillo interior de su chamarra. Nosotros colocábamos a un lado de la mesa la hoja de la prueba que él había repartido con antelación, poníamos los dedos sobre el teclado y esperábamos a que nos diera la señal para comenzar. A menudo se trataba de un texto en inglés, tal vez elaborado por él, pero también podía tratarse de un texto epistolar o académico.

A mí se me daban fatal. En los ejercicios ordinarios de la clase, los dedos me respondían perfectamente, pero en los exámenes se me quedaban paralizados, pese a que estos no diferían mucho de lo que hacíamos en clase. En el mejor de los casos cometía errores tan absurdos como intercambiar la letra «h» por la «g» o la «v» por la «b» y, en el peor, desplazaba la posición del dedo de comienzo a la tecla contigua y, a partir de ahí, escribía todo cambiado, con resultados rocambolescos: textos ilógicos repletos de palabras sin sentido.

A mí me afectaba mucho el pesado y denso silencio que precedía a cada prueba. No llegaban a escucharse rezos ni, por supuesto, música sacra de órgano, faltaría más, pero durante aquellos escasos segundos antes de empezar que supuestamente uno debía aprovechar para concentrarse en la punta de sus dedos, yo me dispersaba mucho.

Se me ocurría la descabellada idea de que aquel velo de quietud que se instalaba en el aula emanaba, como un gas, del cronómetro plateado del profesor, gastado y sobado por el uso, con aquella particular y fina cadenita que colgaba. Él mantenía el dedo pulgar de la mano derecha sobre el botón, bien quieto, mientras la cadenita se balanceaba a la altura de su pecho.

En cuanto lo pulsaba, el gas imaginario que fluía desde el cronómetro se deslizaba hasta el suelo e iba arrastrándose por este hasta llenar cada rincón del aula, entonces alcanzaba mis dedos y los envolvía, impidiendo que se movieran. Una sensación gélida me atenazaba los dedos y me impedía respirar. Temía que el más leve espasmo de estos pudiera rasgar la etérea capa de silencio que los recubría. Solo notaba los latidos de mi corazón.

Y justo cuando me veía totalmente incapaz de soportar aquel estado de parálisis límbica, el profesor daba la señal y ponía en marcha el cronómetro, que a su vez medía mi ritmo cardiaco.

«¡Empiecen!», era su grito de guerra, y la única palabra proferida dentro del aula.

Un redoble de teclas retumbaba inmediata y simultáneamente por toda la sala, y yo volvía a mirar mis dedos, que seguían inmóviles, como ateridos.

Idealizaba la imagen de él sentado ante una máquina de escribir, y durante mucho tiempo fantaseé con verlo, su espalda levemente curvada ante el blanco papel, pulsando resuelta y atinadamente las teclas, tan pulcramente cuidadas que parecían irradiar luz. Ah..., mi pecho se henchía con solo imaginarlo. Sin embargo, ni siquiera después de iniciada nuestra relación se ha cumplido mi sueño. No hay manera de verlo escribir a máquina.

Cierto día, transcurridos tres meses desde el comienzo de las clases, cayó tal nevada que paralizó la red pública de autobuses y tranvías, y puso a toda la ciudad a sus pies, por así decirlo. Yo nunca había visto tanta nieve en mi vida.

Salí de casa con más antelación de la habitual para llegar a tiempo a la clase de las tres de la tarde. De camino al edificio de la iglesia me resbalé y me caí varias veces, y la mochila de tela donde guardaba el libro de mecanografía acabó empapada. Cuando por fin tuve la iglesia ante mí, alcé la vista hacia lo más alto de la torre del reloj, cuyo tejadito, como todo lo demás, había quedado completamente cubierto por la nieve.

Cuando entré en el aula, me di cuenta de que era la única alumna que había acudido.

—Qué valiente has sido —comentó él. No tenía una sola arruga en el traje, ni había un solo copo de nieve adornando sus hombros—. Estaba convencido de que hoy no vendría nadie.

—Es que si paso un día sin practicar, los dedos se me entumecen... —señalé mientras sacaba el libro de mecanografía de la mochila mojada.

Aparte de la nieve, también se había extendido sobre las calles un velo de calma y quietud. Tomé asiento ante la cuarta máquina de escribir de la fila contigua a la ventana. A los alumnos se les ofrecía la opción de elegir asiento a medida que iban llegando, lo cual era justo, ya que algunas de las máquinas tenían las teclas considerablemente duras, mientras que otras no estampaban los caracteres de manera bien alineada, y todos debían tener el mismo derecho a usar unas u otras. Él normalmente se sentaba en la mesa destinada al profesor, delante de la pizarra, pero aquel día permaneció de pie junto a mí.

El primer ejercicio consistió en transcribir una carta de negocios en la cual una empresa solicitaba a otra el envío de un manual de instrucciones de una máquina de elaboración de mermelada antes de comprarla. Mientras yo la copiaba, él se pasó todo el tiempo contemplando mis manos. Por mi parte, en cuanto desviaba la mirada del papel, tenía ante mis ojos su cinturón, o sus pantalones, o sus zapatos, o bien los gemelos de los puños de su camisa.

Escribir cartas es una tarea engorrosa, con todo ese tropel de convenciones rígidamente establecidas como el hecho de disponer cada elemento de una manera fija sobre la hoja o mantener una distancia invariable entre una línea y otra... Si a esto le añadimos la presencia del profesor a escasos centímetros de mí, resulta fácil comprender que toda yo fuera un manojo de nervios. Cometí algún tipo de error en casi cada palabra que mecanografié...

Él, evidentemente, no pasó por alto ninguno de los errores. Se inclinaba hacia mí, acercaba el rostro a la máquina de escribir y señalaba con el dedo el fallo en cuestión, y aunque no mostraba un tono incisivo ni censurador en sus correcciones, yo iba sintiéndome cada vez más acorralada en un espacio cada vez más estrecho.

—Te falta fuerza en el dedo medio, por eso la parte superior de la letra «e» apenas se ve.

Señaló cada letra «e» en el texto y a continuación me tomó la mano izquierda, sujetando el dedo medio.

—Ah, veo que el extremo de este dedo está levemente combado.

—Sí, me lo torcí de niña, jugando al baloncesto.

Me percaté de la sequedad de mi garganta al pronunciar aquellas palabras.

—Debes presionar la tecla soltando el dedo desde más arriba —aconsejó él, y, acto seguido, sujetó mi dedo medio entre los suyos y me hizo presionar la tecla «e» varias veces, tratando, quizás, de que se familiarizara con la mecánica articular del movimiento.

eeeeeeeeee...

Solo me agarró el dedo medio, pero yo sentía una presión en el pecho, como si me hubiera abrazado todo el cuerpo. Sentía el sólido y frío tacto de su mano sobre mi piel y, aunque sin duda no debía de estar ejerciendo demasiada presión, se me antojaba completamente imposible desasirme de ella, como si mi dedo se hubiera quedado adherido a la palma de su mano. Sentía a mi lado su hombro, su codo, su cintura, y sus dedos no parecían dispuestos a soltar al mío, que seguía presionando una y otra vez la tecla «e».

eeeeeeeeee...

El insistente golpeteo de la varilla —en cuya punta de plomo sobresalía el relieve de la «e»— sobre el papel enrollado alrededor del rodillo hacía estremecerse toda el aula con su frenético traqueteo. Fuera volvía a nevar suavemente y las huellas que yo había dejado de camino a la iglesia empezaron a desaparecer. Poco a poco él fue envolviéndome con todo su cuerpo. El cronómetro resbaló del bolsillo interior de la chamarra y cayó al suelo, y me pregunté entonces si se habría roto. También me pregunté por qué me esforzaba por concentrar mi atención en cómo estaría el pobre cronómetro, cuando en realidad lo que debía resolver era qué se proponía hacer exactamente el profesor conmigo.

Las campanas de la torre del reloj anunciaron la hora. Eran ya las cinco. El sonido vibrante de las campanadas se transmitió hasta el aula, hizo vibrar los cristales de las ventanas y atravesó nuestros cuerpos para finalmente deslizarse al exterior y ser absorbido por la nieve. A excepción de los copos, que no paraban de caer suavemente, el resto del mundo permanecía sumido en una quietud absoluta. Yo contenía el aliento incapaz de moverme, como atrapada entre las metálicas entrañas de la máquina de escribir...

Entonces decidí que el señor R fuera leyendo el manuscrito antes de mostrárselo al nuevo editor. Evidentemente, no podía conservar las anotaciones que me hacía, pero procedíamos tal como lo habíamos hecho antes, con una puesta en común de comentarios e ideas acerca de cualquiera de los detalles de la novela después de que él la hubiera leído en el refugio. Como había una sola silla, nos sentábamos uno al lado del otro en la cama, y yo ponía sobre mi regazo un cuaderno de apuntes, cuya tapa dura me servía de apoyo para escribir, y unas hojas en blanco en las que iba tomando notas.

No cabía duda de que aquellas sesiones de trabajo le venían bien. El modo más saludable de pasar el tiempo entre aquellas cuatro paredes era tener un plan para el día desde el momento mismo de despertar, y reflexionar sobre cómo había ido este antes de acostarse, sopesando qué había fallado en caso de no haber logrado llevarlo a cabo por completo o sintiéndose satisfecho en caso contrario. Las tareas que el señor R tuviera que realizar a lo largo del día debían ser lo más concretas y sencillas posible, que proporcionaran algún tipo de gratificación y que requiriesen cierto grado de esfuerzo, tanto físico como mental.

—Perdona... —dijo el señor R una noche cuando se disponía a agarrar la charola con la cena que yo le ofrecía a mitad de la escalerilla. Su voz sonó azorada—. ¿Podrías encargarme alguna tarea que hacer? Quisiera contribuir con algo y, además, me ayudaría a pasar el tiempo.

—¿Aparte de leer la novela? —pregunté, observándolo desde la parte superior de la trampilla.

—Sí. Cualquier tarea será mejor que estar de brazos cruzados, aunque me temo que no podrá ser nada de utilidad práctica, ya que no puedo salir de estas cuatro paredes. En cualquier caso, me gustaría hacer algo, incluso si es tedioso. Al menos así obtendré la satisfacción de cumplir con un cometido, por modesto que sea. Sé que va a llevarte tiempo encontrarme un quehacer, pero ya sabes que dependo en todo de ti. Te necesito incluso para cumplir con mi deber de revisar tu manuscrito.

Tomó la charola con ambas manos y bajó la mirada hacia la comida. Cada vez que hablaba, se formaban pequeñas ondas en la superficie de la sopa de papa.

—No creo que encontrarte algo que hacer vaya a ser tan complicado —conjeturé—. No le des demasiadas vueltas, por favor. Verás como te tengo algo preparado para mañana por la mañana. Es una idea muy buena. Así matarás dos pájaros de un tiro. En fin, tómate la cena antes de que se enfríe, y, por cierto, perdóname por traerte siempre lo mismo, noche tras noche. Por lo visto, la cosecha de este año ha sido malísima y en el mercado no hay más que papa y cebollas del otoño pasado.

—¡Pero si la sopa que haces está buenísima...!

—Vaya, me halagas. Nadie había elogiado mis dotes culinarias hasta ahora. ¡Muchas gracias!

—No hay de qué. Entonces, quedamos en lo de la tarea para mañana.

—Eso es. Que descanses.

—Igualmente. Hasta mañana.

Con los hombros encogidos por la estrechez de la escalerilla y ambas manos sujetando la charola, el señor R apretó los labios a modo de despedida. Me le quedé mirando hasta que terminó de bajar la escalerilla, y cerré la trampilla.

A partir de ese día, encontrarle al señor R una tarea que lo mantuviera ocupado se convirtió en uno más de mis quehaceres diarios. Le encargaba trabajos que no podían calificarse de mucho más que mero entretenimiento, como revisar y poner en orden los recibos de la compra, sacar punta a mis lapiceros, pasar a limpio las direcciones garabateadas en mi agenda, apuntar el número de página en el margen de cada una de las hojas de mi manuscrito. Los aceptaba todos de buen grado y, fuera lo que fuese, él siempre lo tenía perfectamente listo a la mañana siguiente.

Entre unas cosas y otras, el tiempo fue transcurriendo. Todos permanecíamos a salvo, en ese estado de delicada seguridad, y las cosas mantenían su apacible rutina a lo largo de los días, sin verse alterada por ningún contratiempo. El anciano se encontraba bien y el señor R fue familiarizándose con la vida en el refugio.

Sin embargo, más allá de nuestra frágil autosuficiencia, el mundo iba deteriorándose día tras día a pasos agigantados. Si bien la cadencia de desapariciones había aminorado tras la desaparición de las rosas, no tardaron en suceder dos más: la de las fotografías y la de todo tipo de fruto, ya fuese de arbusto o de árbol.

Reuní todas las fotografías y álbumes que guardaba en casa —incluido el retrato de mamá que adornaba la repisa de la chimenea—, y cuando informé al señor R de que me disponía a llevarlas al jardín para quemarlas en la incineradora, él trató de disuadirme con todas sus fuerzas.

—¿No te das cuenta de que las fotografías son objetos absolutamente irremplazables, que guardan y conservan tus recuerdos, y que, una vez quemadas, no tendrás manera alguna de recuperarlos? No las destruyas, por favor —imploró.

—¿Y qué le voy a hacer? —repliqué—. No es idea mía. Esta vez les ha tocado desaparecer a ellas y no hay más que hablar.

—¿Cómo recordarás, sin fotografías, el rostro de tu madre y el de tu padre? —insistió con vehemencia el señor R, y una expresión grave se dibujó en su rostro.

—No es el recuerdo de ellos el que desaparecerá, serán las fotografías las que lo hagan —argumenté—. De manera que no hay por qué preocuparse tanto. No voy a olvidar nunca cómo eran.

—¿Acaso piensas que no son más que unos papelitos con una emulsión química en una de sus caras? Si es así, te equivocas. Son mucho más que eso. Atesoran parte de la vida de las personas. Reflejan la futilidad de un instante; la luz, el viento y el aire de un paisaje; la sonrisa y el azoramiento de la persona fotografiada, y el gozo y amor de quien toma la foto por aquello que fotografía. Por eso precisamente hacemos fotografías y por eso deben conservarse.

—Estoy de acuerdo contigo y siempre he tenido en gran estima todas mis fotos. Me han proporcionado tantos recuerdos emocionantes que a veces no he podido evitar que se me hiciera un nudo en la garganta al verlas. Han sido la brújula de mi memoria en el lánguido bosque de mis recuerdos. Pero no hay nada que pueda hacer por detener su desaparición. La brújula se ha perdido para siempre.

—Una cosa es que no puedas hacer nada para evitar que desaparezcan y otra muy diferente es que las recojas para quemarlas en la incineradora. Por mucho que el mundo cambie, lo que ha sido importante para nosotros ha de seguir siéndolo. ¿No te das cuenta de que la esencia de las cosas no cambia? Si conservas las fotografías, estoy convencido de que seguirán teniendo un efecto positivo en ti. No querría que tu memoria continuara vaciándose progresivamente.

—Te equivocas —negué débilmente con la cabeza—. Aunque mire las fotografías, ya no veo nada en ellas. No se me hace ningún nudo en la garganta ni siento ninguna emoción. En mis manos, no son más que pedazos de papel. El vacío del olvido se hace más grande y no hay quien pueda ponerle remedio a eso. Debe de resultarte difícil entenderlo...

Él bajó la mirada con expresión abatida.

—Es precisamente ese vacío que crece en mí el que me empuja a quemar los restos de todo recuerdo desvanecido

—continué—, y lo que me impulsa ahora a deshacerme de las fotos en la incineradora hasta que no sean más que cenizas. Y para entonces habré olvidado el significado de la palabra «fotografía». Además, ¿no te has preguntado lo que ocurriría si la Policía de la Memoria las descubriera en casa? La Policía es especialmente inquisitiva los primeros días después de cada desaparición. Si llegasen a sospechar algo, tú también te verías envuelto. ¿Entiendes el peligro que correrías?

El señor R guardó silencio. Se quitó los lentes, se presionó las sienes con los dedos y suspiró profundamente. Tomé en mis brazos la bolsa de papel que contenía las fotografías y me dirigí a la parte trasera del jardín, donde se encontraba la incineradora.

La desaparición de las frutas y frutos resultó mucho más sencilla. A medida que se hacía de día fueron desprendiéndose de los árboles y arbustos y cayendo al suelo con un rítmico golpeteo que se oía por todas partes, y que en algunas zonas de la montaña del norte o del gran parque forestal sonaba como una tempestad de granizo. Algunas de las frutas eran enormes como pelotas de beisbol, otras diminutas, del tamaño de un frijol rojo; las había de vivos colores y las que estaban recubiertas por una cáscara. A pesar de no haber viento que las azuzara, caían una tras otra sin cesar.

Había que tener cuidado al salir, porque en cualquier momento podía caerte una sobre la cabeza, o podías aplastarla al caminar. También nevó. Y la nieve cubrió con su manto blanco los restos de la fruta caída.

Todos nos dimos cuenta de que acababa de desvanecerse una de nuestras primordiales fuentes de alimento para el invierno recién comenzado.

[illegible] — a la que [illegible] de
[illegible]
Así, [illegible] de la
[illegible]
[illegible]
la [illegible]
[illegible]
[illegible]

El [illegible]
[illegible]
[illegible]
y me [illegible]
la [illegible]
[illegible]
[illegible]
[illegible]
[illegible]
[illegible]
[illegible]
[illegible]
[illegible]
[illegible]
[illegible]
[illegible]
[illegible]
[illegible] de la [illegible]
[illegible]
[illegible]
[illegible]

13

Hacía mucho tiempo que no nevaba de aquella manera. Al principio, la nieve era tan fina como polvo arrastrado por el viento, pero poco a poco los copos fueron adquiriendo consistencia y volumen, hasta cubrir el paisaje, acumulándose sobre los alféizares, las farolas y las copas de los árboles. Incluso la más pequeña de las hojas quedó oculta bajo la capa blanca de aquella nieve que no parecía dispuesta a desaparecer.

Aquel tiempo desapacible no arredró a los agentes de la Policía de la Memoria, cuyas inspecciones de recuerdos se sucedían casi diariamente. Al amparo de aquella estampa nevada y enfundados en sus largos abrigos y recias botas, los agentes recorrían las calles sin descanso. Debían de proporcionarles una eficaz protección contra el frío aquellas prendas de color verde militar, textura suave, ribeteadas de piel en puños y cuello. Por otro lado, les distinguían del resto, ya que ninguno de los establecimientos de la isla disponía de abrigos de semejante calidad para la venta.

La situación había empeorado hasta el punto de que a menudo se presentaban en mitad de la noche y, tras rodear un edificio con sus camiones, inspeccionaban todas las viviendas del bloque, unas veces de manera infructuosa, pero otras no. Nada permitía vaticinar cuál sería el siguiente edificio. Empecé a despertarme por las noches con cualquier ruido, por leve que fuera. Miraba la alfombra en la penumbra y no podía evitar pensar en el señor R. Entonces deseaba con todas mis fuerzas que la noche transcurriera sin que se produjese ningún contratiempo.

La gente evitaba salir de casa innecesariamente, y los días festivos muchos se limitaban a retirar la nieve de la puerta de sus casas con una pala. Al llegar la noche cerraban las cortinas antes de lo habitual y trataban de pasar los días del modo más discreto posible. La nieve parecía haber cubierto también el alma de las personas.

Tal y como avanzaba la desaparición de recuerdos, nada podía asegurarnos que nuestro meticuloso plan para proteger al señor R no fuera vulnerable también al olvido. Cierto día sucedió un imprevisto que hizo tambalearse el pequeño y frágil espacio vital que tanto nos afanábamos en proteger y mantener oculto: la Policía de la Memoria se llevó al anciano.

—Seguro que ha ocurrido algo que les ha hecho sospechar. ¿Qué crees que debemos hacer? —pregunté, llena de desasosiego, mientras sujetaba la trampilla. Me temblaba el cuerpo y a duras penas pude bajar la escalerilla. Una vez en el suelo, fui tropezándome hasta la cama. Me senté en ella—. Estoy convencida de que no tardarán en presentarse. Debemos buscar un lugar más seguro donde ocultarte. Pero ¿dónde? Si no nos damos prisa, será demasiado tarde. ¿La casa de los padres de tu mujer? No, no. Es demasiado evidente. ¿El colegio abandonado? ¡Claro! ¿Por qué no? Me refiero al colegio de la caseta de observación meteorológica. Debe de tener muchas estancias: aulas, laboratorios, salas de profesores, biblioteca, comedor... Ideal para esconderse. Vamos, pensemos un plan.

El señor R se sentó a mi lado y me rodeó los hombros

con el brazo. Me tranquilizó sentir el calor de la palma de su mano sobre mi hombro, y los temblores que habían tomado el control de mi cuerpo fueron calmándose. Su calor se me metía en el cuerpo, serenándolo a su paso.

—Antes de hacer nada es mejor calmarse —dijo con voz pausada.

Noté cómo la tibieza de sus palabras recorría los dedos de mis manos, que en ese momento reposaban formando un puño sobre mis rodillas, y los iba distendiendo uno a uno.

—Si conocieran la existencia del refugio —prosiguió él—, se habrían presentado directamente aquí en lugar de molestarse en ir por nuestro anciano amigo. De momento, podemos contar con eso. Por otro lado, si damos un paso en falso, podríamos encontrarnos en peligro de verdad. Tal vez sea esa precisamente la estrategia de la Policía: ponernos nerviosos y empujarnos a cometer algún error que nos deje expuestos. ¿Te das cuenta de ello?

Asentí con la cabeza.

—Sin embargo, si han ido por el anciano, será porque algo los ha conducido hasta él...

—Cierto. ¿Qué puede haber sido? ¿Crees que lo han detenido en un control rutinario cuando llevaba consigo objetos míos o de mi mujer? ¿Habrán registrado el ferri en una inspección de recuerdos?

—No tengo ni idea —respondí, todavía intranquila a pesar de la cálida cercanía de él. No podía dejar de mirar mis dedos, todavía algo tensos.

—En ningún caso han podido encontrar nada que me delate. Debes dejar de preocuparte tanto —reflexionó—. Sea cual sea la razón por la que han detenido al anciano, no ha podido tener nada que ver conmigo. No cabe duda de que siempre están ansiosos por obtener más información, de manera que muchas de las detenciones que llevan a cabo son aleatorias, con el único propósito de interrogar a la gente sin un motivo concreto. Ya sabes. Siempre hay quien se dedica a cultivar a escondidas unas pocas rosas en un pequeño invernadero de su jardín, o quien compra más cantidad de pan de la que le corresponde según el número de miembros de su familia. O a veces no han llegado a identificar bien una simple sombra tras unas cortinas y les ha parecido sospechosa. En fin, cosas por el estilo. Así que no debemos precipitarnos. Tengamos un poco de paciencia y no actuemos a no ser que sea estrictamente necesario.

—Tal vez tengas razón —concedí, e inspiré hondo antes de proseguir—. Pero ¿qué me dices del anciano? ¿Cómo se encontrará en estos momentos...?

—¿A qué te refieres?

—Seguro que sabes que la tortura es una práctica habitual en sus interrogatorios. Incluso alguien del temple del anciano podría acabar confesando la ubicación de nuestro refugio.

—Creo que estás llevando las cosas demasiado lejos.

Apretó mis hombros con más fuerza. La llama de la estufa iluminaba nuestros pies. La hélice del aparato de ventilación giraba produciendo un sonido semejante a los gemidos de un pequeño animalito.

—Pero si en un momento dado deseas que abandone el refugio —añadió con voz serena—, solo tienes que decirlo.

—No. Nunca se me ha pasado semejante cosa por la cabeza. Mira cómo tiemblo. ¿Sabes por qué? Porque temo que te arresten. ¿Es que a ti no te da miedo solo de pensarlo?

Negué varias veces con la cabeza. Mi pelo rozó su suéter, produciendo un sonido sedoso, y él continuó abrazándome. Dentro del refugio, aislado completamente del exterior, no penetraba la luz del sol ni existía referencia alguna que permitiera medir el paso del tiempo. Era como habitar en una burbuja temporal.

Me pregunto cuántos minutos permanecimos así, sentados uno al lado del otro, mientras su brazo me arropaba cálidamente y lograba que poco a poco mi cuerpo se calmara y desapareciesen los temblores.

—Disculpa mi comportamiento —dije desasiéndome de su brazo e incorporándome repentinamente.

—Ambos le estamos muy agradecidos a nuestro anciano amigo por lo que ha hecho por nosotros —replicó él inclinando la cabeza—. Tu nerviosismo está perfectamente justificado.

—Solo nos queda rogar por él.

—Cierto. Es lo único que podemos hacer.

Empecé a subir por la escalerilla, destrabé el pestillo y abrí la trampilla. Me volví para mirarlo. Continuaba sentado en la cama, con la mirada fija en la llama de la estufa.

A la mañana siguiente me acerqué a la sede central de la Policía de la Memoria. No informé de ello al señor R por temor a que tratara de impedírmelo. Por supuesto, a medida que me aproximaba al edificio era más consciente de los peligros que entrañaba ir hasta allí y de que lo más sensato habría sido permanecer en casa, pero era incapaz de quedarme de brazos cruzados. Tal vez no me fuera posible acceder hasta donde estuviera el anciano, pero al menos deseaba hacerle llegar un pequeño detalle que llevaba para él, y puede que incluso encontrase algo que me permitiera esclarecer lo ocurrido y ayudarlo.

Tras otra noche de fuertes nevadas, aquella mañana el sol se asomaba tímidamente. Al caminar mis pies se hundían hasta el tobillo en la esponjosa nieve. Calzar botas de nieve era un lujo que solo estaba al alcance de los agentes de la

Policía, de modo que ni yo ni los demás ciudadanos nos librábamos de la incomodidad de caminar así. Si uno alzaba la vista, podía observar cómo los transeúntes avanzaban sumidos en sus pensamientos, dando pasos cortos, con la espalda encogida y el bolso apretado contra el pecho, cual una especie de viejos paquidermos transitando por la ladera de una montaña nevada.

La nieve se coló por el borde de mis zapatos y no tardó en calar mis calcetines. En una bolsa llevaba algunas cosas para el anciano: una pequeña manta, gasas para aplicar calor, cinco cruasanes que había horneado esa misma mañana y una lata con diez caramelos. La sede de la Policía, situada en la avenida que recorría el tranvía, era un viejo teatro rehabilitado para su nueva función. Una ancha escalera de piedra, al final de la cual se levantaban unas columnas imponentes, conducía desde la calle hasta el vestíbulo, y, en lo más alto del edificio, la bandera de la Policía permanecía lánguidamente enredada en su poste por la ausencia de viento.

Dos agentes, con las piernas ligeramente separadas, las manos a la espalda y la mirada al frente, hacían guardia a ambos lados de la entrada. Dudé si debía notificarles el motivo de mi visita o pasar de largo y entrar sin decir nada, pero la enorme puerta de entrada estaba cerrada y pesaba muchísimo, de manera que no iba a poder abrirla sin la ayuda de alguien. Los dos guardianes no se dirigieron a mí en ningún momento; es más, parecía que me ignoraban totalmente, y supuse que no estaban autorizados para hablar. Aun así, pensé que lo más sensato era advertirles de mi presencia.

—Si me hace el favor... —dije, llenándome de aplomo, al que se encontraba a la derecha—, quisiera preguntarle qué debo hacer para visitar a un detenido y entregarle unas cosas que traigo en esta bolsa...

Completamente inmóvil, no solo no hizo el más mínimo ademán de mirarme, sino que ni siquiera parpadeó. Me fijé en él. Era bastante más joven que yo, apenas un chiquillo de tez marmórea. La nieve se había colado por el cuello de su abrigo, humedeciéndolo.

Intenté dirigirme al guardia del lado izquierdo.

—Disculpe, ¿se puede entrar?

Tampoco hubo respuesta.

Me acerqué a la gran puerta de madera, agarré la manija y la jalé. Nada. Como había imaginado, era imposible abrirla. Me eché la bolsa al hombro y sujeté la manija con ambas manos, lo cual resultó ser una buena idea, porque al jalar hacia mí la puerta comenzó a deslizarse perezosamente con un agudo chirrido. Ninguno de los guardias me ofreció su ayuda.

El vestíbulo era un espacio de techo alto, sumido en la penumbra, por el que deambulaban agentes de aquí para allá enfundados en sus característicos abrigos. Descubrí que también había algunas personas ajenas a la institución; todas ellas caminaban con paso ágil y tenso, expresión circunspecta en el rostro, y guardando un silencio riguroso. Nadie se atrevía a conversar o reír. Tampoco se oía ningún tipo de melodía o música por ningún sitio, solo el seco resonar de las suelas de los zapatos y las botas.

Ante mí había una escalera que conducía a un amplio entrepiso, al fondo del cual descubrí un ascensor de diseño alambicado perteneciente, sin duda, a la época en que el edificio era todavía un teatro. A mano izquierda vi una imponente mesa y varias sillas, antiguallas de aspecto macizo, y, sobre nuestras cabezas, una enorme lámpara de araña con tulipas ennegrecidas arrojaba una luz sorprendentemente tenue para su tamaño. Los banderines con la insignia de la Policía de la Memoria estaban en todas partes, tanto sobre el teléfono instalado en una de las paredes, como alrededor del cuadro de botones del ascensor o sobre las columnas de la escalera.

Ante la mesa, apoltronado en una de aquellas sillas macizas, un agente de la Policía de la Memoria estaba concentrado escribiendo algo e intuí que aquel lugar debía de hacer las funciones de recepción. Tomé aire y dirigí mis pasos hacia él.

—Verá, le he traído unas cosas a un conocido mío que supongo se encuentra en este edificio...

Mi voz rebotó contra el techo y fue diluyéndose en el vasto espacio del vestíbulo hasta desvanecerse.

—¿Unas cosas...? —El hombre detuvo su mano e hizo girar la pluma entre sus dedos mientras de sus labios surgían de nuevo, ensimismadas, aquellas dos palabras—: Unas cosas... —Las pronunció como si de un extraño concepto filosófico se tratara.

—Eso es —confirmé—. Nada especial. Una manta, unos caramelos...

Me consolé pensando que, como mínimo, el hombre había tenido cierta reacción ante mi presencia, algo que no había logrado obtener de los dos guardias de la puerta de entrada.

Con un chasquido colocó la tapa de la pluma y reordenó la pila de documentos que tenía ante sí para dejar espacio libre sobre la mesa. Unió sus manos sobre el sitio despejado, cruzó los dedos y me miró inexpresivamente.

—Si fuera posible, me gustaría entregarle estas cosas yo misma —propuse, incapaz de contener mi impaciencia, ya que él no parecía muy dispuesto a abrir la boca de nuevo.

—¿Y a quién dice usted que desea ver para entregárselas? —inquirió por fin, pronunciando cada palabra con blanda amabilidad, pero en un tono monótono que ocultaba su auténtica intención, fuera esta cual fuese.

Le dije el nombre del anciano, y lo repetí enseguida para no dejar lugar a dudas.

—Siento informarle que no nos consta que haya ninguna persona aquí con ese nombre.

—¿Cómo puede saberlo? —pregunté—. Ni siquiera ha consultado un archivo...

—No necesito consultar nada. Conozco de memoria los nombres de todas las personas que se hallan en el edificio en este preciso momento.

—Disculpe, pero lo que acaba de decir resulta difícil de creer. Si no me equivoco, mucha gente es arrestada y traída a este edificio a diario. Ya me explicará cómo va a ser usted capaz de retener los nombres de todas y cada una de esas personas...

—Aunque no lo crea, es así —replicó el hombre—. Simplemente, es mi trabajo hacerlo.

—Al anciano lo trajeron ayer —expliqué—, de modo que le estaría muy agradecida si pudiera buscar su nombre. Tiene que estar por algún sitio.

—No.

—Entonces, ¿dónde se encuentra? —insistí.

—Tenga en cuenta que este no es el único edificio de la Policía. Hay multitud de delegaciones repartidas por la ciudad. Lo único que puedo asegurarle es que la persona que usted busca no está aquí.

—Deben de habérselo llevado a alguna de las dependencias. ¿Puede, de algún modo, decirme a cuál de ellas?

—Me temo que no. Trabajamos de manera completamente independiente y las funciones que nos asignan son muy específicas. No piense que es tan fácil encontrar la información que solicita.

—En ningún momento he pensado que sea fácil. Yo solo deseo entregarle al anciano estas cosas que he traído para él.

El hombre frunció el ceño visiblemente incomodado. El brillante flexo dorado lanzaba un haz de luz sobre sus manos de dedos huesudos y venas dilatadas, y en los papeles que tenía sobre la mesa se acumulaban, sin dejar espacio entre sí, números y letras indescifrables. Sobre la mesa había, además, clasificadores, tarjetas, un frasquito de líquido corrector y una engrapadora, todo ello bien ordenado y listo para ser utilizado.

—Intuyo que no comprende a qué nos dedicamos aquí —dijo como si hablara para sí mismo, e hizo una leve señal con los ojos a alguien que debía de encontrarse detrás de mí. A pesar de lo casi imperceptible de su gesto, dos agentes de la Policía de la Memoria se apersonaron inmediatamente junto a nosotros y me flanquearon sin dejar apenas un resquicio entre mi cuerpo y los suyos. Llevaban menos insignias en el pecho que el hombre de la recepción, de manera que debían de ocupar un puesto más bajo en el escalafón.

Lo que ocurrió a continuación no requirió de ninguna orden, pues los agentes parecían actuar siguiendo unas pautas establecidas de antemano. Escoltándome sin alterar su posición respecto a mí, me introdujeron en el ascensor y, después de recorrer un intrincado pasillo, me hicieron entrar en una sala apartada. Estaba exquisitamente decorada —sofás de piel de primera calidad, cortinas delicada y profusamente drapeadas, tapices gobelinos cubriendo las paredes...—, y eso me sorprendió y perturbó a partes iguales. Una mesera apareció y sirvió té negro. Aunque resultaba imposible adivinar las intenciones de aquellos dos hombres, el lujo que me rodeaba me trajo a la memoria la imagen del suntuoso coche al que mamá se subió antes de desaparecer para siempre. Tomé asiento en uno de los sofás y coloqué la bolsa sobre mis rodillas.

—Sentimos que se haya desplazado hasta nuestra sede en

unas condiciones meteorológicas tan adversas, pero va a ser imposible que visite a esa persona. Asimismo, tampoco será posible hacerle entrega de los artículos que le ha traído.

Un hombre pequeño y de aspecto pusilánime acababa de sentarse ante mí. Sin embargo, a juzgar por la cantidad de insignias que exhibía en su chamarra, su rango no debía de ser tan bajo como su estatura. Sus grandes ojos eran lo único expresivo de su rostro. Me percaté de que los dos hombres que me habían conducido hasta allí se habían alejado y permanecían de pie haciendo guardia frente a la puerta.

—¿Y a qué se debe tal imposibilidad? —pregunté. Me di cuenta de que lo único que había hecho desde que había subido las escaleras del edificio era hacer preguntas.

—Verá, debemos ajustarnos a las normas —replicó el hombre, y parpadeó tan vehementemente como si sus párpados fueran alas de mariposa.

—Pero, como podrá ver, no hay ningún objeto sospechoso entre las cosas que deseo entregarle.

Volqué la bolsa sobre la mesa para dejar caer su contenido. La lata de metal de los caramelos produjo un leve tintineo.

—No se preocupe. Su amigo se encuentra perfectamente atendido. No le falta buena comida y se le ha dado alojamiento en una habitación con todas las comodidades —me informó sin molestarse en echar un vistazo a los objetos de la mesa—. Hemos comprobado que el anciano olvida de forma correcta y que se limita a vivir tranquilamente en el ferri desde que se jubiló, y que por tanto no tenemos motivos para retenerlo. A usted tampoco, dicho sea de paso.

—Si no tuviera usted inconveniente, ¿podría explicarme qué criterios siguen para determinar tal cosa?

—Veo que se empeña en hacer preguntas y pedir favores un tanto insolentes —señaló, llevándose el dedo índice a una de las sienes—. La mayoría de nuestras actividades deben permanecer en la sombra. Si no, ¿qué sentido tendría que nos llamásemos Policía de la Memoria?

—¿Y no podrían al menos permitirme comprobar por mí misma si mi amigo se encuentra en buen estado? —insistí.

—¿No me ha oído? Se encuentra perfectamente. Por otro lado, acabo de decirle que no observamos motivo alguno por el que usted deba someterse a una inspección de recuerdos. ¿O acaso hay algo que le haga sospechar que el anciano pudiera no encontrarse en buen estado?

—No —repliqué con aplomo, con cuidado de no caer en la trampa de tan taimada pregunta.

—En ese caso, vuelvo a repetirle que no tiene nada de lo que preocuparse. Solamente pedimos de él un poco de cooperación, y, a cambio, le proveemos de tres comidas diarias sin escatimar en cantidad. Nuestros cocineros proceden de restaurantes de primera calidad; dicho lo cual, apostaría a que su amigo se ha acostumbrado a la buena comida y no probaría eso que usted le ha traído...

En ese instante no pudo evitar mirar de soslayo, apenas perceptiblemente, los objetos de la mesa, ni que una aguda expresión de asco se filtrase entre los secos rasgos de su rostro.

—Supongo que las normas tampoco le permitirán informarme de cuándo van a dejarlo marchar.

—Ha acertado usted —confirmó él—. Mis felicitaciones. Va comprendiendo nuestras reglas. —Sonrió, descruzó las piernas y volvió a cruzarlas, y al hacerlo una especie de borla que llevaba prendida del pecho a modo de condecoración se movió ligeramente—. Tenga en cuenta que nuestro trabajo consiste en asegurarnos de que la erradicación de recuerdos siga su curso y se produzca sin contratiempos, e impedir que nadie haga acopio de ellos tras su desaparición.

Si alguien se empeña en mantenerlos a pesar de que para el resto de la población no existan, la Policía toma cartas en el asunto. A una persona que tenga la desgracia de sufrir necrosis en el dedo gordo del pie, habrá que amputárselo inmediatamente, ¿no es así? En caso contrario, perdería todo el pie o toda la pierna. Nosotros nos encargamos de lo mismo, con la dificultad añadida de que la memoria no es tan fácil de identificar como la necrosis del pie. Las personas pueden portar consigo secretos y, debido a su naturaleza invisible, mantenerlos siempre ocultos a ojos de los demás. Ello nos obliga a ser especialmente perspicaces y a desarrollar técnicas extremadamente sutiles, gracias a las cuales extraemos dichos recuerdos, los analizamos, los clasificamos y los procesamos. Comprenderá que, para salvaguardar nuestro cometido y protegernos a nosotros mismos, debamos mantener cierto grado de discreción.

El hombre puso fin a su soliloquio y tamborileó con sus uñas en la mesa.

A través de la ventana vi pasar el tranvía, lo seguí con la mirada y observé cómo, al girar la esquina del cruce, un montón de nieve se desprendió del techo y cayó al suelo. La tenue luz del sol se abría paso entre las nubes por primera vez en varios días y se reflejaba en la nieve acumulada en el suelo. Delante de la entrada del banco situado en la acera de enfrente se había formado una larga cola de personas a las que el frío obligaba a frotarse las manos y a hundir la cabeza entre los hombros para aguantar la espera, y cuya intención parecía ser retirar dinero de sus cuentas.

En la sala donde me encontraba la temperatura era constante y agradable, en medio del silencio lo único que se oía era el tamborilear de los dedos de mi interlocutor. Por su parte, los dos hombres que flanqueaban la puerta seguían montando guardia sin despegar los labios. Bajé la mirada hacia mis sucios zapatos y comprobé que, al menos, los calcetines se me habían secado.

Por fin, me resigné a la inutilidad de seguir preguntando por el anciano. Repasé mentalmente el diálogo que había mantenido tanto con el hombre del vestíbulo como con el que tenía ante mí en ese momento, y acepté el hecho de no haber sacado nada en claro. Al recoger las cosas que llevaba para el anciano, me di cuenta de que los cruasanes que había preparado esa misma mañana se habían quedado helados.

—Permítame ahora preguntar a mí —dijo el hombre, rompiendo el silencio.

Abrió un cajón de la mesa y extrajo una hoja de papel gris brillante donde podía leerse una serie de preguntas seguidas del espacio necesario para responder: nombre y apellidos, dirección, profesión, nivel educativo, historial clínico, religión, cursos formativos, altura, peso, número de calzado, color del pelo y grupo sanguíneo entre otras.

—Tome —dijo, y me ofreció un bolígrafo que acababa de extraer del bolsillo de su chamarra.

Hasta ese mismo instante no se me había pasado por la cabeza que podría acabar arrepintiéndome de haber ido hasta allí. Ofrecerles mis datos personales era como tenderles un puente que acortaría la distancia entre ellos y el señor R. Debería haber pensado en ello antes. Pero ya era tarde, y más me valía no mostrar ningún recelo al rellenar el formulario. Además, era muy posible que dispusieran ya de toda la información relativa a mí, sobre todo teniendo en cuenta el destino sufrido por mamá; de modo que supuse que el objeto de aquello era ponerme a prueba y no tanto obtener aquellos datos concretos sobre mí. Así pues, debía de mantener la compostura y actuar con naturalidad.

Con dicha idea en la cabeza, alargué la mano y tomé el bolígrafo que el hombre me ofrecía mientras lo miraba directamente a los ojos. Todas las preguntas eran muy sencillas. Anoté cada respuesta con gran serenidad y deslizando la punta del bolígrafo sobre el papel con más suavidad que de costumbre, a lo cual contribuyó la propia calidad del bolígrafo.

—Pero, por favor, tome un poco de té antes de que se enfríe —me ofreció el hombre.

—Gracias —acepté.

Al primer sorbo me di cuenta de que aquello no era té. Tanto en el aroma como en el sabor se escondía una sutil cualidad totalmente desconocida para mí, mezcla de amargura y acidez, como el aire que se respira en un frondoso bosque cuyo sendero se haya cubierto de hojas secas. No es que me desagradara, pero, consciente de que podía contener algún tipo de sustancia química, tuve que armarme de valor para decidirme a tragar aquel primer sorbo. ¿Podría ser algo que me indujera a un estado de semiinconsciencia o hipnosis bajo el cual no ofreciera resistencia a revelar mis recuerdos o que de alguna manera les permitiera tomar muestras de mi ADN para su análisis?

Tanto el hombre como sus dos secuaces no me quitaban el ojo de encima. Me tomé todo el té, y una vez completé el formulario, se lo entregué.

—Aquí tiene —dije, devolviéndole también el bolígrafo. Al cruzarse nuestras miradas, me percaté de su sonrisa apenas perceptible. Metió de nuevo el bolígrafo en el bolsillo de la chamarra, haciendo oscilar la borla de la condecoración.

Esa noche volvió a nevar. Entre la agitación por la visita a la sede de la Policía y que me encontraba mal por la bebida que allí me había tomado, tenía los nervios de punta y no conseguía pegar ojo. Con la idea de aprovechar las horas de desvelo para avanzar en la escritura de la novela, saqué y puse ante mí las hojas del borrador, pero no llegué a escribir ni una sola palabra. Me resigné y me asomé por la apertura de la cortina para ver nevar.

Retiré el diccionario y la enciclopedia de refranes de mi mesa de trabajo y me acerqué a la boca el embudo unido al tubo que quedaba oculto tras ellos.

—¿Estás dormido? —susurré.

—No —respondió el señor R enseguida. Oí también el sonido de los muelles de su cama. La salida del extremo del tubo se encontraba junto a la cabecera de su cama—. ¿Ha ocurrido algo?

—No, no. Tranquilo. Simplemente, no puedo dormir...

El embudo era uno de esos antiguos de aluminio y, aunque estaba bien fregado, todavía conservaba cierto olor a especias.

—Está nevando —añadí.

—Ah, ¿sí? No tenía ni idea. La verdad es que este invierno está nevando bastante, ¿verdad?

—Sí. Más de lo normal.

—Me cuesta imaginar que al otro lado de la pared del refugio, a tan solo unos centímetros de mí, esté nevando.

Me gustaba escucharlo a través del embudo convertido en auricular, como si su voz fuera el agua de un manantial que manase desde profundos estratos bajo mis pies, filtrada por aquel tubo de goma que le confería la suavidad y claridad de una especie de líquido sinovial del que yo no quería malgastar ni una sola gota, para lo cual me ajustaba el embudo lo más firmemente posible a mi oreja izquierda hasta cubrirla por completo.

—A veces apoyo mi mano sobre la pared e imagino el

tiempo que hará fuera —continuó el señor R—, como si en la palma de la mano pudiera sentir el frío o la dirección del viento, el grado de humedad e incluso las vibraciones sonoras del agua del arroyo al fluir, o notar el lugar donde te encuentras. Pero lo único que percibo es la textura de la pared, como si más allá de ella no hubiera nada, como si el refugio fuese una cavidad excavada en el aire, aislada por completo del resto del mundo.

—Lo cierto es que el paisaje ha cambiado considerablemente desde tu llegada al refugio. Sobre todo, por la nieve.

—Descríbemelo.

—Hasta donde abarca la vista, todo está cubierto de nieve. Hay tanta que ni el sol la derrite. Todo, absolutamente todo, el cielo y el mar, el cerro mismo, el bosque o el arroyo, ha adquirido un aspecto redondeado y parece haber disminuido de tamaño; por eso tal vez los habitantes de la isla caminan encogidos, como si ellos también desearan menguar junto al paisaje.

—Qué curioso —replicó, y me llegó de nuevo el sonido de los muelles de la cama, lo cual indicaba que estaba tumbado mientras hablaba conmigo.

—Y ahora caen unos copos enormes, como si todas las estrellas del firmamento hubieran decidido desprenderse del cielo y dibujar juguetonas ondas en su viaje nocturno hasta la Tierra, reflejando a intervalos la luz de la luna. ¿Puedes imaginarlo?

—Me cuesta. Pero debe de ser tan hermoso que es inútil tratar de imaginármelo.

—Lo es. Y sin embargo, también en una noche tan bella como esta, seguro que se están llevando a cabo inspecciones de recuerdos. Sigues manteniendo tu memoria intacta, ¿verdad?

—Sí, por supuesto. La climatología no le afecta. De hecho, casi nada la afecta. Es mucho más sólida de lo que crees. Y lo mismo puede decirse de la mente en general.

—Ya veo...

—No pareces alegrarte mucho...

—Es que si tu memoria fuera menguando como la del resto de la gente, no te verías obligado a permanecer oculto y encerrado.

—Tienes razón —susurró en un tono que apenas pasaba de un mero suspiro.

Puesto que nuestro sistema de comunicación exigía llevarse el embudo de la oreja a la boca y viceversa, siempre había un breve silencio entre cada una de nuestras réplicas, por lo que incluso el enunciado más anodino parecía reflexionado y lleno de significado.

—Si sigue nevando así, mañana tendré que retirar la nieve de la entrada de casa —comenté mientras alargaba mi mano para apartar un poco más la cortina—. El lunes y el jueves viene un camión del ayuntamiento para limpiar las calles de nieve. La recoge y la tira al mar desde el puerto donde está amarrado el ferri del anciano. Entre tanto, la nieve se ensucia y estropea, y luego es como si el mar la tragara con su gigantesca garganta y fuera deshaciéndola entre el vaivén de las olas.

—No tenía ni idea de que la tiraran al mar.

—Sí, es el lugar más apropiado. Pero me pregunto adónde va la nieve una vez que la deshacen las olas. Siempre pienso en ello cuando veo, desde la cubierta del ferri, cómo la arrojan al mar.

—Pues... simplemente se deshace, ¿no? Se deshace, se mezcla con el agua del mar, se vuelve salada, abraza a los peces y hace que las algas se contorsionen formando ondas.

—Una ballena se la traga y la expulsa por el surtidor de sus fosas nasales. —Me cambié el embudo al oído derecho y apoyé los codos sobre la mesa—. En definitiva, se deshace sin alcanzar ningún destino concreto.

—Supongo que no puede ser de otra manera —concedió, con apenas un hilillo de voz.

En ninguna de las ventanas de las casas vecinas había luz y tampoco se oía ningún coche circulando por la avenida, ni el sonido del viento ni de sirenas de ambulancias o de la Policía. Solo él y yo permanecíamos despiertos en medio de una ciudad que dormía profundamente.

—Mirar la nieve me relaja y adormece —murmuré.

—¿Adormece...? —repitió él tras una pausa.

—Sí. ¿Te extraña?

—No, claro que no...

—Es como si la nieve lo meciera a uno. Supongo que no hay que ser un científico para comprenderlo; simplemente pasa, ¿no? Es tan lógico como la existencia de migajas en la cocina después de que alguien haya dado cuenta de una porción de pastel de crema y fresas. —Me apliqué el embudo al oído, pero no me contestó y volví a llevármelo a la boca—. El caso es que, mientras contemplo la nieve —continué—, de repente me veo en la cocina ante un pastel cubierto de crema, tan blanco e impoluto como la nieve. Permanezco unos instantes contemplándolo absorta en mis pensamientos y, de pronto, el pastel se transforma en la imagen misma del descanso y el sueño. Suena bastante raro, pero es lo que me viene a la cabeza.

—No es tan extraño. La mente no para de relacionar ideas y tener percepciones, aun cuando esté llena de huecos dejados por los recuerdos desaparecidos.

—Observo el tenedor sobre la mesa, pegajoso por el azúcar glas, las migajas y los restos de crema. Él también duerme. La esencia misma del sueño habita en él. Continúo absorta en mis pensamientos y dudo entre tomar una porción de pastel, que representa el sueño, arrojarla a la basura o dársela a algún perro.

—Y al final, ¿qué decides hacer?

—Me quedo paralizada, pensando. Me siento tentada a dar un buen bocado al pastel y dejarme llevar por él a un sueño profundo, pero entonces me asalta el miedo a no regresar nunca al mundo de la vigilia, y entonces no sé qué ocurre. La única imagen que permanece clara en mí es la de las migajas de pastel sobre la mesa de la cocina, único testimonio de la existencia del pastel.

De pronto, me dio la impresión de que, a través del tubo de goma de nuestro sistema de comunicación, el sonido había ido perdiendo claridad y las palabras sonaban lejanas, aunque tratáramos de hablar más alto. Hablé haciendo sobresalir mis labios, como si ello pudiera ayudar a que las palabras cayeran rodando tubo abajo hasta el refugio.

—De pequeña, quería habitar en el mundo de los sueños. Imaginaba que allí no tendría que hacer los deberes ni comer lo que no me gustase ni recibir clases de órgano. Suponía que allí no habría dolor ni llanto ni represión. A los ocho años, decidí fugarme de casa. No recuerdo el motivo que me indujo a ello, pero posiblemente fue algún acontecimiento insignificante, como unas malas notas en el colegio o haber sido la única niña de la clase incapaz de aprender a hacer una voltereta.

—Huir de casa a esa edad es algo que no puedo ni imaginarme.

—Lo hice un domingo en que mis padres se habían ausentado de casa para acudir a la boda de unos amigos y la asistenta estaba ingresada en el hospital para una operación de cálculo biliar. Entré en el dormitorio de mis padres, abrí el cajón de la mesita de noche de papá y extraje un frasco de píldoras para dormir. Lo había visto tomarse una antes de acostarse y pensé que sería una buena idea seguir su ejemplo. No sé cuántas quedaban en el frasco, pero sí recuerdo que mi intención era tragarme el máximo número posible. Finalmente debí de ingerir unas cuatro o cinco. Recuerdo que bebí mucha agua, que estaba a punto de atragantarme y que notaba el estómago lleno, por lo cual decidí parar ahí pensando que me había tomado suficientes píldoras para iniciar un viaje del que quizás nunca volvería. Después de unos minutos, fue venciéndome el sueño y me dejé llevar, satisfecha.

—¿Qué sucedió entonces? —preguntó el señor R en tono circunspecto.

—Nada. Me quedé dormida, eso sí. Pero allí no había ningún mundo esperándome, tan solo había oscuridad... No, este no es el mejor modo de describirlo... En realidad, tampoco se trataba de oscuridad. Simplemente, no había aire ni ruido ni gravedad; ni yo misma estaba allí. No había nada. Desperté al atardecer, pero ¿de qué día? ¿Cuántos días había dormido? ¿Cinco días? ¿Un mes? ¿Un año? Miré a mi alrededor. El rojo fulgor de la puesta de sol que se colaba por el cristal de la ventana lo teñía todo. Entonces mis padres regresaron de la boda. Apenas había dormido unas horas y ninguno de los dos pareció percatarse de ello. Estaban alegres y propusieron que nos sentáramos los tres para tomar una porción del gran bizcocho que habían traído de regalo.

—Tomar una dosis elevada de pastillas para dormir es muy peligroso. ¿No te pusiste enferma?

—Lo cierto es que, después de dormir todo ese tiempo, me quedé muy relajada. Eso fue todo. Me pregunto si en realidad no se trataría de un simple frasco de vitaminas. En cualquier caso, no llegué a ningún lugar concreto en mi viaje. Fue igual que el de la nieve que se deshace en el mar.

Las primeras luces del alba empezaron a asomar y la mano con que sostenía el embudo se me estaba entumeciendo de frío. La llama de la estufa temblaba débilmente. Tal vez no le quedaba mucho combustible.

—Ah, vamos a ver si puedes escuchar el sonido de la nieve a través del tubo.

Me incorporé y abrí la ventana. Noté que un soplo gélido rozaba mis mejillas, pero no hacía tanto frío como había supuesto. Aunque el tubo no era lo bastante largo para alcanzar la ventana, tiré del embudo todo lo que pude para acercarlo lo máximo posible a la nieve, que continuaba cayendo. Al menos le llegaría al señor R a través del tubo una bocanada de aire fresco de la madrugada. Cuando abrí la ventana, los finos copos de nieve revolotearon dispersos, pero enseguida volvieron a caer ordenadamente de arriba abajo.

—¿Lo notas? —pregunté.

—Ah, sí. Oigo nevar —susurró, y su voz se difuminó en la noche.

14

Tres días después dejaron en libertad al anciano. Como acostumbraba a hacer cuando salía de paseo, aquella tarde me acerqué a echar un vistazo al ferri y me lo encontré tumbado en la cama del camarote de primera clase que usaba como dormitorio.

—¿Cuándo has vuelto? —pregunté, y, aferrándome al borde de las mantas que lo cubrían, me arrodillé ante él sin demora.

—Esta mañana —contestó con un débil hilo de voz seca. Sus labios estaban agrietados y la barba le había crecido considerablemente. Estaba pálido.

—Qué alegría volver a verte —dije; le acaricié las mejillas y le pasé la mano por el pelo varias veces—. Me alegro de veras.

—Siento que mi ausencia le haya causado alguna preocupación.

—No digas eso; lo importante es que estás aquí, de vuelta. ¿No te encuentras bien? Pareces exhausto. ¿Te duele algo? ¿No sería mejor que te llevase a ver a un médico?

—No es necesario. Esto no es más que cansancio; no me duele nada. Solo necesito un poco de reposo. Con eso bastará.

—¿Seguro? Ah, debes de estar hambriento. Voy a preparar

algo que te siente bien. Espera un momento —propuse, y le di una suave palmadita en el pecho por encima de la sábana.

Los alimentos que guardaba en la nevera habían perdido su frescura, pero ninguno de ellos se había echado a perder y, como no era el momento de ponerse exigente, reuní distintos tipos de verdura y preparé una sopa. Preparé té e incorporé al anciano en la cama, le coloqué una servilleta sobre el pecho y le di de comer la sopa con una cuchara.

Después de sorber la tercera cucharada, noté que cierta sensación de alivio recorría por fin su cuerpo y, calibrando el momento adecuado, me decidí a hacerle la siguiente pregunta:

—¿Qué te ha hecho la Policía de la Memoria?

—Puede estar tranquila —respondió el anciano—, no sospechan nada del refugio. Se lo puedo asegurar. Lo que se traen entre manos tiene relación con cierta huida clandestina por mar.

—¿Huida por mar?

—Exacto. A finales del mes pasado, un grupo de personas abandonó la isla en una embarcación desde el cabo del faro. Su propósito era evitar una inminente inspección de recuerdos.

—Pero ¿cómo es posible? Los barcos que quedan en la isla son antiguallas que ya no pueden echarse al mar. Su recuerdo desapareció hace años, como le ocurrió a este ferri, ¿no es así? No queda nadie que recuerde cómo hacer navegar un barco, cómo maniobrarlo.

—Es que precisamente esas personas que han escapado a la inspección de recuerdos no lo han olvidado. Podían recordar todo: el murmullo del motor, el olor del combustible, la forma de las olas al chocar contra el casco del barco. —El anciano se limpió la comisura de los labios con la servilleta y, después de carraspear, prosiguió—: Se sospecha que, para llevar a cabo un plan tan descabellado, algunas de las personas integrantes de dicho grupo poseían sólidos conocimientos de náutica y que incluso alguno de ellos podría ser ingeniero naval u oficial de la marina. De otro modo no habrían sido capaces de salirse con la suya. Hasta hace unos días, se creía que permanecían ocultos en algún lugar de la isla, pues a nadie se le había pasado por la imaginación que pudieran haberla abandonado por mar. Por lo visto, el suceso ha tomado totalmente desprevenida a la Policía.

—Entonces pensaron que podrías ayudarlos a clarificar el asunto, ¿verdad?

—Así es. Por lo visto, han interrogado a quienes tienen un mayor o menor grado de conocimiento en navegación. Entre otras cosas, me enseñaron fotografías de personas a las que yo no conocía, me tomaron las huellas digitales, me preguntaron por mi actividad durante los últimos meses e incluso me hicieron reconocimientos médicos. Era evidente su empeño en realizar una investigación exhaustiva que no dejara resquicios sin alumbrar. Ah, por supuesto que no les dije ni una palabra acerca del refugio. Además, estaban tan centrados en la fuga por mar que no les quedaba tiempo de atender otros asuntos.

Removí la sopa y agarré una rodaja fina de zanahoria y unos chícharos con la cuchara. Cada vez que se la acercaba a la boca, el anciano inclinaba levemente la cabeza hacia delante con un ligero gesto de disculpa y sorbía la sopa.

—Pero es injusto que acosen a quien no tiene nada que ver.

—No, no es para tanto. Como no guardo relación alguna con el asunto, no tenía nada que temer ni esconder. Ni siquiera puedo decir que me haya supuesto un mal trago; solo siento un poco de cansancio. Lo que sí me habría gustado es darles un poco más de guerra, por decirlo de algún modo.

—Me pregunto cómo se las arreglarían para hacerse con un barco a espaldas de la Policía de la Memoria.

—Desconozco los detalles de la huida, pero debieron de hacerse con uno de los barcos abandonados en el astillero y rehabilitarlo para la navegación. Ahora bien, es imposible que tuvieran a su disposición las piezas y herramientas necesarias, pues una vez que desaparecieron los barcos de la memoria, los motores fueron arrancados de estos y arrojados a las profundidades del mar, de modo que los fugitivos tuvieron por fuerza que arreglárselas para construir un motor nuevo a partir de piezas diseñadas y fabricadas por ellos mismos. Básicamente, los interrogatorios a los que me sometieron tenían que ver con los aspectos técnicos relacionados con la construcción de un motor. Lamentablemente para ellos, toparon con un problema básico e inherente a la situación que impidió que pudiera ofrecerles ni una mísera y ramplona respuesta. ¿Qué problema? Evidentemente, que, pese a vivir en un ferri, todo concepto relativo a los barcos ha desaparecido de mi memoria.

—Lógico...

El té estaba listo. Llené una taza y se la ofrecí al anciano. Miré el mar a través de la ventana. El mismo mar de siempre. Aunque el viento no soplaba con fuerza, las aguas parecían agitadas y las algas se contoneaban entre las olas. Más allá de la línea del horizonte, la noche comenzaba su ascenso sobre la bóveda celeste. El anciano sujetó la taza con ambas manos y, después de contemplar su contenido durante unos segundos, lo apuró de un trago.

—Echarse a la mar en plena noche debió requerir una buena dosis de valor, ¿verdad?

—Desde luego. Sobre todo teniendo en cuenta que debía de tratarse de una embarcación construida en unas condiciones muy precarias y con escasas garantías de seguridad.

—¿Se sabe el número exacto de personas que huyeron?

—Lo desconozco, pero muy posiblemente fue mayor del que la sensatez habría aconsejado. Tenga en cuenta que hay mucha más gente deseando abandonar esta isla que la que tiene cabida en un solo barco.

Volví a mirar por la ventana y traté de imaginar la silueta de un barco surcando las aguas. Uno de esos barcos pesqueros de madera que desde hacía ya mucho tiempo no habían vuelto a echarse al mar, con su renqueante puente de mando, su motor carrasposo, su casco descascarillado, lleno de roces y cubierto de algas secas y conchas, y un grupo de personas hacinadas en la cubierta.

No habría ningún faro para guiarlos, y solo la pálida luz de la luna iluminaría sus rostros en penumbra, cuya expresión no llegaría a adivinarse. Tal vez partieron durante una de esas noches de nieve sin luna y quizás no fueron más que una densa sombra flotante en precario equilibrio, siempre a punto de volcar y arrojar a sus pasajeros al agua, como una sartén rebosante de palomitas de maíz.

Debido al peso, la embarcación avanzaría poco a poco, y no sería posible aumentar la potencia del motor porque el ruido podría llamar la atención de la Policía de la Memoria. No tendrían más remedio que continuar su lenta marcha hacia el horizonte. Los pasajeros tratarían de aferrarse con una mano a donde buenamente pudieran, mientras que con la otra se apretarían el pecho para no dejar que el alma se les escapase de terror, implorando que el barco se alejara del cabo y los llevara consigo hasta dejarlos a salvo en tierras lejanas...

Parpadeé varias veces. En aquel mar revuelto no se veía más que el movimiento ondulante de las algas. Habían transcurrido muchos años desde la última vez que pude contemplar un barco surcando la inmensidad azul que se extendía ante mí, muchos desde el día en que su recuerdo había desaparecido, tras haber cristalizado y haberse hundido bajo las profundas aguas del pozo sin fondo de mi alma. Por eso resultaba tan difícil, incluso doloroso, imaginar a un grupo de personas irse por mar en brazos de uno de aquellos artefactos.

—¿Habrán conseguido llegar a tierra a salvo? —cuestioné.

—De lo que sí estoy seguro es de que al menos han conseguido alejarse considerablemente de la isla —señaló el anciano—. Sin embargo, el mar es traicionero en invierno. Es muy probable que se hayan hundido sin remedio.

Dejó la taza de té sobre la mesita y se secó los labios con la servilleta.

—¿Hacia dónde habrán puesto rumbo? No hay modo de saber dónde hay tierra firme más allá del horizonte... —dije, apuntando con el dedo índice hacia la enorme masa de agua que se extendía al otro lado de la ventana.

—No lo sé. Quizás haya un lugar donde quienes conservan sus recuerdos puedan vivir sin ser perseguidos, pero nadie conoce ese lugar, si es que existe.

El anciano dobló la servilleta y la dejó encima de la sábana.

La vuelta a casa del anciano vino acompañada de otro feliz acontecimiento: la esposa del señor R dio a luz sin complicaciones al bebé que ambos esperaban, un niño que pesó dos kilos y novecientos cuarenta y siete gramos.

Como el anciano no se había recuperado del todo, decidí ser yo quien se acercara a la caseta de observación meteorológica del colegio abandonado. A causa de la nieve, era imposible transitar en bicicleta por la carretera que llevaba a la ladera norte del cerro, y como no podía permitirme un taxi, no tuve otra opción que caminar.

Giré al llegar al cruce de caminos situado al norte y la refinería apareció frente a mí. Ya solo debía seguir por la misma carretera hasta el final. Las torres de hierro se elevaban al fondo, más allá de los desolados campos de cultivo y las ruinosas y antiguas viviendas de una sola planta de los obreros, al otro lado de la gasolinera y la cafetería que habían echado el cierre tanto tiempo atrás. Ciertamente, era como la momia metálica de un gigante a quien hubiera sorprendido la muerte.

La nieve no había sido retirada de aquellas calles apenas transitadas y caminar resultaba agotador. Resbalé muchas veces y di con mis huesos sobre la acera nevada, y solo en alguna ocasión me crucé con alguien, ya fuera una anciana bien abrigada con su bufanda, alguna motocicleta de motor exhausto o un gato sucio.

Al fin llegué al colegio. Era más del mediodía y nadie había pisado la nieve del patio, que se mantenía tersa como la seda, sin el menor rastro de huella o pisada. A mano derecha había una barra fija de ejercicios, un subibaja y dos canastas de baloncesto, y a la izquierda, un pequeño cobertizo que parecía haber servido para la crianza de animales pequeños, tal vez conejos, y que, evidentemente, se encontraba vacío. El colegio constaba de tres plantas, recorridas por ventanas exactamente iguales.

Todo permanecía inmóvil y solo oía mi propia respiración. No soplaba el viento ni había una sola alma por los alrededores. Aquello era la viva imagen del abandono.

Dirigí mis pasos hacia la caseta mientras trataba de calentarme las manos, enfundadas en guantes, exhalando en ellas. Se encontraba al final de una leve pendiente que atravesaba el patio. El liso manto de nieve era tan hermoso que daba lástima estropearlo con mis pisadas. A mitad del recorrido, no pude resistirme a volver la cabeza para cerciorarme de la senda que mis pisadas iban dejando.

La nieve se acumulaba sobre el tejado de la caseta como si fuera un bombín. Tiré de la puerta empujando levemente hacia arriba según me había indicado el anciano y se abrió con un chirrido punzante. El interior estaba en penumbra y poblado de telarañas. Detrás del termómetro y el higrómetro encontré un pequeño montón de cosas atadas con un cordel: algunos libros, una cajita de caramelos, ropa interior y, encima de todo ello, un dibujo que representaba al bebé. Mientras me preguntaba quién lo habría dibujado, tomé el paquete. Observé la imagen con atención. Estaba hecha con lápices de colores sobre un grueso papel del tamaño de una postal y en ella podía verse un bebé con los ojos cerrados y perfectamente delineados, su fino pelo castaño y sus orejas bien formadas, envuelto hasta los hombros en una capa azul claro de encaje. Quizás no estaba dibujado con la soltura que otorga la maestría, pero sí con delicado esmero, recreándose en cada cabello y en los detalles del encaje.

En el anverso del dibujo, la esposa del señor R había escrito: «Nació a las cuatro y cuarenta y seis de la mañana del día doce. La comadrona dijo que había sido el parto más sencillo de su vida. Es un bebé muy sano y en cuanto me lo pusieron sobre el vientre hizo pis. Había comprado tanto botones rosas como azules para su ropita y hoy he cosido los azules. En fin, no te preocupes por nosotros. Espero con anhelo el día en que puedas verlo y tenerlo en brazos. Cuídate mucho».

Lo leí tres veces y volví a sujetar el papel con el cordel. Salí y cerré la puerta de la caseta. La nieve acumulada en el tejado se desprendió y cayó ante mis pies.

Había dejado la trampilla sin cerrar con llave y, al volver para entregar las cosas al señor R, la abrí sin llamar primero. Estaba sentado frente a la mesa, de espaldas a la entrada, tan concentrado en realizar la última tarea que le había encomendado —abrillantar la vajilla de plata que guardaba en casa— que no se percató de mi llegada.

Lo observé durante unos instantes sin decir nada. Su cuerpo parecía haber menguado desde que llegó. ¿O era tan solo una ilusión mía? Tenía la piel más pálida porque no le daba el sol, y estaba más delgado debido a la falta de apetito. Pero no se trataba solo de esos detalles concretos. También se había producido en él un cambio de naturaleza más abstracto e indefinible, como si el contorno de su cuerpo se hubiese desdibujado, su sangre evaporado y sus músculos desinflado.

Tal vez aquello no fuera más que una reacción física para adaptarse a las condiciones adversas de aquel espacio angosto, con escaso flujo de aire, aislado de ruidos y tedioso, a las que había que sumar el terror constante a ser descubierto. Su cuerpo parecía querer desprenderse de toda materia sobrante, como si se viera en la necesidad de desechar el exceso de energía para compensar la capacidad de su mente de almacenar recuerdos.

Recordé uno de aquellos antiguos espectáculos en que se mostraban seres grotescos. Para ello se había encerrado previamente a una niña en una caja de madera, se le permitía sacar la cabeza por un agujero y se le obligaba a mantener el cuerpo dentro durante meses y años, de manera que sus extremidades crecían retorciéndose debido a la falta de espacio. Comía y dormía sin salir de la caja, y, transcurrido un tiempo, las extremidades dejaban de desarrollarse. Entonces llegaba el momento de exhibirla ante el público que acudía a ese tipo de espectáculos y pagaba para ver seres deformes.

Mientras contemplaba la espalda del señor R recordé a aquella niña con protuberancias en vez de extremidades, las costillas marcadas, el cabello cubierto de polvo y la cabeza gacha.

El señor R, encorvado hacia la mesa como si recitara una plegaria, se afanaba en bruñir la vajilla de plata ajeno a mi presencia. Dedicó una considerable cantidad de tiempo a frotar un tenedor, pasando el paño una y otra vez por cada uno de sus dientes y las concavidades del bajorrelieve de su mango. Sobre unas hojas de periódico extendidas por el suelo, reposaban las piezas que no cabían en la mesa: un azucarero, una espátula de repostería, un bol y algunas cucharas soperas.

Aquella vajilla había formado parte del ajuar de mamá y solo se utilizaba cuando teníamos invitados especiales, llevaba años guardada al fondo del mueble de la cocina y, a pesar del esmero con que el señor R la limpiaba, no volvería a usarse más. No creía que se me fuera a presentar la ocasión de recibir invitados para celebrar algo especial, y tampoco estaba la anciana asistenta, que era la única persona que habría podido cocinar platos acordes con tan lujosa vajilla.

Encontrar tareas que permitieran que el señor R se olvidara del hastío sin agotarlo era más difícil de lo que parecía. Daba igual que fueran tareas útiles o no. Pues bien, resultó que, de entre todas las que se me ocurrieron, bruñir la vajilla fue la más acertada. Se adecuaba a él mejor que ninguna otra.

—¿Seguirías bruñendo el tenedor con el paño, sin inmutarte, aunque la Policía de la Memoria se presentara aquí ahora mismo? —pregunté en tono jocoso.

El señor R se volvió sorprendido.

—Creo que sí —replicó, y empuñando el tenedor con su mano izquierda lo apuntó hacia arriba.

—Perdona que haya entrado sin avisar.

—No te preocupes. Pero ¿cómo es posible que no me haya dado cuenta?

—Estabas tan concentrado que no me atrevía a interrumpirte.

—Vaya, no tenía intención de quedarme tan absorto en el trabajo...

Ligeramente azorado, tocó con los dedos la montura de sus lentes y dejó el tenedor sobre el paño con que había estado limpiándolo.

—¿Puedo quedarme un poco? —pregunté.

—Claro, adelante —respondió, solícito—. Baja y siéntate aquí.

Sorteé de puntillas las piezas que descansaban en el suelo y tomé asiento en la cama.

—Esta vajilla es de auténtico lujo —comentó el señor R—. Hoy día es imposible hacerse con unas piezas de esta calidad.

Dio media vuelta en la silla para mirarme.

—Supongo que tienes razón —admití—, solo puedo decir que era una de las pertenencias más queridas de mamá.

—El resultado del trabajo se ve enseguida. Es una vajilla muy agradecida. Cuanto más le pasa uno el paño, más recompensado se siente por el trabajo.

—Ah, ¿sí? ¿Qué tipo de recompensa sientes?

—Con el tiempo ha desaparecido la fina película que recubría cada pieza, haciendo que pierdan su luminosidad; así que devolverles el esplendor me hace sentir fenomenal. Además, su brillo no es cegador ni imponente, sino suave y generoso, con un punto de melancolía. Cuando sostengo cada pieza ante mí, es como si el brillo mismo se alojara en la palma de mis manos, como si me hablara. Y entonces siento el deseo de seguir acariciándolas con el paño.

—Nunca se me habría ocurrido interpretar así el brillo de la plata —reconocí, y miré el paño azul marino, descuidadamente doblado sobre la mesa.

El señor R abría y cerraba los puños para que descansaran sus dedos.

—¿Sabes? —continué—. Antiguamente, la gente rica tenía muchos empleados a su servicio con la única función de sacar lustre a los objetos de plata. Me los imagino haciendo toda la vida lo mismo, encerrados en un almacén de piedra ubicado en el patio de sus mansiones. Con una larga mesa de un extremo al otro del almacén y, a ambos lados, los sirvientes preparados para trabajar. Está terminantemente prohibido hablar para evitar salpicar con saliva o cubrir con su aliento las preciosas piezas de la vajilla, de modo que sus jornadas laborales transcurren en absoluto silencio. Para mantener un ambiente fresco, allí no entra la luz del sol, ni siquiera a las horas centrales del día, y la única iluminación proviene de una temblorosa lámpara. La razón para esto es que solo con poca luz es posible reconocer cuándo se ha realizado un buen trabajo. Otro grupo de sirvientes de mayor categoría, cuya responsabilidad consiste en supervisar todos los accesorios de cocina, se encarga de revisar exhaustivamente que el trabajo se ha hecho de manera correcta. Examinan cada pieza, una a una, bajo la luz de la lámpara, sobre el fondo de la pared de piedra, desde cada ángulo, y no solo no se admite ni la más insignificante mácula, sino que al culpable se le asigna el doble de trabajo para el día siguiente, lo cual significa que deberá pasarse la noche bruñendo. Por eso, llegado el momento de la inspección, los sirvientes bajan la cabeza y aguardan nerviosos el veredicto. Ay, pero te estoy cansando con mi parloteo... Perdona

—dije al darme cuenta de que había tomado la palabra de manera exclusiva.

—Qué va. No digas eso.

—Admítelo. Te estabas aburriendo.

—No, no —aseguró, negando a la vez con la cabeza.

Estar tan cerca de él me permitió captar claramente lo frágil que se había vuelto su cuerpo. Antes de su reclusión en el refugio era más robusto, ahora había perdido cierta consistencia. Cada parte de su cuerpo parecía seguir cumpliendo correctamente con su cometido, pero daba la impresión de que si apoyaba mi dedo índice sobre el extremo de una de sus clavículas y presionaba suavemente se derrumbaría como un títere al que le hubieran cortado los hilos.

—Lo que más me impresiona de la historia de los sirvientes bruñidores de plata —proseguí— es que acaban perdiendo la capacidad de hablar como consecuencia de permanecer doce horas, desde las siete de la mañana hasta las siete de la noche, encerrados en la penumbra del almacén de piedra, pasando el paño sobre las piezas de la vajilla sin despegar los labios ni una sola vez. Llega un momento en que, ni siquiera después de abandonar el almacén tras la jornada de trabajo, son capaces de emitir una palabra. El caso es que no tienen otro lugar adonde ir para ganarse la vida. Son pobres y carecen de educación o de formación en ningún ámbito, de modo que están dispuestos a ofrecer su voz a cambio de un trabajo remunerado. Uno a uno van quedándose mudos y el almacén se transforma en una cámara silente donde solo se oye el terso rumor de los paños al rozar la superficie de plata de las piezas de la vajilla. Es como si el pálido brillo que emana de estas absorbiera su voz.

Tomé un gran plato de postre que había sobre los periódicos extendidos en el suelo y lo coloqué sobre mis rodillas. Mamá siempre lo usaba para servir bombones en las celebraciones especiales. Yo era pequeña y no se me permitía tomar ninguno —nuestra sirvienta no tenía reparo en asegurar que a los niños que comían chocolate les crecían insectos en el pecho—. El plato estaba ribeteado con intrincadas figuras de racimos de uvas entre cuyos sarmientos y frutos se acumulaban la suciedad y el polvo. Pronto, ellos también brillarían.

—Sí, supongo que es posible —comentó él, tras dejar pasar unos segundos de silencio.

El embudo reposaba junto a la almohada y las sábanas que, recién lavadas, aún conservaban el tacto a almidón. En la pared, los días del calendario aparecían marcados con cruces a medida que iban quedando atrás, y las repisas de la estantería, vacías durante los primeros días, habían ido llenándose de objetos.

—No es necesario que trabajes con tanto ahínco. Ya sabes que no corre ninguna prisa —dije, después de examinar el habitáculo.

—Sí, lo sé —contestó.

—Y ten cuidado, no sea que el brillo de la plata te absorba la voz a ti también...

—No tienes por qué preocuparte. Ya sabes que yo no pierdo nada, si siquiera los recuerdos.

—Ah, es verdad. Casi lo olvido.

Nos miramos y reímos.

Por último, antes de abandonar el refugio, le entregué las cosas de la caseta de observación meteorológica. Contempló durante un rato y sin comentar nada el dibujo del bebé. Quise decirle algo, pero no encontraba las palabras adecuadas. Todo lo que pudiera decirle en ese momento se me antojaba hueco y opté por acompañarlo en el silencio.

Sin embargo, él no estaba tan afligido como yo había creído al principio. Simplemente, mantenía la mirada baja, atento como cuando revisaba mi manuscrito o sacaba brillo a la plata.

—Enhorabuena —dije por fin, apremiada por la extensión de su silencio e incapaz de contenerme por más tiempo.

—Las fotografías han desaparecido, ¿verdad? —preguntó él en apenas un susurro.

—¿Foto...?

No entendí lo que había querido decir, pero me repetí a mí misma aquella palabra hasta que por fin se formó en mí una imagen borrosa: la de un fragmento rectangular de papel en el que aparecían nítidamente representados el cuerpo y el rostro de las personas.

—Sí, han desaparecido —confirmé.

Dio la vuelta al papel del dibujo y comenzó a leer el texto que su esposa había escrito para él.

—Sin embargo —añadí—, creo que guardo un marco en algún sitio. Espera, voy a buscarlo.

Comencé a subir la escalerilla.

—Gracias —le oí decir a mi espalda.

Me volví y lo vi cabizbajo, sin cambiar de postura.

15

Cierta mañana, tuve un contratiempo: la máquina de escribir se negaba a funcionar.

Aporreé las teclas todo lo que pude, pero las varillas se negaron a saltar hacia el papel, limitándose a breves y espasmódicos temblores, cual patas rotas de saltamontes. De la «a» a la «z», del uno al cero, la coma, el punto, los signos de interrogación..., no había una sola que amagase siquiera la cabriola.

La noche anterior, le había deseado a él unas bien mecanografiadas BUENAS NOCHES, y me había acostado sin que se me hubiera caído la máquina ni se hubiera golpeado con nada. Sin embargo, por la mañana ya no funcionaba. Pero ¿por qué? Hasta entonces había requerido alguna que otra reparación sin importancia: cosas como enderezar la punta de alguna que otra varilla, donde se encuentran los tipos, o engrasar el rodillo para que girase bien. No cabía duda de que era una máquina de escribir robusta y precisa.

Me senté y me coloqué la máquina sobre las rodillas con la esperanza de solucionar el problema, si no completamente, al menos en parte, presionando una a una las teclas con todas mis fuerzas. Él, de rodillas a mi lado, contemplaba obnubilado mis maniobras, estirando el cuello para no perder detalle. Así que me lancé: a, s, d, f, g, h, j, k, l... No pude continuar. Él me detuvo. Lo hizo suavemente, abrazándome por los hombros.

—Si sigues golpeando así las teclas, acabarás estropeando la máquina sin remedio —advirtió—. A ver, dámela.

La tomó con ambas manos, levantó la cubierta y anduvo manipulando cuidadosamente unas cuantas piezas, tirando de ellas y curvándolas.

«¿Cómo lo ves?», deseé preguntarle, pero, como era de prever, la voz no me obedeció. Tampoco, claro está, podía recurrir a mi único medio de expresión, estropeado desde esa misma mañana. Sin embargo, arrastrados por el hábito, mis dedos se movieron convulsamente en el aire, tecleando letras invisibles.

—Vaya lío —informó él—. Esto va a necesitar una reparación en serio.

«¿Y qué debemos hacer?», pensé, y levanté la mirada hacia él.

—Vayamos a la sala del reloj de la torre. Con el permiso del párroco, la acondicioné como almacén y para albergar un taller de reparación de máquinas de escribir. Llevemos la máquina y probemos con las herramientas que guardo allí, y si después de todos los intentos no hay manera de repararla, podemos tomar una de las máquinas que sobran para la clase y traérnosla.

Puesto que nunca había entrado allí, no sabía que aquella sala de la torre situada encima del aula de mecanografía sirviera de taller y almacén de máquinas de escribir. Estaba al tanto, eso sí, de que era el lugar donde se guardaba la maquinaria que ponía en marcha las agujas del reloj y hacía sonar las campanas dos veces al día, a las once de la mañana y a las cinco de la tarde.

Lo cierto es que desde pequeña me aterroriza el sonido de las campanas, y por eso ni se me había pasado por la cabeza la mera posibilidad de subir a echar un vistazo, a pesar de lo cerca que estaba del aula de mecanografía.

Aquel sonido grave y solemne que llegaba a cada rincón de la ciudad y cuya resonancia nunca terminaba de desaparecer era para mis oídos como un lamento procedente del más allá. Tanto si me sorprendía en la clase de mecanografía, como comprando verdura en el mercado ambulante o tendida en la cama abrazada a él, el tañer de las campanas hacía que me estremeciera, el corazón se me desbocaba y el pecho me oprimía.

Me imaginaba una sala repleta de enormes ruedas dentadas, pesadas piezas de plomo y cadenas lo suficientemente fuertes para arrancar a las campanas su contundente sonido, y organizadas en un intrincado mecanismo de engranajes y transmisiones capaz de otorgar su regular y constante movimiento, segundo a segundo, a las agujas. La cadena que ha estado firmemente sujeta y enrollada se suelta a las once y a las cinco, y toda la energía acumulada se desata para lanzar el badajo contra la pared de la campana. Me da miedo pensar que un paso en falso en medio de todo ese mecanismo pueda acabar con mi cuello estrangulado por una cadena, y mi cuerpo enganchado entre dos ruedas dentadas y aplastado por piezas de plomo. Me atemorizaba tanto el tañer de las campanas que me sumía en fantasías tan terribles como infantiles.

La puerta de la sala del reloj estaba cerrada con llave. Extrajo un manojo de llaves del interior del bolsillo de su chamarra y, decidido, sujetó una de ellas y la introdujo en la cerradura para abrir la puerta. Vi de refilón el cronómetro que siempre llevaba en ese bolsillo.

El interior de la sala no era como yo me lo había imaginado. Ciertamente, había ruedas dentadas, poleas y resortes que se movían en una inextricable sincronía, pero apenas ocupaban un pequeño lugar de todo el espacio disponible. Lo que sí ocupaba mucho sitio era el enorme montón de máquinas de escribir almacenadas.

Sin moverme del umbral de la puerta, recorrí con la mirada cada rincón de la sala, perpleja ante la gran cantidad de máquinas de escribir que tenía frente a mí.

—Pasa, pasa —invitó él, tomándome suavemente de la mano para hacerme entrar.

La puerta se cerró a mis espaldas. El techo era más bien bajo, todo estaba polvoriento y hacía bastante frío; la luz del exterior solo entraba por el cristal del reloj. Las tablas del suelo crujían cada vez que daba un paso y mi tacón se enganchaba aquí y allá con las cabezas de clavos que sobresalían. Del techo pendía un foco insuficiente para alumbrar todo el espacio, que se balanceaba levemente a pesar de que no soplaba el viento.

Me aproximé al reloj. Era enorme, mucho más grande de lo que me había imaginado viéndolo desde abajo. Entre la esfera y la maquinaria había espacio suficiente para poder alargar la mano y tocar las manecillas con forma de flecha. Estas parecían tan robustas que ni siquiera rodeándolas con mis piernas y tumbándome sobre ellas habría logrado pararlas. Contemplé el sofisticado diseño de los números romanos que representaban las horas. El XII tendría unas cinco veces el tamaño de mi cabeza.

El jardín de la iglesia se veía minúsculo, tan lejano allá abajo que daba vértigo, y a mi lado el tictac de la maquinaria no dejaba de sonar, acompañado del olor a aceite que engrasaba aquella atmósfera cerrada.

Las campanas estaban sobre nuestras cabezas. Los detalles acerca del funcionamiento se me escapaban, pero sabía que debían estar perfectamente conectadas con el mecanismo del reloj, para que no se produjera ningún desfase entre la hora marcada y el toque de las campanas. Era posible que mucho tiempo atrás hubiesen estado recubiertas de oro, pero ya no quedaba rastro en el plomizo gris de su superficie, lo cual, dicho sea de paso, no tenía demasiada repercusión en su forma, tan imponente y majestuosa como su sonoridad. Qué aguante debía de tener aquella estructura para soportar el peso de las campanas. Mi admiración, sin embargo, no estaba reñida con cierta aprensión a equivocarme y a que todo pudiera derrumbarse en cualquier momento.

—Ven, siéntate aquí —propuso él, señalándome una silla junto a una austera y vieja mesa que había en medio, único mobiliario de la sala y, curiosamente, sin una mota de polvo—. ¿Qué te parece este lugar? —me preguntó, al tiempo que depositaba despreocupadamente mi máquina de escribir encima de la montaña de máquinas de escribir, que se desequilibró un poco produciendo un crujido.

Tomé asiento mientras pensaba que el motivo por el que había subido hasta allí era exclusivamente reparar la máquina de escribir y que el que la sala me pareciera bien o no tan bien era una cuestión del todo irrelevante.

Él estaba de muy buen humor, la sonrisa permanentemente instalada en su rostro, la amabilidad exudándole por los poros y el entusiasmo desbordándosele a borbotones.

—¿Y bien?

Parecía empeñado en extraerme con tenazas mi opinión acerca de la sala de máquinas del reloj de la iglesia, y, sin embargo, lo único que podía hacer yo era mirarlo a los ojos, ofrecerle una sonrisa y asentir con la cabeza.

—Sabía que te encantaría —sentenció triunfante.

Pero yo no podía estar tranquila. Sin una máquina de

escribir a mano para expresarme, las piezas del mundo circundante no terminaban de encajar; sentía un desamparo aún mayor que el que experimenté en el momento en que perdí la voz.

«¿Se puede saber qué espera para arreglarla?», me preguntaba yo. Naturalmente, me faltaba el recurso primordial para transmitirle la cuestión a él. Eché un vistazo sin éxito a mi alrededor en busca de un papel y un lápiz o un bolígrafo. ¿Por qué no me los habría traído de casa? La cuestión era que él me había dicho: «La repararé enseguida, así que no hace falta que tomes nada para escribir», y, ni corto ni perezoso, había sacado del bolsillo de mi chamarra el bolígrafo y la libreta de notas que yo había tomado para llevarme conmigo.

Le di un golpecito en el hombro y señalé la máquina de escribir que acababa de dejar sobre la pila de máquinas. No me hizo caso. Sacó el cronómetro de su bolsillo y se puso a sacarle brillo con un trapo de terciopelo. Tal vez no había entendido lo que había querido decirle; tal vez era su manera de indicarme que tuviera paciencia y que enseguida se pondría manos a la obra.

Desde abajo me llegó la voz de alguien que mantenía una conversación. También la risa de un niño; pronto se oyeron más voces provenientes de personas reunidas en la iglesia. ¿Era un ensayo de canto coral? ¿Un mercado ambulante? Más que del mismo edificio de la iglesia, el rumor de voces parecía proceder de un punto muy alejado de la ciudad.

Pero él continuaba frotando el cronómetro y yo seguía esperando... Empezó a extrañarme que dedicara tanto tiempo a abrillantar un objeto tan pequeño. Lo repasaba todo, los resquicios entre los botones, los eslabones de la cadena, los surcos del grabado de la parte posterior.

—Verás, hoy mis alumnos de nivel intermedio tienen un

examen y debo dejarlo en perfecto estado —explicó con la cabeza baja y la vista puesta en el cronómetro.

Desde luego, si no me miraba, de nada me valdría negar con la cabeza o señalar algo con el dedo o abrir y cerrar mis labios o sonreír, de modo que opté por mantenerme inexpresiva.

Volví a recorrer la sala con la mirada. La zona donde no estaba el mecanismo del reloj estaba ocupada por tantas máquinas de escribir formando una montaña tan alta como yo que era imposible contarlas. ¿Cómo iba a poder hacerlo si nunca había visto tantas juntas?

Las había de las más diversas formas: rechonchas y pesadas, delicadas como juguetes, de teclas cuadradas, de teclas ovaladas, con la base de madera, lujosas, toscas... Se apilaban desordenadas y apretadas, coronadas por mi máquina de escribir, que reposaba pacientemente tal y como él la había dejado. Las que se encontraban más abajo estaban aplastadas, tenían las varillas dobladas y la carcasa deformada por las demás. Incluso aquellas que permanecían intactas tenían, por desgracia, una capa de herrumbre.

¿Acaso estaban todas ellas esperando a que las reparasen? Eran demasiadas para que así fuera. Me incorporé y me acerqué a la montaña de máquinas de escribir pensando que era mejor deshacerse de ellas que tenerlas allí de manera completamente inútil, cuando de pronto se me ocurrió algo. Una idea tan simple que me pregunté por qué no se me habría ocurrido antes —sin duda, la visión de tantas máquinas de escribir juntas me había ofuscado—. Entre un número tan ingente, podía elegir la máquina que estuviera en mejores condiciones y quedarme con ella. Así podría continuar hablándole a él.

Escogí la que se conservaba en mejores condiciones, pero, cuando la probé, resultó que sus teclas no se movían.

Entonces tomé otra. Tampoco funcionaba: tenía la cinta de tinta enredada; luego otra: la mitad de los tipos estaban aplastados; y otra: tenía el cilindro desencajado. Y otra... No había manera de encontrar una que mínimamente pudiera utilizarse. Aquello no me arredró y proseguí con mi exploración y búsqueda, extrayendo del montón una máquina tras otra. Me movía con tal ímpetu que, en cierto momento, se oyó un crujido y la montaña de máquinas empezó a zarandearse, amenazando con desplomarse.

—Estás perdiendo el tiempo —me advirtió él, sin levantar la vista, que seguía posada en el cronómetro—. No funciona ninguna. No se puede escribir con ellas ni una sola letra.

Entonces volví a caer en la cuenta de algo. Allí no había papel de ningún tipo. Ni hojas pequeñas para tomar notas ni papel de máquina de escribir, de manera que, aunque encontrase una en buenas condiciones, no podría comunicarme con él.

Me resigné a no encontrar manera de expresarme y noté que el pecho me oprimía. Me costaba respirar por las muchas palabras acumuladas, sin vía de escape.

«Vamos, arréglala de una vez», pensé, y mis dedos se movieron en el aire como si presionaran las teclas correspondientes. No me quedó otra alternativa que tomar mi máquina de escribir y ponerla delante de él. «¿Se puede saber por qué no la arreglas? No poder comunicarme contigo me produce un desasosiego inaguantable», pensé cuando lo golpeé de nuevo en el hombro y traté por todos los medios de que mi rostro reflejara mi impaciencia.

Sus manos se quedaron quietas y dejó escapar un largo suspiro. Puso el cronómetro sobre la mesa, aún envuelto en el paño de terciopelo.

—Tu voz no va a volver.

No entendí por qué tuvo que decir eso. Precisamente, en

ese instante lo que estaba en cuestión no era mi capacidad para recuperar la voz sino su deber de reparar la máquina de escribir. «¿Y bien? ¿Vas a arreglarla o no?», pensé, y mis dedos presionaron las teclas impulsivamente. Por supuesto, las varillas no se movieron de su sitio.

—Tu voz está encerrada en la máquina de escribir. ¿No te das cuenta de que no está estropeada, sino que simplemente ha dado por concluida su labor y se ha detenido, dejando encerrada tu voz en su interior?

El eco inagotable de sus palabras continuó retumbando en mis sienes durante lo que me pareció una eternidad.

—Observa todo este montón de máquinas de escribir. ¿No te parece asombroso? —prosiguió él—. Pues bien, dentro de todas ellas hay voces encerradas. Lo que tienes ante ti es una montaña de voces que no volverán a vibrar en el aire y cuyo único destino es ir languideciendo, acurrucadas e inmóviles. Y tu voz acaba de unirse a ellas —concluyó, y tomó la máquina de escribir con la mano que tenía libre para volver a colocarla sobre las demás, en el mismo lugar donde estaba antes. El choque frío del metal produjo un sonido sordo y contundente, como si se cerrase una pesada puerta, última escapatoria posible para mi voz.

«Pero ¿por qué...?», pensé. Mis labios se movieron sin articular sonido.

—¿Qué haces? ¿No ves que ya no te sirve de nada?

Puso su mano sobre mis labios. Estaba fría y olía a metal. Me pregunté si ese olor procedía del cronómetro.

—Acabarás olvidándote de que tenías voz —continuó—. Al principio, te costará acostumbrarte y moverás los labios como ahora, y los dedos buscarán las teclas sin éxito, lo cual te ocasionará no poca desazón. Incluso querrás hacerte con una libreta de notas. Pero no tardarás en reconocer que todo ello es inútil. No te apures; en cualquier caso, no te hace falta hablar; no necesitas decir nada. ¿Te das cuenta de que así serás toda mía?

Sus dedos reptaron hasta rozar mis mejillas, luego mi mentón, y enseguida bajaron hasta el cuello, donde se recrearon largamente tocando cada hendidura, como tratando de confirmar la pérdida efectiva de mi voz.

Deseé gritar con todas mis fueras, desasirme de él y huir de allí, pero el cuerpo no me respondía, se había quedado rígido como una piedra ante la presión de sus dedos, que me atenazaban como alambres.

—¿Entiendes por qué me hice profesor de mecanografía? —me preguntó, sin aflojar la presión de sus dedos sobre mi cuello.

«No lo sé. No tengo ni idea», pensé al mismo tiempo que sacudía la cabeza con desesperación a un lado y a otro, sin conseguir soltarme.

—Durante la clase, los dedos de los alumnos se mueven siguiendo mis instrucciones. Para presionar la «t», el dedo índice de la mano izquierda sube en diagonal levemente hacia la derecha; para la «i», el dedo medio de la mano derecha sube todo recto hacia arriba; para presionar la «q», el meñique de la mano izquierda avanza en diagonal hacia arriba a la izquierda, y para el punto, el anular de la mano derecha baja hacia la derecha en diagonal... Cada dedo sigue una pauta predeterminada de movimientos que los estudiantes deben memorizar e incorporar. Ni hablar de moverse a su antojo; nada de modificar las reglas a su propia conveniencia; prohibido terminantemente actuar según su propio criterio. Mis alumnos, casi siempre mujeres, no tienen otra alternativa más que actuar siguiendo cada una de mis instrucciones. Una equivocación del tipo que sea implica que puedo permitirme imponer el castigo que yo quiera. Por ejemplo, repetir mil veces la letra sobre la que se ha cometido el error o realizar alguna prueba que avergüence a la alumna delante de toda la clase. Lo que yo quiera. Ante mi presencia, queda anulado vuestro poder de decisión.

«¿De qué rayos estás hablando? Aquí lo único que ha pasado es que he aprendido mecanografía siguiendo tus clases. Ni más ni menos.»

—La voz es prescindible cuando se escribe a máquina —dijo, y apretó sus dedos con más fuerza en la piel de mi cuello hasta hundirse en ella, como tratando de aniquilar el último resto de voz que pudiera quedarme—. Durante la clase, no tienen voz. Mientras presionan las teclas, no hablan. Tienen que mantener toda la atención en el teclado. ¿Sabes por qué? Porque mientras que la voz sale libremente, los dedos tienen que seguir unas normas rígidas. La libertad de la voz es una de las cosas que encuentro más irritantes. No hay mejor música que la del golpeteo de las teclas ni panorama más edificante que el de unos dedos empecinados en mantener su inquebrantable marcha bajo mi atenta e inquisitiva mirada, ¿no crees? Sin embargo, como todo, las clases también llegan a su fin, y entonces los dedos abandonan el teclado, y ustedes, alumnas mías, se ponen a parlotear de lo que les da la gana. Que si les apetecería comer una porción de pastel; que si conocen una pastelería muy buena; que si el próximo jueves es festivo; que si estaría bien ir al cine, puesto que hace mucho tiempo desde la última vez... Las mismas sandeces una y otra vez. Esos mismos dedos, tan disciplinados hasta escasos instantes antes, pierden la compostura y se lanzan a una desenfrenada sucesión de actividades, como cerrar la cremallera de las mochilas, ajustarse los pasadores o las diademas en el pelo e incluso apoyarse en mi brazo.

«¿Y no te parece lógico? Yo hablo de lo que quiero hablar y muevo mis dedos como me da la gana. Tu capacidad para decidir lo que tenemos que hacer se circunscribe exclusivamente a la clase de mecanografía.»

—Me alegro de haber podido borrar también tu voz. ¿Sabes que si a un insecto le cortas las antenas se repliega, se vuelve sumiso y pierde la capacidad para encontrar alimento? Lo mismo ocurre con la voz y ocurrirá contigo: sin esta, perderás la opción de desarrollarte y crecer. Pero, por favor, no te preocupes. En cualquier caso, vas a quedarte aquí todo el tiempo. Permanecerás encerrada en tu máquina de escribir, vivirás en el interior de tu propia voz y con ella irás menguando, sometida constantemente a mi control. No es tan complicado como parece; al menos, no más difícil que memorizar el orden de las teclas.

Por fin, me soltó. Caí boca abajo sobre la mesa y, al tratar de tomar aire, sentí un dolor punzante que me aguijoneaba la garganta.

—Se acerca el comienzo de la clase de nivel intermedio. Es hora de salir de aquí —dijo, y guardó el cronómetro en el bolsillo interior de su chamarra—. El examen de hoy consistirá en transcribir un texto médico que sin lugar a dudas no les resultará nada fácil. Estoy deseando empezar. Mientras tanto, me esperarás aquí, ¿de acuerdo? Y no olvides portarte bien.

Salió, cerró la puerta haciendo girar el cerrojo con un contundente chasquido metálico, y al oír sus pasos alejarse escaleras abajo, me di cuenta de que me había quedado completamente sola...

«Vaya, ahora resulta que la protagonista de la novela también ha acabado prisionera entre cuatro paredes, como el señor R», pensé mientras ordenaba en un solo montón todas las hojas que había escrito ese día; coloqué un pisapapeles encima y apagué la luz del flexo. A pesar de que al principio yo misma los había imaginado enamorados, lanzándose juntos a la búsqueda de la voz de ella, indagando para encontrarla en la fábrica de máquinas de escribir, ascendiendo a lo más alto del faro del cabo o rastreando la morgue, los personajes, como tantas veces ocurre, acabaron tomando su propio camino, empujando la historia hacia territorios remotos, más allá de lo que puede vislumbrar el propio escritor. No le di mayor importancia de la que merecía y me acosté.

A la mañana siguiente, descubrí que los calendarios habían desaparecido.

Reuní los calendarios que guardaba en casa, solo tres o cuatro. Eran propaganda de empresas u obsequios de tiendas sin valor sentimental. Confié al menos en que el señor R no se mostrase tan contrariado como con la desaparición de las fotografías. Al fin y al cabo, no eran más que listas de números agrupados en un orden determinado. Al principio, tal vez podría ser un tanto incómodo, pero supuse que no sería especialmente difícil encontrar otro modo de medir el paso de los días.

Quemé los calendarios en la incineradora del jardín. El papel cedió a las llamas de inmediato y solo quedaron tres alambres retorcidos sobre el montón de cenizas que se acumulaba de quemas anteriores y que se deshacía en polvo dócilmente al agitarlo con el atizador levantando una tenue nubecilla. Al contemplar las cenizas, pensé que quizás todas aquellas desapariciones no fueran tan importantes como la Policía de la Memoria intentaba hacernos creer. Bastaba prenderles fuego para que se convirtiesen en ceniza y se los llevara el viento, y no quedase ni rastro de cómo habían sido originalmente.

De los jardines de las casas vecinas se elevaban delgadas columnas de humo que enseguida se mezclaron con las nubes bajas que cubrían el cielo. No nevaba, pero era una mañana tan fría como las anteriores. Los niños iban al colegio enfundados en abrigos tan gruesos que apenas podían colgarse sus mochilas a la espalda. Los perros asomaban tímidamente la cabeza desde sus casas y olfateaban somnolientos los restos de nieve en el suelo. En la calle, la gente del vecindario charlaba formando corrillos.

El antiguo sombrerero alzó la voz dirigiéndose a mí desde el otro lado de la valla de separación:

—Últimamente no he visto a tu anciano amigo. ¿Se encuentra bien? —preguntó.

—Sí, sí, ha estado algo indispuesto durante unos días, pero ya se ha recuperado por completo.

Me sobresalté ante la idea de que pudiera estar al corriente del arresto del anciano, pero deseché la idea. Seguramente, no sabía nada al respecto.

—Vaya frío que hace estos días —se quejó—. Así no hay quien viva.

—Sí. Además, cada vez hay menos productos en el mercado —comentó la vecina de una de las casas al otro lado de la calle—. Y hay que hacer cola para comprar cualquier cosa. He tenido que esperar alguna vez hasta media hora en medio de la nieve, y así se te congela hasta el tuétano de los huesos.

—A mi nieto lo operaron de las amígdalas hace unos días y le venía muy bien comer flan; así que estuve recorriendo las tiendas para comprar flan, pero nada... No hubo manera de encontrar un lugar donde lo vendieran —intervino el anciano que trabajaba como funcionario y vivía en la casa contigua a la mía, en dirección oeste.

—Es que ahora el flan se ha convertido en un producto de lujo. Las gallinas no ponen huevos con este frío. Ayer hice cola durante una hora y, al final, no pude comprar más que cuatro.

—Y yo, para comprar coliflor, tuve que preguntar en cinco verdulerías antes de encontrar una donde vendieran, y resultó que estaban todas mustias.

—¿Y qué me dicen de las carnicerías? Cada vez hay más espacio libre en el exhibidor. ¿Recuerdan que antes tenían tantos embutidos colgando que ni se veía el techo? ¿Y ahora cuántos hay? ¿Uno, dos...? El otro día pasé a las diez y media y ya los habían vendido todos.

Iban hablando por turno, expresando su preocupación acerca de la escasez de alimentos.

—Y no ocurre solo con los alimentos —dijo la anciana que vivía dos casas más allá de la mía—. Cada vez cuesta más encontrar combustible para la estufa. Hace unos días, se me acabó precisamente una noche en que el frío arreciaba. Me dolían las rodillas y llegó un momento en que no pude soportarlo más. Salí a pedirles a los vecinos un poco de combustible; la cantidad justa para una noche. Pues bien, no crean que se anduvieron con rodeos para negarse a dármelo.

—Ni te molestes en pedir nada ahí. Cuando me cruzo con ellos, simulan no conocerme, y no son precisamente amables cuando vamos de colecta para la asociación del barrio. Son de lo más seco que te puedas encontrar.

Se referían a una pareja de entre treinta y cinco y cuarenta años que vivía en la casa colindante a la mía por el este. Ambos trabajaban y no tenían hijos.

El tema de conversación viró para criticar a dicha pareja. Estaba deseando meterme en casa, pero no encontraba el momento para escabullirme de la conversación sin parecer grosera; así que me concentré en quitar la nieve acumulada sobre el borde de la valla con el atizador mientras asentía con la cabeza mecánicamente.

—En cualquier caso, después del invierno llega la primavera —dijo el antiguo sombrerero.

Todos los presentes asintieron a la vez.

—No estoy tan segura de ello —murmuró la anciana aquejada de dolor de rodillas.

—¿Eh? —se sorprendió uno de los presentes.

El antiguo sombrerero se subió la cremallera de la chamarra y yo dirigí de nuevo mi atención a quitar la nieve de la valla.

—A estas alturas, ya debería haber cambiado la dirección del viento, los árboles deberían estar rebosantes de brotes nuevos y el color del mar tendría que haberse suavizado. Además, toda esta nieve tardía... Se mire como se mire, resulta bastante extraño.

—Sin embargo, una vez cada treinta años es normal que tengamos un año como este.

—Las cosas no son tan sencillas. Piénsalo bien. Con la desaparición de los calendarios no vamos a saber cuándo termina el mes exactamente. De hecho, va a ser como si el siguiente mes nunca llegara y, por tanto, quizás la primavera tampoco —dedujo la anciana mientras se acariciaba las rodillas, enfundadas en unas mallas de lana.

—Pero, entonces, ¿qué va a pasar a partir de ahora?

—Si la primavera no llega, ¿tampoco llegará el verano? Y si los campos siguen cubiertos de nieve, ¿cómo vamos a tener cosechas?

—La idea de que siga haciendo este frío para siempre se me hace insoportable, sobre todo teniendo en cuenta la escasez de combustible que estamos padeciendo.

Todos fueron expresando su inquietud y, en determinado momento, el viento se tornó más gélido y sopló con más fuerza. Un vehículo sucio de barro pasó por delante del grupo, atravesando la calle lenta y pesadamente.

—Está bien, está bien. ¿No creen que están llevando las cosas demasiado lejos? Un calendario no es más que un montón de hojas de papel. Cálmense y tengan un poco de paciencia —rogó el sombrerero, prácticamente hablando consigo mismo.

—Tienes razón, tienes razón —asintieron todos.

Sin embargo, ocurrió lo que la anciana aquejada de dolor de rodillas predijo. La primavera nunca llegó. Los calendarios quedaron reducidos a cenizas y nosotros encerrados en un eterno invierno nevado.

16

Celebramos el cumpleaños del anciano en el refugio del señor R.

—Puesto que desde la desaparición de los calendarios es imposible saber con exactitud cuándo es el cumpleaños de uno, no es necesario que se moleste en organizar nada por el mío —se excusó tímidamente el anciano.

Celebrar los cumpleaños era una costumbre familiar desde antes de que yo naciera y no veía por qué la desaparición de los calendarios iba a impedirnos seguir haciéndolo. Algo dentro de mí me decía que debíamos de encontrarnos alrededor de las fechas en que los cerezos empiezan a florecer. Por otro lado, no estaba de más romper la monotonía del refugio y ofrecerle al señor R un día algo más alegre de lo habitual.

A lo largo de la semana, me acerqué varias veces al mercado y fui comprando los ingredientes necesarios para cocinar algo especial. Los vecinos no habían exagerado cuando hablaban de exhibidores medio vacíos y largas colas. Cada vez resultaba más difícil conseguir productos fuera de lo normal o de primera calidad, pero yo recorrí pacientemente todos los puestos y tiendas del mercado hasta dar con lo que deseaba.

Un cartel ante la verdulería avisaba de la llegada de veinte kilos de tomates y quince de espárragos a las nueve de la mañana del día siguiente. Precisamente, hacía meses que no encontraba tomates ni espárragos en ninguna tienda. Si pudiera comprar unos cuantos tomates y unos espárragos, podría preparar una ensalada bien fresca. Al día siguiente acudí al lugar con dos horas de antelación, pero me encontré con una larga cola. Mientras esperaba, contaba el número de personas que tenía delante, preocupada por que, cuando llegara mi turno, ya fuese demasiado tarde. Efectivamente, al llegar mi turno, apenas quedaban unos pocos tomates verdes y minúsculos y unos lánguidos y estropeados espárragos en las cajas de cartón. Sin embargo, hubo personas que habían esperado tanto como yo y que se marcharon con las manos vacías, así que me sentí afortunada de no haber corrido su suerte.

Pasé un buen rato recorriendo otras tiendas y compré una col —que, por lo visto, es muy beneficiosa para la sangre—, unas setas larguiruchas y finas cuyo nombre desconozco, un puñado de frijoles agujereados por los bichos, tres pimientos rojos, tres pimientos verdes y un manojo de apio de hojas mustias.

—Disculpe, señorita —una anciana mendiga se aproximó a mí, hablándome con voz afable—. ¿No será apio eso que lleva en la bolsa de papel? ¿No le importaría compartirlo conmigo? Me he caído en la nieve y he perdido el monedero —se excusó la mujer—. Imagínese qué papeleta. Con toda esta nieve, los mayores lo tenemos mal... Mire, llevo la cesta de la compra completamente vacía.

La anciana me mostró una bolsa de plástico trenzado tan vacía como había afirmado. Podría haber continuado mi camino sin prestarle atención, pero el corazón se me encogió ante la imagen desoladora de aquella bolsa vacía y no pude menos que agarrar el manojo entero de apio de mi bolsa y ponerlo en la suya.

Los días siguientes, cada vez que acudía al mercado veía a aquella anciana mostrando su bolsa vacía a quien pasara cerca de ella. Traté de comprar apio una vez más, pero no encontré ninguna tienda que tuviera.

El mercado estaba constantemente abarrotado de gente, daba igual la hora y el día a los que uno fuera. En los estrechos callejones que se abrían entre puesto y puesto se acumulaba nieve mezclada con trozos de verdura, escamas, chapas, bolsas de plástico. Los compradores agarraban con fuerza los productos adquiridos para no perderlos, con un brillo en los ojos y ansiosos por llegar a casa a toda costa, como si llevaran el más preciado de los tesoros. De vez en cuando, provenientes de los más diversos rincones del mercado, se oían risas ligeras y leves discusiones.

Ansiaba poder adquirir otros artículos: mantequilla para preparar un pastel, vino, especias, fruta para hacer ponche, flores, un mantel de encaje, servilletas nuevas..., pero no pude hacerme ni con la mitad de las cosas. Debía ahorrar para poder comprar lo más importante: el regalo.

No me supuso demasiado esfuerzo conseguir carne y pescado. Quienes regentaban la carnicería y la pescadería eran dos viejos amigos del anciano.

—Le he seleccionado la mejor y más tierna carne de pollo que tenemos —aseveró el carnicero, que me envolvió la compra en un paquete atado con un lazo digno del mejor regalo.

El pescadero me animó a seleccionar uno de los peces que coleaban en un barreño lleno de agua, y yo dudé un buen rato antes de decidirme por un ejemplar moteado de unos veinticinco centímetros.

—Qué buen ojo tiene usted, señorita —apreció el pescadero—. Este tiene buena carne. Ya verá qué bien le sale. Además, cada vez nos llegan menos con esta calidad; así que puede considerarse afortunada.

Mientras hablaba, le dio tiempo de agarrar el pescado, que se contorsionaba desesperado por zafarse de sus manos, ponerlo sobre la tabla, golpearlo en la cabeza una sola vez con lo que parecía una mano de mortero, rasparle las escamas y extraerle hábilmente las vísceras. Volví a casa sujetando cuidadosamente el paquete contra el pecho.

El anciano se presentó puntualmente a la hora acordada, vestía su único traje, se había puesto una corbata de rayas y peinado hacia atrás con fijador.

—Cuánto me alegro de tenerte aquí —celebré—. Pasa, pasa.

El anciano se inclinó como muestra de gratitud, llevándose continuamente la mano al nudo de la corbata preocupado por que se hubiera deshecho o movido de su sitio.

En cuanto bajó la escalerilla del refugio, dejó escapar una exclamación de sorpresa:

—¡Dios mío! ¡Qué bien organizado lo tienen ustedes!

—¿Verdad que sí? —dije, sin ocultar mi satisfacción—. Parecía que no iba a caber nada aquí, pero nos hemos organizado para decorarlo y que quedara bonito. El mérito es tanto del señor R como mío.

Con el fin de ampliar el espacio para la celebración del cumpleaños, habíamos colocado todos los objetos sobre las repisas de la estantería e instalado, entre esta y la cama, una mesa plegable baja, larga y estrecha que ocupaba casi todo el espacio. La comida, todavía humeante, nos esperaba sobre la mesa, y, entre plato y plato, unas pequeñas flores silvestres que había recogido en el camino de vuelta a casa alegraban el conjunto. En realidad, había puesto todo mi empeño en cubrir las manchas perennes del viejo mantel, gastado y raído por el uso, de manera que también desplegué sobre este, del modo más elegante posible, todos los cubiertos, vasos y servilletas disponibles.

—Este es tu sitio —le indiqué—. Ya podemos tomar asiento.

Lo cierto es que desplazarnos hasta ocupar nuestros correspondientes asientos fue más complicado de lo que había imaginado. Apenas había sitio y tuvimos que movernos de puntillas hasta nuestros asientos con el máximo cuidado para no arrastrar ni tirar ningún plato o ramillete de flores en nuestro periplo. El señor R me ofreció su mano para que me apoyara hasta alcanzar la cama. El anciano se las arregló para llegar al sitio que yo le había señalado, también en la cama, mientras que la única silla del refugio quedó reservada para el señor R.

Este último se encargó de descorchar una vieja botella de vino de aspecto opaco y turbio debido a los roces y rayaduras que cubrían el cristal. No había habido manera de encontrar otro vino más que el que el ferretero elaboraba de manera casera y bastante dudosa en el jardín trasero de su casa; así que, cuando el señor R lo sirvió en los vasos y, a la luz de la lámpara, brilló con delicados tonos rosados, sentí un alivio inmediato.

—¡Brindemos! —propuse.

Apenas tuvimos que extender los brazos para que los tres vasos estuvieran a punto de tocarse.

—¡Feliz cumpleaños! —exclamamos al unísono el señor R y yo.

—Gracias. Dios los bendiga —replicó el anciano.

—¡Salud! —exclamamos los tres, e hicimos tintinear nuestros vasos.

Hacía mucho tiempo desde la última vez que habíamos coincidido los tres, y estábamos muy animados: el señor R se mostraba más locuaz que nunca, el anciano sonreía de oreja a oreja y yo disfrutaba de lo lindo, con las mejillas acaloradas por el alcohol. Nos sentíamos felices, y parecía que nos hubiésemos olvidado de dónde nos encontrábamos. Charlábamos animadamente y reíamos desinhibidos, tanto que alguna carcajada ocasional, más ruidosa de lo que aconsejaba la prudencia, nos hizo detenernos y mirarnos, y a su autor llevarse las manos a la boca.

A la hora de servir el pescado se produjo un gran jolgorio. Lo había cocido al vapor después de bañarlo en alcohol y lo había presentado en una gran fuente ovalada adornada con una colorida variedad de verduras.

—A ver si puedo repartir bien las porciones... Soy algo torpe —reconocí—, así que es posible que se desbarajuste todo. ¿Puedes hacerlo por mí?

—¿Yo? —se sorprendió el señor R—. No, no. Debería ser un honor exclusivo de la anfitriona, ¿no crees?

—Se mire por donde se mire, tiene una pinta estupenda —opinó el anciano.

—¿Verdad que sí? —corroboré—. Lo que es una pena es que al cocerse han desaparecido unas motas preciosas que tenía por aquí, a lo largo de toda la aleta dorsal.

—Fíjense, tiene la parte superior de la cabeza un poco aplastada, ¿verdad?

—Ah, eso es porque el pescadero le asestó un buen golpe con una mano de mortero. Pero así tenemos la certeza de que es bien fresco y conserva todo su sabor. Eso sí, si hubiera podido acompañarlo con apio, habría quedado más sabroso.

—Sírvele a nuestro amigo la carne blanda del lomo —me pidió el señor R.

—Sí, eso iba a hacer. Cuidado con las espinas, ¿eh?

—Muchas gracias —dijo el anciano.

Hablábamos sin parar, y tanto el sonido de nuestras voces como el choque de los cubiertos con los platos, el burbujeo al servir el vino o el crujido de los muelles de la cama quedaban encerrados entre los angostos límites de las cuatro paredes del refugio, como una mezcla de ecos sin escapatoria posible.

Aparte del pescado, tomamos sopa de frijoles, ensalada de verduras, salteado de setas y pilaf de pollo; todos ellos platos sencillos y frugales. El señor R y yo estábamos pendientes de reservar a nuestro anciano amigo las mejores porciones y de que su plato nunca se quedara vacío, y este, por su parte, masticaba cada bocado despacio, como si entonase una oración, antes de tragar.

Una vez que nos terminamos toda la comida, pusimos los platos vacíos bajo la mesa y traje el pastel de postre.

—Disculpen lo pequeña que es, pero soy incapaz de preparar una de mayor tamaño —me excusé al colocarla sobre la mesa, ante el anciano. No había podido adornarla con crema batida, chocolate o fresas y era tan pequeña que cabía en una mano.

—No tiene por qué disculparse —intervino el anciano—. Ningún otro pastel en el mundo entero me haría tan feliz como el que tengo ante mí en estos momentos.

La contempló al mismo tiempo que giraba lentamente el plato.

—Encendamos las velas —señaló el señor R, e inmediatamente extrajo unas cuantas velas que tenía escondidas en el bolsillo de su chamarra. Sujetándolas entre el índice y el pulgar, las fue hundiendo leve y cuidadosamente en el pastel, hasta lograr que se sostuvieran, porque un soplido habría bastado para tumbarlas. Y es que en la elaboración del pastel había utilizado unas cantidades mucho menores que las recomendadas por el libro de recetas, de manera que, en conjunto, había quedado un tanto flácido y blando, y las velas no se sostenían firmemente.

El señor R encendió las velas con una cerilla.

—Espera, voy a apagar la luz —dijo, y alargó una mano para presionar el interruptor de la lámpara.

Al apagarse la luz, nos aproximamos más unos a otros sin ser conscientes de ello. Mi rostro se encontraba a tan corta distancia de las velas que podía notar su calor en las mejillas.

La oscuridad que se extendía a nuestras espaldas resultaba reconfortante, como una tela protectora bajo la cual nos cobijábamos y que nos aislaba del frío, el viento y los ruidos procedentes de fuera. Ante nuestra mirada solo existían las llamas temblorosas a merced de nuestro aliento.

—Adelante, sopla —le dije al anciano.

—Allá voy.

Y sopló con un moderadísimo y contenido ímpetu, repartiendo el aire lo justo para apagar las velas, temeroso de que no solo salieran estas volando, sino también algunos pedazos del propio pastel.

—¡Felicidades!

—¡Felicidades!

Tras los aplausos y los vítores proferidos, aproveché el momento en que el señor R accionaba el interruptor de la luz para extraer un regalo que había ocultado bajo la colcha.

—Por favor, acepta este humilde detalle por tu cumpleaños.

Se trataba de un juego de afeitar de cerámica que había comprado en el bazar y que incluía una peana para sostener la máquina de afeitar en vertical, un recipiente para el jabón y talco.

—Ay, pero ¿se ha molestado usted en comprarme un regalo? No tenía por qué... —se quejó el anciano, y, como acostumbraba a hacer cuando aceptaba un regalo, lo sujetó con ambas manos como si se dispusiera a hacer una ofrenda a un altar sintoísta.

—Qué objetos tan distinguidos —opinó el señor R.

—Puedes ponerlo en el lavabo del ferri y así te acordarás de mí cada mañana al usarlo.

—Por supuesto. Lo utilizaré todas las mañanas. Y una cosa, señorita..., ¿me permite que le pregunte qué es esto tan suave?

El anciano se refería a la borla que servía para aplicar el talco. La sostenía en alto y la observaba completamente pasmado.

—Cuando termines de afeitarte, con esto puedes aplicarte talco, y eso te aliviará el pequeño escozor producido por la máquina. Mira, se hace así.

Acerqué la borla al mentón del anciano y le di con ella unos suaves golpecitos que le hicieron cosquillas y lo obligaron a torcer los labios y apretar tanto los ojos que las pestañas quedaron ocultas bajo los párpados.

—Resulta agradable —admitió finalmente, mientras se pasaba la mano una y otra vez por la barbilla, como si la sensación del tacto de la borla no llegara a desaparecer nunca.

El señor R se rio de buena gana y retiró las velas del pastel.

—Por cierto, yo también tengo un regalo —anunció el señor R.

Habíamos terminado de dar cuenta del pastel y nos encontrábamos degustando pausadamente el té, del que solo tocaba una taza por cabeza.

—¿Usted también? Ambos se encuentran en unas circunstancias muy complicadas y no tienen por qué estar tan pendientes de este pobre viejo —dijo el anciano, visiblemente agradecido.

—También yo deseaba mostrar mi gratitud de alguna manera —se explicó el señor R—. Por supuesto que no he tenido a mi alcance demasiadas opciones para elegir el regalo, pero quería contribuir con algo...

El señor R giró la silla noventa grados, abrió el cajón de la mesa y extrajo de él una caja de madera de aproximadamente el mismo tamaño que el pastel. Al anciano se le escapó una exclamación de sorpresa y los tres la contemplamos con enorme expectación.

La caja estaba lacada de marrón oscuro y tenía tallado a su alrededor un dibujo geométrico compuesto de rombos. En la base tenía cuatro pequeñas patas con forma de garras de gato. La tapa estaba sujeta con bisagras y, en el centro, había incrustado un cristal redondo y de color azul, cuyos reflejos variaban según el ángulo desde el que se observase. No se podía decir que el diseño fuera especialmente bello, pero tenía sin duda un encanto irresistible que le llevaba a uno a querer sostener la caja en la palma de las manos y abrir la tapa.

—La conservo desde hace mucho tiempo —dijo el señor R—, la usaba para guardar el pasador de la corbata o los gemelos. Siento que no sea un artículo nuevo, pero este tipo de caja no se encuentra hoy en día en ninguna tienda.

Abrió la tapa y tuve entonces la impresión, posiblemente ilusoria, de que un cálido haz de luz iluminaba sus manos. El anciano y yo acercamos nuestros rostros al mismo tiempo y contuvimos la respiración. Primero se oyó un tenue chirrido de las bisagras y, una vez que la caja quedó completamente abierta, una suave música emergió de ella.

Sin embargo, dudé de si podía llamar música a lo que escuché. El interior de la caja estaba forrado de fieltro y en la cara interna de la tapa había un espejo, pero, aparte de eso, no vi ningún tipo de mecanismo del que pudiera proceder la música. Ningún tipo de instrumento musical o grabación podía ocultarse allí ni haberse accionado. Y, sin embargo, la melodía seguía sonando.

Parecía guardar reminiscencias de una canción infantil o de un viejo tema musical de una película antigua, aunque también podría ser música sacra. No conseguía recordar dónde la había oído antes, pero me pareció que mamá la había tarareado en alguna ocasión. El timbre del sonido no podía provenir de un instrumento de cuerda ni de uno de viento metal; su textura era completamente nueva para mis oídos, blanda y suave, pero intensa y profunda, como un bisbiseo sin residuos de languidez. Era como si aquella música removiera poco a poco la calma superficie del lago en cuyo fondo descansaban todos los recuerdos perdidos.

—¿De dónde sale esta música? —preguntó el anciano, adelantándoseme. Aquello era lo que mayor extrañeza nos causaba.

—De la caja —contestó sencillamente el señor R.

—Pero en la caja no parece haber ningún mecanismo que produzca la música —observé yo—. ¿Se trata de algún truco de magia?

El señor R se limitó a esbozar una ligera sonrisa sin decir nada.

El ritmo de la melodía fue aminorando paulatinamente hasta perder su cadencioso equilibrio, y las notas comenzaron a sonar entrecortadas. El anciano ladeó la cabeza. Su expresión se había teñido de desasosiego. Miraba fijamente el espejo. La música cesó de pronto, sin que se hubiera terminado la melodía. El silencio volvió a reinar en el habitáculo.

—¿Se ha estropeado? —preguntó entre susurros el anciano, notablemente alarmado.

—Nada de eso —replicó el señor R, y volteó la caja. Giró tres veces una especie de llave que apenas sobresalía del fondo y la melodía volvió a sonar vigorosa como al principio.

—Oh —exclamamos al unísono el anciano y yo, sin poder contener la sorpresa.

—Parece cosa de magia —opinó el anciano—. ¿Está seguro de que quiere que me quede con un objeto tan especial?

El anciano acercó varias veces las manos a la caja, pero, como si pensara que al tocarla la magia podría desaparecer, las retiró y volvió a colocarlas sobre las rodillas sin llegar a rozarla.

—No es para tanto —restó importancia el señor R—. Aquí no hay magia, es una caja de música.

—¿Es una caja...?

—¿...de música?

Fui yo quien terminó la pregunta que el anciano dejó inacabada.

—Efectivamente, lo es —confirmó el señor R.

—Qué expresión tan hermosa: *caja de música* —aprecié.

—Como el nombre de una flor o un animal exóticos —valoró el anciano.

Con el fin de recordar el nombre del objeto, tanto el anciano como yo tuvimos que repetirlo varias veces para nuestros adentros.

—Es un objeto de adorno que produce música gracias a su mecanismo interno. ¿No lo recuerdan? ¿No les viene nada a la memoria cuando la miran? Es muy posible que tus padres tuvieran una o dos; por ejemplo en una estantería, como adorno, o en un cajón guardada o a un lado del tocador de tu madre. Seguro que, en algún momento, la cajita atraería tu atención y harías girar la llave para escuchar una vez más aquella melodía que te proporcionaría bellos recuerdos.

Deseé poder decirle al señor R que me acordaba, pero por mucho que aguzara la vista y tratara de concentrarme, lo único que conseguía ver en aquel objeto que tenía ante mis ojos era una simple y extraña caja.

—Esta es una de las cosas de las que ya hemos perdido el recuerdo, ¿no es así? —comprendió el anciano.

—Así es. Sucedió hace mucho tiempo —confirmó el señor R—. No recuerdo exactamente el momento en que tomé conciencia de la inusual capacidad que me distingue del resto de las personas y me impide olvidar, pero lo cierto es que creo que fue justo con la desaparición de las cajas de música. Supongo que, de manera meramente instintiva, tomé la decisión de guardarme el secreto de dicha capacidad y no hablarle a nadie de ello. Asimismo, también empecé a ocultar al menos una muestra representativa de cada uno de los objetos que iban desapareciendo. No me resultaba fácil desprenderme de ellos. Deseaba tocarlos; necesitaba confirmarme a mí mismo que la idea que de ellos conservaba en el interior de mi alma se correspondía de verdad con objetos existentes en el mundo, y esta caja de música fue el primer objeto que oculté. La guardé en un doble fondo que le hice a la bolsa de deporte.

El señor R se ajustó los lentes con un empujón del dedo índice a la montura. Las tazas de té y los platitos vacíos en los que habíamos comido el pastel formaban un corro alrededor de la caja.

—Si es así, no debería aceptar algo de tanto valor sentimental para usted —sostuvo el anciano.

—Al contrario —replicó el señor R—. He pensado que el mejor regalo que podía hacerte era uno de los objetos que guardo. Desde luego, no digo que con esto pueda compensar el enorme riesgo que has corrido por mí, pero pienso que, al menos, puede convertirse en un recurso para aliviar el implacable avance del olvido que sufren en sus corazones, y que tanto va debilitándolos poco a poco. Aunque desconozco la solución al problema, estoy convencido de que tocar, oler, oír o sostener en sus manos una de las cosas que supuestamente ha dejado de existir solo puede ser bueno para ustedes.

El señor R dio la vuelta una vez más a la caja y giró la llave. La melodía comenzó a sonar de nuevo desde el principio. Me fijé en que en el espejo de la tapa se reflejaban el nudo de la corbata del anciano y mi oreja izquierda.

—¿Crees que el olvido va debilitándonos? —pregunté, y dirigí la mirada al señor R.

—No estoy seguro de que *debilitar* sea el verbo que mejor se adecúe a lo que deseo expresar, pero sé que están cambiando, y me temo que no sea posible dar marcha atrás. Al final de ese camino solo veo un callejón sin salida, lo cual me preocupa. ¿Qué nos espera si alcanzamos ese callejón sin salida?

Mientras hablaba, hacía girar el asa de su taza de té a derecha e izquierda. El anciano, por su parte, no apartaba la mirada de la caja.

—Un callejón sin salida, ¿eh...? —repetí para mí misma. De hecho, alguna vez se me había pasado por la cabeza algo parecido y había tratado de volar con mi imaginación hasta ese punto final, sin éxito. Cuando me adentraba en ese lago o pantano de la mente que no parecía tener fondo, era como si se me entumecieran los sentidos y me faltara el aire. Y entonces me veía obligada a dejar de pensar en eso. Hablar con el anciano tampoco me consolaba mucho, pues se limitaba a enfatizar que todo iría bien—. Tener ante mí algo que ya no existe —proseguí— me resulta raro.

—Evidentemente, es algo que *se supone* que no existe —incidió el señor R—, pero ¿es eso cierto?, ¿es verdad que no existe? Fíjense, estamos contemplando la caja de música; la estamos escuchando; están llamándola por su nombre: *caja de música*. ¿Qué ocurre entonces? —El señor R hizo una pausa, y prosiguió—: Pues ocurre que la caja de música es real, existe; no ha desaparecido. Y por mucho que su concepto haya caído en el olvido en la memoria de casi todo el mundo, la música sigue manando de su interior al igual que lo hacía antes y lo ha hecho siempre, con esa melodía que se prolonga hasta donde la cuerda da de sí. Esto no ha cambiado; lo que ha cambiado es su percepción de ello.

—Comprendo —admití—. Su desaparición no es un suceso objetivo, sino subjetivo. Pero para quien lo sufre es lo mismo. Tener ante tus ojos algo que supuestamente no existe causa un desasosiego tremendo; como si alguien lanzara un objeto pesado y con aristas a las aguas tranquilas de un lago, salpicando y creando ondas, provocando que un remolino remueva el fondo y haciendo que el barro se eleve hasta la superficie y enturbie el agua... Por eso quemamos todo aquello que desaparece de nuestra memoria, o dejamos que la corriente del arroyo se lo lleve o lo enterramos, porque queremos alejarlos de nuestra percepción.

—Entonces, ¿la suave música de la caja les causa un malestar como el que acabas de describir? —preguntó el señor R. Se inclinó hacia delante y cruzó las manos sobre las rodillas.

—No, claro que no —intervino rápidamente el anciano—. Yo solo siento un enorme agradecimiento hacia usted por un regalo así.

—Quizás sea cuestión de ir acostumbrándose a esa sensación del lago —opinó el señor R—. Precisamente, si algo hacen las melodías de las cajas de música es calmar el espíritu; así que, por favor, amigo, pon la caja en el lugar menos accesible del ferri y escucha su música una vez al día para habituarte a ella. Procura que no se oiga desde fuera.

A modo de sentida reverencia, el señor R se inclinó hasta apoyar la frente en sus manos cruzadas.

—No se preocupe —trató de tranquilizarlo el anciano—. Voy a conservarla con mucho cariño. La guardaré en el mueble del baño, junto a la pasta de dientes, el frasco de fijador y el jabón, camuflada entre ellos, y la escucharé cada mañana al afeitarme con el juego de afeitado que me ha regalado la señorita, y también por la noche, cuando me cepille los dientes. Será un toque añadido de distinción. No sé si soy capaz de expresar lo agradecido que me siento hacia ustedes por haberme ofrecido este momento de felicidad, especialmente a una edad como la mía.

Su rostro se había convertido en una maraña de arrugas y resultaba imposible juzgar si estaba llorando o riendo. Apoyé mi mano sobre su espalda.

—La pasamos muy bien los tres —dije.

—De hecho, no recuerdo ninguna celebración de cumpleaños mejor que esta —aseguró el señor R—. No se olvide de la caja de música, amigo —añadió, empujando con ambas manos la caja hasta situarla lo más cerca posible del anciano. La melodía todavía reverberaba entre las paredes del reducido espacio y danzaba a nuestro alrededor.

El anciano cerró la tapa con extrema delicadeza para no romperla, y la caja enmudeció con un leve chirrido de las bisagras.

Y en ese preciso instante sonó el timbre de la puerta, perturbando con estridente insolencia la serenidad del ambiente.

17

Noté cómo mi cuerpo se ponía rígido y me apreté contra el anciano, que me rodeó con su brazo al tiempo que sujetaba la caja sobre su regazo. El señor R se quedó paralizado con la mirada fija en un punto del espacio.

El timbre continuó sonando sin parar, acompañado por esporádicos golpes de puño contra la puerta.

—La Policía de la Memoria —balbuceé. La voz me temblaba tanto que me resultaba irreconocible.

—¿La puerta de entrada está cerrada con llave? —preguntó el anciano.

—Sí.

—No nos queda más remedio que salir a abrir —señaló el anciano.

—¿No sería mejor fingir que no hay nadie en casa?

—No. Echarán la puerta abajo de todos modos, y encontrarán extremadamente sospechoso que no estés. Y, en ese caso, sí que podemos prepararnos para una investigación exhaustiva. Ánimo, todo saldrá bien —dijo el anciano haciendo gala de una buena dosis de firmeza, y, volviendo a poner la caja de música sobre la mesa, añadió—: Señor R, tendrá que guardarme la caja por un tiempo.

El señor R asintió con la cabeza.

—Señorita, no hay tiempo que perder —apremió el anciano. Me tomó de la mano y caminamos dando traspiés hasta la escalerilla. Antes de salir, se volvió hacia el señor R—. No se apure. Dentro de nada me tendrá aquí de nuevo para recoger mi regalo de cumpleaños.

Una vez más, el señor R se limitó a asentir con la cabeza.

Ya fuera, cerramos y ocultamos la trampilla, rogando por que nadie llegara a percatarse nunca de su existencia.

—¡Policía de la Memoria! ¡Abran! ¡No toquen ninguno de los objetos que se encuentran en la casa hasta que hayamos dado por terminada la inspección! ¿De acuerdo? ¡Mantengan las manos en la espalda! ¡No hablen! ¡A partir de ahora sigan todas nuestras órdenes! ¡Si se niegan a seguir una orden, serán arrestados inmediatamente!

Eran cinco o seis agentes. Me pregunté cuántas veces habrían repetido las mismas palabras en los vestíbulos de los más diversos hogares. Después de recitar su guion con pasmosa velocidad, los agentes se internaron sin demora en la casa.

Como manchas de color verde en medio del lienzo blanco de la abundante nieve caída, varios camiones de la Policía de la Memoria se encontraban estacionados ante distintas casas del vecindario y, en el ambiente sereno de la noche, se palpaba una tensión sobrecogedora.

Los agentes procedieron como de costumbre: de manera eficiente, minuciosa, ordenada y carente de empatía. Recorrieron, enfundados en sus largos abrigos y con las botas puestas, todas las estancias, desde la cocina hasta el comedor, pasando por el salón, el baño y el sótano, cada uno cumpliendo con su función, asignada por anticipado. Mientras unos retiraban los muebles, otros examinaban las paredes y revolvían los cajones. La nieve adherida a las botas iba derritiéndose, dejando el suelo mojado por donde pisaban.

El anciano y yo nos limitamos a cumplir con lo dicho. Nos mantuvimos inmóviles, de pie y con las manos a la espalda junto a uno de los pilares de la casa mientras ellos pululaban de aquí para allá como si anduvieran por su propio hogar, pero siempre en guardia, sin quitarnos el ojo de encima, de manera que no podíamos permitirnos intercambiar la más leve mirada ni el más efímero codazo. El anciano mantenía la mirada firme y al frente en contraste con el desorden de su corbata, debido a la precipitada salida del refugio, mientras que yo reproducía en mi mente la melodía de la caja de música, cosa que me proporcionaba la calma necesaria en aquellas circunstancias. Podía recordar cada nota, de principio a fin, a pesar del poco tiempo que la había escuchado.

—¿Qué relación tiene usted con esta casa? ¿Puede explicar el motivo por el que se encuentra aquí? —preguntó quien parecía ser el líder de la patrulla señalando al anciano.

—Me encargo de diversas tareas de mantenimiento y se me considera casi uno más de la familia —respondió el anciano con tono resolutivo después de haber tomado aire.

El líder repasó con la mirada al anciano, desde la punta de la cabeza hasta la punta de los pies, y volvió a su trabajo.

—El fregadero está sucio y lleno de cosas. ¿Estaba cocinando? —interrogó un agente procedente de la cocina.

Se trataba de la cazuela, la sartén, el bol y el batidor que había dejado apilados en el fregadero tras preparar la cena de cumpleaños; mucho desorden, desde luego, para una sola persona. Y había otro detalle sospechoso: puesto que no había tenido tiempo de retirar la vajilla del refugio, no había en la cocina ni rastro de cubiertos o platos usados a pesar de la evidencia de haber estado cocinando. No se observaba tampoco sobra o residuo alguno sobre la mesa que pudiera sugerir que minutos antes alguien hubiera estado comiendo. ¿Se percataría de ello la Policía de la Memoria? Me di cuenta de que la melodía que se reproducía en mi mente había ido aumentando su tempo gradualmente.

—Sí —contesté, tratando de que mi voz sonara firme y segura, pero sin poder evitar que se colara un soplo de aire y desbaratara toda mi pretensión de fortaleza. El anciano se acercó muy levemente a mí y, entonces, se me ocurrió una idea disparatada—. Cocino para toda la semana y guardo la comida en el congelador.

«No permitas que el miedo te atenace», me dije a mí misma. «En realidad ha habido suerte, porque si hubieran encontrado los platos, vasos y cubiertos para tres personas, la sospecha habría estado justificada, así que alégrate.» Observé de reojo al agente, que primero tomaba en su mano la cazuela donde había cocido la verdura, después el cuenco donde había batido la masa del pastel, para, acto seguido, separarse del fregadero y desviar su atención al armario. Sentí un enorme alivio y tragué saliva.

—Subamos al primer piso —indicó el líder, e inmediata y ágilmente formaron una fila y subieron las escaleras. El anciano y yo les seguimos los pasos.

Me pregunté si llegaría a oídos del señor R el alboroto y el estruendo de las pisadas. ¿Se habría sentado sobre el suelo para evitar los crujidos de la cama, hecho un ovillo, rodeando con los brazos las piernas flexionadas, como deseando hacerse más y más pequeño, respirando a breves intervalos, temeroso de que incluso su respiración pudiera oírse más allá de las cuatro paredes? Y la caja de música, a su lado, lo protegería como un talismán.

El menor número de habitaciones de la primera planta pareció animarlos a llevar a cabo una inspección más exhaustiva que en la planta baja. Por el motivo que fuera, golpeaban con fuerza todo lo que agarraban armando un gran alboroto, agarraban objetos al azar y los sostenían ante una lámpara para observarlos con meticuloso detenimiento o hacían gestos tan carentes de sentido como llevarse las manos a las fundas de sus armas de fuego. Comprendí que cada gesto tenía un significado importante para ellos, y verlos con todo aquel tejemaneje provocó que se me hiciera un nudo en la garganta.

El anciano y yo nos encontrábamos apoyados junto a la ventana del extremo norte del pasillo. Sentí cómo mis brazos, todavía a la espalda, se me iban entumeciendo. Abajo, al otro lado de la ventana, la corriente del arroyo se había fundido con la oscuridad de la noche, haciéndose invisible, mientras los hogares vecinos, con todas sus ventanas iluminadas, debían de estar sufriendo, también ellos, una inspección de recuerdos similar a la nuestra. El anciano carraspeó.

A través del resquicio de la puerta semiabierta del despacho se vislumbraba la actividad de los hombres en su interior. Uno de ellos había desplazado una estantería, separándola de la pared, e iluminaba con una linterna el hueco abierto entre ambas; otro había levantado el colchón y trataba de quitar la funda; otro había abierto los cajones del escritorio y revisaba los manuscritos de mis novelas. Sus largos abrigos de piel e impecable corte les hacían parecer más altos de lo que en realidad eran y les otorgaban un aire imponente, como si todo lo que los rodeaba se viera amenazado bajo su mirada.

—¿Qué es esto? —preguntó el último, sosteniendo una pila de folios en una mano. Su interés por el escritorio suponía un peligro considerable, ya que detrás del diccionario se ocultaba el embudo del intercomunicador.

—Una novela —contesté en dirección al intersticio de la puerta.

—¿Novela? —replicó el agente, con el recelo de estar pronunciando una palabra excesivamente vulgar. Resopló por la nariz en señal de desdén y arrojó los folios al suelo, que, inmediatamente, se esparcieron por toda su superficie.

Posiblemente no había leído una novela en su vida y, muy posiblemente también, sería una de esas personas que tienen la desgracia de llegar al fin de sus días sin haber leído ninguna. Pero eso supuso un nuevo golpe de suerte para mí, puesto que su falta de interés en mi manuscrito en particular y los libros en general lo llevaría, asimismo, a desinteresarse por el diccionario.

Las botas pisoteaban la alfombra. Unas botas brillantes. Pesadas. Seguro que habían sido lustradas con manteca de primera calidad, y seguro también que se requería una cantidad imperdonable de tiempo para quitárselas. Una de las esquinas de la alfombra se encontraba levemente doblada hacia arriba.

Era yo quien había cubierto la trampilla tras salir precipitadamente para atender la insistente llamada de la Policía, pero no tenía excusa. ¿Por qué no me había preocupado de dejarla perfectamente colocada? Si reparaban en el pico doblado de la alfombra, tal vez les llamara la atención y la levantaran, dejando así expuesta la entrada al refugio.

Mis ojos ya no veían otra cosa y, lo que era peor, parecían no querer obedecer mis órdenes de mirar hacia otro lado, lo cual suponía un riesgo tan grave como innecesario. ¿Se habría dado cuenta el anciano? Daba la impresión de que este mantenía la mirada completamente fija y perdida en el lugar más remoto de aquella noche oscura.

Las botas pasaron una y otra vez por encima de la esquina doblada. Eran apenas unos centímetros que en condiciones normales habrían pasado desapercibidos, pero que en esa circunstancia estrechaban mi campo de visión y no me permitían ver otra cosa. Aquel doblez parecía estar pidiendo a gritos que un dedo índice y un dedo pulgar se pinzasen sobre ella para estirarla.

—¿Y esto? —preguntó de pronto un agente.

Alarmada ante la posibilidad de que lo hubieran descubierto, me llevé ambas manos a la boca de manera instintiva.

—¿Qué diablos es esto?

El hombre se aproximaba a mí a grandes zancadas. La melodía de la caja de música resonaba con fuerza entre mis sienes, con tanta fuerza que hubiera roto el muelle de la misma. Esa música se había convertido en mi último recurso para no gritar.

—¡Las manos a la espalda! —ordenó con voz profunda. Me sujetó ambas manos, que me temblaban irremediablemente, y tiró de ellas hacia mi espalda—. ¿Por qué guarda esto? —preguntó, mostrándome a la altura de los ojos un pequeño objeto anguloso.

Parpadeé. Era la agenda que guardaba en mi bolso.

—Por nada en concreto —repliqué. La melodía de la caja de música cesó—. Supongo que, al no usarla, me había olvidado de ella por completo.

Así que se trataba de la agenda. Afortunadamente, aquella pregunta en particular no guardaba ninguna relación con la alfombra. La agenda, de hecho, no tenía nada de especial relevancia escrito en sus páginas y no suponía ningún peligro. En ella había anotados los días en que había tenido que ir a recoger algo de la tintorería o que pasaban a limpiar las alcantarillas de las calles o que tenía cita con el dentista.

—Ya sabe que, una vez desaparecidos los calendarios, ha dejado de tener sentido conservar cualquier anotación de días y fechas. Ya sabe lo que ocurre si guarda en su poder alguno de los objetos desaparecidos —explicó el hombre mientras pasaba las páginas de la agenda sin mostrar interés alguno en su contenido—. Debemos deshacernos de esto lo más rápidamente posible.

El agente sacó un encendedor de uno de los bolsillos de su abrigo y, sin vacilación alguna, prendió fuego a la agenda, abrió la ventana y la lanzó al arroyo.

Entre sus dos piernas, yo continuaba viendo, al fondo, el doblez de la alfombra, mientras la agenda volaba en dirección al río, despidiendo a su paso un haz de chispas como los fuegos artificiales, hasta que la corriente del arroyo la engulló finalmente. Se oyó el lejano eco del agua al salpicar, pero las líneas trazadas por las chispas brillaron durante unos brevísimos instantes sobre el telón negro de la noche.

—¡Basta! —gritó el líder, como si hubiera estado esperando el sonido del chapoteo del agua al caer la agenda.

Los policías dejaron inmediatamente lo que tenían entre manos, bajaron las escaleras en formación y salieron de la casa por donde habían entrado, sin pronunciar una sola palabra y acompañados por el tintineo de sus armas contra los cinturones, dejando a sus espaldas todo un desbarajuste de estanterías y cajones. No pude aguantar más y abracé al anciano, acurrucándome en su pecho.

—Ya ha pasado todo —susurró él, permitiendo que una sonrisa aflorara en su rostro. Frente a nosotros, el doblez de la esquina de la alfombra permanecía inalterada, como si nada hubiera pasado.

A medida que daban por finalizadas sus pesquisas, los agentes de la Policía de la Memoria iban regresando a los camiones estacionados, dispuestos a abandonar el lugar. Los vecinos, al igual que yo, se asomaban con cautela a las puertas de sus casas para verlos partir. La nieve seguía cayendo y nos enfriaba las mejillas, el cuello y el dorso de las manos, pero nadie parecía prestar atención al frío. En aquel estado de conmoción y terror, notar el frío habría parecido un lujo innecesario.

La luz de los faros de los camiones se abría paso en la oscuridad, uniéndose así a las farolas de la calle y a la propia nieve, y a pesar de la cantidad de vecinos que habían salido de sus casas, un manto de calma arropaba toda la zona y hasta podía oírse el roce de los copos al caer.

Entonces vi que por la puerta de la casa de mis vecinos que queda al este salían tres siluetas y caminaban sobre la nieve del jardín con aire abatido y el cuerpo encogido. No acertaba a ver sus expresiones, pero los policías que aparecieron tras ellos desde el interior de la casa los iban acuciando para que avanzaran. Sus armas brillaron a la luz de las farolas.

—No tenía ni idea de que en esa casa se escondieran refugiados —comentó, hablando para sí mismo, el antiguo sombrerero.

—Parece que vivían con el matrimonio, de manera que tanto el marido como la esposa deben de pertenecer a un grupo clandestino de ayuda a los perseguidos por su memoria.

—Claro, ahora comprendo por qué no se relacionaban mucho con los vecinos.

—Pero, miren. No es más que un chiquillo, ¿verdad?

—Qué lástima...

Mientras escuchábamos de manera entrecortada todos aquellos comentarios de los vecinos, el anciano y yo, agarrados de la mano, observábamos en silencio cómo empujaban a los tres detenidos y los obligaban a subir al remolque del camión. Quince o dieciséis años tendría el muchacho que caminaba entre ambos progenitores, bien arropado por ellos y con una bufanda de lana cubriéndole el cuello. Aunque se movía con la actitud de un adulto, las borlas que adornaban su bufanda le daban un aire infantil.

Por fin cubrieron el remolque completamente con la lona y el camión arrancó y se unió a la hilera formada por otros camiones cuya inspección también acababa de darse por terminada. Los vecinos fueron volviendo al interior de sus hogares poco a poco. El anciano y yo, sin embargo, permanecimos largo rato inmóviles bajo el umbral de la puerta, agarrados de la mano y con la mirada fija en la oscuridad. El perro de los vecinos, al que habían dejado a su suerte, resoplaba y hocicaba entre la nieve.

Más tarde, esa misma noche, lloré en el refugio. A pesar de la suerte que habíamos tenido, no sentía alegría. Derramé lágrimas como nunca lo había hecho, profusa y largamente, incapaz de sujetar las riendas de mis sentimientos, desbordados y lanzados al galope tendido.

No podía decirse que fuera tristeza lo que sentía, ni estoy segura de si lo que hacía era llorar. Tampoco era un modo de aliviar tensión. Creo que se trataba más bien de que todos los pensamientos y emociones que guardaba en mi pecho desde el momento en que había dado refugio al señor R habían cobrado forma y se habían materializado para salir y abandonar mi cuerpo. Y, una vez que empezaron a desbordarse, no había manera de retenerlos. De poco me sirvió apretar los dientes o decirme a mí misma que ese no era el modo de comportarme ante el señor R, ni sirvió que él tratara de consolarme con cálidas palabras. Lo único que podía hacer era permanecer quieta, hecha un ovillo, y dejar que mis lágrimas fluyeran.

—Jamás imaginé que fuera a agradecer con toda el alma que el refugio fuera tan estrecho —dije, acurrucada boca abajo sobre la cama.

—¿Por qué?

Él se había sentado a mi lado y trataba de tranquilizarme acariciándome suavemente el pelo o pasando ligeramente la mano por mi espalda.

—Porque cuanto más estrecho sea, más cerca puedo sentirte. Una noche como esta no puedo pasarla sola y este espacio tan pequeño me transmite paz.

Sentía en mi mejilla la tibieza y humedad de la colcha. Una vez recogida la vajilla y devuelta la mesa plegable al sitio que le correspondía, el habitáculo había recuperado su aspecto habitual y el único remanente de la celebración del cumpleaños era una tenue dulzura latente aún en el aire, procedente del pastel.

—Puedes quedarte aquí tanto como desees. No creo que la Policía se presente dos veces en una misma noche —dijo él, inclinándose hacia mí para tratar de observar mi rostro desde más cerca.

—Disculpa. Debería ser yo quien estuviera consolándote a ti.

—No. Tú lo has pasado mucho peor que yo. Lo único que he hecho yo ha sido quedarme aquí, sin moverme.

—Los agentes pasaron una y otra vez por encima del refugio. Supongo que oirías claramente sus pisadas.

—Sí —admitió, e hizo un movimiento afirmativo con la cabeza.

—Una de las esquinas de la alfombra que cubre la trampilla estaba ligeramente doblada. Al salir tan precipitadamente con nuestro anciano amigo no reparé en ese doblez, y cuando lo descubrí, pensé que sería el fin: desde luego, parecía una invitación a levantar la alfombra para mirar lo que había debajo. La idea de que tu destino pudiera depender de una cosa tan nimia me ahogaba, y experimenté un deseo irrefrenable de lanzarme corriendo hasta allí para alisar el doblez y pisar la alfombra con todas mis fuerzas, una y otra vez, hasta dejarlo pegado al suelo. Desde luego, no podía hacer algo así. Mi única opción era quedarme quieta como un conejo que se ha perdido y está asustado.

Mientras hablaba, las lágrimas resbalaban por mis mejillas. Me sorprendió poder hablar sin parar a pesar del llanto, y veía cómo mis sentimientos y mis palabras se desbordaban sin contención junto a mis lágrimas.

—No imaginé que esas sensaciones fueran tan intensas. Y todo por mí. Lo siento —dijo él, y desvió su mirada al suelo, hacia la estufa eléctrica.

—No, no eres responsable de nada, y no lloro porque así lo piense ni porque me arrepienta de lo que estoy haciendo. Créeme. Si temiese a la Policía de la Memoria, no estaría haciendo esto. Ni el miedo ni el arrepentimiento son la causa de mi llanto. Entonces, ¿por qué lloro? Ni yo misma lo sé. Lo único que puedo hacer en este momento es dejar que corran las lágrimas.

Levanté el rostro de encima de la colcha y me retiré el mechón de pelo que me cubría la frente.

—Es inútil buscar una explicación para aquello que no la tiene —dijo él—. Lo que sí sé es que les estoy complicando la vida tanto a ti como a nuestro amigo y me alegraría que, mientras estoy aquí, pudieran continuar con sus cosas sin estar tan pendientes de mí.

—Quizás mi llanto sea una prueba de la debilidad de mi espíritu, de mi incapacidad incluso para ayudarme a mí misma.

—No me parece que sea así. Más bien pienso que es al revés. Tu rebosante espíritu quiere hacerte saber que se encuentra vivo y que, por muchos recuerdos que la Policía extraiga de él, seguirá contigo y no te abandonará.

—¿Tú crees...?

Miré fijamente al señor R. Con solo inclinar un poco mi cuerpo hacia él, hubiera podido tocarlo. Él levantó una mano y con sus dedos limpió algunas de las lágrimas que resbalaban por mis mejillas. Fue una sensación cálida. Las lágrimas corrieron por el dorso de su mano. Entonces me abrazó.

La paz había vuelto. El recuerdo del sonido del timbre y de las violentas pisadas recorriendo el suelo encima del refugio parecía haberse desvanecido. Lo único que existía en ese instante era el latido de su corazón, que tan claramente sentía a través de su suéter.

Me rodeaba suavemente con ambos brazos, sin ejercer fuerza. Por fin, mis lágrimas cesaron. Todo lo que había sucedido en las últimas horas —la compra en el mercado, el golpe en la cabeza al pescado, la llama de las velas clavadas en el pastel— me parecía lejano, perdido en el tiempo y completamente separado del presente. Sin embargo, mientras él me tenía entre sus brazos, el tiempo no pasaba ni se alejaba, sino que se mantenía estático en un punto, rodeándonos a ambos como un remolino.

«¿Es ahí, detrás de tus latidos, donde guardas todos los recuerdos que yo he perdido?», me pregunté mientras oprimía mi mejilla contra su pecho, desando poder extraer esos recuerdos para ponerlos ante mí, uno junto a otro. Estaba segura de que aquellos que guardaba en su interior eran nítidos, frescos y de tan vivos colores que bastaría rozarlos para teñirse los dedos; mientras que los míos eran poco más que pétalos arrastrados por la corriente del arroyo y ceniza acumulada en el fondo de la incineradora.

Cerré los ojos. Mis pestañas rozaron su suéter.

—La Policía se ha llevado a los vecinos de la casa que queda al este —susurré—. Por lo visto, escondían a un muchacho adolescente. Me pregunto cuánto tiempo llevaría oculto allí. Ni se me había pasado por la cabeza que hubiese alguien en tu misma situación tan cerca de nosotros.

—¿Y qué va a ser de él a partir de ahora? —me preguntó, rozando con su aliento mi cabello.

—También a mí me gustaría saberlo —repliqué—. Por eso mantuve la mirada fija en la oscuridad. Quería saber qué habría más allá del punto donde desaparecieron los faros traseros del camión que se los llevaba. Me quedé paralizada en el umbral de la puerta, sin abrigo, sin guantes y con los copos de nieve pegándoseme en el rostro, como si así pudiera vislumbrar finalmente el lugar adonde se dirigen los recuerdos.

Me sujetó por los hombros y mi rostro resbaló levemente por su suéter, de tal manera que me quedé mirando el espacio abierto entre ambos.

«No sirvió de nada quedarme tanto rato mirando, porque no vi nada», traté de decirle, pero selló mis labios con los suyos, adelantándose a mis palabras.

18

¿Cuánto tiempo llevaba encerrada en la torre del reloj?

Evidentemente, podía consultar la hora en el inmenso reloj tantas veces como quisiera, y tenía el regular recordatorio del tañer de las campanas a las once de la mañana y a las cinco de la tarde, pero había perdido la noción de los días. Al principio, con cada nuevo amanecer hacía una marca con la uña en la pata de la silla para llevar la cuenta, pero la silla estaba llena de arañazos y acabé confundiendo los que yo hacía con los que ya había antes.

¿Qué día de la semana era? ¿Qué día del mes? Ni siquiera sabía en qué mes estaba, y, mientras tanto, el reloj seguía marcando las horas, indiferente a mis preguntas. No obstante, en la situación en que él me había abandonado, encerrada entre aquellas cuatro paredes y rodeada de cadáveres de voces, ¿qué importaba el día que fuera? ¿Qué utilidad tenía saberlo?

Si bien al principio lo que había captado mi atención eran las máquinas de escribir y el mecanismo del reloj, poco a poco fui descubriendo otros aspectos interesantes de la sala.

Aproximadamente hacia la mitad de la pared que daba al oeste, la altura de la montaña de máquinas de escribir decrecía de manera notable, dejando al descubierto una puerta que conducía a un sencillo cuarto de baño. Sobre el lavabo había un coqueto ventanuco, y a veces me subía al lavabo, abría el ventanuco y contemplaba el paisaje desde allí. A mis pies se extendían tejados, campos de cultivo, el riachuelo y el parque. No había en toda la ciudad un lugar más alto que aquel donde yo estaba. Me gustaba también respirar el aire fresco durante unos minutos. El único problema era que el lavabo no parecía lo suficientemente resistente para soportar mi peso, y, además, el agua había empezado a brotar por una grieta que se había abierto en la juntura entre los azulejos de la pared y el esmalte del lavabo.

Descubrí una cosa más: el contenido del cajón de la mesa. He de aclarar que no había en su interior nada que mereciera especial atención, como tampoco un martillo con el que poder romper la cerradura y abrir la puerta. Había chinchetas, un tubo de crema mentolada, un rompecabezas hecho con alambre, una caja de bombones vacía, una cajetilla de cigarrillos, palillos, un dedal, un termómetro, una funda para lentes... Al menos, era mejor que nada. Cosas así podían ofrecer un toque de color a mi vida allí encerrada.

A veces pasaba el tiempo tratando de imaginar las circunstancias que habían llevado hasta allí aquellos objetos. Debió de haber un tiempo remoto en que el reloj no era automático y tuviera que recibir los atentos cuidados de un anciano que le diera cuerda, lo engrasara e hiciera sonar las campanas a las horas establecidas. En sus ratos libres, tal vez colaborase con las actividades de la iglesia. Sería un hombre sin familia, poco hablador y trabajador. Muy posiblemente, la cajetilla de cigarrillos y la funda de los lentes fueran suyas. Todavía quedaban algunos cigarrillos en la cajetilla, pero habían perdido todo su aroma. El diseño de la cajetilla tenía un aire anticuado y diferente al de las que podían verse a la venta. La funda de los lentes era de tela y estaba muy desgastada. Se me ocurrió pensar que el anciano habría vivido hasta su muerte en ese habitáculo.

Otras veces jugaba con el rompecabezas de alambre. En comparación con lo torpe que había sido los primeros días con la máquina de escribir, manejar aquellas piezas no me resultó muy difícil, y puesto que dicen que manipular objetos con los dedos es muy bueno para mantener el equilibrio mental, pasaba largos ratos enfrascada en intentar resolver el puzle. Sin embargo, a medida que jugaba e iba recordando los movimientos que cada pieza requería, lo resolvía con más facilidad y en menos tiempo, y el juego perdió su gracia.

También usé la crema mentolada. Me la aplicaba sobre las sienes, bajo la nariz o en el cuello, y su intenso e irritante olor me despabilaba durante los largos minutos que tardaba en evaporarse. No era que me estimulase, más bien me sentía como si una brisa refrescante me recorriese por dentro y aguzara mis sentidos, y para sacarle el máximo partido —puesto que el tubo estaba lleno solo hasta la mitad— siempre me la aplicaba en cantidades pequeñas.

Otro objeto que alteró mi percepción del lugar fue una cama. La trajo él y, aunque en realidad era un simple sofá cama, debió de costarle un enorme esfuerzo subirlo por aquellas serpenteantes escaleras. Aquello era tan grande que, cuando apareció por la puerta sujetándolo, le tapaba todo el cuerpo, y las patas habían recibido tantos golpes que la capa de pintura había acabado desprendiéndose. Las palmas de las manos exhibían un intenso color rojo, los hombros le subían y bajaban al ritmo de sus jadeos, y un sinfín de gotas de sudor cubría su frente. Hasta ese momento, siempre lo había visto con pleno dominio de sí mismo, todo un ejemplo de autocontrol: su ropa, su pelo, el movimiento de sus dedos, las palabras que pronunciaba..., todo en él era impecable e inmaculado; de modo que al verlo tan cansado, con el rostro desencajado por el agotamiento, me quedé absolutamente perpleja. Imaginé que su aparente pulcritud habitual respondía a una actitud más estudiada y calculada de lo que a primera vista pudiera parecer.

Sin embargo, debió de pensar que subir el sofá cama hasta allí merecía la pena, a juzgar por todas las cosas que me haría encima de él.

Las campanas estaban tan cerca que bastaba alargar el brazo para tocarlas, y escuchar cómo sonaban desde esa distancia me producía infinitamente más miedo que hacerlo desde las calles de la ciudad, lo cual era totalmente lógico. Cuando quedaban pocos minutos para las once de la mañana o las cinco de la tarde, me acurrucaba en uno de los rincones de la estancia y presionaba el rostro contra mis rodillas, cerraba los ojos con todas mis fuerzas y contenía la respiración. Cuanto mejor lograse anular mis sentidos, más débil me sonaría el estallido de las campanas. Pero nunca lo conseguía: cuando quedaba tan solo un segundo y el badajo iniciaba su movimiento de vaivén, me daba perfecta cuenta de que aquel modesto intento de resistencia por mi parte no servía de nada.

La vibración de la campana se transmitía por el techo e impactaba contra las paredes y bajaba hasta el suelo de madera, haciéndolo vibrar; y allí parecía quedarse devorando toda la estancia durante lo que a mí se me antojaba una eternidad. Era como una ola que chocaba contra mí y me tragaba. Me zarandeaba mientras yo trataba de zafarme de sus garras, pero era inútil.

La primera vez que oí las campanas desde allá arriba, aquella primera tarde a las cinco, creí estar escuchando un grito de lamento lanzado al unísono por las máquinas de escribir. Pensé que estas expresaban su dolor por haber sido encerradas, golpeando todas a la vez con sus teclas sus respectivos cilindros.

Ya no acertaba a localizar mi máquina de escribir en el montón. Al principio, el brillo de la palanca y el lustre de su cubierta me permitían diferenciarla de las demás, pero fue cubriéndose de polvo y perdiendo su color hasta que ya no se podía distinguir de las demás y acabó integrándose en la montaña.

¿Sería verdad, como había dicho él, que cada máquina de escribir encerraba dentro de sí una voz que había pertenecido antaño a alguna persona? En ese caso, si las voces estuvieran sujetas al mismo proceso de degeneración que el resto del cuerpo, tenderían a ir descolgándose, como carne flácida, y a acumularse en la base del montón, donde irían perdiendo su fuelle y desecándose.

Un día me di cuenta de que yo misma había olvidado cómo era mi propia voz, y aquello me llenó de estupefacción. ¿Cómo era posible que la voz que me había acompañado durante toda mi vida y que formaba parte de mi ser fuera a caer en el olvido tan fácilmente?

Había dado por hecho que mi voz seguiría unida a mí aunque el mundo entero se pusiera patas arriba, y, sin embargo, me había abandonado con una sencillez pasmosa. Me sentía como si me hubieran despedazado y hubiesen mezclado mis restos con los de otras personas, y como si, en dicha situación, me pidieran que buscase mi globo ocular izquierdo. Encontrarlo sería poco más que imposible. Sin embargo, así me sentía. ¿Dónde estaría mi voz? Sin lugar a dudas, acurrucada y completamente sola bajo las varillas de una máquina de escribir, al fondo, en algún lugar inaccesible de la montaña de máquinas.

Él hace conmigo lo que le viene en gana, literalmente.

De la comida se encarga él. En una pequeña cocina habilitada junto al aula de mecanografía prepara unos platos insulsos y de textura espesa, casi cenagosa (invariablemente estofados, gratinados o cocidos), que, al menos, se pueden comer.

Coloca la charola sobre la mesa, toma asiento frente a mí y me mira fijamente con la barbilla apoyada en la palma de una de sus manos. No prueba bocado. Yo soy la única que come...

A pesar del paso del tiempo, no consigo acostumbrarme. De hecho, me irrita enormemente comer así, ante él, expuesta al acecho de su mirada, sin conversación ni risas ni hilo musical que alivien lo extravagante de la situación. Así no hay manera de tener apetito. La tensión me lleva a imaginar pedazos de comida atravesando mi garganta, enganchándose entre las costillas y llegando a duras penas al estómago. A mitad de la comida ya no puedo más, pero hago el esfuerzo de terminármela. Me asusta pensar lo que podría hacerme con las sobras.

—Tienes salsa en los labios —me advierte de vez en cuando, y, sin tiempo que perder, me paso la lengua por los labios, puesto que no hay servilletas.

—Un poco más a la derecha —dice unas veces.

—Un poco más arriba —dice otras.

Siguiendo sus instrucciones, acabo lamiéndome toda la superficie de mis labios.

—Bien. Por favor, continúa comiendo.

Habla y gesticula con el refinamiento propio de un mesero de restaurante de alta cocina. Yo lo miro servilmente mientras troceo el pan, corto muy despacio la carne y bebo agua del vaso.

Al llegar la noche, me desnuda, me obliga a permanecer

de pie bajo la luz del foco y me lava. El agua que trae en la cubeta está tan caliente que toda la estancia queda sumida en una nube de vapor, y en el tiempo que tarda este en disiparse y el aire en recuperar su transparencia, él se esmera pasando sus manos por mi cuerpo, con la misma lentitud y suavidad con que saca brillo a su cronómetro.

Cuando pienso en la cantidad de partes que componen el cuerpo de una persona, siento un estremecimiento de sorpresa. Hay tantas que su número parece infinito: los párpados, las raíces del pelo, el reverso de las orejas, las clavículas, las axilas, los pezones, el estómago, la cavidad de la pelvis, los muslos, las pantorrillas, las membranas interdigitales... Por insignificantes que parezcan algunas de ellas, él no desestima ninguna. Sin derramar una gota de sudor ni modificar su expresión por muy cansado que pueda estar, explora cada centímetro de mi cuerpo, tocándolo con sus dedos.

Cuando acaba de lavarme, él mismo decide qué ropa debo ponerme. Se decanta siempre por estilos un tanto extraños, que nunca he visto en boutique alguna. La indumentaria seleccionada es tan rara que puede dudarse incluso de si es correcto aplicarle el sustantivo «ropa». De hecho, la propia materia prima consiste en plástico, papel, metal, hojas, piel de fruta y materiales por el estilo, que se sujetan al cuerpo de forma tan precaria que un movimiento mínimamente brusco es suficiente para hacerlos caer al suelo. A veces me rozan y arañan la piel, y a veces me oprimen el pecho. Por eso, vestirse así exige gran cuidado y atención.

Un día me contó que él mismo crea los modelos que me hace poner. Primero le viene a la cabeza la imagen de la prenda en cuestión, después realiza unos dibujos en un cuaderno de apuntes y corta los patrones. A continuación, toma de un sitio u otro los materiales que utiliza en la confección. Al tener conocimiento de esto, experimento algo que no llego a explicarme. Pienso en la belleza de sus dedos moviéndose con destreza para enhebrar la aguja, pelar la fruta o cortar las cáscaras, y ello me produce la misma admiración que siento por alguien que rompe los esquemas en que la sociedad parece haberlo encasillado.

Él sonríe satisfecho a mi lado mientras me encojo de hombros, doblo las piernas o cimbreo la cintura para lograr que me entre ese tipo de ropa. La luz del foco se refleja sobre el agua del balde, ya fría. Al amanecer, la ropa sigue tirada por el suelo, hecha un gurruño como un trapo usado.

La interminable sucesión de días a su lado sin poder hacer uso de la palabra pasa factura a mi equilibrio emocional. Más que el encierro mismo, lo que me atormenta es la falta de voz. Como él había dicho, perder la voz era similar a perder la cohesión que sustenta la unidad del cuerpo.

—¿Deseas recuperar la voz? —dice de vez en cuando, con expresión serena en la mirada.

Niego de inmediato, con decididos movimientos de cabeza. Soy plenamente consciente de que asentir no va a proporcionarme nada. Sin embargo, girar a un lado y a otro la cabeza me sirve como ejercicio para desahogar y calmar mis alterados nervios.

Últimamente, siento que mi cuerpo va separándose de mi espíritu, poniendo distancia de por medio, como flotando en un lugar al que no alcanzo. Mi cuello, mis brazos, mis pezones, mis piernas... Observo cómo él juega con ellos, pero yo no estoy allí. Eso también es culpa de haber perdido la voz. La voz era el hilo que unía mi cuerpo con mi espíritu, y al perderla también pierdo mi voluntad y mis sentidos.

Poco a poco, voy convirtiéndome en un conjunto de piezas desperdigadas.

¿Habrá alguna manera de salir de aquí? Se supone que ni siquiera puedo plantearme algo así... ¿Podría aprovechar el momento en que él abre la puerta para lanzarme corriendo escaleras abajo? Quizás podría tomar las máquinas de escribir y lanzarlas contra el suelo, con la esperanza de que alguien oiga el estruendo; o tal vez desarmarlas y lanzar las piezas por la ventana del cuarto de baño... Pero no podía confiar en el éxito de ninguno de esos métodos. Y había otra cosa: me asustaba liberarme y que mi cuerpo mantuviera su destartalada condición de amasijo de partes desperdigadas. Me aterraba no ser capaz de volver a ser como era antes a pesar de haber recobrado la libertad.

Mientras él da clase de mecanografía, yo observo el exterior desde detrás de la esfera del reloj. Miro el jardín de la iglesia, siempre bien cuidado y con flores en sus parterres. Es un lugar al que mucha gente acude en sus ratos de ocio. Los adultos charlan a la sombra de los árboles, toman asiento en los bancos y leen, mientras que los niños juegan al bádminton y las alumnas de la clase de mecanografía dan vueltas en bicicleta. No falta quien desea cerciorarse de la correcta marcha de su reloj de pulsera y, para ello, eleva la vista al reloj de la torre, sin, por supuesto, percatarse de mi presencia detrás de la esfera.

Si aguzo el oído, me llegan sus voces, aunque no el contenido de las conversaciones. Al principio pensé que se debía a la distancia, pero me equivocaba. Es simplemente porque he dejado de comprender su lengua.

Un día lo vi charlar animadamente con sus alumnas en el jardín. Desde aquella distancia, parecía una persona de buena pinta, inteligente y sensata, y todas las chicas que lo rodeaban se mostraban radiantes y nerviosas ante su presencia.

No cabía duda de que solo yo sabía hasta qué punto cambiaba cuando subía a la torre.

—Debes resistir la tentación de mirar la máquina de escribir. Ese es el único modo de mejorar. Son los dedos, y no la vista, los que han de localizar las teclas.

Hablaban sobre la clase de mecanografía. El viento me trajo su voz, que se coló entre los números romanos del reloj de la torre hasta alcanzar mis oídos, de modo que podía escucharla claramente. Después, una de las chicas, de pelo corto y con pendientes que oscilaban cada vez que movía la cabeza, se dirigió a él. Me llegó su voz, pero no el significado de lo que decía. Su voz se elevaba también en el aire, pero pasaba de largo al llegar a la altura del reloj y seguía ascendiendo.

—Lo mejor es cerrar los ojos y acostumbrar los dedos al tacto de toda la máquina —dijo él, repitiendo exactamente lo que me había dicho a mí mucho tiempo antes—. No solo a la posición de las teclas, sino también a la forma de la palanca, al grosor del cilindro y al contorno de toda ella.

Cada palabra que decía me resultaba inteligible, pero no entendía absolutamente nada de lo que algunas de las alumnas, por turno, le replicaban a continuación.

—Bien, la próxima vez voy a penalizar a quien mire las teclas —añadió él.

Una vez más, no comprendí la reacción de las chicas.

—De acuerdo. Entonces, a partir de mañana lo hacemos así —sentenció él, y dio una palmada a modo de conclusión.

Las alumnas se inclinaron levemente a la vez, a modo de despedida, y emitieron un sonido que no pude identificar si era una risa o un grito.

En ese instante comprendí que las únicas palabras cuyo significado alcanzaba a captar eran las de él, y que las de los demás sonaban a mis oídos como procedentes de instrumentos desafinados. ¿No era eso una prueba evidente de la degeneración que había sufrido? Todo aquello que no necesito para sobrevivir en la torre del reloj va desapareciendo para mí. De esa manera, antes o después, llegará el momento en que toda yo me habré adaptado perfectamente al entorno de la sala.

Mi degeneración ha avanzado tanto que ya es demasiado tarde para escapar de mi encierro en la torre. Aunque lo lograra, no sería de extrañar que mi cuerpo sufriera una especie de descompresión y se desmontara, y que todas sus partes acabaran desparramadas en cuanto pusiera un pie en el exterior.

Comprendo que es él quien mantiene la cohesión de mi cuerpo, sujetándolo con sus dedos. Por eso, también esta noche permanezco a la espera del sonido de sus pisadas al subir los escalones hasta la sala del reloj...

Después de la noche de la inspección de recuerdos, no volví a bajar al refugio. A la hora de servirle las comidas al señor R, intercambiábamos algunas palabras desde la escalerilla, pero no me quedaba a charlar largamente con él a pesar de que, a veces, me recordaba a mí misma que pasar unos minutos juntos no tendría nada de malo.

El impacto sufrido por la inspección de recuerdos comenzó a hacer mella en el ánimo del señor R. Su sonrisa fue apagándose y su apetito menguando. Tal vez, aquella noche de la inspección, el señor R había perdido una buena oportunidad para expresar sus sentimientos debido al estado de intenso aturdimiento en que yo me encontraba, y, a esas alturas, el dolor reprimido debía de estar corroyendo sus entrañas. A veces, antes de salir, me detenía y, mientras sostenía la pesada trampilla, me volvía hacia él pensando que tendría algo que decirme. Si era así, quería darle la oportunidad de expresarse, pero cuando lo miraba, él siempre estaba sentado a la mesa de espaldas a mí o acostándose.

Me oprimía la idea de que él no se decidiera nunca a abrir la trampilla, abrirse paso por debajo de la alfombra y venir a mi encuentro. Por supuesto, no era lo que esperaba de él, dadas las circunstancias de refugio y aislamiento en que se encontraba para proteger su vida. Y, sin embargo, me sorprendía a mí misma pensando que, en realidad, él no tenía ningún interés en mí.

En cuanto a la noche de la inspección policial, era como si cuanto más me esforzaba en recordar lo que sucedió, cuanto más reproducía en mi memoria cada detalle, más se alejara de la realidad. La cena, el pastel, la montaña de cacerolas, los regalos, el vino, las botas, la agenda en llamas, el doblez de la alfombra, las tres siluetas de los vecinos, los camiones cubiertos con lona, mis lágrimas... No podía creer que todo aquello hubiera acaecido en el transcurso de una única noche, y tengo por seguro que, sin el calor de su abrazo, no habría sido capaz de soportar el terrible dolor que se acumulaba en mí. Ambos nos acogimos al último y único amparo que nos quedaba.

Un día que estaba sentada ante mi escritorio, retiré a un lado los folios que había escrito y separé el diccionario para tomar el embudo del intercomunicador. Me lo puse al oído. No oí nada. Tras unos segundos de paciente espera, algunos leves sonidos procedentes del refugio comenzaron a cobrar cierta forma. El murmullo del agua, carraspeos, el roce de un paño, el motor del ventilador del conducto de aire. Cambié de posición el embudo para apretarlo más fuertemente contra mi oreja.

Me di cuenta de que estaba lavándose. Esa misma tarde, le había entregado las cosas habituales para hacerlo: un barreño, una cazuela llena de agua caliente, una toalla y una lámina de plástico para cubrir el suelo.

—Ah, había olvidado que hoy era el día del baño —me dijo.

—Así es —confirmé—. Aunque siento no poder traerte mejor bañera que esta —añadí, golpeando levemente el fondo del barreño con el pasamanos de la escalerilla.

—Menos mal que recuerdas el día del baño a pesar de la desaparición de los calendarios —agradeció, al tiempo que agarraba los cuatro objetos con las dos manos.

Escuché de manera entrecortada el murmullo del agua. Evidentemente, nunca lo había visto lavarse, pero los sonidos que me llegaban a través del tubo y el embudo del intercomunicador dibujaban en mi mente la imagen de él en ese momento.

Primero, extendería la lámina de plástico sobre el suelo; después, se desnudaría, dejaría la ropa sobre la cama y se sentaría sobre la lámina de plástico con las piernas cruzadas. Empaparía la toalla en el agua caliente y comenzaría a frotarse por el cuello para continuar por los hombros, la espalda y el pecho. Volvería a empapar la toalla de agua y se frotaría de nuevo, en silencio y sin expresión en el rostro, dejando algunas marcas sobre aquella piel pálida, privada del aire exterior, mientras las gotas de agua caídas sobre la lámina de plástico brillarían a la luz de la lámpara...

Mi imaginación recreaba perfectamente el contorno de su cuerpo, el movimiento de cada uno de sus músculos, el ángulo de sus articulaciones y el trazado en relieve de sus venas, transparentándose bajo la piel. A pesar de la precariedad de los sonidos que podía captar con el embudo, la información llegaba a mis tímpanos y, desde estos, a la memoria, de manera que las sensaciones iban adquiriendo poco a poco mayor viveza y nitidez.

A través de la abertura de la cortina vi una estrella magnífica, arriba en lo más alto. También la nieve caída sobre la ciudad se teñía de oscuridad durante la noche. Ocasionalmente, la fuerza del viento hacía sonar el cristal de la ventana. Di una vuelta al tubo del intercomunicador para distender una zona en la que se había retorcido. El embudo había absorbido el calor de mi mano. A un lado reposaba la pila de folios del manuscrito de la novela, bien ordenada, bajo un pisapapeles. Pensé que este, el manuscrito, era mi único y verdadero pasaporte al refugio.

Escuché el murmullo del agua de la cazuela al vaciarse en el barreño como un prolongado hilo de cristalino chapoteo.

19

Varios sucesos un tanto extraños acaecieron a lo largo de las semanas posteriores al día en que coincidieron el cumpleaños del anciano y la inspección de recuerdos, si bien ninguno alcanzó, ni de lejos, el grado de gravedad de este último.

Uno de ellos tuvo lugar en el transcurso de uno de mis paseos vespertinos, y, en concreto, se desencadenó a partir de mi encuentro fortuito con una anciana campesina que había colocado un puestecito de venta de verdura a un lado del camino. El puestecito no pasaba de ser una esterilla desplegada en el arcén sobre la cual descansaba la verdura, cuidadosamente dispuesta y ordenada, eso sí. No es que ofreciera una gran variedad, pero su precio, bastante más barato que el de las verdulerías del mercado, captó mi atención y, entusiasmada, me apresuré a llenar una bolsa de lechugas, pimientos y brotes de soya. En el momento de pagar, la anciana acercó su rostro al mío.

—No tendrá usted noticia de algún refugio en el que pudiera esconderme —dijo en voz baja.

Debido a la sorpresa, casi se me cayó el dinero de la mano. Mi reacción inmediata fue dudar de lo que acababa de escuchar.

—¿Cómo? —pregunté.

—Estoy buscando a alguien que pueda ofrecerme un lugar donde esconderme —dijo.

Mientras hablaba, no me miraba a mí, sino a la cartera que llevaba sujeta a la cintura y en la que ya guardaba el dinero que yo le había entregado. Enseguida miré a mi alrededor. No había por allí más personas que unos niños jugando en un parque no muy lejos de nosotras.

—¿La busca la Policía de la Memoria? —pregunté, simulando que hacía un comentario trivial tras la compra.

No contestó. Tal vez no quería dar ningún detalle.

La observé con atención. En general, su aspecto era sano, pero iba pobremente vestida. Llevaba unos pantalones desgastados, hechos de trozos de otras prendas; un chal sobre los hombros lleno de pelusa y bolitas, y un calzado deportivo agujereado en las puntas. Tenía legañas en los ojos y las manos hinchadas, enrojecidas y llenas de sabañones. Traté de recordar si su rostro me era familiar, pero no debía de serlo.

Y si no me conocía, ¿cómo era posible que se atreviera a solicitarme algo tan grave? Me sentí aturdida. ¿No se le ocurría pensar que yo podría denunciarla? ¿Tan desesperada estaba? Si así era, deseaba ayudarla de algún modo, aunque no pudiera proporcionarle un lugar donde esconderse. Al mismo tiempo, se me pasó por la cabeza la idea de que podía tratarse de una trampa. Podrían haberle dado ese aspecto lastimoso y haberla puesto a vender verdura al borde del camino para buscar víctimas entre sus clientes. No me hubiera sorprendido que fueran capaces de utilizar un método tan vil. Otra idea rondó mi cabeza. ¿Sabría la anciana que en mi casa yo escondía un refugio y por eso se atrevía a pedirme ayuda? No lo creí demasiado posible. Tenía la certeza de que nuestro secreto no había salido de las cuatro paredes de mi casa y la prueba de ello era que la Policía de la Memoria no tenía conocimiento de ello.

En cuestión de unas décimas de segundo, un torbellino de ideas me dio vueltas en la cabeza, pero de mis labios solamente salieron unas simples palabras:

—No puedo ayudarla. —Apreté contra mí la bolsa con las verduras y la anciana permaneció en silencio. La expresión de su rostro no se alteró. Flexionó la cintura y se dispuso a reorganizar las verduras sobre la esterilla acompañada por el tintineo de las monedas en la cartera que llevaba a la cintura—. Lo siento —añadí, y me alejé a buen paso de ella.

Desde entonces, cada vez que recordaba sus sabañones enrojecidos, se me hacía un nudo en la garganta. Sin embargo, dadas las circunstancias, creo que no habría podido obrar de ninguna otra manera; sobre todo porque cualquier movimiento en falso pondría en peligro la vida del señor R. No obstante, la anciana me preocupaba y durante mis paseos tomé la costumbre de acercarme a su puesto ambulante de venta de verdura. Unas veces compraba algo, y otras pasaba de largo, pero la anciana jamás hizo gesto alguno de reconocerme, ni volvió a mencionar el asunto del refugio. Era como si se hubiese olvidado de mí a pesar de la comprometida y peligrosa petición que me hizo el primer día.

Transcurrida aproximadamente una semana desde aquel incidente, no encontré a la anciana en el lugar de costumbre. Quién sabe lo que le habría pasado. Bien podría ser que se hubiesen agotado sus existencias de verduras o que hubiera decidido probar suerte con la venta en algún otro lugar, pero también era posible que hubiera recibido una visita de la Policía de la Memoria.

Paso a relatar ahora otro de los sucesos. Ocurrió que, después de la gran redada de recuerdos acaecida en todo el vecindario, el matrimonio formado por el antiguo sombrerero y su esposa se alojó en mi casa durante una noche. El asunto fue que habían dado una mano de pintura a las paredes de su casa y el olor era tan intenso que necesitaban un lugar donde pasar al menos una noche.

Les ofrecí el dormitorio más alejado del refugio: una habitación de estilo tradicional ubicada en la planta baja. Desde luego, eso nos obligó al señor R y a mí a extremar las precauciones, pero más arriesgado habría sido darles un «no» por respuesta.

—La pintura va a tardar un día o dos en secarse y, con este frío, no hay quien se atreva a abrir las ventanas. No quisiéramos convertirnos en una molestia para usted, pero bastaría una noche...

—No se preocupen. No será ninguna molestia. Aquí sobran habitaciones —repliqué con la mejor de mis sonrisas.

Ese día me levanté antes de lo habitual para preparar sándwiches y té negro en abundancia y llevárselos al señor R al refugio antes de que el matrimonio se presentara en casa.

—Hoy vas a tener que conformarte con esto. Aquí tienes tres comidas.

El señor R se limitó a asentir con la cabeza sin decir nada. Sin duda, la llegada del matrimonio le producía cierta desazón.

—Ten cuidado de no hacer ruido al caminar y recuerda no tirar de la cadena.

Le repetí con insistencia las precauciones que debía tomar y salí, cerrando la trampilla con la mayor precaución. Hasta el día siguiente no volvería a abrirla.

El antiguo sombrerero y su esposa formaban un matrimonio afable y llano en el trato, no dado a las preguntas indiscretas ni al fisgoneo. Mientras el marido cumplía con su jornada laboral, la mujer se quedó tejiendo en la habitación de estilo tradicional que les había asignado, y, cuando él regresó, cenamos los tres juntos y vimos un rato la televisión mientras conversábamos de cosas nimias. Pasadas las nueve, se retiraron a dormir.

Durante todo ese tiempo, no pude dejar de pensar en el refugio. Cualquier ruido, aun sin guardar relación con el señor R, me ponía en alerta, ya procediera del oleaje del mar, del claxon de un automóvil o del simple paso del viento. Entonces los miraba a ambos con el rabillo del ojo, como si esperara percibir algún cambio en sus expresiones. Naturalmente, ninguno de los dos pareció sospechar nada. Supongo que no podían imaginarse que entre las paredes de la casa, un poco más arriba, a no mucha distancia de sus cabezas, se ocultaba otro ser humano. Yo misma me dejaba arrastrar a veces por la fantasía de que el refugio no formaba parte de la realidad, sino del reino de los sueños.

Así pues, al día siguiente el matrimonio volvió a su casa, donde la pintura de las paredes había tenido tiempo suficiente para secarse por completo. A modo de agradecimiento, me entregaron una bolsa de harina de trigo, una lata de sardinas en aceite y un paraguas negro de buena factura, fabricado por el sombrerero.

Lo que viene a continuación tal vez no debería llamarlo suceso, pero el caso es que me hice cargo del perro de los vecinos después de que la Policía de la Memoria se los llevara de repente. Al día siguiente de la inspección de recuerdos, un camión de la Policía volvió para llevarse los muebles de la casa, pero, por alguna razón que no llego a entender, no atendieron al perro. Le lancé comida y le puse leche en un cuenco por encima del seto, y estuve pendiente de él durante un par de días, pero en vista de que nadie tomaba cartas en el asunto, lo consulté con el presidente de la asociación de vecinos y, con su aprobación, fui por el perro y me lo llevé a casa.

Entre el anciano y yo trasladamos la casa del perro desde el jardín de los vecinos hasta el mío y clavamos una estaca donde atar su cadena. Recogí un comedero de aluminio abandonado sobre la nieve que me iría muy bien para darle de comer. Sobre el tejado de la casa del perro estaba escrito DON con rotulador, así que desde el primer momento lo llamé por ese nombre. Me pregunté si vendría de Don Juan o de Don Quijote. No importaba, el caso es que era muy tranquilo, se portaba de maravilla y enseguida hizo buenas migas tanto conmigo como con el anciano. Era mestizo y tenía manchas pardas sobre el lomo y un leve doblez en la punta de la oreja izquierda; le gustaba el pescado blanco más que ningún otro alimento —lo cual se da poco entre los canes— y tenía el vicio de lamer su correa.

Sacarlo a pasear a primera hora de la tarde, durante el momento más templado del día, se convirtió en parte de mi rutina diaria. Puesto que, tras la puesta de sol, la temperatura bajaba de forma considerable, le permitía entrar en casa y dormir sobre una vieja manta que coloqué expresamente para él en uno de los rincones del vestíbulo. Como no había nada que pudiera hacer por el matrimonio arrestado y el muchacho que se ocultaba en su casa, ni por la familia Inui ni su gato *Aguanieve,* decidí volcarme en el cuidado de *Don.*

Los días transcurrieron sin novedad hasta que, algunas semanas más tarde, llegó una nueva desaparición. A pesar de la resignación con que me había acostumbrado a recibirlas, esta, en concreto, supuso especialmente un duro golpe para mí. Desaparecieron las novelas.

Como siempre, lo noté al despertarme. Pero, tal como había ocurrido con desapariciones anteriores, esta también requirió de unas horas y días para completarse. De hecho, durante esa misma mañana, no se apreció todavía ningún cambio llamativo en la ciudad.

Salí a la calle, frente a mi casa, y observé el panorama.

—En casa no teníamos ningún libro, así que esta vez no puede decirse que la desaparición nos afecte demasiado —dijo el antiguo sombrerero, dirigiéndose a mí—. Pero a ti, que eres novelista, ¡la que se te viene encima! Si podemos serte útiles de algún modo tanto mi mujer como yo, no dudes en llamarnos y pedirnos lo que sea.

—Muchísimas gracias —contesté, sin demasiada energía.

El señor R, por supuesto, expresó su más firme oposición a que una desaparición de tal calibre pudiera tener lugar.

—Toma todos los libros que tengas en casa —me sugirió el señor R— y tráelos al refugio. También el manuscrito en que estás trabajando.

—Si lo hiciera, ocuparían todo el espacio. No podrías ni moverte —aseguré mientras negaba con la cabeza enérgicamente.

—Me conformo con que haya espacio suficiente, aunque apenas pueda moverme. Al menos aquí no habrá peligro de que encuentren los libros.

—Sin embargo, si han desaparecido de la memoria de la gente, ¿qué sentido tendría guardarlos? —objeté.

Apoyó sus dedos sobre las sienes y suspiró. Con cada nueva desaparición, volvía a presentársenos el mismo tipo de dilema, y, como siempre, volvíamos a discrepar respecto a qué decisión tomar. Y cuanto más lo discutíamos, más apesadumbrada me sentía.

—En primer lugar, eres escritora —justificó él—, de manera que deberías ser la primera en saber que esto no es una cuestión de si tiene sentido o no, ni sobre qué utilidad tiene.

—Así es. Al menos, hasta ayer. Pero hoy estamos ante una situación nueva. La noción de «novela» ha empezado a debilitarse y, en cuestión de horas, desaparecerá de la mente de las personas. —Pronuncié aquellas palabras con el mayor tacto posible, como si fueran un objeto frágil que pudiera romperse al salir de mis labios—. Para mí, el hecho de que deje de existir —proseguí— es algo especialmente doloroso. En gran medida, porque eso deshace el nexo que nos ha mantenido unidos hasta ahora.

Me le quedé viendo.

—No quemes el manuscrito —replicó él—. Simplemente, sigue escribiendo la novela. De esa manera permaneceremos unidos.

—Es inútil. ¿No te das cuenta de que están a punto de caer en el olvido más profundo? Incluso si conservamos el manuscrito y todos mis libros, para mí no serán más que unos objetos rectangulares y huecos como cajas vacías. Los miraré, trataré de escucharlos, intentaré olerlos, pero no obtendré nada de ellos. Y, en definitiva, ¿cómo voy a escribir si ni siquiera entiendo qué es lo que tengo entre manos?

—No hay por qué impacientarse. Irás recuperando la memoria de ello paulatinamente. Tu mayor desafío será pensar de dónde vienen las palabras y qué hacer para encontrarlas.

—No me veo con fuerzas para ello. Noto incluso que pronunciar la palabra «novela» me cuesta cada vez más, lo cual es una prueba evidente de lo que está sucediendo. Y, una vez que olvide su significado por completo, no creo que haya manera de recuperarlo.

Bajé la cabeza y me pasé los dedos por el cabello. Él se inclinó hacia delante para poder mirarme a los ojos y apoyó sus manos en mis rodillas.

—No te preocupes. Quizás pienses que con cada desaparición se abre un hueco en la memoria, pero no es así. Igual que algo que se hunde y reposa sobre el fondo de un lago al que no llega la luz, así escapan los recuerdos a nuestro alcance. Pero si alargas el brazo lo suficiente bajo la superficie del agua, tus dedos rozarán aquello que los ojos no ven. Agárralo y tráelo a la superficie, donde la luz volverá a iluminarlo. Simplemente, no puedo resignarme a ver cómo tu memoria va debilitándose día tras día. Me rebelo contra ello.

Me tomó ambas manos y envolvió mis dedos con los suyos.

—¿Quieres decir que continuar escribiendo será un acto terapéutico? —pregunté.

—Así es —dijo, y asintió con la cabeza.

Me calentó las manos con su aliento.

El avance de la desaparición de las novelas se intensificó al atardecer. Se prendió fuego a la biblioteca y se hicieron hogueras con montones de libros en parques, descampados, jardines y campos de cultivo. Desde la ventana de mi despacho contemplé los destellos de las llamas y el ascenso de las columnas de humo, que se mezclaban con las nubes y teñían el cielo de la isla de un gris ceniza. La nieve adquirió también la sucia textura del hollín.

Acabé accediendo a los ruegos del señor R y seleccioné diez libros de entre los que tenía en casa para esconderlos, junto a mi manuscrito, en el refugio. En cuanto a los restantes, el anciano y yo nos encargamos de transportarlos en una carretilla hasta algún lugar donde quemarlos. Tratar de ocultarlos era una tarea físicamente imposible, aparte de que, en calidad de escritora, no tardaría en levantar sospechas si no mostrara un compromiso claro por adaptarme a la nueva desaparición.

Me resultó muy difícil decidir con cuáles quedarme y de cuáles deshacerme. De muchos de ellos no recordaba el contenido. Sin embargo, no era momento para andar con vacilaciones. La Policía podía aparecer en cualquier instante para realizar una inspección y yo debía tomar una decisión sin demora. Me decanté por aquellos que nos habían regalado amigos míos o de papá y mamá y por los que tenían la cubierta más bonita.

A las cinco y media, hora a la que el sol ya estaba medio oculto tras la línea del horizonte, el anciano y yo salimos de casa con la carretilla llena de libros. Enseguida, *Don* corrió hacia mí, como si dijera «yo también quiero ir. Llévenme, por favor».

—Mira, *Don,* tenemos cosas que hacer, ¿lo ves? No salimos para dar un paseo tranquilamente. Así que vas a quedarte en casa como un buen chico mientras nosotros estamos fuera, ¿de acuerdo?

Mientras le hablaba, hice algunos gestos dirigiéndome a él y señalándole la manta del vestíbulo para que se tumbara ahí.

De camino hacia un lugar donde pudiéramos quemar los libros, el anciano y yo nos cruzamos con varias personas que, con la misma intención que nosotros, cargaban con algunos ejemplares, en bolsas de papel o en fardos. En ciertas zonas, la nieve se había endurecido formando placas de hielo, y en otras, había caído desde los tejados de las casas y se había acumulado en montones, lo cual hizo que transportar los libros fuera una tarea verdaderamente agotadora. Los libros que yo había colocado con tanto esmero en la carretilla no tardaron en desordenarse, pero ¿qué importaba, si solo les aguardaban las llamas?

—Señorita, si lo cree necesario, podemos parar a descansar —propuso el anciano—, o puede sentarse en la carretilla.

—Muchas gracias, pero podemos continuar.

Caminamos a lo largo de la calle, siguiendo la ruta del autobús, y bordeamos el mercado hasta llegar al parque principal. La ciudad se encontraba envuelta en una luz especial, y el aire estaba henchido de un calor inusual. En el centro del parque, montones de libros ardían vivamente, salpicando el telón oscuro de la noche con chispas y pavesas, y, a su alrededor, una extasiada multitud de gente contemplaba la escena. Entre los árboles, se adivinaban las figuras de algunos agentes de la Policía de la Memoria.

—Desde luego..., vaya espectáculo más extraño —comentó para sí el anciano.

Las llamas, cual gigantescas y grotescas bestias danzantes, se alzaban por encima de las farolas y los postes del teléfono, retorciéndose a medida que ascendían sin parar, mientras las pavesas, empujadas por el viento, se arremolinaban y elevaban en espirales, uniéndose a aquel baile macabro. Al haberse derretido la nieve de alrededor, uno se metía en un lodazal si no se andaba con cuidado, y todo lo que nos rodeaba, desde los toboganes, los subibajas y los bancos hasta las paredes de los baños públicos, se había teñido de los tonos anaranjados procedentes de la luz del fuego. Las estrellas y la luna, sin embargo, se ocultaban a la vista, ausentes del maquiavélico espectáculo, tal vez ahuyentadas y sofocadas por el salvaje ímpetu de las llamas. Su lugar había sido ocupado por la danza de los restos y despojos de los cadáveres de los libros.

La multitud contemplaba el panorama en silencio, con las mejillas encendidas, tan absorta que nadie se molestaba en sacudirse las cenizas que le caían sobre la cabeza y los hombros desde el cielo. Todos permanecían de pie, inmóviles, como si presenciaran un diabólico ritual.

Al fondo de la montaña de libros, cuya altura superaba la mía, había algunos libros que aún no habían prendido y cuyos títulos me esforcé en leer infructuosamente. No sé qué me impulsaba a aguzar la vista hacia cada volumen: tanto si eran títulos que conocía o mis propias novelas, ya estaba todo perdido. Tal vez pensaba que un último vistazo, un recorrido final por aquellos lomos, cubiertas y páginas abiertas contribuiría a guardar algún destello de literatura en los recovecos de mi memoria.

Contemplé cómo las llamas devoraban aquella montaña de libros apretados unos contra los otros —finos y gruesos, de asequible lectura o aire farragoso, de coqueta y alegre cubierta o solemne encuadernación en piel—, que por momentos perdía altura abruptamente y producía un restallar de chispas que avivaba las llamas y las metamorfoseaba.

De pronto, una joven se separó de la muchedumbre y se acercó a un banco, se puso de pie sobre él y empezó a gritar como si llamara a alguien a voces. Sobresaltados, el anciano y yo nos miramos, al tiempo que muchas de las personas allí congregadas volvían sus cabezas hacia ella, alertadas por el escándalo. La intensidad y desesperación de sus gritos era tal que no se llegaba a entender lo que decía —estaba visiblemente alterada: agitaba los brazos y expelía saliva por la boca, con una mezcla de irritación y llanto recorriéndole el rostro—. Llevaba un abrigo largo y unos pantalones de cuadros de aspecto mísero, el pelo recogido en una gran trenza y, sobre la cabeza, cubriéndosela con una grácil inclinación, una prenda de un paño difícil de identificar y que casi se le caía con cada aspaviento.

—No parece estar en su sano juicio, ¿verdad? —le comenté en voz baja al anciano.

—Pues..., no lo sé. Creo que trata de indicarnos que apaguemos el fuego —observó el anciano cruzándose de brazos.

—¿Por qué?

—Desea evitar la desaparición de las novelas, supongo.

—Eso significa que ella puede...

—... conservar sus recuerdos —completó el anciano—. Siento lástima por ella.

Lo único que la joven logró como respuesta a la desgarradora tesitura que sus gritos iban adquiriendo fue un mayor grado de recelo en las miradas que la gente le dirigía. Huelga decir, por supuesto, que nadie hizo el más mínimo ademán por extinguir las llamas.

—Si insiste en gritar, no tardarán en detenerla —le dije al anciano—. Debe huir ahora mismo. Lo que no puede hacer es quedarse ahí gritando.

Di unos pasos en dirección al banco, pero el anciano me sujetó de inmediato.

—¡Por favor, señorita, deténgase! —gritó—. Es demasiado tarde.

Procedentes de su puesto junto a los árboles, aparecieron tres agentes de la Policía de la Memoria que agarraron a la joven y la hicieron bajar del banco. Ella trató de resistirse, aferrándose a uno de los brazos del banco, pero con ello solo consiguió ganar unos segundos antes de que se la llevaran y de que la curiosa prenda que llevaba sobre la cabeza cayera sobre el lodazal formado por la nieve derretida.

—¡A nadie se le puede borrar el recuerdo de una historia! —gritó cuando tiraron de ella en dirección a la salida del parque. Aquellas palabras fueron las únicas que entendí claramente.

Muchos de los que presenciaban el percance resoplaron con un amago de reproche hacia la mujer y lo que había hecho, e inmediatamente se volvieron de nuevo hacia las llamas, mientras mi mirada se había quedado prendida de aquel objeto que descansaba sobre el suelo, mustio y cubierto de barro, que ya había perdido la gracia que tenía sobre la cabeza de la joven. Mis tímpanos seguían reproduciendo una y otra vez las palabras que acababa de pronunciar a modo de despedida: «¡A nadie se le puede borrar el recuerdo de una historia!».

—¡Claro! Es un sombrero —recordé de pronto—. ¡Uno de esos objetos que fabricaba el vecino! Ella debe de saber que hace años que han desaparecido y ha decidido ponerse uno hoy —añadí, buscando la aprobación del anciano, quien se limitó a ladear la cabeza.

Alguien salió de entre el gentío, se agachó para recoger el sombrero, le sacudió el barro y lo arrojó al fuego sin mayor miramiento. El sombrero dio unas vueltas antes de hundirse allí de donde ninguna mano podría sacarlo.

—Señorita, deberíamos ponernos manos a la obra —sugirió el anciano.

—Sí —contesté, desviando por fin la mirada del lugar donde había caído el sombrero.

Situamos la carretilla junto a una fuente, tomamos tantos libros como nuestras manos podían abarcar y, aunque tratamos de acercarnos al fuego, tanto el excesivo calor de las llamas como el ímpetu de las chispas y pavesas que salían expelidas hacia nosotros, amenazando con chamuscar mi suéter y mi cabello, nos obligaron a detenernos varios metros antes.

—Espere, señorita. Es peligroso —apreció el anciano—. Quédese ahí. Deje que sea yo quien arroje los libros a la hoguera.

—No, no. También yo puedo hacerlo. De todos modos, no es posible acercarse más.

Para demostrárselo, apunté hacia el fuego con un libro en la mano y lo lancé con todas mis fuerzas. El libro, cuya cubierta mostraba un motivo frutal sobre fondo amarillo verdoso, voló sin la fuerza que yo creía haberle imprimido y fue a parar a los pies del enorme montón, muy lejos del centro de las llamas. El que arrojó el anciano llegó un poco más allá y se quedó enganchado entre otros libros, más arriba. Algunos de los presentes nos dirigieron miradas de soslayo, indiferentes y enmarcadas en inexpresivos rostros.

Ambos continuamos lanzando libros. Al principio me fijaba en sus cubiertas y pasaba los dedos entre las páginas a modo de despedida, pero no tardé en limitarme a repetir la misma acción mecánicamente, una y otra vez, como si del trabajo en una fábrica se tratara, y con cada libro que arrojaba crecía en mi interior, de manera apenas perceptible, el vacío dejado por ellos.

—No sabía que los libros ardieran tan fácilmente —dije.

—Su tamaño es pequeño, pero acumulan una gran cantidad de papel entre sus cubiertas —apuntó el anciano, sin dejar de lanzar libros.

—Entonces, a las palabras que contienen les llevará bastante tiempo desaparecer por completo, ¿verdad? —opiné.

—En cualquier caso, mañana habrá acabado todo.

El anciano sacó de uno de sus bolsillos una toalla pequeña y se enjugó el rostro, limpiándolo de sudor y hollín.

Carretilla en mano, cuando aún quedaba la mitad de los libros por arder, abandonamos el parque y deambulamos por las calles; y es que, cansados de lanzar libros junto al abrasador calor de aquel gran fuego, habíamos decidido buscar una hoguera más pequeña para culminar nuestro cometido.

Todavía podía notarse en el aire el tacto áspero de la ceniza y el hollín, pero como mínimo habíamos logrado dejar atrás el gentío y la algarabía del parque. La ciudad descansaba, la gente que regresaba a sus casas guardaba silencio y por las calles no circulaban coches, a excepción de algún que otro camión de la Policía de la Memoria. El único sonido que se oía y que parecía abarcarlo todo era el del crepitar del fuego.

Continuamos caminando sin rumbo fijo, con el alivio, al menos, de que la carretilla resultara más fácil de transportar, porque al faltar la mitad de los libros ya no pesaba tanto. Nos dirigimos hacia el norte, siguiendo la calle por la que transitaba el tranvía, cruzamos el estacionamiento del edificio del ayuntamiento y nos adentramos en un barrio residencial. En pequeños solares, aquí y allá, la quema de libros proseguía, y, como habíamos imaginado, ninguna de las hogueras superaba en tamaño a la del parque; a lo sumo habrían servido para calentarnos las manos.

—Disculpen, ¿les importaría que quemásemos nuestros libros aquí, con ustedes? —solicitó el anciano.

Nos dieron permiso, detuvimos la carretilla y nos dispusimos a lanzar los libros a las llamas de nuevo.

—Adelante, pueden arrojar al fuego todo el contenido de la carretilla —animó alguien, al observar que no quemábamos todos los volúmenes.

—No, no. Si quemamos todos de golpe, corremos el peligro de que el fuego se avive demasiado y alcance alguna de las casas. Así que, con los que nos quedan, vamos a buscar otra hoguera donde deshacernos de ellos —explicó el anciano a modo de negativa.

Lo cierto es que acabamos repitiendo varias veces el proceso de lanzar libros, empujar la carretilla, buscar una nueva hoguera y detener la carretilla una vez encontrada. Por fin, el sol se puso y la oscuridad fue adueñándose de las calles. No pensaba que hubiera muchas novelas en la isla, pero las densas columnas de humo que se elevaban al cielo indicaban que no resultaba tan sencillo deshacerse de ellas.

Pasamos por delante de un centro comunitario, una gasolinera, la fábrica de conservas y una residencia de estudiantes hasta llegar al final de la calle, y al doblar la esquina nos encontramos con el mar frente a nosotros. Continuamos andando a lo largo del paseo marítimo y observamos algunos grupos de personas reunidas en la playa. La oscuridad se extendía sobre las aguas disolviéndose en ellas, y cuando uno alargaba la vista hacia el horizonte, el mar y la noche se mezclaban hasta que no se distinguían uno de la otra. Apenas quedaban libros en la carretilla.

Ante nosotros apareció el cerro y el gran fuego que ardía en su falda.

—Es la biblioteca —musité.

—Así es —confirmó el anciano, poniendo una mano sobre la frente, a modo de visera, y entornando los ojos para no deslumbrarse.

Decidimos continuar ladera arriba, y puesto que el camino que ascendía por el cerro era demasiado estrecho e inclinado para adentrarnos en él con la carretilla, tomamos los libros restantes en nuestras manos y la abandonamos al comienzo de la pendiente. Lo cierto es que, a aquellas horas y con esa oscuridad, uno no habría podido aventurarse por el sendero sin una clara referencia de dónde poner los pies, pero la intensidad del resplandor proveniente de la biblioteca en llamas iluminaba el entorno prácticamente con la misma claridad que en pleno día. Un poco más adelante, pasamos junto al jardín de rosas, el cual, desnudo e incapaz de hacer honor a su nombre, permitía aún que resecos arbustos extendieran sus desabridos y míseros tallos como si quisieran alcanzar las margaritas y pavesas que, cual pétalos de fuego, danzaban en el aire sobrevolándolos.

La biblioteca se encontraba completamente envuelta en un maremágnum ígneo de una belleza inigualable y decrépita, tan extraordinaria que nunca había visto nada igual, y con tal despliegue de luz, color y calor, que hacía que olvidaras el horror y la aflicción que en realidad conllevaban. Los encomiables esfuerzos del señor R por convencerme y los incomprensibles gritos de la joven desde el banco del parque fueron alejándose y arrinconándose en espacios remotos de mi memoria.

En ese momento, nos llegaron las voces de otras personas que seguramente se habrían acercado a echar un vistazo:

—Es el único edificio de la ciudad que está siendo devorado por las llamas.

—Quien haya prendido la mecha debe de ser alguien ágil, porque en su interior no hay más que libros y, como es lógico, el fuego se extiende en un abrir y cerrar de ojos.

—¿Quedará algo de la biblioteca?

—Quedará un solar, al igual que ha ocurrido con el jardín de rosas. Y se dice que sobre ambos se construirá un edificio institucional vinculado a la Policía de la Memoria.

El anciano y yo ascendimos un poco más hasta alcanzar el observatorio ornitológico, hasta allá arriba no había llegado ninguno de los curiosos. La impresión que me produjo el observatorio fue bien distinta a la que me ofrecía en mis paseos diurnos. Bajo el manto de la noche, la penuria y desolación del lugar se me mostraron de un modo más patente. Las mesas y los armarios estaban volcados, los cristales de las ventanas rotos, y había telarañas por todos lados, además, yacían desperdigados por el suelo botes para los lapiceros, tazas y restos de documentos imposibles de recuperar. Cruzamos el habitáculo con extremo cuidado para no tropezar, y al llegar a la ventana junto a la cual solía pasar largos ratos con mi padre, observando los pájaros a través de los prismáticos, dejé los libros en el suelo.

—Tenga cuidado —me previno el anciano—. Puede haber cristales de la ventana por el suelo.

Asentí con la cabeza y me apoyé en el marco de la ventana.

Situada a menor altura de donde nos encontrábamos y un poco más allá de una frondosa área de maleza y arbustos, la imagen de la biblioteca en llamas enmarcada por la oscuridad y la propia ventana del observatorio se me apareció como proyectada en una pantalla de cine que pudiese tocar con los dedos con solo alargar el brazo. El ondulante ascenso de las lenguas de fuego era el único movimiento perceptible en la quietud de la noche, y yo, encogida, parapetada en mi puesto, no me atrevía ni a respirar por miedo a echar a perder la extraña belleza de aquel paisaje; no solo yo, también el anciano, e incluso el mar y la arboleda parecían petrificados, ateridos, tratando de contener la respiración.

—Recuerdo haber leído o escuchado la siguiente cita: «Allí donde se queman los libros, se acaba quemando también personas» —dije.

El anciano apoyó su mano en una de sus mejillas.

—¿Recuerda usted quién afirmó tal cosa?

—No. Alguien con dos dedos de frente, sin duda. ¿Crees que estará en lo cierto? —pregunté.

—Cómo voy a saberlo... Es una cuestión difícil —respondió conciso, mientras se acariciaba el mentón y parpadeaba varias veces con la mirada elevada hacia el techo—. Y, en cualquier caso, se trata de una nueva desaparición, de manera que no hay nada que pueda hacerse por impedirlo. Tampoco creo que haya sido una decisión tomada de buenas a primeras, sin someterse a una larga reflexión. Habrá habido una razón para ello. Asimismo, esa persona con dos dedos de frente a la que usted se refiere será bien consciente de que nadie puede evitar que algo así ocurra una vez que da comienzo; así que, por favor, déjelo estar; no creo que haya motivo para temer algo tan terrible como la quema de toda la humanidad en su conjunto.

—Pero ¿y si desapareciera el ser humano?

Mis sucesivas preguntas provocaron cierta agitación en el anciano: parpadeaba con apremio e incontroladamente y la respiración se le entrecortaba.

—Señorita, creo que está usted complicándose en exceso. Al fin y al cabo..., a ver cómo puedo explicárselo..., el ser humano está condenado de antemano a morir sin necesidad de someterse a una desaparición de recuerdos, y a ello debemos resignarnos. Forma parte intrínseca de la vida misma.

Tal fue la respuesta del anciano. Y, como si le hubiera producido una gran satisfacción acertar con las palabras precisas para expresar su idea, dio un golpecito al desbaratado cierre de la decrépita ventana.

Mientras tanto, las llamas continuaban reduciendo la biblioteca a cenizas. Tomé uno de los libros que reposaban a mis pies y lo lancé con todas mis fuerzas por el hueco de la ventana. El libro se abrió en el aire, sus páginas se agitaron y aletearon, sobrevoló el área cubierta de maleza cual bailarina haciendo gala de un salto de *ballet* y desapareció dócilmente entre el fuego.

Acto seguido, fue el turno del anciano. Su libro era más fino y sus páginas bailaron con mayor gracia y ligereza.

Nos íbamos turnando, tomábamos los libros que quedaban con la debida deferencia y los lanzábamos con fuerza.

El viento cambió de dirección y sopló hacia nosotros, calentando nuestras mejillas, que refulgieron en claro contraste con nuestros pies, completamente entumecidos tras la larga caminata por la nieve del parque, las calles y el sendero.

—¿Cómo te sentiste cuando el ferri dejó de funcionar? —inquirí.

—De eso hace mucho tiempo. Ya no me acuerdo —replicó con la misma concisión de antes.

—Me pregunto qué haré yo a partir de mañana —dije, y agarré un grueso volumen forrado en papel de estraza.

—No tiene por qué preocuparse. De momento, perder el trabajo lo deja a uno en una situación de vulnerabilidad, pero, en mi caso, fui saliendo adelante poco a poco, sin apenas darme cuenta. En el momento menos pensado, te encuentras en una profesión diferente a la que tenías antes, sustituyéndola hasta el punto de llegar a olvidar la otra —explicó el anciano, con la vista puesta en el otro lado de la ventana.

—Sin embargo, yo estoy pensando en seguir escribiendo novelas a escondidas.

—¿Cómo? —exclamó el anciano, volviéndose hacia mí.

Lancé el grueso volumen con toda la energía que pude; al salir despedido, el papel de estraza se abrió y emitió un sonido parecido al de una sucesión de desconsolados sollozos.

—Señorita, ¿lo cree usted posible?

—Sinceramente, no lo sé. Pero sí estoy segura de que el señor R insistirá en que continúe escribiendo y en que, si no lo hago, mi propia alma acabará contrayéndose y perdiendo parte de su esencia.

—Ya veo... —El anciano volvió a pasarse la mano por el mentón, entregado a la reflexión; los pliegues de las arrugas le cubrían todo el rostro—. Lo cierto es que escucho a diario la caja de música que me regaló el señor R y no veo que esté surtiendo efecto sobre mí. En definitiva, los recuerdos, una vez borrados, no regresan; y, por tanto, la idea de encontrar un remedio que restituya nuestra alma o espíritu no es más que una vana esperanza. Lo único que mis oídos perciben cuando abro la caja es una inconexa sucesión de extraños sonidos aislados entre sí.

—Entiendo que nuestros actos de resistencia puedan estar avocados al fracaso. De hecho, continuar trabajando en mi manuscrito, además de entrañar un grave peligro, implica una acción sin un objetivo claro, carente de una meta concreta. Prácticamente, lo único que me incita a continuar es no defraudar al señor R, que con tanta insistencia ha decidido conservar el manuscrito. Es terrible sentir el vacío que va abriéndose paso en mi interior, pero aún es peor contemplar en su rostro un gesto de resignada decepción.

—Por mi parte, seguiré escuchando la caja de música todas las mañanas. Ese es, al menos, el único recurso del que dispongo para expresar mi agradecimiento por dicho obsequio —dijo el anciano, al tiempo que alargaba la mano hacia mi cabello para sacudir una pizca de ceniza que se había posado sobre él—. Solo le pido que no haga ninguna locura, señorita. Y ya sabe que puede contar conmigo para lo que sea.

—Muchas gracias —dije.

Arrojé el último libro. La característica silueta del edificio de la biblioteca había acabado desapareciendo, el techo se había desplomado y las paredes se habían desmoronado una tras otra, dejando al descubierto las llamas que arrasaban el mostrador de préstamos y las sillas de la sala de lectura.

Con la mano apoyada en mi mejilla, seguí la curva que describió en su vuelo el último ejemplar que lanzamos, cuyas páginas desplegadas me recordaron algo de manera imprecisa, algo que desde esa misma ventana había contemplado junto a mi padre mucho tiempo atrás. Respiré profundamente y sentí en lo más hondo de mi pecho un dolor sutil, una tenue y reverberante punzada en el abismo de ese lago sin fondo que era mi interior, como el temblor vacilante de una chispa incandescente que se hubiera evadido de su hoguera y se hubiera extraviado en la inmensidad vacía de mi alma.

—Un pájaro... —pude balbucear apenas al recordar la imagen de aquel pequeño animal que extendía sus alas para surcar los cielos.

Aquella visión se desvaneció enseguida, engullida por las llamas, dejando a su paso el telón oscuro de la noche.

20

El anciano tuvo razón. Encontré un nuevo trabajo mucho antes de lo que imaginaba gracias al presidente de la asociación de vecinos, que me recomendó a un amigo suyo propietario de una empresa.

—Una empresa familiar que vende especias al por mayor —me explicó el presidente de la asociación de vecinos—. Por lo visto, el ambiente de trabajo es bastante bueno y el director se porta muy bien. Precisamente, necesitan un empleado que, además de cumplir con su función dentro de la empresa, sepa escribir a máquina.

—Escribir a máquina... —repetí.

—Eso es. ¿Te supone ello algún problema?

—No. Es solo que no he vuelto a tocar la máquina de escribir desde mi época de estudiante universitaria, de modo que no estoy segura de si sabré desenvolverme bien.

La expresión «escribir a máquina» me traía reminiscencias de algo especial y la repetí varias veces para mis adentros, pero no supe de qué se trataba.

—Supongo que no deberías preocuparte por ello —me animó el presidente de la asociación de vecinos—. A medida que vayas haciendo tu trabajo irás recordándolo. Bueno, eso es lo que dice mi amigo. Evidentemente, al principio encontrarás dificultades aquí y allá por la falta de costumbre, pero todo eso se irá limando.

—Le agradezco mucho —dije, dirigiéndole al hombre una reverencial inclinación de cabeza— las molestias que se está tomando por mí.

Me di cuenta de que la muda cantinela que me rondaba por la cabeza —aquella fastidiosa e incesante repetición de la expresión «máquina de escribir»— proseguía, sin que mis palabras de agradecimiento al presidente de la asociación de vecinos hubieran logrado silenciarla. Incómoda por ello, hurgué sin éxito entre los compartimentos de mi memoria.

—No tienes por qué darme las gracias —replicó humildemente el presidente, y añadió con una sonrisa de satisfacción—: Al fin y al cabo, nuestro deber es ayudarnos los unos a los otros a superar cada nueva desaparición, ¿no crees?

El caso es que acabé trabajando en aquella empresa de venta de especias y, como no podía ser de otro modo, mi vida diaria se vio alterada. Me levantaba temprano y le llevaba al señor R la comida del día, agua caliente y cualquier otra cosa que pudiera necesitar. Al regresar a casa tras mi jornada de trabajo, lo primero que hacía era constatar que todo anduviera bien en el refugio, y, lo segundo, sacar de paseo a *Don*. A la vuelta, preparaba la cena. En total, me ausentaba de casa unas diez horas al día, cosa que me preocupó enormemente los primeros días. Me angustiaba la idea de un accidente repentino, un incendio, un robo, una indisposición del señor R o una inspección de recuerdos, entre otras calamidades.

Ni que decir que, al haber de compaginar el cumplimiento de mis nuevos deberes laborales con las atenciones al señor R, estaba mucho más ocupada, y ello me obligó a descuidar, parcialmente al menos, tanto la limpieza y el orden de las estancias de la casa como la frecuencia de mis visitas al ferri del anciano. Sin embargo, y a pesar de mis temores, los días fueron sucediéndose sin sobresaltos.

La empresa, recoleta y familiar, solo exigía de mí atender las llamadas telefónicas y los documentos de menor importancia, además de hacer la limpieza, y, en cuanto al asunto de la mecanografía, se me permitió llevarme a casa un método de aprendizaje y una máquina de escribir para practicar. Para ser mi primer trabajo fuera de casa, lo cierto es que no me estaba yendo nada mal.

Había, sin embargo, un pequeño y eventual detalle que me ocasionaba una enorme incomodidad, si bien no de forma constante sino dependiendo de los caprichosos vaivenes del viento y, en concreto, de la dirección en que soplase. El detalle en cuestión no era ni más ni menos que el fuerte olor que desprendían las especias almacenadas en una despensa situada en el ala trasera del local, y que según el rumbo que tomaba el viento llegaba hasta donde yo estaba. Cuando se daba esa circunstancia, la mezcla de los aromas de las especias producía un olor fétido, como de fruta podrida o amargas plantas medicinales, que se me quedaba irremediablemente impregnado en la ropa y el cuerpo.

Lo bueno del trabajo era que algunos de los clientes me obsequiaban con salchichas, queso o carne de ternera, productos desaparecidos de las tiendas y que suponían un auténtico manjar tanto para mí como para el señor R y el anciano.

Continuaba preguntándome qué había despertado en mí la expresión «escribir a máquina». Y un día lo comprendí. Fue al tomar entre mis manos el manuscrito, sacarlo de su escondite en el refugio y releerlo con la idea de seguir trabajando en él.

Para ser honestos, leer una novela había dejado de ser una

posibilidad al alcance de cualquiera. El problema, también en mi caso, era que aun leyendo cada palabra —incluso en voz alta para estar segura de no saltarme ninguna—, perdía siempre el hilo de la historia y, por tanto, no se comprendía el argumento. Las piezas del rompecabezas, es decir, las palabras, quedaban sueltas, desordenadas, inoperativas e incapaces de representar ambientes, sentimientos o paisajes.

Mis dedos rozaban el papel, recorriéndolo, señalando cada palabra, y fue así como me encontré con la expresión «escribir a máquina» y comprendí que la historia que estaba escribiendo se desarrollaba alrededor de ese tema. Teniendo en cuenta las dificultades de comprensión que he mencionado, continuar escribiendo la novela no parecía que fuera a resultar tan sencillo como el señor R había sugerido.

Los viernes y sábados por la noche me sentaba frente a la mesa de trabajo, retiraba el pisapapeles de encima del montón de folios y me ponía manos a la obra; comenzaba a leer desde la primera línea y trataba de avanzar, pero nunca lograba un resultado demasiado satisfactorio. Leía varias veces cada oración, me concentraba en una sola palabra o dejaba fluir mi vista sobre el texto con la esperanza de agarrar cierto ritmo, pero ninguna de las tácticas que probaba funcionaba del todo. A la quinta o sexta página acababa perdiendo el hilo narrativo y dejaba de tener sentido continuar leyendo. Tomaba el manuscrito entre mis dedos, dejaba pasar algunos folios e intentaba leer de nuevo a partir de algún párrafo que, por alguna razón, hubiera captado mi atención. Era inútil. Acababa tan agotada que las palabras parecían bailar en mi cabeza, y solo de verlas me mareaba.

Si bien la lectura me enfrentaba a unas dificultades insalvables, pensé que tal vez la escritura podría estar a mi alcance, de manera que la siguiente vez tomé algunos folios en blanco, los puse ante mí y comencé a hacer ejercicios de calentamiento, escribiendo, una a una y en orden, las cinco vocales, tratando de que cupiesen en las líneas de la página, y una vez que me sentí suficientemente satisfecha con mis progresos, pasé a unir consonantes y vocales para formar sílabas. De momento, me conformé con escribir palabras sin sentido, ya que al menos así sentía la satisfacción de cumplir con los deseos del señor R. No obstante, al borrar las palabras para empezar una vez más, el espacio en blanco volvió a adueñarse del renglón y mis dedos, poseídos por la incertidumbre de qué otras palabras escribir, experimentaron un cosquilleo que los atenazaba.

Arropada por la noche y con los folios en blanco ante mí, me pregunté qué escribía exactamente cuando todavía tenía capacidad para hacerlo, y entonces reparé en la máquina de escribir, que parecía observarme fijamente desde el otro lado de la mesa. En la empresa no me apremiaban a mejorar mi habilidad con ella, cosa que por un lado agradecía, pero por otro redundaba en una perezosa acomodación y en que hiciera escasos avances como mecanógrafa. Así pues, presionaba las teclas de manera aleatoria, sin orden ni concierto, produciendo esos característicos chasquidos metálicos tan escandalosos. Clac, clac, clac... Y era justo entonces cuando creía recuperar la memoria de aquello que escribía antes de la desaparición de las novelas, y me aferraba a dicha sensación como si se me fuera el alma en ello. Pero todo era en vano. Con su espasmódica acción sobre las teclas, lo único que mis dedos podían comunicarle al papel en blanco era el vacío que habitaba tanto en el interior de mis manos como en las entrañas de mi ser.

La desolación de aquellos renglones vacíos acababa irritándome, y, una vez más, me enfrascaba en escribir una y otra vez las vocales, siempre en orden, hasta que, de tanto borrar y reescribir, la superficie del papel se desgastaba por completo y el propio folio quedaba inservible.

—No es necesario que te lo tomes así —me consoló el señor R cuando le presenté mis disculpas y le mostré algunos folios arrugados y echados a perder—. Se trata de que vayas reavivando la memoria con paciencia, sin necesidad de forzarla.

—Precisamente, eso es lo que temo; que todos mis esfuerzos no den frutos —manifesté.

—Nada de eso —me interrumpió él—. Tú eres la misma que eras cuando escribías novelas. Nada ha cambiado. La única diferencia es que los libros han ardido y han desaparecido. Las palabras, sin embargo, permanecen. Las historias siguen vivas.

Se acercó a mí y me abrazó como solía hacerlo. La cama era blanda y cálida. Sus músculos parecían transparentarse bajo su piel, cada vez más pálida, y sus ojos quedaban medio ocultos bajo la sombra de su cabello, cada vez más largo.

—Las llamas duraron toda una noche, que se me antojó interminable. La gente permanecía inmóvil a pesar de haber terminado de lanzar sus libros, contemplando hipnotizada el resplandor de las hogueras y escuchando el crepitar del papel al arder, con los tímpanos aturdidos, conmocionados, envuelto todo en una extraña calma que parecía fruto de un espejismo. Nunca habíamos sido testigos de una desaparición tan majestuosa y solemne. Nuestro anciano amigo y yo nos tomamos de la mano. Necesitaba sentir el contacto físico de alguien y aferrarme a su mano para evitar que las llamas me succionaran irremediablemente.

Aunque, en principio, mi intención no era esa, le hablé

con detalle de lo que había sucedido aquella noche. En cuanto empecé, las palabras se desparramaron a través de mis labios fluyendo sin cesar como agua de arroyo que serpentea cauce abajo libremente. La carretilla llena de libros y el esfuerzo requerido para empujarla todo el camino, la luz anaranjada procedente del fuego que teñía los columpios del parque, aquel objeto —el sombrero— que llevaba la joven sobre la cabeza y que acabó cayendo al barro, el desplome de la biblioteca, el lanzamiento de los libros y la parábola que dibujaban en el cielo a semejanza de aquellos pequeños seres con alas —los pájaros—. A pesar de lo pormenorizado de mi relato, lo principal de la historia parecía escapárseme. El señor R escuchaba cada palabra con mucha atención.

Fatigada por la extensión de mi relato, hice una larga pausa para tomar aire. Él elevo la mirada y la mantuvo fija en algún punto lejano, más allá del techo. Por encima de sus hombros, observé el plato de su cena, en el que reposaba un solitario chícharo. Sobre las repisas de la estantería descansaban los libros que habíamos salvado de la quema.

—Durante el tiempo que he pasado aquí escondido, el mundo debe de haber cambiado considerablemente... —dijo mientras me acariciaba el cabello. Su voz iba llenando el intersticio que se abría entre su cuerpo y el mío.

—¿No me huele raro el pelo? —le pregunté.

—¿A qué te refieres?

—A un olor a especias.

—No. Huele a champú, y muy bien, además.

Pasó sus dedos entre mi pelo.

—Menos mal —musité.

A continuación, él me leyó en voz alta el relato de la muchacha mecanógrafa y yo lo escuché como si se tratara de un cuento de hadas procedente de un país lejano.

—¿Y no le resulta agotador, señorita, ocuparse de un trabajo al que no termina de acostumbrarse?

El anciano depositó el juego de té sobre la mesa mientras me hacía aquella pregunta. Por encima de una gruesa camisa, llevaba puesto el suéter que le había regalado y calzaba unas pantuflas de lana.

—Lo cierto —repliqué— es que mis compañeros de trabajo se portan tan bien conmigo que no me siento nada incómoda. Al contrario.

Había pasado bastante tiempo desde la última vez que el anciano y yo habíamos disfrutado de un rato juntos en el ferri para tomar el té, y ese día, además, se daba la feliz circunstancia de que había hot cakes. Las habíamos preparado entre los dos con huevos y miel que yo había llevado y que últimamente eran tan difíciles de conseguir. Hicimos tres. La primera se la reservamos al señor R y la envolví en una servilleta para llevársela.

Don, que dormitaba bajo el sofá, se espabiló enseguida con el aroma de los hot cakes recién hechos y, con ojos suplicantes, se acercó a la mesa para olisquear el mantel.

—Escribir a máquina tiene sus complicaciones —afirmé—, pero uno las supera con la práctica. Es como si, por arte de magia, el movimiento de los dedos al golpear las teclas hiciera surgir sobre el papel una hilera de letras que van formando palabras. *Don,* no se te ocurra tirar del mantel. Tranquilo, tú también tendrás tu ración. Así que pórtate bien, ¿de acuerdo? —Le acaricié la garganta—. Ten un poquito de paciencia. Buen chico.

El anciano dejó caer un hilillo de miel sobre un hot cake con gran cuidado de no malgastar una sola gota.

—El ambiente en la empresa es bueno —continué—. Cultivan las especias en un pequeño terreno de su propiedad y, a pesar de la nieve, consiguen una abundante cosecha. Ahora que tanto la carne como las verduras son de poca calidad, todo el mundo usa las especias para compensar la falta de sabor, así que tienen un éxito tremendo. Los empleados confiamos en recibir suculentas comisiones.

—Me alegro mucho por usted, señorita —dijo el anciano, mientras levantaba la tapa de la tetera para comprobar si el té estaba listo.

Comimos los hot cakes, bebimos té y disfrutamos de la tranquilidad del momento, de nuestra conversación intranscendente y de los juegos con *Don*. Yo iba cortando pedazos de hot cake lo bastante pequeños para mantenerlos sobre la lengua y dejar que se deshicieran poco a poco, degustando su dulzura el mayor tiempo posible. A medida que la porción que quedaba en mi plato iba menguando, los pedazos que cortaba eran más pequeños.

Tanto el anciano como yo compartíamos nuestros hot cakes con *Don* dándole algunos trocitos. Él los engullía en un abrir y cerrar de ojos, sin detenerse siquiera un instante a saborearlos, y, raudo, nos miraba con unos ojos que parecían querer decirnos: «Ni me he enterado de lo que acaban de darme. Habrá otro trozo más, ¿no?».

La serenidad del mar y la claridad que se colaba por la ventana e inundaba el camarote —señales inequívocas de la inminente llegada de la primavera— se amalgamaban con el silencio que recorría cada estancia del ferri: ya no se oía el reiterado crujido que el inagotable vaivén de olas lograba arrancarle desde algún escondido y remoto rincón de su estructura de madera. Algunos metros más allá, la nieve acumulada sobre el embarcadero tras las copiosas nevadas emitía, en su paulatino tránsito de estado sólido a líquido, destellos afilados e intermitentes como diminutas lentejuelas.

Una vez que comimos los hot cakes, el anciano extrajo la caja de música de su escondrijo secreto del cuarto de baño y la depositó en el centro de la mesa. Nos sentamos correctamente para escuchar la melodía del día del cumpleaños una y otra vez. Cerramos los ojos y aguzamos los oídos. Ignorábamos con qué ánimo habría escuchado antaño la gente aquella música, pero nos parecía que el nuestro —el del anciano y el mío— era el que mejor nos predisponía a los efectos deseados por el señor R.

Nos dejamos envolver por la candidez y transparencia de aquella sencilla melodía, sin confiar del todo en su capacidad para revertir las negativas consecuencias de la desmemoria. De hecho, sus cristalinas notas iban deshaciéndose y desapareciendo a medida que se internaban y hundían en el abismo del pantano sin fondo de nuestras almas, sin dejar el más mínimo rastro de su vibración, ni la más tenue burbuja como vestigio de su existencia.

Don observaba la caja con extrañeza. Cada vez que accionábamos el mecanismo y la música volvía a sonar, las orejas le temblaban y se arrastraba hacia atrás con el vientre pegado al suelo, receloso y curioso a partes iguales. Tomé la caja en mi mano para acercársela al morro, pero huyó rápido a refugiarse entre las piernas del anciano.

—Señorita, ¿cómo lleva su... novela? —me preguntó el anciano con dificultad, tras cerrar la tapa de la caja. Pronunciar la palabra «novela» se había convertido en algo intrincado y fatigoso.

—Lo intento con todas mis fuerzas, sin los resultados deseados —admití sin rodeos.

—Cuando se trata de cosas desaparecidas es arduo y engorroso —reconoció el anciano—. Si le soy sincero, lo único que siento cada vez que le doy cuerda a la caja de música es un enorme vacío interior. Albergo la esperanza de que acabe surtiendo algún efecto, pero, en cada ocasión, dicha esperanza se frustra. Entonces recuerdo que se trata de un regalo que aprecio mucho y trato de animarme, y vuelvo a girar la llave para hacer sonar la melodía una vez más.

—En mi caso —traté de explicarme—, despliego los folios en blanco sobre la mesa de trabajo y me quedo inmóvil, sin saber qué escribir, cómo proseguir, incapaz de entender la parte de la narración en que me he quedado, de vislumbrar siquiera de manera brumosa cómo podría continuar el relato. Me veo perdida en medio de una niebla espesa y pulso las teclas de la máquina de escribir a tientas y a ciegas, con el velado anhelo de encontrar una pista que me muestre el sendero que debo seguir, aprovechando que tengo sobre mi escritorio la máquina que me prestaron en el trabajo. Cuanto más la miro, más atractiva me resulta la disposición de los elementos que la componen, a un tiempo delicada y enmarañada, cual instrumento musical encantador y exótico, y al presionar una tecla y percibir el peculiar sonido del muelle que levanta la palanca, me sobreviene el pálpito de que aquello guarda alguna relación con el argumento de la novela...

—Señorita, la magnitud de las llamas el día de la quema de los libros era tal que daba la impresión de que la isla entera fuese a terminar consumida en cenizas, pero, no sé si se fijó, la gente parecía aterida, sus extremidades entumecidas, su conciencia anestesiada.

—Sí, yo también lo experimenté, como si fuera mi propia memoria la que ardía bajo las llamas —aseveré.

Don bostezó tímidamente. Sabía perfectamente cuál era el lugar del camarote sobre el que los rayos del sol pegaban con más fuerza, y cuándo debía cambiar de sitio a medida que estos se desplazaban hacia poniente.

Las bondades climatológicas de ese día habían propiciado un gran alborozo infantil, lo cual no era de extrañar, teniendo en cuenta lo mucho que hacía que no disfrutábamos de un tiempo tan agradable. Además del griterío de los niños, como un eco lejano y tamizado, nos llegaba el sonido de los empleados del almacén del puerto, que, vestidos con el uniforme de trabajo, jugaban a la pelota lanzándola y recogiéndola al estilo del beisbol, aportando una pincelada más de color a la apacible jornada.

—Me pregunto —continué— qué me empuja a construir una novela alrededor del tema de la mecanografía, y no lo entiendo, porque ni atino con las teclas ni tengo amigos que sepan escribir a máquina, y, por si fuera poco, me atrevo a recrearme en unas minuciosas descripciones de las piezas y de la maquinaria, y me complazco en desarrollar escenas donde la acción de mecanografiar toma el protagonismo.

—Señorita, permítame que le pregunte cómo es posible disertar con tal profusión sobre materias en las que no tiene usted experiencia personal —preguntó el anciano, abriendo los ojos con evidente curiosidad.

—Aunque resulte paradójico, basta con imaginarlo. No es necesario haberlo escuchado o visto, y tampoco hay que recrearlo de forma realista, sino que es suficiente con inventar una figuración verosímil, que bordea e incluso se adentra en el puro y llano embuste. Esto es, al menos, lo que el señor R me ha dicho.

—¿Quiere decir que es falso? —Las cejas del anciano se elevaron y se relajaron repetidamente, dando a entender que lo que yo creía que eran aclaraciones solo estaban sirviendo para confundirlo más.

—Sí. Al fin y al cabo, la novela hunde sus raíces y se abona en el terreno de lo ficticio, y crece desde la nada; el escritor ve lo que sus ojos no tienen delante y otorga existencia con palabras a aquello que no la tiene. Así pues, según el señor R, no debe dejarse amedrentar por la desaparición de la memoria, puesto que lo suyo es dar vida a universos inéditos surgidos del vacío y fundados en la ausencia.

Di unos golpecitos con el tenedor sobre el plato, vacío ya, y observé a *Don*, que no se inmutó en su duermevela, mientras apoyaba la cabeza sobre sus patas delanteras, luego miré más allá, a los empleados del almacén, cuyo descanso debía de haber terminado pues se encaminaban al interior del local, haciendo ondear algunos de ellos sus guantes de beisbol.

—No sé, señorita, si está bien que le pregunte lo que voy a preguntarle... —dijo el anciano, hablando con lentitud y poniendo fin a un breve silencio durante el que había dejado que su mirada vagara por el mar—. A usted le gusta él, ¿no es así?

Me sentí aturdida, de mis labios no acertó a salir ninguna palabra. Rodeé con ambos brazos el cuello de *Don* y lo zarandeé suavemente despertándolo. Él resopló molesto, se deshizo de mí y dio una vuelta al camarote para volver a acomodarse en la misma zona del suelo iluminada por el sol de la que acababa de levantarse.

—Ciertamente... —repliqué, de un modo ambiguo que bien podía interpretarse como una afirmación, bien como una simple palabra que se hubiera filtrado de entre mis pensamientos, y pregunté—: ¿Llegará el día en que pueda abandonar el refugio?

—Si llegase efectivamente ese día, ¿no se reuniría con su esposa y su bebé? —inquirió a su vez el anciano, mientras tomaba la caja de música en la mano y dejaba escapar un suspiro.

—Lo dudo —afirmé tajante—. No tardará en llegar el momento en que no haya marcha atrás, en que su corazón quede incapacitado para la vida exterior y se convierta en uno de esos peces abisales que, arrastrados a la superficie, pierden su constitución y se deshacen. Mi función es impedir que eso ocurra, retenerlo en su particular fondo abisal.

—Vaya... —se limitó a musitar el viejo, asintiendo con la cabeza y dirigiendo la mirada hacia sus manos.

Don se rascó el hocico y volvió a acomodarlo sobre las patas delanteras, dispuesto a quedarse otra vez dormido.

De pronto, se oyó un estruendo procedente del cielo. El anciano y yo nos levantamos de un respingo y nos sujetamos a la mesa. *Don* se despertó y se irguió sobre sus cuatro patas, los ojos bien abiertos.

El ferri se zarandeó de un lado a otro y tuve que agacharme, hecha un ovillo, junto al sofá para evitar salir despedida, y todo lo que había en el camarote, tanto el reloj de pared como la lámpara e incluso un mueble de cajones y la alacena, la radio que sobre este reposaba y todos los demás objetos cayeron violentamente al suelo.

—¡Un terremoto! —gritó el anciano.

21

Cuando cesaron los temblores y abrí los ojos, en lo primero que reparé fue *Don,* que temblaba acurrucado bajo el sofá.

—Ya pasó todo. Vamos, ven aquí.

Alargué el brazo entre uno de los cajones del mueble y un flexo que habían caído al suelo, lo rodeé y lo atraje hacia mí, sacándolo del estrecho hueco donde se había refugiado. Entonces dirigí mi atención hacia otro lugar. La estancia estaba llena de objetos desperdigados por el suelo.

—¡Dios mío! ¿Dónde estás? —grité alterada, mirando por todas partes sin dar con el sitio donde apenas un momento antes había estado sentado el anciano.

Don ladró varias veces, como si también lo llamara.

—Estoy aquí —dijo por fin el anciano, con voz débil.

Se encontraba bajo la alacena que había caído al suelo, con el rostro ensangrentado y cubierto de pedazos de vajilla.

—¿Estás bien? —pregunté, y me precipité a levantar la alacena, cosa que resultó imposible por lo mucho que pesaba. Temí que, al intentarlo, pudiera causarle más daño al hombre.

—Señorita, huya. No se preocupe por mí —dijo él, con un hilo de voz que apenas se abría paso entre los objetos caídos.

—¿Cómo? ¿Qué estás diciendo? ¿Acaso crees que voy a hacer algo así?

—Corre sin tiempo que perder. ¡Se aproxima un tsunami!

—¿Tsunami...? ¿Qué es eso?

—No hay tiempo para explicaciones. Se trata de una ola gigantesca que proviene de más allá del horizonte. Sucede como consecuencia de un terremoto. Invadirá la costa y te tragará si no reaccionas con rapidez.

—No termino de comprenderlo, pero no voy a dejarte aquí.

Con una de las manos, la única que le asomaba entre los escombros, el anciano hizo un gesto de rechazo que ignoré al instante, y me dispuse sin dilación a intentar levantar la alacena una vez más. Bastaba eso: eliminar el peso que retenía al anciano. *Don* contemplaba la escena visiblemente agitado.

—Quizás te duela un poco, pero tienes que aguantar. En cuanto haya abierto un resquicio, intenta arrastrarte hacia fuera. —Continué hablándole para tratar de calmar los nervios, sin experimentar dolor cuando un trozo de cristal se hundió en mi rodilla y la sangre me corrió por las medias, hechas jirones—. Estate atento al momento en que te diga que salgas, ¿de acuerdo? Si nos compenetramos bien, estarás libre enseguida.

—Señorita, se lo ruego. Márchese sin mí.

—¡Y dale! Otra vez con lo mismo. No pienso abandonarte —repliqué, impostando cierto tono de enfado, y agarré la vara con que se abría el tragaluz, que casualmente se encontraba ante las patas de *Don*, y la inserté bajo la alacena.

—Uno, dos y tres.

La alacena se separó del suelo un poco más que la vez

anterior y entonces se oyó un crujido que no supe si procedía de la alacena misma, del suelo o de mis vértebras. Tampoco es que me importara; mis fuerzas y mi energía estaban concentradas exclusivamente en mantener la alacena en alto.

—Otra vez. Uno, dos y tres.

Y así, la alacena se elevó lo suficiente para dejar al descubierto su pabellón auditivo izquierdo y su hombro. El ferri se zarandeó de nuevo. Lo hizo menos violentamente que unos instantes antes, pero el impulso me hizo perder el equilibrio y hube de asirme a la vara para no caer.

—¿Es esto el tsunami al que te refieres? —pregunté.

—No. Tenga por seguro que el tsunami no será tan gentil con nosotros cuando llegue.

—Bueno, como sea. En cualquier caso, ¡démonos prisa!

Don, como si deseara también participar en el rescate del anciano, mordió su suéter y tiró de él.

Por mi parte, seguí intentándolo hasta que se me enrojecieron las palmas de las manos, el dolor me aguijoneó las muelas y las sienes, y las articulaciones de los brazos parecieron a punto de descoyuntárseme. La alacena no cedió un centímetro más de lo que ya lo había hecho. ¿Qué hacía una alacena de tales dimensiones en un lugar como ese? Sentí cómo la rabia brotaba en mi interior, pero no desistí y seguí intentándolo, y, para mi sorpresa, aquellos esfuerzos surtieron efecto, pues fueron quedando al descubierto más partes del cuerpo del anciano.

Seguí preguntándome por aquello del tsunami. ¿En qué consistiría? La palabra se me había quedado grabada, y, aunque traté de alejarla de mi mente, no lo logré. Ver al anciano tan alterado me hizo pensar que debía de tratarse de algo grave. ¿Sería acaso una de esas amenazadoras bestias que habitan los abismos marinos? ¿O tal vez un tipo de fuerza tan inclasificable e inaprensible como la responsable de las desapariciones y para la que tampoco cabía oposición ninguna? Empujé con mayor fuerza la vara, tratando de sacudirme el horror de aquella imagen.

Por fin, solo quedaban los tobillos bajo el peso de la alacena, y cuando estos también se liberaron, sentí tal alivio que me quedé inmóvil, sentada en cuclillas allí mismo, hecha un ovillo, asimilando la proeza. El anciano logró incorporarse tambaleándose e inmediatamente me instó:

—Señorita, ¡huyamos!

Tomé a *Don* en mis brazos y seguí al anciano.

Salir del ferri, entre todos aquellos objetos desperdigados por el suelo, resultó mucho más complicado de lo que sospechaba, pero lo logramos, y, una vez alcanzado el embarcadero, seguimos andando vacilantes, sin tener claro qué rumbo tomar. Cuando por fin consideramos oportuno detenernos a tomar un respiro, lo hicimos sobre lo que quedaba de la antigua biblioteca, en la falda del cerro. Y lo cierto es que no habíamos sido los únicos: no pocas personas se habían acercado también a ese lugar, huyendo de aquello, fuera lo que fuese. Pese al magnífico tiempo con que nos había obsequiado el día hasta entonces, unos nubarrones oscuros se habían extendido sigilosamente hasta cubrir por completo el cielo sin que me hubiera percatado, y no me habría extrañado que se pusiera a nevar en cualquier momento.

—¿No se ha hecho daño? —preguntó el anciano, mirándome fijamente el rostro.

—No te preocupes, estoy bien. ¿Y tú? ¿Cómo te encuentras? Estás todo ensangrentado... —dije mientras le enjugaba la sangre del rostro con un pañuelo que acababa de sacar de mi bolsillo.

—No son más que unos arañazos sin importancia.

—Espera. No te muevas. De la oreja izquierda te sale sangre.

Un reguero rojo oscuro le brotaba a la altura del lóbulo y se extendía hasta el mentón.

—Será un corte sin importancia —dijo para quitarle gravedad al asunto.

—No me quedo tranquila. Podría tratarse de una hemorragia interna. ¿Y si el cerebro ha sufrido algún daño?

—Nada de eso. Seguro que no es nada de tal calibre. Por favor, deje de preocuparse así —sentenció, y a modo de conclusión se cubrió el pabellón auditivo izquierdo con ambas manos.

En ese preciso instante, junto a un nuevo estremecimiento y retumbar de la tierra, observé cómo el horizonte se había combado y cómo una ola blanca y alta como un muro se aproximaba a la costa.

—¿Qué es eso? —pregunté dejando caer el pañuelo al suelo.

—Un tsunami —contestó el anciano, ocultando todavía su oreja entre las manos.

En un abrir y cerrar de ojos, el paisaje que se desplegaba ante nosotros cambió por completo. Parecía que el mar caía al revés, hacia el cielo, y que también se desparramaba por entre los intersticios de la tierra; crecía y se dilataba hacia arriba, más y más, tratando de engullir la isla entera. Los testigos de aquel espectáculo dantesco bramaron simultáneamente despavoridos.

El mar se tragó el ferri, superó el rompeolas y barrió, arrasándola a su paso, la primera línea de casas de la costa. Puede que aquello no durase más que unos segundos, pero tuve la impresión de disponer de tiempo suficiente para observar con claridad y precisión cada detalle: vi flotar la silla plegable en la que el anciano acostumbraba dormir una siesta y la pelota con que los empleados habían practicado sus lanzamientos, y fui testigo de cómo los tejados rojos de las casas se doblaban dóciles cuales cuartillas de papiroflexia.

Don se encargó de romper el silencio en que nos dejó sumidos el paso de la gran ola. Se subió al tocón de un árbol y aulló en dirección al mar. Fue un único aullido, prolongado y profundo, que sirvió de señal para sacar a la gente de su letargo. Hubo quienes iniciaron el descenso de la ladera del cerro, quienes se afanaron en buscar un teléfono, quienes bebieron agua, quienes lloraron desconsolados.

—¿Ya ha terminado? —pregunté, mientras me agachaba a recoger el pañuelo.

—Posiblemente sí. Pero será mejor que permanezcamos aquí un rato más —propuso el anciano.

Reparé una vez más en el esperpéntico y miserable aspecto que mostrábamos tanto él como yo: el anciano tenía el suéter hecho jirones, el pelo cubierto de polvo, e iba con los pies descalzos. Para mi sorpresa, sostenía aún en una de sus manos la caja de música, inconcebiblemente intacta pese a todo lo que habíamos pasado. En cuanto a mí, se me había desprendido el botón de la falda, tenía las medias tan llenas de carreras que apenas me cubrían las piernas y había perdido el tacón de uno de mis zapatos.

—¿Cómo es que te has traído la caja de música? —le pregunté al percatarme de ello.

—No lo sé. El caso es que caí sobre la caja en el momento de ser aplastado por la alacena, pero no recuerdo cómo he podido llegar hasta aquí con ella en la mano, sin que se me cayera. ¿O la he sujetado con ambas manos? Quizás ha estado todo el rato a resguardo en mi bolsillo.

—Me alegro de que al menos un objeto se haya librado

de las aguas. Aparte de a *Don,* yo no he podido rescatar nada del ferri —observé resignada.

—Pero *Don* es sin duda mucho más importante que cualquiera de los objetos que se han hundido con el ferri. Ninguna de esas cosas de uso diario tiene la menor importancia para un viejo como yo. Además, el propio concepto de ferri ya hace mucho tiempo que ha desaparecido.

El anciano guardó silencio y dirigió la mirada al mar. Todo el litoral estaba cubierto por trozos de madera y una infinita variedad de escombros, y aquí y allá, subrayando la hecatombe acontecida, se observaban vehículos flotando a la deriva, mientras, mucho más allá, mar adentro, el varado y semihundido ferri asomaba la popa entre las olas, cortándolas.

—¿Dónde habrá ido a parar el hot cake que habíamos guardado para el señor R? —pregunté retóricamente.

—Nos hemos quedado sin ella —admitió el anciano, cabeceando resignado.

La ciudad también había sufrido considerables destrozos. Ambulancias y camiones de la Policía de la Memoria transitaban con urgencia entre los muros caídos, calles agrietadas e incendios que salpicaban los vecindarios. La ciudad no se había recuperado todavía de las grandes fogatas para quemar libros y, ahora, todo aquello suponía el remate final del que no parecía haber vuelta atrás. Para colmo, comenzó a nevar.

Mi casa había sufrido algunos daños externos, se habían desprendido y caído varias tejas, y la casa del perro se hallaba boca abajo en el jardín, pero aparte de eso no parecía haber destrozos de consideración. O eso creímos el anciano y yo. Cuando comprobé el estado en que había quedado el interior, cambié de idea. El suelo era un maremágnum de recipientes y cazuelas, jarrones, periódicos, cajas de pañuelos de papel, el teléfono, la televisión...

Até a *Don* junto a su casa y el anciano y yo corrimos al refugio, terriblemente preocupados por cómo habría quedado tras el seísmo aquella pequeña estancia que parecía existir suspendida fuera del espacio-tiempo. Separé la alfombra y tiré de la trampilla para abrirla. No se movió. Tiré de nuevo. Nada.

—¿Hola? ¿Me oye? —gritó entonces el anciano.

Transcurrieron unos segundos, y por fin sonó el golpeteo de unos nudillos contra la cara interna de la trampilla.

—Sí —replicó la voz del señor R.

—¿Estás bien? —pregunté inmediatamente, tras tumbarme boca abajo y acercar mis labios al resquicio que separaba la puerta del suelo de la habitación—. ¿No estás herido?

—Afortunadamente estoy bien —contestó con presteza—. ¿Cómo se las arreglaron tú y nuestro amigo? Al no saber qué había pasado fuera, me inquietaba enormemente que no hubieran podido ponerse a salvo. Además, qué sería de mí sin ustedes.

—Estábamos en el ferri cuando ocurrió, y logramos salir de allí justo a tiempo, poco antes de que se lo tragara el mar.

—¡Dios bendito! Estaba tan preocupado que incluso decidí asomarme fuera del refugio, pero la trampilla se ha atascado. De nada ha servido que la empujara, tirara de ella y la golpeara. No se ha movido ni un milímetro.

—Vamos a intentar tirar de ella hacia arriba, así que, por favor, empuje con todas sus fuerzas cuando le avisemos —propuso raudo el anciano, que toqueteaba aquí y allá el suelo, como inspeccionándolo. Lo intentamos una vez, pero la puerta no cedió un ápice.

—Sin duda, la acción del terremoto ha deformado el suelo —opinó el señor R con apenas un frágil hilo de voz que parecía llegar desde un lugar remoto, pese a que entre nosotros solo se interponía una tabla no demasiado gruesa. Aquellas palabras del señor R añadieron una indeseada carga de inquietud a mi estado de ánimo.

—Es muy posible que haya sido así; de manera que la puerta se haya quedado enganchada, oprimida por el contorno del hueco de la trampilla —infirió el anciano meditabundo, acariciándose el mentón con una de sus manos.

—¿Y si ni podemos abrirla? —me precipité a preguntar—. Morirías de inanición. No, antes de eso, morirías ahogado.

—¿Funciona el sistema de ventilación? —inquirió el anciano.

—Parece que no —respondió el señor R sin dilación—. Debe de haberse producido un apagón.

Era mediodía y no habíamos necesitado encender ninguna luz, por lo que no nos habíamos dado cuenta del corte de suministro.

—Así que se encuentra usted completamente a oscuras, ¿verdad? —especuló el anciano.

—Efectivamente —replicó el señor R, cuya voz se sentía más y más lejana.

—Hemos de darnos prisa —dije, incorporándome de un brinco—. Voy a buscar una sierra y una gubia.

El anciano procedió con su habitual diligencia y circunspección a la hora de trabajar, y la puerta saltó en un santiamén, separándose del hueco. Yo me limité a comportarme como una espectadora inútil y aturdida, mi única aportación consistió en correr a tomar prestadas del vecino de enfrente la sierra y la gubia. Las que tenía el anciano en el ferri habían corrido la misma suerte que todo lo demás, y aunque no andábamos escasos de herramientas —el sótano conservaba todo un surtido listo para ser usado—, dado el desbarajuste y desorden en que había quedado sumida toda la casa, habría sido como buscar una aguja en un pajar. Así que no me quedó más remedio que recurrir al antiguo sombrerero, que enseguida se ofreció a echarme una mano.

—Vaya susto que nos hemos llevado todos, ¿verdad? Espero que su casa no haya sufrido grandes desperfectos —expresó el antiguo sombrerero, solícito—. ¿Qué es lo que necesita arreglar? Cuente conmigo para echarle una mano.

—Ay, ¡cuánto se lo agradezco! El caso es que no es nada, de verdad.

—Pero, no me diga... Usted está sola para afrontar todo lo que se le presente ...

—No, no, nada de eso. Siempre tengo a mi anciano amigo enteramente a mi disposición para lo que haga falta.

—Las circunstancias en que nos encontramos ahora exigen la colaboración de todos sin que medie la menor excusa...

Traté de no desilusionarlo ni frustrar su atenta y fraterna inclinación hacia el bien común, y para ello me esforcé por mantener la más dulce de las sonrisas, pendiente asimismo de no decir nada que pudiera delatarme y hacerlo sospechar del tejemaneje que nos traíamos entre manos el anciano y yo en casa.

—Verá, al anciano le ha salido un sarpullido en el rostro. Tiene un aspecto terrible y no desea que nadie lo vea hasta que remita. La edad no está reñida con cierto grado de coquetería, por avanzada que sea, y además el hombre es muy terco para determinadas cosas.

Dicho esto, el antiguo sombrerero acabó cediendo y me despedí de él victoriosa.

En el preciso instante en que cedió la trampilla, lanzando una buena cantidad de virutas de madera al aire y dejando al descubierto el hueco, los tres lanzamos vítores y vivas, e inmediatamente el anciano y yo nos tumbamos boca abajo para asomarnos. Al pie de la escalerilla, en cuclillas, con el pelo cubierto de aserrín y virutas, y abrazándose las rodillas con ambos brazos, el señor R nos miraba con una mezcla de extenuación y alivio.

Bajamos y nos abrazamos e intercambiamos unas palabras sin sentido, pero que mostraban la alegría que sentíamos por nuestro reencuentro. Pese a que la penumbra reinante no permitía un exhaustivo examen del estado en que había quedado el refugio, se apreciaba un desorden similar al del resto de la casa. A cada paso tropezaba con un montón de objetos que apartaba con el pie. Los tres entrelazamos nuestras manos y nos miramos, y permanecimos así durante un buen rato, como si no hubiera otro modo, aparte de ese, de demostrarnos a nosotros mismos la dicha de estar juntos de nuevo, sanos y salvos, en aquel angosto espacio.

22

La ciudad nunca recuperó la normalidad de antaño. La gente trataba de reparar los innumerables desperfectos, pero las cosas nunca salían como se planeaban debido al intenso frío y a la falta cada vez más patente de recursos. Tanto los escombros de las casas como los sedimentos arrastrados por el mar y depositados tierra adentro tras el paso de tsunami se amontonaban al borde de las calles y allí se quedaban, sin que se llevaran nunca a cabo trabajos de saneamiento y limpieza definitivos. La nieve se mezclaba enseguida con toda aquella podredumbre y desidia, se ensuciaba y quedaba convertida en barro, lo cual otorgaba a toda la isla un aspecto completamente deplorable.

Los escombros que flotaban en la orilla de la costa se los fueron llevando las corrientes mar adentro, extendiendo y desperdigando su caótica estampa más allá de donde alcanzaba la vista. Sin embargo no se llevaron el ferri, que permaneció clavado en medio de la inmensidad, inmóvil, como un ahogado con la cabeza hundida bajo la superficie, sin rastro del aspecto que tenía cuando era el domicilio del anciano.

Habían transcurrido tres días desde el terremoto y el tsunami, y yo me encontraba caminando por la calle del tranvía, a poca distancia de mi trabajo, cuando vi a la familia

Inui. Bueno, para ser precisa, lo que realmente vi fue un par de guantes de los que no me cupo la menor duda —aunque deseé estar equivocada— de que pertenecían a los Inui.

Me disponía a entrar en una papelería para cumplir con un recado de mi jefe, cuando pasó el acostumbrado camión con la lona verde militar, tan abarrotado de gente que el remolque se bamboleaba lenta y pesadamente a izquierda y derecha. Los vehículos se pusieron a un lado para dejarles paso y los peatones se detuvieron a la espera de que pasara y se alejara para poder cruzar la calle.

Tenía la mano apoyada en la puerta de la papelería, a punto de empujarla, cuando experimenté una mezcla de reticencia y atracción a mirar el camión, acabé mirando, y eso me permitió —o mejor dicho me obligó— ver un par de guantes que asomaba bajo la lona verde levemente levantada. Eran unos guantes tejidos, de color azul claro y unidos entre sí.

—¿Eh? ¡Son los del niño de los Inui! —exclamé, recordando aquella noche en el sótano en que le corté las uñas y rememorando la blandura y transparencia de estas, la suavidad de sus dedos y la forma de los guantes que había dejado a un lado.

La abertura de la lona no permitía ver nada más, ni su rostro ni el contorno de su cuerpo, tan solo la triste y desolada imagen de aquellos guantes. Instintivamente, me separé de la puerta y volví a la acera para marchar tras la estela del camión, pero este apenas tardó unos segundos en desaparecer de mi vista.

Llegó a mis oídos el rumor de que muchos de los refugiados ilegales, huidos de la Policía de la Memoria, habían perdido sus escondites, al ser derribados por el seísmo o arrasados por los incendios que este había provocado, y deambulaban por las calles sin un lugar donde ocultarse. La

Policía había tomado buena nota de ello, por lo que se veía, y estaba llevando a cabo detenciones masivas. En cualquier caso, no encontré modo alguno de confirmar que en el interior de aquel camión se encontrase la familia Inui, y pensé que lo único que estaba en mis manos era rogar con todas mis fuerzas para que no le faltase al niño quien le cortase las uñas y que, de algún modo, los guantes siguieran protegiéndolo como un talismán personal.

Decidimos que el anciano se mudase a mi casa. Desde hacía tiempo yo ya intuía que no iba a poder ser de otra manera, y me había encargado con antelación de ir preparando su traslado. No obstante, había un problema nuevo: desde que el terremoto golpeó nuestras vidas, él no había vuelto a ser el mismo, su habitual jovialidad había quedado ensombrecida y se mostraba apesadumbrado. No había nada de raro en ello, teniendo en cuenta que había perdido el que había sido su hogar durante tantos años en un abrir y cerrar de ojos. Además, una cosa era conocer bien mi casa y haberla visitado en innumerables ocasiones, y otra convertirla en su hogar. Evidentemente, me dije, que llegara a sentirse en el nuevo entorno como en su propia casa requeriría cierto tiempo de adaptación.

El caso es que el anciano resultó ser indispensable para arreglar los destrozos ocasionados por el terremoto. Yo me sentía sumamente agradecida por que la casa se mantuviera en pie y no hubiera sucumbido a las sacudidas y embistes de las ondas sísmicas, pero el interior se había visto afectado hasta el punto de que me veía incapaz de decidir por dónde empezar a repararla. Fue él quien se encargó, arreglando una cosa tras otra, de devolver a la casa su estado primigenio.

Empezó levantando los muebles que se habían volcado, restauró los que se podían salvar y los demás los sacó al jardín para quemarlos. Clasificó los objetos desperdigados por el suelo de las habitaciones para ir guardándolos donde les correspondía, y, una vez hecho eso, se afanó en encerar cada metro cuadrado del piso. Arregló la trampilla para que se pudiera volver a abrir y ajustó los marcos de las ventanas y puertas de manera que encajaran correctamente al cerrarse.

—Deberías descansar. Todavía no se te han curado del todo las heridas del rostro —le animaba de vez en cuando.

—Nada de eso. No dispongo de tiempo para entretenerme con nimiedades como esa —replicaba él—. Me siento mucho mejor si me mantengo ocupado.

Y en una ocasión me dijo:

—Por cierto, me he encontrado con el vecino de enfrente y se ha interesado por el estado de mi sarpullido. «Vaya, veo que todavía le queda algo. Por favor, cuídese», me ha dicho.

Rio de buen grado y continuó martilleando.

Cierto día en que el anciano y yo tratábamos de poner orden y concierto en el desbarajuste en que se había convertido el sótano, hicimos un extraño descubrimiento.

En aquella sala siempre habíamos guardado objetos viejos y herramientas, era una mezcolanza heterogénea y desordenada, un anárquico desastre que campaba más a sus anchas aún que en el resto de las estancias de la casa, no quedaba ni el más mínimo hueco libre donde poner los pies cómodamente. Estábamos discutiendo de qué deshacernos, por no encontrarle utilidad, y no nos decidíamos por tirar nada, pues todo lo que allí se guardaba, cuadernos de apuntes, cinceles..., había pertenecido a mamá y formaba parte de mis recuerdos de ella.

—Señorita, por favor, acérquese. Mire —me llamó el anciano, agachado junto al armario.

—¿De qué se trata? —pregunté, y miré hacia donde él me señalaba. Allí se encontraban las esculturas que la familia Inui había recibido como regalo de mamá y que me habían encomendado antes de su huida: un tapir, regalo de bodas; una muñeca para celebrar el nacimiento de su hija, y otras tres, de factura abstracta, que mamá les había entregado antes de que se la llevara la Policía. Debían de haberse caído del armario.

—Fíjese, señorita.

Ni el tapir ni la muñeca habían sufrido desperfectos, pero los tres objetos abstractos estaban considerablemente dañados, había partes fragmentadas del cuerpo principal. Lo que había llamado la atención del anciano no fue que estuvieran rotos, sino que en su interior ocultaban algo que había quedado al descubierto al romperse.

—¿Qué será?

Recogí cuidadosamente las tres esculturas dañadas y las coloqué encima de la mesa. El anciano y yo tomamos asiento delante de ellas y contemplamos en silencio lo que asomaba entre sus grietas.

—¿Qué sugieres? ¿Que saquemos lo que hay dentro? —inquirí.

—Sí, supongo que deberíamos hacerlo, puesto que tal y como lo vemos ahora no hay manera de adivinar de qué se trata. Sin embargo, debemos mantenernos alerta. Nuestro descubrimiento podría entrañar algún peligro.

—No lo creo. Al fin y al cabo, fue mamá, y nadie más, la artífice de estas obras, ¿no? —dije, y fui extrayendo, estirando con el índice y el pulgar, las cosas que habían permanecido ocultas dentro de las esculturas durante tanto tiempo.

Había un pliego con forma rectangular doblado innumerables veces, que amarilleaba hacia tonos ocres y parecía a punto de quebrarse por la línea de las dobleces. Apenas podían leerse los caracteres y cifras escritos en él.

También había una barra metálica de la forma y el tamaño de un chocolate, en una de cuyas caras se alineaban, muy juntos, unos agujeros pequeños.

Por último, saqué una bolsita de plástico que contenía varias pastillas blancas y redondas, como las que prescriben los médicos.

—Así que mamá había escondido estas tres cosas dentro de sus esculturas... —dije tras extraer los objetos.

—Eso parece —admitió el anciano mientras contemplaba cada uno de los objetos desde diferentes ángulos.

Agrupé los fragmentos desprendidos de cada escultura en un solo montoncito a un lado de la mesa y los inspeccioné con atención sin encontrar nada que me llamara especialmente la atención.

—¿Estaría la familia Inui al corriente de esto? —me pregunté.

—En caso de haberlo estado, se lo habrían mencionado a usted, señorita, cuando le trajeron las esculturas para que las cuidase.

—Tienes razón. Lo cual significa que, a lo largo de quince años, estas tres cosas han permanecido ocultas a los ojos de todo el mundo en el interior de las esculturas, sin que nadie en absoluto supiera de su existencia.

—Seguramente.

Nos quedamos absortos, con las mejillas apoyadas en las palmas de las manos, sin pronunciar una palabra y con la vista clavada en esos tres objetos recién devueltos al mundo tras tres lustros de hibernación. La estufa del sótano, renqueante como siempre, no alcanzaba a caldear lo suficiente el ambiente, y la ventana alta, cegada por el amontonamiento de nieve, no permitía la entrada de luz exterior al sótano. Lo que sí llegaba, de vez en cuando, era algún que otro chasquido y crujido procedentes de la capa de hielo que había sobre el arroyo.

De pronto tuve la corazonada de que esos tres objetos habían pertenecido a la colección secreta que con tanto celo había conservado mamá en los pequeños cajones de la vieja cómoda. Ni el pliego, ni la barrita metálica ni las pastillas blancas tenían características comunes, pero eran objetos sencillos y modestos, por decirlo de algún modo.

—¿Tienes alguna idea de para qué servían estas cosas?

—Pues... —balbuceó el anciano, y extendió el brazo hacia la barrita de metal, pero la mano se puso a temblar bruscamente y los dedos se quedaron suspendidos en el aire. Insistió en aproximar la mano a los objetos, pero fracasó en el intento, cada vez se le desviaba más de estos.

—¿Eh? ¿Qué ocurre? —inquirí.

El anciano trató de sujetarse la mano derecha con la izquierda y, una vez lo consiguió, puso ambas manos sobre sus rodillas.

—No es nada —replicó—. Solo que el mero hecho de ver objetos que no acostumbro a tener ante mí me pone enormemente nervioso.

—Déjame ver. ¿Te ha ocurrido algo en el brazo?

—No, no. De verdad, no se preocupe.

El anciano se inclinó levemente haciendo lo posible por que su brazo derecho quedara fuera de mi vista.

—En fin, supongo que ha sido un día muy duro. Dejemos el sótano tal cual y tomémonos el resto del día libre —propuse.

El anciano asintió con la cabeza.

—De todos modos —añadí—, debemos llevar todo esto al refugio. Es el único lugar donde no correrá peligro.

—¿Hizo tu madre alguna escultura más desde que le llegó la carta de la Policía de la Memoria hasta que se la llevaron? —preguntó el señor R.

—Lo cierto es que no lo sé, en cualquier caso, no creo que haya ninguna en casa, aparte de las tres que me entregó la familia Inui —contesté, mientras mis dedos se aferraban a la colcha de la cama, sobre la que descansaban, juntos, los tres objetos descubiertos en el sótano—. Las obras que nos dejó a papá y a mí antes de su desaparición pertenecían a una época considerablemente anterior.

—Me pregunto si no habrá algún otro lugar en la casa donde tu madre podría haber ocultado más esculturas...

—Como no sea la casa de campo que tenemos arroyo arriba. Pero no lo creo; entonces ya hacía mucho que no íbamos allí. Seguro que ahora estará en ruinas.

—Sin embargo, es muy posible que tu madre ocultase allí una buena parte de sus obras, y que estas le sirvieran, a su vez, para esconder su colección de objetos con el evidente propósito de mantenerlos fuera del alcance de la Policía de la Memoria. —El señor R apoyó las manos en la colcha para descruzar y volver a cruzar las piernas. Los muelles del colchón chirriaron—. Por eso los cajones del armario acabaron vacíos.

—Sí, tiene sentido —repliqué, y observé su rostro de perfil. Tuve que elevar la mirada para hacerlo.

Entonces tomó el pliego de papel rectangular y, con extremo cuidado para no romperlo, lo depositó sobre la palma de su mano.

—¿Guardas algún recuerdo de esto? —interrogó.

—Ninguno —respondí con un suspiro.

—Es un boleto para el ferri —desveló con la mayor suavidad y serenidad posibles.

—¿Un boleto...? ¿Para el ferri...?

—Sí. Mira, a pesar de lo gastada que está la tinta, todavía puede leerse el lugar de destino y el precio. Los pasajeros del ferri debían comprar un título de transporte como este para poder acceder a la embarcación, y este, en concreto, era para viajar a una gran isla situada muy al norte. Es el ferri de cuyo mantenimiento se encargaba nuestro anciano amigo.

Contuve la respiración y, sin atreverme siquiera a parpadear, contemplé fijamente aquel pedazo de papel amarillento en el que se adivinaba aún la elegante estampa del ferri surcando los mares. Traté de recordar su nombre, el nombre del barco, pero para cuando el anciano se había instalado en él y lo había convertido en su domicilio las mareas ya se habían encargado de borrarlo del casco, y, como un reflejo de ello, también se había difuminado en el boleto.

—Noto como si la superficie del lago que es mi memoria se agitara levemente —dije—. Aunque apenas es perceptible, llego a sentirlo. —Los ojos me dolían, y estuve a punto de ceder al acto reflejo de cerrar los párpados para aliviar el dolor. No obstante, temí que si lo hacía, si cerraba los ojos, las aguas volvieran a calmarse, y yo no deseaba eso; no quería que esa sucinta agitación de recuerdos volviera a serenarse y, por tanto, a sofocarse—. Pero eso no significa —proseguí— que haya recuperado el recuerdo de lo que sea esto. No, el recuerdo no ha salido a flote, se trata de algo mucho más sutil y liviano; apenas un hálito que tu nítida y definida memoria de lo que es este papel aplastaría sin dificultad.

—Aplastarlo es lo último que desearía —señaló el señor R—. Al contrario, trata de estimular el recuerdo, por favor. No lo anules.

Apoyó su mano abierta en una de mis rodillas. Estábamos tan juntos que nuestros hombros se tocaban.

—Me llega de manera etérea y borrosa algo así como el contexto en el que se utilizaba este objeto —expliqué—. Pero no soy capaz de recordar detalles como la utilidad concreta que se le asignaba, dónde se vendía o qué función cumplía, y, sin embargo, consigo recuperar la imagen y lo que sentía cuando mamá lo extraía de su correspondiente cajón secreto en la cómoda que había debajo de la escalera del sótano; veo sus bordes temblando, como si al jalar de la manija y abrirse de repente el cajón lo agarraran por sorpresa, veo sus dobleces, como en un lecho, yaciendo boca abajo en el centro del cajón. Mamá lo ponía en su mano y lo abría con la misma delicadeza con que lo has hecho tú. Cuando bajaba al sótano siempre era de noche y la luz de la luna se colaba por la ventana, había pedruscos esparcidos por el suelo, pedazos de yeso y virutas de madera, y el arrullo del arroyo flotaba sempiterno en el aire como si nos susurrara algo al oído, acogiendo la mano extendida de mamá invariablemente cubierta de polvo, áspera y cálida, con restos de arcilla adheridos y marcas de cortes que se había hecho con el cincel. Si no recuerdo mal, mamá me permitía tocar el boleto, y yo lo miraba y miraba a mi madre, y volvía a mirarlo y a ella también, y luego lo tomaba cuidadosamente con la punta de los dedos, dejando que una emoción íntima y sosegada (exenta, eso sí, de euforia y entusiasmo fácil) me embargara; pero sin poder evitar al mismo tiempo sentirme atenazada por un miedo que superaba con creces aquella emoción: el temor a que si les permitía a mis dedos introducirse entre los dobleces del papel, en su espacio hueco y vacío, ese que habitaba en el interior, envuelto en ellas y retorcido por sus múltiples angulosidades, fuera capaz de aspirarme los dedos, absorberlos o, en definitiva, tragárselos.

La sonrisa de mamá me tranquilizaba. En realidad, no era más que un fino trozo de papel algo áspero y no muy diferente a cualquiera de los que se tiran a la basura, lo cual me hacía cuestionarme qué veía mamá en él para conservarlo con tan candorosa afección, pero, puesto que no deseaba defraudarla, ponía todo mi empeño en apreciarlo tal cual era y tratarlo con el mayor de los respetos.

Había hablado de corrido y, cuando acabé, oprimí los brazos contra mi pecho y me doblé hacia delante por la cintura, notando que me costaba respirar: el esfuerzo por recuperar aquel recuerdo en concreto había sido tan intenso que sentía punzadas de dolor bajo las costillas.

—Vamos, tampoco es cuestión de que dejes el alma en ello —intervino él—. Descansa un poco.

Dejó el boleto sobre la cama y me pasó una taza del té que había servido anteriormente. Lo cierto es que la provisión de té empezaba a escasear en el refugio, de modo que lo que me llevé a los labios fue poco más que agua caliente levemente coloreada de un verde casi transparente, pero me ayudó a recuperar el aliento.

—Siempre fracaso al recordar lo que me pides —capitulé.

—En ningún momento mi intención ha sido que recuerdes para complacerme. Lo sabes bien. Solo deseo contribuir a que se despierte tu memoria dormida.

—¿Memoria dormida? Ojalá tengas razón y solo esté dormida. Sin embargo, me temo que se ha borrado del todo y, por tanto, que ha desaparecido.

—No lo creo. Si te fijas, acabas de recordar situaciones y cosas relacionadas con el boleto del ferri. La manija del cajón, la palma de la mano de tu madre o el rumor del arroyo... —señaló él. Se puso en pie para regular la intensidad de la luz de la lámpara y volvió a sentarse en la cama.

El refugio había recuperado prácticamente el mismo aspecto que antes del seísmo. El espejo, la máquina de afeitar y el frasco de pomada reposaban sobre una de las repisas de la estantería al igual que antes. Realmente, la única diferencia visible era la tabla que habíamos utilizado para la nueva trampilla.

Caí en la cuenta de que siempre que bajaba a visitarlo nos pasábamos el rato sentados en la cama, esa cama robusta y recia pese a la sencillez y la prisa con que el anciano la había construido, cuyas sábanas de suave textura me encargaba de lavar y orear al sol cada tres días. No había ningún otro lugar en el mundo donde pudiéramos estar juntos aparte de aquel espacio delimitado por las cuatro paredes del refugio, ese sitio que nos permitía acercarnos el uno al otro y hablar, comer, contemplarnos, tocarnos... Repasé con la mirada una vez más aquel angosto y ciertamente vulnerable entorno.

—Cuando notes esa tenue agitación en la superficie del lago de tu memoria, como tú lo llamas, deberías tomar nota por escrito de las sensaciones que experimentas en ese momento. Seguro que no se diferencia mucho de lo que has venido haciendo siempre que escribías tus novelas.

Tomó la barrita plateada con forma de tableta de chocolate y se la acercó a la boca. Me sobresaltó enormemente que aquello pudiera comerse, y él debió de captar mi sorpresa porque entonces entornó los ojos, como si sonriera con ellos, y a continuación comenzó a soplar y a inspirar aire a través de los labios. De la barrita metálica surgió un sonido.

—¡Vaya! —exclamé.

Él, con los labios apoyados en la barrita, no podía hablar, pero hizo que brotaran más sonidos. A diferencia de los de la caja de música, el timbre de estos era más denso, por decirlo de algún modo, y las vibraciones que producían poseían una aguda intensidad que hacía retumbar todo el espacio del refugio, aunque a veces también reverberaban delicadamente y se difuminaban, a punto de extinguirse. La melodía se desenvolvía libremente, bailaba, subía y bajaba siempre renovada, nota a nota, a diferencia de la melodía de la caja de música, que se repetía todo el rato.

Sujetaba aquella barrita rectangular entre los labios y con los dedos de ambas manos, y la deslizaba horizontalmente, a izquierda y derecha. La tesitura de los sonidos era más aguda hacia la derecha y más grave hacia la izquierda, y puesto que el objeto quedaba prácticamente oculto entre sus manos, daba la impresión de que aquella amalgama de sonidos salía directamente de su boca.

—Es una armónica —me informó el señor R, tras separarlo de sus labios.

—Ar, mo, ni, ca —balbuceé, como si tragara agua entre cada sílaba—. Qué bien suena. Como el nombre de un gatito, uno muy listo, blanco y de patas peludas.

—Pero no es un gato, sino un instrumento musical —dijo, y alargó la mano para entregármelo.

Al sostenerlo en mi mano, reparé en lo pequeño que era. No me había fijado hasta ese momento. Si bien estaba algo oxidado en algunas partes, la luz de la lámpara lo envolvía en un halo de elegancia plateada. En el centro tenía grabados unos caracteres que debían de indicar el nombre de la empresa que lo había fabricado. En el lado que colocaba entre los labios había, de un extremo al otro, una doble fila de agujeritos regulares que semejaban un nido de abejas.

—Prueba a soplar —me animó.

—No sé si voy a ser capaz...

—¿Cómo no vas a ser capaz? Seguro que de niña lo hiciste alguna vez. Y por eso precisamente tu madre se esforzó por conservarla. Adelante, solo tienes que tomar y expulsar aire, como cuando respiras. Verás qué fácil es.

Apoyé la armónica en mi boca y mis labios cubrieron el

lado de los agujeros. Noté el calor remanente de los labios de él, e intenté exhalar un poco de aire. La intensidad del sonido que surgió de aquel pequeño objeto fue tal que mi reacción inmediata fue separármelo de los labios.

—¿Has visto con qué facilidad sale el sonido? —exclamó él—. Este es el *do,* este otro de aquí el *re* y aquí está el *mi.* Si vas exhalando e inhalando aire de manera alternativa y recorriendo la armónica, te saldrá la escala musical de *do.*

El señor R procedió entonces a interpretar varias canciones; yo conocía algunas de ellas y otras no, pero todas me sonaban igualmente agradables, eran como un arrullo para mis oídos.

Hacía muchos años que no escuchaba música en directo, y más aún de un instrumento que se tocaba en una relación tan íntima y cercana con el cuerpo. Había olvidado todo lo relativo a los instrumentos musicales, aunque yo misma había aprendido a tocar el órgano cuando era pequeña. Mi profesora era una mujer obesa de mediana edad y carácter volátil que me atemorizaba, sobre todo en los exámenes de armonía, que no era mi fuerte, y durante los cuales trataba de mantener la cabeza medio oculta tras la tapa del instrumento. No distinguía entre *do, mi, sol* y *re, fa, la.* Para mí eran lo mismo. Cuando ensayábamos un tema musical todos los alumnos juntos, yo me limitaba a mover los dedos como se suponía que debía hacerse, pero no llegaba a pulsar ninguna de las teclas. No deseaba convertirme en un incordio para mis compañeros. Mamá había confeccionado para mí un pequeño maletín en el que llevar las partituras, al cual había cosido un parche de un osito que sostenía una manzana sobre la cabeza.

Me pregunté qué habría sido tanto del órgano como del maletín de las partituras. Se trataba de un instrumento caro, y recuerdo las quejas y malestar de mi madre cuando me negué a seguir tocándolo antes de que hubiese transcurrido siquiera un año. Durante algún tiempo, con la tapa cerrada, sirvió de estante para algunas de las obras de mamá, pero en algún momento, sin que yo fuera consciente de ello, desapareció para siempre de mi vista. No creo que sean necesarias las desapariciones oficiales impuestas por la Policía de la Memoria para que objetos que nos han acompañado durante un tiempo más o menos largo vayan esfumándose paulatina y calladamente de nuestras vidas sin que lleguemos a percatarnos de ello.

El señor R, inclinado un poco hacia delante, mantenía la mirada baja y dejaba caer ligeramente el hombro izquierdo mientras soplaba, el flequillo le caía sobre el rostro rozándole los párpados. La verdad es que dominaba el instrumento y su interpretación era impecable; graduaba el tempo con maestría y sabía arrancarle a la melodía pasajes alegres o melancólicos según correspondiese. Además, conocía una gran variedad de piezas musicales.

De vez en cuando me cedía la armónica para que tocase. Yo era tan torpe que me incomodaba continuar, pero él insistía en descansar un rato y escucharme. Toqué, como buenamente pude, una canción de cuna que me cantaba nuestra anciana asistenta y una canción que usábamos para decidir a quién le tocaba su turno en el juego de las canicas. Mezclaba el *fa* con el *si* y perdía el ritmo constantemente; regular la intensidad del aire no era nada fácil, de modo que, unas veces, el volumen resultaba desproporcionadamente elevado, y otras apenas un temblor a punto de apagarse. Él siempre me obsequiaba con un aplauso al final de cada tema.

El refugio era el lugar perfecto para tocar la armónica, estaba completamente aislado de todo ruido exterior, sin posibilidad de que a uno lo llamaran por teléfono o lo visitasen —nuestro anciano amigo dormía plácidamente en la habitación de estilo tradicional japonés de la planta baja—, y, además, sus cuatro paredes proporcionaban la reverberación adecuada. En definitiva, nos encontrábamos a nuestras anchas en aquel encierro, pese a que nos fatigábamos con relativa facilidad debido a que el aire se enrarecía. Cuando eso ocurría, nos incorporábamos de la cama y nos poníamos de pie junto al conducto de ventilación, abríamos la boca y respirábamos hondo.

Una vez que se agotó nuestro repertorio musical, el señor R dejó la armónica sobre la cama y tomó el tercero de los objetos. Abrió la bolsa y puso sobre la palma de su mano todas las píldoras blancas. La bolsa mostraba unos tonos parduzcos que, con toda seguridad, no estaban originalmente, y aunque parecía a punto de romperse, el contenido se veía inalterado.

—¿Será algún tipo de medicina? —pregunté.

—No, son caramelos de limón. Tu madre le tomaba cariño incluso a las cosas más pequeñas y ordinarias, ¿verdad?

Eran redondos, con una hendidura superficial en el centro, y estaban impregnados de un polvito blanco parecido a la harina. Con gran cuidado, tomó uno entre sus dedos y me lo metió en la boca. Sorprendida, me llevé ambas manos a los labios, pero ya era tarde. Él sonrió, divertido.

Era tan dulce que sentí calor en la lengua. Traté de saborearlo más intensamente y lo apreté entre la lengua y el paladar, pero solo conseguí que se deshiciera.

—¿Qué te ha parecido? ¿Estaba rico? —preguntó el señor R.

La experiencia había sido tan breve que me resistí a despegar los labios, temiendo que aquella efímera dulzura se me escapara. Asentí con la cabeza.

—Cuando era niño —prosiguió él—, se vendían en muchas tiendas y de muchos tipos. Los había de una infinidad de sabores diferentes. Ahora, sin embargo, no deben de quedar en toda la isla más que estos que tu madre conservó en esta bolsita.

Se llevó uno a la boca. Aunque supongo que se le deshizo enseguida, él permaneció inmutable, con la vista fija en la bolsita y su contenido. Perdí la noción de cuánto tiempo pasamos en silencio, los dos juntos, como en trance.

—Compartamos los que quedan con nuestro anciano amigo —dijo poniendo fin al largo lapso de silencio y devolviendo los caramelos a su bolsa.

Esa noche me contó historias relacionadas con el boleto de ferri, la armónica y los caramelos, que nos hicieron compañía junto a la cabecera de la cama.

Al tumbarnos, la cama me parecía más pequeña que cuando nos sentábamos en ella, las sábanas envolvían nuestros cuerpos sin dejar el más mínimo espacio entre uno y otro. Yo conciliaba el sueño plácidamente, hundida en su brazo, acogida por él, y podía darme la vuelta, echarme el pelo hacia atrás o estornudar sin salirme del colchón. Para eso, al menos, sí había espacio.

Me dio la impresión de que ya era noche cerrada, pero su hombro me ocultaba el reloj de la estantería. El cerrojo recién instalado por el anciano brillaba inagotable y el ventilador del sistema de ventilación giraba sin descanso.

—Había una granja en la isla que hay al norte de la nuestra —comenzó a contarme él—. Vacas, caballos y ovejas pastaban en una extensa pradera situada en la falda de la montaña. Uno podía montar a caballo a cambio de unas monedas. La muchacha de la granja lo sujetaba por las riendas y daba una vuelta a una plazuela a quien quisiera subirse a lomos del animal. Evidentemente, el paseo duraba escasos minutos. Yo era apenas un niño y le gritaba a la muchacha que fuera más despacio para que el viaje se alargara, y recuerdo que una vez me obsequió con una vuelta de más. En la granja elaboraban queso y yo me enfermaba cada vez que me asomaba al lugar donde lo hacían. Me aterrorizaba la idea de precipitarme al interior del enorme tanque (tan grande como uno de esos depósitos de combustible) donde daban vueltas a la masa que se convertiría en queso. Nos pasábamos allí el día hasta las cinco de la tarde, momento en que debíamos estar en el embarcadero para abordar el ferri. El ferri hacía cuatro viajes al día, y en aquel pequeño puerto había siempre tanta gente que parecía un mercado ambulante. Prácticamente lo era. Los niños teníamos a nuestro alcance un buen surtido de helados, palomitas de maíz, manzanas asadas, golosinas y, cómo no, caramelos de limón. Todo un paraíso para cualquier niño. Recuerdo el momento en que aparecía el ferri y se acercaba al puerto. A esa hora el mar se teñía de rojo al fusionarse el sol con el horizonte, cuya roja esfera se veía tan pequeña que parecía que pudieras sostenerla en la palma de la mano. Comparada con la isla del norte, la nuestra me resultaba más solitaria y tranquila, e incluso el contorno de sus costas me parecía más difuso. Recuerdo que guardaba el boleto para el ferri en el bolsillo trasero de mi pantalón, bien doblado para que cupiera y para no perderlo, aunque no podía evitar que se arrugara cuando daba la breve vuelta a lomos del caballo.

El señor R continuó hablando sin parar, como si me leyera un fascinante cuento de hadas o interpretara una agradable música para mí. De vez en cuando, yo desviaba la mirada hacia un lado para comprobar que los tres objetos seguían allí. Me resultaba admirable que se hubiera guardado para sí, como un secreto, todas aquellas historias, que brotaban en ese momento de su boca como si se le desbordaran. Apoyé la mejilla sobre su pecho.

Me habló de cuando tocó la armónica con otros niños en un festival del colegio, y de cómo la batuta del director se había roto accidentalmente y el concierto había tenido que suspenderse. De que su abuela lo obsequiaba con caramelos de limón que extraía del bolsillo de su delantal, y de lo mal que lo había pasado el día que tuvo una indigestión por comer demasiados. De cómo, después de eso, su mamá le había echado una buena reprimenda a su abuela. Y, finalmente, del fallecimiento de esta a causa del progresivo deterioro de sus músculos.

Pese a que escuchar historias sobre cosas desaparecidas de mi memoria exigía un importante esfuerzo por mi parte, no me desagradaba en absoluto. No era capaz de imaginar con la claridad y viveza que me hubiera gustado, pero no le di importancia. Escuchaba con inocente atención, como cuando me sentaba junto a mi madre en el sótano y ella me mostraba su colección de objetos secretos. Me sentí como una niña que extiende su falda, sujetándola por el borde, para que caigan sobre ella golosinas y bombones lanzados desde las alturas por una deidad, ansiosa por que no se me escapara ninguno.

[illegible]

[illegible]

[illegible]

23

Al domingo siguiente, el anciano y yo partimos hacia la casa de campo de mis padres. Tal vez, el señor R tenía razón y mamá había ocultado sus objetos secretos en varias de las esculturas que había ido dejando allí.

Se trataba más bien de una humilde cabaña que mamá había usado como estudio de verano, y a la cual la denominación de casa de campo le quedaba grande. Nadie había puesto un pie allí desde la muerte de ella, lo que sumado al reciente terremoto nos hacía temer que se encontrara en un estado ruinoso.

Aprovisionados de comida y agua, el anciano y yo nos echamos sendas mochilas a la espalda y, al romper el alba, tomamos el tren rumbo a nuestro destino, tratando de aparentar que éramos un abuelo y su nieta de camino al campo con el mero propósito de adquirir verduras. Tras bajar del tren, caminamos durante una hora siguiendo el cauce del río y alcanzamos la cabaña poco antes del mediodía.

—Esto es agotador —resopló el anciano mientras dejaba su mochila sobre la nieve y se enjugaba el sudor del rostro con una toalla que llevaba colgada del cinturón de los pantalones.

—Sí. Peor de lo que nos habíamos imaginado —admití, sentándome sobre una de las rocas de la orilla del río.

La cabaña apenas conservaba su forma original. Resultaba difícil adivinar dónde se encontraba la puerta, y parecía tan endeble que un simple roce bastaría para derribarla. El tejado había cedido por el peso de la nieve y solo quedaba media chimenea en pie. Setas de vivos colores se asomaban aquí y allá, entre el musgo que cubría las paredes de madera.

Después de almorzar y tomarnos unos minutos de descanso, nos pusimos manos a la obra. Debíamos darnos prisa porque andar por ahí tras la puesta de sol levantaría inmediatamente las sospechas de la Policía de la Memoria.

Desplazamos un tablero que se encontraba en lo que debía de ser la entrada. Dentro, el suelo estaba repleto de clavos, cuchillos, gubias y otros objetos puntiagudos que, junto a las vigas y partes del techo derruidas, entrañaban un peligro considerable y hacían obligado el uso de linternas para explorar el interior, además de una gran precaución.

—¿Qué es eso? —grité, incapaz de reprimir el pánico.

Bajo la mesa de trabajo de mamá había algo que no tenía nada que ver con los demás escombros, pero que no era capaz de identificar —sin una forma definida, desprendía un olor desagradable, estaba recubierto por una viscosa humedad y mostraba al mismo tiempo, y de forma contradictoria, una textura blanda y unos salientes afilados—. El anciano dirigió el haz de luz de su linterna hacia donde yo señalaba.

—Parecen los restos de algún ser vivo —explicó con calma.

—¿Restos...?

—Posiblemente de un gato. Se refugiaría aquí a esperar la muerte.

Lo miré con más atención. Los huesos le asomaban por diversos sitios y apenas le quedaba carne en la cabeza y el vientre. Las patas y las orejas aún conservaban un tenue recuerdo de lo que debieron ser. Tanto el anciano como yo juntamos las manos a modo de silenciosa oración por el gato y, tratando de no mirarlo más, nos concentramos en la búsqueda de las esculturas de mamá. Lo cierto es que estaban dispersas por todas partes y no nos resultó difícil adivinar cuáles habían sido hechas con intención de guardar en su interior algún objeto. Estas mostraban una factura considerablemente abstracta e incluían alguna pieza de madera o de piedra que permitiera sacar con mayor facilidad lo que escondían. Algunas se habían roto en pedazos quedando a la vista lo que guardaban dentro.

Llenamos nuestras mochilas de esculturas y, cuando no cabía ni una más, las metimos en dos maletas de viaje que habíamos traído para tal menester. No podíamos entretenernos en romper cada obra y sacar su contenido; nos habría llevado toda la tarde. Nos limitábamos a tomarlas entre las manos, decidir si podían albergar o no un objeto secreto en su interior, y, en caso afirmativo, meterlas en las mochilas o en las maletas.

Pasadas dos horas, dimos por concluido nuestro trabajo. Habíamos llenado a rebosar tanto las mochilas como las maletas. Se me ocurrió ofrecer sepultura al gato, pero después pensé que era mejor no tocarlo, dejar que formara parte del entorno y que la cabaña se convirtiera en su féretro y la nieve en la tierra que lo cubriese. Comenzamos a descender río abajo. Me detuve. No me cabía duda de que nunca más volvería a ver la cabaña, así que giré la cabeza para mirarla una vez más. Dejé la maleta en el suelo, a mis pies.

—Permítame a mí, señorita. Se la llevo yo —se ofreció el anciano.

—No, no. Nada de eso. Pero te lo agradezco.

Dicho esto, nos pusimos de nuevo en marcha, camino de la estación de la montaña.

Se acercaba la hora de la salida del tren y el vestíbulo de

la estación se encontraba considerablemente abarrotado de gente que había pasado el día fuera: familias con sus cacerolas, excursionistas cargando voluminosas mochilas y agricultores que portaban cargamentos de verduras con destino a la ciudad, todos con expresión tensa y desasosiego en el rostro. El alboroto era considerable.

—Debe de ser que el tren sale con retraso, ¿no crees? —le comenté al anciano, a la vez que me cambiaba la maleta de una mano a otra.

—No, señorita. Me temo que se trata de una inspección.

La Policía de la Memoria se había apostado en los torniquetes y solicitaba a los pasajeros que formaran dos filas. Una hilera de camiones de color verde militar ocupaba una rotonda a pocos metros de allí. Los empleados de la estación, siguiendo las indicaciones de la Policía, se habían colocado junto a las paredes para evitar interponerse entre los bancos del vestíbulo y no molestar ante cualquier posible actuación policial. El tren aguardaba indolente, pero no parecía que fuera a partir en breve, y puede que tampoco al cabo de un buen rato.

Miré al anciano. «¿Qué podemos hacer?», le pregunté con los ojos.

—Sobre todo mantenga la calma, señorita —me susurró el anciano a toda velocidad—. Pongámonos lo más atrás de la cola posible.

Nos dejamos empujar y arrastrar por el vaivén de la muchedumbre y, sin que se notara, fuimos desplazándonos hacia la parte de atrás. Ocupamos la décima posición comenzando por el final, delante teníamos a agricultores cargados con cestos de bambú a la espalda, llenos de verduras, latas de conserva, carne seca y queso, unas magníficas montañas de alimentos cuya visión bastaba para que a uno se le cayera la baba. Inmediatamente detrás de nosotros, una mujer de aspecto adinerado y su hija portaban una única maleta.

La fila avanzaba poco a poco. Algunos agentes armados vigilaban el tránsito de viajeros por el vestíbulo. Dos de ellos, junto a los torniquetes, inspeccionaban el equipaje y solicitaban un documento identificativo.

—Los registros por sorpresa han aumentado últimamente, ¿verdad?

—Pues sí. Pero ya me dirá usted qué van a sacar de una estación situada en medio del campo.

—No se crea. Dicen que las zonas rurales son más seguras para los fugitivos que la ciudad. Las inspecciones de recuerdos se han intensificado allí. Hace muy poco arrestaron a un hombre que vivía oculto en una gruta de la montaña.

—Bueno, pero esto de la estación es un incordio de lo más desagradable. Esperemos que no dure mucho.

La gente cuchicheaba, siempre decidida a expresar su parecer, pero si alguien notaba la mirada de un agente de la Policía posándose sobre él, guardaba silencio de inmediato.

—Lo que más les interesa es revisar la documentación —dijo el anciano, inclinándose levemente simulando ajustarse el cinturón—. El equipaje y lo demás no les interesa nada. Y nuestra documentación está perfecta. No tenemos de qué preocuparnos.

Efectivamente, se pasaban mucho tiempo revisando los papeles. Los miraban por ambos lados, los iluminaban para comprobar su transparencia, comparaban una y otra vez la foto con el rostro de la persona que se lo había entregado; se aseguraban de que no fuera falso y de que el número no formara parte de la llamada *lista negra*. Sin embargo, el equipaje lo despachaban con un rápido vistazo.

No me tranquilicé. Por muy de soslayo que miraran, no sería precisamente ropa interior ni suéteres ni dulces ni un juego de maquillaje lo que se encontrarían al abrir nuestro equipaje, sino objetos que habían desaparecido hacía mucho tiempo y de los cuales desconocíamos completamente tanto su nombre como su utilidad. Tensé mis dedos sobre las tiras de la mochila y agarré con más fuerza el asa de la maleta. Todos aquellos objetos, sacados bruscamente del interior de las esculturas de mamá y del decadente entorno de la cabaña en el que tantos años habían pasado, estarían temblando aterrorizados si fueran conscientes de la situación en la que se encontraban. Y a mí me daba miedo que la Policía pudiera captar ese temor que emanaba de las mochilas a nuestras espaldas y de las maletas.

—Señorita, déjelo en mis manos —dijo el anciano—. Usted limítese a permanecer en silencio.

Me pregunté cómo se las arreglaría para justificar nuestro cargamento de esculturas, sobre todo porque la Policía, tal vez, ni siquiera las reconocería como tales. Para ellos, fueran lo que fuesen, seguro que les parecerían objetos sospechosos. Además, si reparasen en lo que se ocultaba en las obras resquebrajadas... A pesar de que el anciano y yo nos hubiésemos preocupado de colocar en el fondo dichas piezas, de nada serviría si los agentes decidiesen revolver entre el contenido o lo volcasen en el suelo. En ese caso, no tendríamos escapatoria. Traté de tragar saliva. Mi boca estaba tan seca que la lengua se me pegaba al paladar.

Se acercaba el momento de vernos las caras con los dos agentes apostados junto a los torniquetes. El tren hizo sonar su silbato. La impaciencia y la desazón de los viajeros se palpaban en el aire, se había sobrepasado con creces la hora establecida de salida y era inminente la caída de la noche. Verse retenido en un lugar como aquel y que los planes de la tarde y la noche se viesen truncados era un fastidio. Aun así, al anciano y a mí eso nos habría parecido lo de menos; ojalá fuésemos una de esas personas irritadas por verse obligadas a incumplir tal promesa o dar plantón a tal compadre aquella tarde. A nosotros nos iba la vida en ello.

—Siguiente.

Como de costumbre, sus rostros carecían de expresión y de sus bocas no salía nada que no estuviera en el guion que les habían asignado. Una vez registrado su equipaje, los viajeros eran enviados al andén sin miramientos y sin apenas tiempo para volver a cerrar sus maletas, bolsas o mochilas. Solo quedaban tres personas entre nosotros y ellos, enseguida solo dos... El anciano y yo permanecíamos lo más juntos posible.

—¿Es que no se dan cuenta de lo que están haciendo? ¡Llevamos una hora de retraso! —Quien se puso a protestar, al llegarle el turno, era el agricultor del cesto de bambú a la espalda que nos precedía en la cola. El pausado avance de la fila se detuvo de inmediato. Todo el mundo contuvo la respiración sin dar crédito a la osadía que acababa de oír—. Yo soy uno de los encargados de llevarles provisiones a ustedes —prosiguió—. Parte de la comida que les sirven en el comedor de la sede procede de mis tierras. Me tienen dicho que no me demore más allá de las cinco de la tarde en la entrega que debo hacer cada domingo. ¿Lo ven? Aquí está mi pase expedido por la Policía de la Memoria. ¿Se dan cuenta? Por favor, permitan que el tren salga ya. Ahora mismo, sus compañeros deben de estar enojados ante la posibilidad de quedarse sin cenar, pero quien se va a llevar la bronca no va a ser otro más que yo. Bien saben ustedes hasta qué punto se toman en serio la puntualidad allí. Como mínimo les ruego que hagan una llamada telefónica a los responsables del comedor y les digan que no tengo ninguna culpa del retraso, que todo se debe a esta inspección sin pies ni cabeza.

El hombre les plantó ante las narices a los dos agentes el pase expedido por la Policía y continuó lanzando su diatriba sin descanso. Y justo entonces, la joven hija de la madre adinerada se llevó un pañuelo a la boca y cayó desmayada. La madre estalló en gritos:

—¡Socorro! ¡Una lipotimia! ¡Mi hija tiene problemas de corazón! ¡Que alguien me ayude!

El anciano me cedió su equipaje y se inclinó para auxiliar a la niña, a la que inmediatamente tomó en sus brazos. Otras personas que esperaban su turno también se aproximaron y la cola se deshizo. Por su parte, el granjero continuaba soltando su diatriba.

—Bien, ¡preparen sus documentos identificativos y muéstrenlos a medida que vayan pasando por aquí delante! ¡Y una vez que hayan atravesado los torniquetes, suban al tren con la mayor premura!

El agente que parecía llevar la batuta no veía la hora de quitarse de encima al molesto granjero y, con visibles gestos de la mano, apremió a todos los presentes a aproximarse. Me dolía el brazo debido al peso de la maleta, pero hice lo posible por extraer mi identificación del bolsillo interior del abrigo con la mayor agilidad y rapidez. Al anciano, que sujetaba con ambas manos a la joven, fue la madre de esta quien le ayudó a sacar sus documentos de uno de los bolsillos de sus pantalones. De esa manera, todos los que no habíamos sido sometidos a inspección pasamos los torniquetes prácticamente en bloque, con nuestros documentos identificativos en las manos, bien visibles. Los agentes echaban fugaces vistazos a los papeles y se abstuvieron de revisar los cargamentos y equipajes. El anciano y yo, muy juntos, hicimos como se nos ordenaba y atravesamos corriendo el andén para subir al tren (lo que nos apremiaba en realidad era el temor a que los agentes pudieran cambiar de parecer en cualquier momento). La niña, todavía en brazos del anciano, no hacía más que disculparse. En cuanto se sentó el último de los pasajeros que había subido al tren, este se puso en marcha.

Cuando por fin pudimos sentarnos a cenar, ya eran más de las diez de la noche. Nos separamos de la madre y de su hija en un transbordo y proseguimos hasta nuestra parada, la estación central, que era, además, la última; a partir de ahí hicimos el resto del recorrido hasta casa en autobús, y durante ese último tramo del trayecto casi no despegamos los labios. Tanto el tren como el autobús iban tan llenos de gente que no quería hablar, y la tensión a causa de aquella inspección por sorpresa nos había dejado agotados, a pesar de la buena fortuna que habíamos tenido. Aunque la capacidad que tenía el anciano para actuar resolutivamente por grave que fuera la situación que se nos presentase y el constante apoyo y atenciones que me brindaba eran encomiables, lógicamente también llegaba el momento en que caía rendido, y cuando por fin tuvo un asiento a su disposición, se arrellanó en él resoplando de alivio.

Tras llegar a casa y librarnos del pesado equipaje, permanecimos un rato sentados en el sofá de la sala de estar, absortos en nuestros pensamientos. No nos quedaban energías para sacar las esculturas y colocarlas en algún lugar de la casa. Nuestra cena consistió en un austero surtido de galletitas, pepinillos y manzanas, estas últimas, obsequio de la madre en agradecimiento por la ayuda que el anciano había prestado a su hija.

—No hay ni un solo plato caliente. Discúlpame —le dije.

—No se preocupe. Esto es más que suficiente.

Las galletitas estaban tan resecas que apenas se podían comer y tuve que sumergirlas en agua para poder tragarlas. Mientras las engullía, la vista se me iba a los pepinillos. El anciano alargó la mano hacia el plato y trató varias veces, sin éxito, de pinchar uno con el tenedor. Apuntaba bien, pero, al estirar el brazo hacia delante, el tenedor acababa resbalando y haciendo un giro, para chocar con el borde del plato o clavarse en el mantel de la mesa. Intentaba sujetarlo de otro modo y volvía al ataque con renovado ahínco, pero no había manera. Frunció el entrecejo y ladeó la cabeza. Miraba los pepinillos como si acechara a un extraño insecto con la intención de darle caza.

—¿Qué ocurre? —le pregunté, pero no pareció escucharme. Insistí—: ¿Qué te pasa?

No contestó. Tenía la boca torpemente abierta y los labios pálidos.

—Está bien, está bien, ya veo —dije—. Quieres un pepinillo, ¿verdad? Vamos, yo lo agarro por ti

Tomé de su mano el tenedor, lo hinqué en un pepinillo y se lo puse a la altura de la boca.

—Ah, gracias —reaccionó por fin, sin un ápice de fuerza en la voz.

—Si no te encuentras bien, dímelo, por favor. ¿Sientes las manos entumecidas, tal vez? ¿Se te nubla la vista?

Me acerqué a él y le acaricié el hombro del mismo modo en que lo hacía él cuando me consolaba a mí.

—No, no. Es solo cansancio —dijo, y masticó el pepinillo.

24

A medida que pasaba el tiempo, y fuimos dejando atrás el agotamiento a causa de la excursión a la cabaña y el miedo que pasamos durante la inspección en la estación de tren, el anciano fue recuperando sus fuerzas habituales. A los diez días se encontraba ya como siempre y volvió a encargarse de las tareas domésticas mientras yo estaba ausente, en el trabajo, y se animó incluso a echar una mano a los vecinos para retirar la nieve del tejado. Se encontraba en plena forma y había recuperado el ánimo, el apetito y la energía.

Decidimos no comentarle nada acerca de la inspección al señor R. De todos modos ya no había nada que él ni nadie pudiera hacer al respecto, y además bastante sufrimiento tenía ya entre las cuatro paredes para encima informarle de lo que sucedía en el mundo exterior. Así que ¿por qué no ahorrarle la angustia siempre que fuera posible? Su deber era permanecer escondido, invisible para el resto, con independencia de lo siguiente que fuera a desaparecer o de que la Policía de la Memoria fuera cerrando el cerco sobre nosotros.

El señor R estaba impaciente por ver los objetos que habíamos traído de la cabaña (o casa de campo), y como si esperase reunirse con amigos a los que no veía desde hacía muchos años, me urgía a llevárselos. Al anciano y a mí no nos entusiasmaba tanto la idea de ir haciendo añicos, una a una, las esculturas de mamá —en gran medida porque no era tan fácil dar con la manera de hacerlo— para extraer «cosas» que nos resultaban totalmente desconocidas y que, justo por ello, ponían de relieve hasta qué punto nuestra mente había ido cerrándose y perdiendo su legado de recuerdos: cada objeto extraído parecía decirnos que también él, entre tantísimos más, nos había sido arrebatado de nuestro repertorio memorístico, del abanico de cosas que podíamos evocar. Además, me dolía observar los denodados esfuerzos del propio señor R por tratar de que recuperáramos al menos parte de nuestra memoria. Pero a nosotros nos inquietaba más saber dónde comprar la cena de esa noche para los tres, o la terrible perspectiva de que en cualquier momento pudiera presentarse la Policía de la Memoria para una inspección de recuerdos.

Desde luego, y principalmente por esto último, las maletas y las mochilas no podían quedarse eternamente en el suelo tal como las habíamos dejado aquella noche. Así pues, nos comprometimos a encargarnos de su contenido el domingo siguiente. En primer lugar, llevamos las esculturas al sótano, y después las colocamos sobre la mesa de trabajo de mamá y las golpeamos con un martillo. Lo más complicado era hacerlo con la energía adecuada. Algunas piezas se resquebrajaban limpiamente con un mero y suave toque, pero constituían la excepción a la norma, y de lo que verdaderamente había que tener cuidado era de no golpear con demasiada fuerza para no romper junto a la escultura el objeto oculto en ella. Y, como siempre, debíamos ser precavidos con el ruido que hacíamos para no llamar la atención. Por el sendero que bordeaba el riachuelo no solía transitar mucha gente, pero si diese la casualidad de que la Policía de la Memoria pasara en el momento en que armábamos estruendo en el sótano, nos expondríamos sin duda a captar su atención.

No solo teníamos que graduar la fuerza de los martillazos, sino también el ángulo y el ritmo con que los propinábamos. Lo hacíamos por turno. Mientras uno golpeaba, el otro vigilaba a través del resquicio de la puerta que lleva al lavadero por si pasaba alguna persona por el sendero, y, en caso de que fuera así, hacía una señal al otro para que parara inmediatamente.

Resultó que todas las esculturas ocultaban una «cosa» en su interior. Las había tan pequeñas y aparentemente insignificantes que podrían haber pasado desapercibidas; unas estaban envueltas en papel, otras tenían una forma cóncava, algunas eran oscuras, otras puntiagudas, las había blandas y suaves, también finas, brillantes o esponjosas. Todas completamente diferentes entre sí.

¿Cómo debíamos manipular aquellos objetos sin correr el riesgo de estropearlos? Algunos seguro que resistirían aunque los agarráramos con fuerza, pero otros tal vez eran tan delicados que requerirían el uso de pinzas para llevarlos de un lugar a otro. Además, ¿debíamos procurar no dejar nuestras huellas digitales sobre su superficie? Con estas y otras preguntas rondándonos por la cabeza, permanecimos quietos un buen rato, con la mirada clavada en los objetos, pero sin saber qué hacer.

—No parece que hayan pasado quince años por todas estas cosas. Están como nuevas, ¿verdad? —comentó el anciano.

—Sí. Y no solo eso. También son cosas que han desaparecido de nuestro mundo y de nuestra memoria —dije, asintiendo suavemente con la cabeza.

Había más cosas aparte de las que mamá guardaba en los cajones de la cómoda, por lo que deduje que disponía de otros lugares que yo no conocía para ocultar sus secretos. Asimismo, después de contemplarlos atentamente durante un buen rato, llegué a estar bastante segura de que ninguno de ellos se correspondía con los de aquellos cajones. Entonces me di cuenta de que se aproximaban y flotaban en mi mente, acercándose a la superficie del lago de mi memoria, difusas, algunas de las historias que me contaba mamá. Solo eso. Nada más, ningún otro recuerdo agitaba las mansas y opacas aguas del lago.

Coloqué algunos de los objetos sobre una charola y los llevé al refugio. El señor R nos recibió al anciano y a mí de pie junto a la escalerilla y con una sonrisa.

—Nos hemos decantado por traerlos en la charola por temor a que chocaran entre sí, dentro de una bolsa, y se estropearan —expliqué.

—En fin, tampoco hace falta ser tan cuidadoso... —dijo el señor R, y su mirada ya estaba paseándose por todos y cada uno de los objetos.

Si hubiéramos querido colocar todos esos objetos en fila, dentro del refugio, no habría habido espacio suficiente. Tratamos de colocarlos en la estantería, pero resultó demasiado pequeña y acabamos dejándolos en el suelo. Los tres nos sentamos en la cama cuidando de no pisar ninguno.

—Me parece estar dentro de un sueño —afirmó el señor R—. Jamás imaginé que tu madre hubiera podido guardar tal cantidad de cosas perdidas.

»Qué recuerdos me traen. Yo también tenía objetos como estos, pero papá los quemaba con cada desaparición. No conservaba ninguno.

»Vaya, vaya. Esto es bastante valioso. Habrá que tratarlo

bien; aunque, claro..., hoy día no encontrarías comprador. De poco iba a servirte si te encontraras en un apuro económico y quisieras venderlo.

»Toquen esto. No hay nada que temer. Al contrario, verán qué tacto tan agradable tiene.

»Tu madre guardó todo esto y lo conservó con gran mimo. Debemos estarle enormemente agradecidos.

Hablaba con un entusiasmo irrefrenable al comentar los recuerdos que le traía cada objeto y al explicar cómo se empleaban y para qué servía. Y como no se callaba en ningún momento, el anciano y yo apenas podíamos meter baza.

—Me alegro muchísimo de que reencontrarte con todo esto te haga tan feliz... —pude decir por fin, cuando se detuvo para respirar hondo.

—Veo que todos estos objetos significan mucho más para ustedes que para mí —apostilló el anciano en tono reflexivo, como si hubiera llegado a tal conclusión tras cavilar profundamente.

—No me cabe la menor duda —apuntó el señor R— de que el contacto con estos objetos será beneficioso para su memoria. Estoy convencido de que incluso la más leve sensación tendrá su efecto. Lo importante es que activen sus recuerdos de algún modo.

El anciano y yo nos miramos y, después, bajamos la vista. Comprendí perfectamente lo que el señor R deseaba decirnos y que nosotros asumiéramos, pero no se me ocurría ninguna respuesta con un mínimo de sentido.

—¿Qué debemos hacer en caso de que algún recuerdo adquiera una forma nítida en nuestra memoria? —pregunté.

—No hay nada concreto que daban hacer —contestó el señor R—. La memoria es un reducto de libertad personal.

—Debemos de guardar los recuerdos en algún lugar de nuestro cuerpo, puede que aquí o aquí —dijo el anciano, llevándose una mano a la cabeza y luego al pecho—, no son una realidad presente ante nuestros ojos, ¿verdad? —Después de una breve pausa, el anciano continuó—: Por muy vivo que sea un recuerdo, nunca va a tener una existencia física y objetiva, jamás va a materializarse a la vista de nadie; habitará siempre en el ámbito de la subjetividad. De ese modo, al igual que llegó, el recuerdo irá difuminándose hasta apagarse. Jamás poseeremos por completo nuestra memoria, nunca seremos dueños de ella. La memoria siempre será capaz de liberarse de nuestro férreo puño, que intenta agarrarla y retenerla. Tampoco nos ofrecerá una prueba o evidencia de en qué consiste exactamente, qué guarda o qué forma tiene. Bien pensado, quizás tengan razón; tal vez no tenga sentido tratar de recuperar a la fuerza recuerdos evaporados tiempo atrás.

El señor R meditó la respuesta durante unos instantes.

—Supongo que tienes razón —dijo—. La memoria asusta porque es invisible, inaprensible —prosiguió—. Precisamente, quien sufre la pérdida de memoria no se da cuenta de la importancia que tiene o tenía aquello que es incapaz de recordar, caído ya al pozo del olvido. Miren. —Tomó un fajo de folios de mi manuscrito, que descansaba sobre la mesa—. ¿Lo ven? Es real. Existe aquí. Las palabras de cada línea existen. Tienen una autora: tú. No podemos ver tus recuerdos ni tu mente, pero han creado algo que posee una realidad objetiva y constatable. Aquí está. Aunque es verdad que las novelas han ardido, eso no significa que tu mente, creadora de novelas, haya ardido con ellas. Aquí te tengo, sentada a mi lado. Dejen que los ayude, por favor, igual que ustedes me han ayudado a mí.

Miré el montón de folios que sostenía en la mano. El

anciano se apretaba las sienes con los dedos, absorto en sus pensamientos, tratando seguramente de ordenar en su cabeza lo que acababa de escuchar.

—¿Y si, al final, desapareciera todo lo que hay en la isla? —pregunté en un bisbiseo apenas audible.

Ni el señor R ni el anciano contestaron. Entendí que acababa de preguntar lo que no debía preguntarse. Sin duda, les desconcertó que yo me atreviera verbalizar una cuestión tabú como aquella, temida porque su mera mención tendía a interpretarse como presagio de una realidad futura. Y a mí, que había permanecido en silencio casi todo el rato, no se me ocurrió otra cosa más que lanzar la pregunta así, de buenas a primeras, a la ligera...

—Aunque todo desapareciese, este refugio permanecería aquí —contestó por fin el señor R tras meditar la respuesta largo rato, en un tono de voz que rebosaba afecto, con honesta naturalidad y sin enardecimiento alguno, como si recitara un epitafio grabado en piedra—. Aquí, entre las paredes de este refugio, se conservan todos los recuerdos: esmeraldas, mapas, fotos, armónicas, novelas... Este refugio es el fondo del lago. El lugar más allá del cual los recuerdos no pueden ir.

Las semanas transcurrieron sin ningún acontecimiento relevante. Adquirí tal habilidad con la máquina de escribir que, en el trabajo, dejaron en mis manos la redacción de diversos documentos. Por lo visto, la venta de especias iba viento en popa, y la lista de productos con los que la empresa comerciaba aumentó con la introducción de gelatinas, mermelada y congelados, lo cual trajo consigo un notable incremento de la actividad, se trabajaban horas extra y se salía a deshoras. El anciano se convirtió en una providencial ayuda para la casa y me alivió de la carga de las tareas domésticas. Se encargaba tanto de la limpieza como de la compra, cocinaba y atendía al señor R.

Cierto día, la cañería de desagüe se atascó, privándonos de agua. Normalmente, habría bastado una llamada telefónica a un plomero para solucionar el problema, pero en las circunstancias en que nos encontrábamos incluso una cañería podría poner nuestras vidas en peligro, así que el anciano se puso manos a la obra, y se pasó medio día cubierto de los pies a la cabeza de nieve y suciedad hasta que arregló el atasco.

Otro día, *Don* se puso enfermo. Me di cuenta de que frotaba frenéticamente una de sus orejas contra la pared de su casa. Un líquido amarillento y viscoso le salía del oído. Mientras se lo limpiaba con algodón, agitaba la oreja y me miraba con sus ojillos entrecerrados y expresión de disculpa. A la media hora, volvió a supurar.

Tenía dudas de si llevarlo o no al veterinario, y decidí consultarlo con el señor R y el anciano. En el fondo, no era un perro cualquiera. Era el perro del matrimonio arrestado en una de las inspecciones de recuerdos. Y yo estaba al corriente de las fuertes conexiones que tenía la Policía de la Memoria con las clínicas y los hospitales, debido a que muchos fugitivos y refugiados vivían en unas condiciones muy duras, a causa de las cuales enfermaban y debían ser ingresados en los hospitales para recibir tratamiento. Si, de algún modo, descubrían la relación de *Don* con el arresto llevado a cabo durante una de las inspecciones, no sería extraño que decidieran indagar más... Quién sabe si incluso se las hubieran arreglado para registrar su ADN. Seguramente, no se darían por satisfechos con mis razones altruistas para adoptarlo y sospecharían que pudiera haber motivos ocultos. Y eso bastaría para que decidieran someterme a una investigación.

Por otro lado, si tanta atención les mereciera el perro, se lo habrían llevado consigo en el camión la noche del arresto. De hecho, la Policía lo ignoró completamente los días posteriores, cuando volvió a pasar por la casa para realizar más registros. Tal vez estaba llevando mi preocupación demasiado lejos. El señor R y el anciano pensaron lo mismo y, por unanimidad, se decidió que lo llevaría a una clínica veterinaria no muy lejos de casa.

El veterinario era un anciano de pelo canoso y trato afable, como de persona de campo. Limpió el oído de *Don,* le aplicó una pomada y me dio unas pastillas para su tratamiento, que debía prolongarse durante una semana.

—Es una infección sin la menor importancia —dijo mientras le acariciaba el cuello a *Don.*

Don, por su parte, se dejaba hacer y casi parecía que quisiera quedarse en la consulta. «Por favor, siga un poco más con el tratamiento, doctor», parecía decir con la mirada, resistiéndose a la hora de bajar de la mesa de exploración. Fue un alivio para todos comprobar que nuestros temores habían estado injustificados.

Otro suceso, cuanto menos curioso, fue el corte de pelo a que se sometió el señor R, cosa de la que se encargó, como de tantas otras, el anciano. Desde su entrada en el refugio, el señor R se había dejado crecer el pelo, y con el tiempo su aspecto parecía desaliñado. Teniendo en cuenta que, con la llegada de todas aquellas «cosas secretas» el interior del refugio se había vuelto más estrecho aún, cortar el pelo no resultó nada fácil.

En primer lugar, el anciano extendió hojas de periódico sobre el pequeño espacio que quedaba libre en el suelo, e hizo sentarse allí al señor R. A continuación, le rodeó los hombros y el cuello con una toalla y un plástico que sujetó con pinzas. Y luego, en el angosto espacio, prácticamente tuvo que realizar ejercicios de contorsionismo para acometer el corte de pelo, que, dicho sea de paso, le salió bastante bien. Yo contemplaba la escena sentada en la cama.

—Pero, bueno, es que hasta sabes cortar el pelo... —le elogié.

—Qué va, qué va. No es que sepa. Me limito a dar cortes un tanto a ciegas —dijo, sin dejar de mover las tijeras.

De vez en cuando, el señor R miraba hacia arriba para ver cómo evolucionaba el corte.

—Por favor, no mueva la cabeza —le pedía entonces el anciano, inmovilizándolo con la mano.

Aunque habría sido excesivo afirmar que el corte no se diferenciaba del de un peluquero profesional, sí, al menos, resultó de lo más digno, dándole al señor R un aire incluso más informal y juvenil. El señor R parecía satisfecho con el resultado.

Limpiar el refugio y dejarlo como estaba fue lo verdaderamente complicado. A pesar de las precauciones del anciano, había mechones de cabellos por todas partes —metiéndose incluso entre los objetos secretos de mamá—, y nos vimos obligados a recogerlos cuidadosamente uno a uno.

En definitiva, aquellos fueron días tranquilos y sin sobresaltos que, sin embargo, no se prolongaron demasiado. Un sábado por la tarde en que había sacado a *Don* de paseo, me encontré casualmente con el anciano en la ladera del cerro, donde había estado la biblioteca.

—¡Hola! —lo saludé—. ¿Vienes de hacer la compra? ¿Has conseguido algún producto especialmente bueno?

El anciano estaba sentado sobre un montón de ladrillos, y levantó una mano al verme.

—Qué va. Lo de siempre: verdura mustia, tres zanahorias, harina de maíz, yogures caducados hace dos días, un poco de carne de cerdo...

Até a *Don* al tronco de un árbol cercano y me senté junto al anciano.

—No está mal —repliqué—. Suficiente para una semana. Pero cada vez te cuesta más hacer la compra, ¿verdad? Dedicar una o dos horas a dar vueltas por el mercado y recorrer las tiendas en busca de los mejores productos posibles debe de ser muy duro para una sola persona.

—Cierto. Lo verdaderamente preocupante es la progresiva reducción de productos disponibles —afirmó el anciano, y golpeó con la punta del zapato un montoncito de escombros, haciendo caer algunos trozos sobre la nieve que cubría el suelo.

La biblioteca había quedado reducida a un negruzco montón de escombros, que nada hacía pensar que había albergado libros. Si uno movía cualquier cascote, todavía se elevaba de entre los resquicios una pequeña nube de cenizas. Lo que había sido el jardín delantero, con aquella magnífica y cuidada extensión de césped, permanecía cubierto por una capa de nieve. Más abajo, la inmensidad del mar se desplegaba hacia el horizonte.

—¿Qué hacías? —pregunté—. Hace un poco de frío para estar aquí sentado.

—Estaba mirando el ferri —contestó.

El ferri seguía encallado en el mismo lugar en medio del mar, en la misma posición en que quedó el día del terremoto y del tsunami, con el mismo remolino de agua girando en rededor y la misma espuma blanca de las olas bañándolo al chocar con la popa aún visible, aunque tal vez más pequeña, como si las corrientes marinas lo hubieran arrastrado aún más lejos. Pero aquello debía de ser solo una impresión, un efecto de la luz.

—¿Desearías volver a la vida de antes?

Me di cuenta de que había hecho una pregunta poco apropiada, habida cuenta de que el ferri no iba a regresar a puerto nunca más.

—No, no. No especialmente —se apresuró a contestar el anciano, moviendo la cabeza a izquierda y derecha. No me esperaba una respuesta diferente—. En realidad, nada me hace más feliz que vivir con usted, señorita. Si no fuera por usted, es muy probable que anduviera vagando por las calles. No, no quisiera volver a mi vida anterior. La idea no se me ha pasado por la cabeza ni por un instante. Además, el ferri ya estaba bastante tronado, y antes o después se hubiera hundido, independientemente del tsunami. No podía tener otro destino. Al fin y al cabo, era una de las cosas desaparecidas. Darle un uso diferente a su función original no iba a salvarlo por mucho tiempo.

—Tienes razón. Temo, sin embargo, que la virulencia del tsunami nos haya trastornado. Esto es lo que me preocupa —apunté.

—Por mi parte, solo siento gratitud —aseguró el anciano—. Tenga en cuenta, señorita, que me salvó usted la vida. Así que, si me encuentro ahora aquí, contemplando el ferri, no es por nostalgia, sino por mantener presente y vivo mi agradecimiento hacia usted.

Nos quedamos en silencio, con la mirada puesta en el mar, recreándonos en el espectáculo de color que se desplegaba sobre el escenario del horizonte a medida que el sol se ocultaba, envolviendo el ferri en los tonos del atardecer. No se veía ni un alma por el embarcadero; la única actividad visible era el tránsito de coches por la carretera costera.

Don se entretenía rasgando un tronco con las patas delanteras y lamiendo su correa. De vez en cuando, nos miraba y agitaba la cola para que jugáramos con él, y a veces la oreja se le movía espasmódicamente, estimulada tal vez por el picor que suele acompañar a la recuperación de una inflamación.

A nuestras espaldas, en la cima del cerro y semiocultos por la nieve, se vislumbraban los restos del observatorio ornitológico —ni siquiera había sido necesaria la intervención de una excavadora de la Policía de la Memoria para reducir el observatorio al penoso estado en que se encontraba—. El sendero conservaba los carteles que señalaban en dirección al jardín, pero sus flechas torcidas apuntaban al cielo. Al cerro no le esperaba más destino que su completa degradación.

El anciano había perdido toda su ropa en el tsunami y llevaba puestos unos pantalones de pana, un suéter de lana y un abrigo largo con cuello de piel artificial, todas ellas prendas que habían pertenecido a papá y que yo había conservado con gran mimo. Los pantalones habían perdido su color original y la piel artificial se veía muy desgastada, pero la hechura de cada una de las prendas se ajustaba perfectamente a su talla. Escuchaba solícito mis palabras e inclinaba un poco la cabeza cada vez que yo abría la boca. Sus grandes manos descansaban sobre sus rodillas.

Aquellas robustas manos de trabajador me habían llamado la atención desde niña —siempre que salíamos en familia, él me tomaba de la mano—. Me gustaban. De ellas surgían objetos de lo más diverso: cajas, juguetes, bicicletas en miniatura, jaulas para escarabajos, pelotas de tela, soportes para lámparas, fundas para asientos de bicicleta; y también eran mañosas a la hora de ahumar pescado o preparar pasteles de manzana. Pese a su recia complexión física, la palma de sus manos era blanda y acogedora. Su roce me proporcionaba una agradable sensación de seguridad y protección.

—Me pregunto si a las cosas que hemos extraído de las esculturas de mamá les espera, como al ferri, una vida corta.

—No hay forma de saberlo.

El anciano se incorporó levemente para cambiar de postura y se sentó de nuevo un poco más atrás.

—El señor R parece convencido de poder atesorar y guardar cualquier recuerdo dentro del refugio.

—Eso se debe a la enorme confianza que ha depositado en el refugio que le hemos proporcionado, ¿no cree, señorita? Por mi parte, y para ser honestos, tengo mis dudas al respecto, aunque no seré yo, desde luego, quien lo saque de su ensoñación. No se gana nada con ello.

—Cierto. ¿Cómo iba a comprender precisamente él lo que está ocurriendo en esta isla? Es imposible, como también lo es para nosotros entender qué son exactamente esas cosas secretas que ahora llenan el refugio.

—Exacto, se las está arreglando para burlar la vigilancia de la Policía de la Memoria, pero nuestras vidas y la de él transcurren y avanzan por sendas separadas, y eso no hay manera de evitarlo ni de oponerle resistencia.

—A veces coqueteo con la idea de que la propia Policía de la Memoria desaparece y que todos los refugiados pueden volver a hacer una vida normal, sin ocultarse.

—Eso sería maravilloso. Paro también podría darse el caso contrario: que los refugios desaparecieran.

El anciano se frotó las manos ante el pecho, en un ademán a medio camino entre darse calor y elevar una oración. Nunca había imaginado la mera posibilidad de que el refugio desapareciera —de dejar de comprender aquello que oculta la alfombra, de no saber cómo levantar la trampilla ni entender qué hace allí el señor R—. Sentí una profunda desazón. Cansado tal vez de permanecer quieto junto al tronco del árbol y quizás resignado a no poder disfrutar de su paseo vespertino, *Don* había comenzado a aullar.

—No, no creo que se dé esa posibilidad —dije, tratando de ocultar mi preocupación dándole una pincelada risueña a mi voz—. En cualquier caso, hemos vivido muchas desapariciones a lo largo de estos años y ninguna nos ha producido tal dolor o congoja que nos resultara insuperable, incluso si los objetos desaparecidos constituían una parte importante de nuestras vidas, incluso si tenían un profundo significado para nosotros o los creíamos irremplazables, nuestro gran vacío interior se ha mostrado indolente e indiferente con cada ausencia, con cada porción de vacío añadida, fuese esta de la cosa o concepto que fuere.

El anciano volvió a posar las manos sobre sus rodillas, me miró de frente y sonrió.

—Supongo que tienes toda la razón.

Su sonrisa parecía diluirse en el atardecer.

Al final, decidí que había llegado la hora de irse de allí. Me ajusté la bufanda al cuello y solté la correa de *Don*.

—Vamos. El sol ya casi se ha puesto. Regresemos —propuse—. Si no, corremos el riesgo de agarrar un resfriado.

Don, visiblemente alborozado tras ser liberado de la correa, correteaba entre las piernas del anciano.

—Señorita, regrese antes que yo, se lo ruego —solicitó el anciano—. Voy a descansar un poco más y, después, quisiera pasar por una carnicería más antes de volver a casa. Hace unos días descubrí una con buena mercancía en la ladera opuesta del cerro y me gustaría echar un vistazo. Ojalá encuentre algo de jamón de calidad.

—No hace falta que te molestes. De verdad. Es más que suficiente con todo lo que has hecho hoy.

—Será solo un pequeño rodeo. No se preocupe.

—Bueno, como quieras. Ah, aquí tengo algo que te vendrá muy bien —dije, y extraje del bolsillo de la falda la bolsita de caramelos de limón.

—Pero ¿qué es esto? —preguntó el anciano, alargando el cuello y parpadeando varias veces.

—Son caramelos de limón. Estaban dentro de una de las esculturas de mamá que me cedieron los Inui.

Puse el contenido de la bolsita en la palma de mi mano. Puesto que el señor R y yo habíamos tomado dos caramelos cada uno, solo restaban tres.

—Pero ir por ahí con esto es peligroso —indicó el anciano—. Imagínese si me topara con un registro como el de la ocasión anterior...

Mientras hablaba, no podía separar la mirada de los tres caramelos.

—Tranquilo. Si así ocurriera, bastará con que te los introduzcas en la boca. No tardan nada en deshacerse —repliqué—. Verás, prueba uno.

Con enorme reparo, tomó uno entre los dedos y se lo llevó a la boca. Qué pequeña e indefensa se veía aquella bolita blanca entre sus recios y gruesos dedos. Sus labios se fruncieron adoptando diversas formas y sus ojos chispearon con veloces parpadeos.

—Pero ¿qué...? ¡Qué dulce! —exclamó, y se frotó el pecho, como si de esa manera pudiera retener por más tiempo la dulzura que saboreaba en ese momento.

—Está bueno, ¿verdad? Toma el resto.

—¿Me está ofreciendo más de estas cosas fascinantes? No sabe cuánto se lo agradezco.

Mientras disolvía cada caramelo en la boca, el anciano apretaba y arrugaba los labios y se frotaba el pecho.

—¡Riquísimo! —dijo satisfecho al terminar el último, uniendo las manos e inclinando la cabeza.

—Entonces, regreso ya y te espero en casa, ¿de acuerdo?

Agité una mano a modo de despedida. *Don* ladró dos veces y corrió cuesta abajo, tirando de la correa.

—Vaya con Dios —dijo el anciano, sentado sobre los escombros, sonriente.

Aquella fue la última vez que lo vi con vida.

25

A las siete y media me llamaron del hospital y me dijeron que lo habían recogido frente a la carnicería. Lo encontraron tirado en el suelo. Yo había comenzado a inquietarme por su tardanza y me disponía a salir a buscarlo cuando sonó el timbre del teléfono. No podía demorarse tanto, por mucho rodeo que pensara dar. La persona que llamó habló atropelladamente y me fue imposible precisar si era una enfermera o una recepcionista del hospital. Además, las constantes interferencias me impidieron entender todo lo que me decía. Lo único que me quedó claro fue que debía apersonarme en el hospital lo antes posible.

A través del intercomunicador del embudo, le comuniqué al señor R la noticia, e inmediatamente me encaminé hacia el hospital llevándome conmigo la cartera. Pensaba tomar un taxi a mitad de camino, pero no me crucé con ninguno y acabé recorriendo toda la distancia hasta el hospital a pie, prácticamente corriendo.

No me lo encontré tumbado en una cama, sino en una austera camilla metálica de cuatro finas y largas patas con ruedas en su extremo inferior. Pese a la frialdad de la sala de azulejos donde se encontraba, solo una sábana le cubría el cuerpo, una sábana amarillenta, de textura áspera y llena de costuras por los bordes.

—Una ambulancia acudió al lugar donde lo encontraron y lo trajo al hospital, adonde llegó con pérdida de conocimiento. Tuvo un paro cardiaco y se le practicó el protocolo para dichos casos, pero no se pudo hacer nada para evitar su fallecimiento, que se produjo a las siete y cincuenta y dos minutos de la tarde. Los exámenes han determinado que la causa de la muerte fue una hemorragia cerebral cuyo origen está aún por determinar.

El doctor se afanó en una perorata cuyo contenido apenas pude descifrar, y de la cual lo único que me quedó fue el tono llano de su voz que alcanzaba mis tímpanos y burbujeaba y se arremolinaba en su interior.

—¿Tiene usted conocimiento de que haya sufrido un golpe en la cabeza? —preguntó el facultativo.

Lo miré y traté honestamente de poner en movimiento mis labios para responder, pero el dolor que me oprimía el pecho me lo impidió.

—La hemorragia —prosiguió el doctor— no se ha producido en un área demasiado interna del cerebro, sino cercana al cráneo, bastante superficial, lo cual nos hace sospechar que fue causada por un traumatismo. Claro que existe la posibilidad de que la angina de pecho lo sorprendiera en el lugar donde lo recogimos y que cayera al suelo y se golpeara la cabeza, provocando la hemorragia.

El médico mantenía su monótono y plano tono de voz.

Levanté levemente la sábana y dejé al descubierto las manos del anciano, que reposaban cruzadas sobre su pecho. Ya no podrían crear ni construir ni arreglar nada. Recordé la sangre oscura que le había brotado del oído tras ser aplastado por el la alacena; su dificultad para pinchar los pepinillos y tocar los objetos que había dentro de las esculturas. La hemorragia debía de haberse producido entonces y sus efectos se hacían notar.

—Pero se las arregló para arreglar la conducción de agua —susurré en un tono amortiguado por los azulejos de las paredes e imperceptible para el doctor— y para cortarle el pelo al señor R.

Reparé en la bolsa que yacía en el suelo, a los pies de la camilla. De su interior asomaban el papel de la carnicería que envolvía la compra y las hojas de un manojo de zanahorias.

Fue un funeral discreto y humilde al que asistieron familiares lejanos —el nieto de un primo y una sobrina y su marido—, antiguos compañeros de trabajo y algunos vecinos. Naturalmente, el señor R rogó por el alma del anciano desde el interior del refugio.

Nunca llegué a reponerme de su muerte. No eran pocos los seres queridos que había perdido a lo largo de mi vida, pero las circunstancias en que el anciano me había dejado eran diferentes. Recuerdo con enorme tristeza tanto la muerte de mamá como la de papá y la de la asistenta. A estos les echo de menos y daría lo que fuera por compartir de nuevo momentos con ellos; siento remordimientos por cada acto egoísta y cada acción ingrata que tuve con ellos, pero el tiempo se ha encargado de apaciguar la intensidad de todos esos sentimientos. El tiempo se encarga de ir suavizando y alejando de nuestras vidas el insoportable dolor que nos dejan los que, con su muerte, nos abandonan para siempre. A cambio, nos entrega el valioso legado de sus recuerdos. En cualquier caso, ni la marcha de los muertos ni el recuerdo que dejan consiguen alterar las leyes del lugar donde vivieron; su partida no cambia ni afecta el necesario acontecer de cada nueva desaparición.

La muerte del anciano me produjo una impresión diferente. Aparte del duelo, quedé sumida en un extraño desasosiego al que yo misma no encontraba explicación. Sin duda, no tenerlo a mi lado iba a complicarme el cuidado del señor R, pero no se trataba de eso. No le encontré a aquella inquietud ninguna causa, y, sin embargo, sentía claramente que el suelo bajo mis pies perdía su solidez y firmeza y se volvía tan blando y endeble como una fina hebra de algodón.

Nadie me ofrecería su mano para sostenerme y librarme de la irremediable caída. Nadie podría consolarme tras esta. No tendría a nadie a mi lado con quien compartir el progresivo crecimiento de la oquedad que se abría en mi interior con cada nueva desaparición. El señor R pondría todo de su parte por hacerme sentir bien, de eso no me cabía la menor duda, pero él mismo se encontraba irremediablemente confinado entre las cuatro paredes del refugio. Bajar allí dejó de ser para mí una acción sencilla y natural, al haber perdido yo misma la base sólida de mi propia existencia. Sabía que no podía quedarme mucho rato con el señor R, que fuera del refugio me esperaba mi realidad, aun cuando esta se hubiera vuelto inestable y completamente solitaria.

Nuestros mundos, el del señor R y el mío, eran tan dispares que tratar de juntarlos resultaba tan chocante como pegar piedras de jardín a figuritas de papiroflexia.

Si tuviera al anciano a mi lado, me diría con resolución: «No se apure, señorita. Con este pegamento que ve aquí vamos a juntar ambas cosas».

Para ir ganando confianza, me esforzaba a diario por no dejar vagar mi mente y concentrarme en los ineludibles quehaceres cotidianos. Me levantaba temprano y preparaba la comida del día para el señor R, tratando de aportar una relativa variedad a los platos. Después me dirigía a la empresa donde trabajaba y ponía todo mi empeño en hallar nuevos métodos para aumentar la eficiencia y reducir el número de errores. En el mercado, me las arreglaba para hacer una compra abundante, me desenvolvía hábilmente entre la multitud y no me dejaba desalentar por la longitud de las colas. Ponía todo mi empeño en cada tarea por nimia que fuera: planchaba la ropa, arreglaba una blusa para reutilizarla como funda de almohada, confeccionaba un chaleco a partir de un suéter gastado, fregaba la cocina y el baño hasta dejarlos relucientes, sacaba de paseo a *Don* y retiraba la nieve del tejado.

Y, sin embargo, me costaba conciliar el sueño por las noches. Me sentía demasiado cansada y preocupada. Cerraba los ojos, pero mi cabeza no paraba de dar vueltas, y, entonces, lloraba. Los minutos y las horas transcurrían y yo continuaba desvelada hasta que decidía incorporarme y tomar asiento frente a mi mesa de trabajo, ante el manuscrito de mi novela. No es que pensara que hacerlo pudiera reportarme tranquilidad o beneficio alguno, era, simplemente, que no se me ocurría ninguna otra cosa.

Sacaba los objetos secretos escondidos tras el embudo del intercomunicador y los ponía sobre los folios del manuscrito para contemplarlos durante un rato.

—Por favor, llévate alguno que te llame la atención —me decía el señor R últimamente, al dar por finalizada mis visitas al refugio, y entonces me entregaba dos o tres de aquellas cosas.

Lo cierto es que ningún objeto me llamaba la atención. Mi mente y mi memoria estaban tan débiles que nada despertaba en mí la emoción y el deseo de llevármelo conmigo. Sin embargo, no quería entristecer al señor R, de modo que señalaba uno al azar.

Después de observarlos, los tomaba en mi mano y los

olía, los destapaba, los desatornillaba, los hacía rodar, los pasaba bajo el foco, los humedecía con mi aliento. Según su forma, los asociaba a determinado uso, aunque no podía estar segura de que fuera el que tuvieron originalmente.

A veces, aquellos objetos mostraban una etérea y delicada capacidad expresiva que apenas duraba un instante. Entonces era testigo de cierta curvatura sutil de un contorno, de cierto alabeo del perímetro y juego de contrastes entre luz y sombra, que, como un pálpito efímero, me hacían cuestionarme si no se estaría produciendo dentro de mí el cambio al que se refería el señor R con tanto anhelo, si no estaría percibiendo esa llama esperanzadora que debía encenderse tarde o temprano en mi profunda y oscura oquedad interior si me exponía al contacto y visión de aquellos objetos ya desaparecidos para siempre del mundo. Pero dicha impresión era liviana y momentánea, inaprensible.

Pasar la noche así no iba a ayudarme a superar la muerte del anciano, pero era mejor que llorar, temblando acurrucada entre las sábanas. Lo interesante era que algunas de esas señales que parecían enviarme los objetos secretos mientras los contemplaban se repetían a la noche siguiente. Incluso la misma noche, hasta tres veces. Y, al contrario, podían transcurrir cuatro noches sin que observara nada. El caso es que empecé a esperar con ansiedad aquella especie de llamada con que los objetos se me manifestaban. Era como si llamaran mi atención hacia el mismo refugio de donde procedían.

Una noche puse todo mi empeño en continuar la escritura del manuscrito. Me animó el deseo de dejar constancia de aquella tenue luz que los objetos parecían enviar a mi vacío interior. Era la primera vez desde la desaparición de las novelas que experimentaba tal deseo. No era capaz de tomar el lápiz ni acertaba a escribir bien los caracteres —me salían muy pequeños o tan grandes que sobrepasaban las líneas impresas en los folios—. De hecho, no podía estar segura de si los trazos sobre el papel se correspondían con palabras auténticas. De momento, me bastaba con escribir cualquier cosa.

«Introduje los pies en el agua.»

Dicha oración fue lo único que atiné a escribir a lo largo de toda una noche, y aunque la leí en voz alta varias veces, no entendí a cuento de qué la había escrito ni qué relación tenía con el resto de la novela.

En aquella ocasión, cuando volví al refugio para devolver al señor R los objetos —era evidente el riesgo que entrañaba tenerlos fuera—, aproveché para mostrarle, reticente, el borrador de la novela. Él dedicó varios minutos a echarle un vistazo a pesar de que solo había añadido aquella frase.

—Como ves, es un garabato al que no deberías prestar ninguna atención —le dije—. Creo que solo se merece acabar en el cesto de la basura.

Puesto que no decía nada, pensé que, al leer aquello, lo único que había sentido había sido exasperación, o más bien, desaliento.

—Ni hablar. Se trata de un avance esperanzador. ¿No te das cuenta? Piensa que, hasta ahora, cada vez que intentabas escribir había sido en vano, y que no habías hecho más que estropear el papel de tanto pasarle la goma de borrar.

Dejó el manuscrito cuidadosamente sobre la mesa.

—Es exagerado llamarlo «avance esperanzador». Yo lo veo más como un vulgar antojo. Además, lo más probable es que mañana no sea capaz de escribir dos letras seguidas.

—No lo creo. Tengo la corazonada de que la historia de tu novela ha vuelto a ponerse en marcha.

—Ah, ¿sí? No tengo demasiadas esperanzas al respecto.

¿A qué viene eso de los pies y el agua? ¿Tú le ves sentido? Yo, ninguno.

—No se trata tanto de que tenga sentido como de que las palabras se conviertan en un profundo receptáculo para el desarrollo de la historia, que es lo verdaderamente importante. Y lo que has logrado con esa enigmática frase es tirar del hilo de la historia. Tu mente, tu espíritu, lo que queda de tu memoria, llámalo como quieras, está tratando desesperadamente de recuperar esos recuerdos borrados a la fuerza tiempo atrás.

Desde luego, eran palabras de ánimo. Pero pensé que el señor R se limitaba a ser condescendiente conmigo a sabiendas del gran daño que la muerte del anciano me había causado, y que solo intentaba consolarme. Si así era, no me molestó, lo acepté de buen grado. No me importaban las razones que le movieran a tratarme con dulzura.

«Sobre la superficie del agua no flotaba ni una sola partícula de polvo.»

«Dirigí la mirada hacia la verde pradera.»

«El viento acariciaba la hierba y creaba una especie de dibujo que se iba moviendo.»

«Semejante a las marcas que deja un ratón con los dientes al roer un queso.»

Fui añadiendo una oración por noche sin saber qué podrían aportar a la novela. Por fin conseguí equilibrar el tamaño de las letras, pero la mano seguía temblándome cada vez que apoyaba el lápiz sobre el papel.

—¡Muy bien! ¡Esto tiene una pinta excelente! —señalaba él mientras pasaba los folios.

Sucedió una vez más. Solo que aquella fue la primera tras la muerte del anciano. Una nueva desaparición se cernió sobre la isla. Todavía en la cama, afiné mis sentidos tratando de identificar qué había sido. A diferencia de lo que solía ocurrir, fuera reinaba la calma, no se había montado una algarabía de gente en la calle, y eso me llevó a pensar que o bien lo que había desaparecido no le incumbía a nadie, o bien era demasiado pequeño para ser percibido. Decidí levantarme. Al hacerlo experimenté una extraña presión en todo el cuerpo, que parecía deberse a una inusual densidad del aire y que me retuvo. Entre el resquicio de las cortinas se filtraba una luz gris ceniza y supuse que el cielo estaba nublado. Tal vez no cabría esperar otra cosa más que una nueva tempestad de nieve. De momento, saldría de casa y tomaría el tranvía de las siete. Más me valía salir temprano, porque los días de desaparición solían ser convulsos y ajetreados.

Retiré las sábanas y me di cuenta de que tenía algo pegado a la cadera. Inmediatamente intenté tirar de ello, retorcerlo, zarandearlo y, en definitiva, arrancármelo, pero no funcionó nada. Desde luego, parecía soldado a mi cuerpo.

—Pero ¿qué es esto?

Me asusté, agarré la almohada y me abracé a ella. ¿Qué era aquello que se había aferrado con tal fuerza a mi cadera? Intenté moverme, salir de la cama dando vueltas, pero aquello no me dejaba.

Apreté mi cara contra la almohada y permanecí inmóvil durante unos instantes, hasta calmarme un poco. Mi mano conservaba la fría sensación que unos minutos antes me había dejado aquello al tocarlo. ¿Era acaso una enfermedad tan virulenta que era capaz de producir un tumor de semejante tamaño en el transcurso de una sola noche? Temía no poder desplazarme siquiera al hospital con aquello pegado. Hice el esfuerzo de echarle otro vistazo a mi cuerpo, pero seguía con el mismo aspecto.

No tenía sentido pasarme el día entero en la cama. Por

algo había que empezar, así que me levantaría y me vestiría. Al menos, eso. Extendí la pierna derecha y apoyé el pie en el suelo. Enderecé el cuerpo lentamente gracias al punto de apoyo que me proporcionaba la pierna derecha. Mientras intentaba incorporarme, aquello tiró de mí y fui a parar al suelo, produciendo un sonido seco al golpear contra este. Al caer choqué con el bote de basura, volcando su contenido. No me entretuve en recogerlo, me arrastré hasta el mueble de ropa y saqué unos pantalones y un suéter.

El suéter me lo puse sin mayores dificultades, pero los pantalones presentaban el problema de las dos perneras. La pierna derecha me entró bien, pero, después, no pude continuar. Aquello seguía pegado a mi cadera y parecía observar con recelo y en silencio cada uno de mis movimientos. Desde luego, no temí que fuera a abalanzarse sobre mí para atacarme, pero tampoco tenía un aspecto muy tranquilizador. Lo observé con atención y me di cuenta de que tenía el tamaño justo para entrar en la pernera izquierda del pantalón.

Así que lo sujeté con ambas manos y empecé a introducirlo por el hueco de la pernera. Era pesado y difícil de manejar, pero, como había imaginado, quedó perfectamente embutido en esta, como si la hubieran hecho a medida.

Y fue en ese instante cuando caí en la cuenta de que aquello que acababa de desaparecer esa misma mañana era precisamente el concepto de pierna izquierda.

Me costó un esfuerzo enorme bajar la escalera sin caer rodando. Fuertemente aferrada al pasamanos, fui arrastrando, escalón a escalón, aquella cosa —es decir, la pierna izquierda, recién borrada de mi memoria—. Me asomé y presumí que la nieve acumulada sería un escollo añadido a la de por sí difícil situación que debía afrontar. Me puse la bota derecha y, tras alguna que otra vacilación, conseguí enfundarme también la bota izquierda.

Poco a poco, los vecinos fueron agrupándose en las calles, desplazándose como buenamente podían, sufriendo lo indecible para conseguir un mínimo control de sus cuerpos y cuidándose mucho de no dar un paso en falso que podría ocasionarles un dolor inmenso. Había familias cuyos miembros apenas se sostenían apoyados unos en los hombros de los otros, e individuos que avanzaban renqueantes sujetándose a la valla del jardín. Otros, como el antiguo sombrerero, utilizaban sus paraguas a modo de bastón.

—¿Qué diablos está sucediendo? —se quejó entre dientes alguien. A su alrededor, la gente asintió con la cabeza sin añadir ningún comentario.

El desconcierto reinaba por todas partes. Era, quizás, la primera vez que una desaparición afectaba a todos por igual de manera tan ostensible, y resultaba imposible hacerse una idea de hacia dónde nos conduciría la nueva situación, adónde iría a parar aquello.

—Hasta ahora hemos sufrido desapariciones que excedían lo que podíamos imaginar, pero esto de hoy ha ido demasiado lejos —consideró la vecina de la casa situada al otro lado de la calle.

—¿Qué porvenir nos espera?

—¿A qué viene preguntarse eso ahora? El hueco abierto por las desapariciones seguirá aumentando. Lo de hoy no es más que otro paso en esa dirección —apuntó el vecino que trabajaba como funcionario y vivía en la casa situada al oeste.

—Pues no suena especialmente prometedor. ¿No le inquieta la posibilidad de que sigamos desmembrándonos? ¿Qué sentido tiene todo esto? —protestó el antiguo sombrerero mientras horadaba la nieve con la punta del paraguas.

—Ya verá qué poco tardamos en habituarnos a esta nueva situación. Al principio resultará un tanto molesta, pero, pasado un tiempo, no mucho, nos habremos adaptado, igual que a las otras. Esta no tiene nada de particular. Así ha sido siempre. Solamente es una cuestión de tiempo, ya lo verá, y algunas desapariciones requieren más que otras. Pero no hace falta armar un alboroto por esta.

—De hecho, yo agradezco que me haya desaparecido la pierna izquierda —intervino entre risas la anciana mujer que vivía dos casas más allá de la mía—. ¿Se dan cuenta? Acabo de librarme de la rodilla que tanto me dolía.

Mis labios se relajaron y esbozaron una leve sonrisa, tan leve como desganada.

La gente no podía evitar dirigir esporádicas miradas hacia su lado inferior izquierdo mientras hablaba. Quizás, muchos podían sentir aún la frialdad de la nieve en sus piernas. En esas miradas se adivinaban tímidos destellos de esperanza, como si existiese la posibilidad, por remota que fuera, de que en la ejecución de la presente desaparición se hubiera producido algún error.

—Disculpen, pero... —me atreví a decir por fin, haciendo acopio de la valentía suficiente para comentar cierto detalle que me había preocupado desde el primer momento— ¿cómo vamos a desprendernos de nuestra pierna izquierda?

El funcionario exhaló un quejido, la anciana tomó aire ruidosamente por los orificios de la nariz y la señora de la casa de enfrente hizo girar varias veces el mango del paraguas. El silencio se alargó durante unos instantes, mientras todos reflexionaban tratando de dar con una respuesta mínimamente sensata y, al mismo tiempo, se mantenían a la espera de que fuera otro quien hablara primero.

Fue en ese instante de mutismo cuando me percaté de que tres agentes de la Policía de la Memoria se acercaban a pie calle arriba. El nerviosismo se apoderó de quienes estábamos allí y nos aproximamos más los unos a los otros, apresurándonos a hacernos a un lado de la acera para dejar el paso libre a los agentes. Era muy probable que encontrarnos en plena calle, tomándonos la mañana con tal placidez y charlando, no fuera a hacerles demasiada gracia.

Vestían su uniforme habitual. Debían de haber salido de patrulla. Enseguida dirigí la vista hacia las extremidades inferiores de los tres agentes y, al comprobar que la pierna izquierda ocupaba el sitio que le correspondía en cada uno de ellos, respiré aliviada. Pensé que, si la mismísima Policía no se había molestado en amputarse la pierna izquierda, no se nos podría recriminar nada a nosotros por mantenerlas todavía unidas a nuestros cuerpos. Lo que más me extrañó fue que caminaran tan bien. Ya habían pasado varias horas de una desaparición de tal calibre, tan significativa como inaudita, y sin embargo ellos caminaban con la firmeza y estricta impasibilidad de siempre. ¿Habrían sabido con antelación lo que se venía encima y habrían tenido tiempo para practicar el paso?

Una vez que los agentes pasaron y se alejaron hasta desaparecer de nuestra vista, el antiguo sombrerero fue el primero en volver a hablar.

—¿Lo vieron? Los agentes conservan ambas piernas y continúan caminando tranquilamente con ellas. No creo que debamos apresurarnos a deshacernos de las nuestras, ¿no creen?

—Estoy totalmente de acuerdo. Desde luego, no voy a agarrar una sierra y cortármela sin más.

—Esta vez no nos valen los métodos de quemar, enterrar, echar al río o dar la espalda, sin más, a aquello que ha desaparecido. Pero una desaparición sigue siendo una desaparición.

—Cierto. Tal vez acabemos dando con algún modo de separar nuestra pierna izquierda del resto del cuerpo.

—Quizás se desprenda por sí misma, de manera natural, como una rama seca.

—Sí, sí. Seguro que será así.

—¡Cierto! No debemos preocuparnos.

Con aquellas palabras que parecieron satisfacer a todos, los vecinos fueron retirándose a sus casas. Lo hacían con dificultad, en claro contraste con la ligereza con que los tres agentes de la Policía de la Memoria habían atravesado la calle ante nuestras narices. La anciana de los dolores en la rodilla se cayó junto al poste de entrada y al antiguo sombrerero se le quedó el paraguas clavado en la nieve y no pudo continuar avanzando. *Don* había salido de su casa y daba vueltas nervioso ante la puerta de casa agitando la cola. Al verme, corrió a mi lado cubriéndose de nieve y resoplando como siempre que solicitaba mis caricias y afecto. Su pata posterior izquierda había desaparecido.

—Vaya. Tú tampoco te libras de las desapariciones, ¿eh? Vamos, tranquilo. ¿Ves cómo no pasa nada?

Lo abracé por el torso y levantó sus cuartos delanteros del suelo. Temblaba. Apenas se sostenía.

Aquella noche, el señor R me acarició la cosa esa que llevaba unida a la cadera. Lo hizo mientras estábamos en la cama, durante mucho tiempo, quizás con la idea de que dicha acción pudiera tener algún efecto sobre ella y devolverle su estado anterior.

—De niña, mamá me acariciaba suavemente por todo el cuerpo cuando estaba enferma con fiebre —susurré.

—Mira. Tu pierna sigue aquí. No se ha ido a ningún sitio. Seguro que antes o después recuperarás la memoria de lo que era —dijo el señor R, y soltó una carcajada, imprimiendo algo más de presión a la palma de su mano.

—Es posible —admití, con escaso convencimiento, y dirigí la vista al techo. La sensación que me producía la mano del señor R no se parecía en nada a la que me provocaba la de mi madre. Su roce no me hacía sentir ninguna calidez, era como frotar dos objetos cualesquiera, ajenos y extraños entre sí, como dos piezas cuya fricción produce un chirrido. Pero ¿cómo iba a decirle eso sin desanimarlo, con lo convencido que estaba de la eficacia de su iniciativa?

—Observa esto. ¿Ves las cinco uñas que tienes aquí? Traslúcidas y suaves, cada una es menor que la precedente, comenzando por el dedo gordo. Y esto de aquí es el talón. Y aquí está el tobillo. El otro pie, el derecho, es igual. ¿Lo ves? Como un reflejo del izquierdo. Ahora continuamos subiendo. Mira la hermosa y delicada curva de la rodilla. Siempre presta a ponerse en movimiento y tan bonita que mis manos desean envolverla. Mira la complicada unión de huesos que la forman. Se percibe al tocar la parte superior. Y aquí tienes la pantorrilla, blanda, suave y cálida. Aquí, el muslo, de piel tersa y pálida. Toda tu pierna izquierda es tan real para mí como cualquier otra cosa. Percibo el más pequeño arañazo, la marca más nimia y el lunar más leve. ¿Qué es entonces lo que te hace creer que ya no tienes pierna o que no te pertenece?

Arrodillado sobre el colchón de la cama, el señor R continuaba acariciándome la pierna izquierda sin descanso. Cerré los ojos y lo único que me pareció real fue precisamente el hueco vacío que se abría en mis entrañas, y dentro del cual no encontré el más mínimo rastro de memoria. Solo agua. Agua transparente. Su mano, la del señor R, se introducía en el agua y la removía. Pero lo único que conseguía hacer emerger a la superficie eran burbujas. Nada más. Las burbujas estallaban sin hacer ruido.

—Me doy cuenta de lo afortunada que soy al tener junto

a mí a una persona que tanto se preocupa por cada una de las cosas que voy perdiendo —dije—. Supongo que mi pierna izquierda es la única en toda la isla que recibe tantas atenciones. A estas alturas, las de los demás deben de haber sido dejadas de lado, tristemente ignoradas y olvidadas.

—Lo cierto es que no puedo imaginar el estado en que se encuentra el mundo exterior tras todas las desapariciones que han ido teniendo lugar desde que estoy aquí escondido.

—No creo que haya cambiado tanto como crees. Ante la expansión del vacío de la memoria, poco más podemos hacer aparte de encogernos de hombros, resignarnos y arreglárnoslas con lo que nos queda. Así viene siendo desde hace muchos años. Quizás esta nueva desaparición sea la única que haya causado cierta consternación entre los habitantes de la isla, al ser la primera vez que nos vemos obligados a cargar con aquello que, en teoría, no debe existir para nosotros. En este sentido, tu ayuda está siendo vital para mí. Me permite aceptar mejor el hecho de llevar a cuestas algo que no debería acompañarme y que ya no forma parte de mí.

—Sí. Esta vez, no va a ser tan fácil como arrojarlo al río y dejar que la corriente se lo lleve.

—Así es. Ni quemarlo en la incineradora del jardín ni machacarlo hasta hacerlo polvo ni lanzarlo al mar ni disolverlo con algún producto químico. Todo el mundo anda alterado, dando vueltas sin saber cómo actuar. Lo único que se puede hacer de momento es tratar por todos los medios de no mirar nunca en dirección a la pierna izquierda. De ese modo, al menos se podrá alcanzar cierta tranquilidad y recuperar un relativo equilibrio. No imagino cómo, pero tendrá que llegar el momento en que todo vuelva a recuperar un relativo grado de armonía.

—¿A qué te refieres?

—A que el hueco dejado por la desaparición de la pierna

izquierda aún no se ha instalado del todo en la vasta oquedad en que se ha convertido nuestra memoria.

—No llego a comprender esa especie de aceptación incondicional con que reciben cada nueva desaparición. Del mismo modo que yo me aferro a ti, tú deberías aferrarte a tu pierna izquierda.

El señor R bajó la mirada y dejó escapar un suspiro. Alargué mi mano para tocar con la punta de mis dedos aquellas pestañas que apuntaban hacia abajo, pero tuve que reprimirme y mantenerme quieta, puesto que noté el peso de mi pierna izquierda tirar de mí hasta casi hacerme caer de la cama. Él la rodeó con ambas manos y me besó la pantorrilla. Fue un beso dulce y suave.

Ojalá pudiera sentir el tacto de sus labios. Ojalá mi piel y mi carne y mi sangre pudieran estremecerse con su roce. Pero era como si tuviera la pierna recubierta de arcilla, y, si algo notaba todavía sobre mi piel, no era más que una sensación de ahogo.

—Por favor, no me sueltes la pierna —le pedí.

Pese a no percibir su tacto, deseaba seguir contemplándolo aferrado a esa mera oquedad en que se había convertido para mí mi pierna izquierda.

—Puedo permanecer así todo el tiempo que desees —fue su respuesta.

26

El caso es que la gente se habituó a convivir con aquel «vacío» en que se había convertido su pierna izquierda y prosiguió con sus tareas diarias como de costumbre. Las cosas nunca volvieron a ser como antes, pero el cuerpo se adaptó al nuevo y necesario equilibrio, y la rutina diaria adquirió un nuevo ritmo. Uno debía encontrar algo en lo que apoyarse para mantenerse erguido, y una buena dosis de prudencia se hizo indispensable para trasladarse de un lugar a otro, cosa que, por otra parte, no era posible salvo de manera considerablemente abrupta. Al menos dejaron de verse las torpes caídas y porrazos que al principio eran el pan de cada día. En definitiva, los habitantes de la isla acabaron dominando sus cuerpos.

Incluso *Don* había vuelto a corretear por el jardín lleno de energía, a subirse al tejado de su casa para tomar el sol o a saltar para hacer caer la nieve de las ramas de los arbustos. A veces le podía el entusiasmo y abandonaba toda precaución, de modo que unos bloques de nieve de considerable tamaño se precipitaban sobre su cabeza. Cuando eso sucedía, corría raudo a mi lado para que lo protegiese de lo que a él le parecía un ataque. Yo le retiraba la nieve de la cabeza y el morro y le acariciaba el cuello. Con eso bastaba para que recuperara el ímpetu y volviera a los arbustos para atacar ramas de mayor grosor.

Los días pasaban sin indicios de que el miembro inferior izquierdo fuera a desprenderse de manera natural, cual hoja seca de un árbol. Aquello seguía fuertemente unido al lado izquierdo de la cadera, y, de hecho, todo el mundo lo aceptó así, sin darle más vueltas al asunto. Parecía lógico. Si nadie podía recordar con exactitud qué era aquello que arrastraba sujeto a su cadera, qué sentido tenía preocuparse por qué hacer con ello.

Otro cambio que se produjo fue el notable incremento de arrestos —más, si cabe, que antes— como consecuencia de las inspecciones de recuerdos. La desaparición de la pierna izquierda había supuesto un duro golpe para quienes hasta entonces se las habían arreglado de un modo u otro para escurrir el bulto ante las autoridades. Para mí, lo sorprendente no era ya el elevado número de detenciones, sino comprobar que mucha gente era capaz de continuar con sus quehaceres y rutinas cotidianos sin haber caído en manos de la Policía y sin necesidad de recurrir a un refugio para sobrevivir. Ciertas personas no lograban mantener el equilibrio ni mover sus cuerpos de manera eficiente; no distribuían bien la fuerza ni regulaban adecuadamente el movimiento de sus músculos y articulaciones. Aquello llamaba la atención de la Policía, que pescaba a dichos individuos sin excesivo esfuerzo.

El aumento de inspecciones de recuerdos y la muerte del anciano hicieron que se interrumpiera toda comunicación con la mujer del señor R a través de la caseta de observación meteorológica. Hablar por teléfono resultaba arriesgado, y aún lo era más que me presentara en persona en su casa. Pese a que su esposa constituía el único nexo entre el señor R y el mundo exterior, era vital mantener el refugio lo más aislado posible para protegerlo. Decidimos que la comunicación entre él y su esposa se estableciese exclusivamente a través del timbre del teléfono. Si él se encontraba bien, yo la llamaría y haría sonar el timbre tres veces a una hora determinada de un día concreto. Su esposa, por su parte, me devolvería otros tres timbrazos en señal de que había recibido la información.

Fui al colegio para hacerle llegar a la esposa las nuevas pautas de comunicación. Había pasado mucho tiempo desde la última vez, y me encontré con que la caseta de observación meteorológica se había derrumbado. Estaban sus restos esparcidos por el suelo, bien a causa del terremoto o de una tempestad de nieve. Entre los resquicios dejados por las tablas caídas al suelo se asomaba el instrumental de medición, que se había roto. Me quedé parada sin saber qué hacer. Finalmente, pensé que lo mejor sería dejarle la carta entre dos tablas, y así lo hice. Como ya nadie se acordaba de la caseta, ahora que estaba rota llamaría todavía menos la atención, y eso era precisamente lo que buscábamos. Por supuesto, me asaltaron ciertas dudas de que a la esposa del señor R le quedaran ánimos para seguir acercándose a aquella caseta rota.

Cuando llegó la hora y el día acordados, levanté el auricular y marqué su número. Dejé que sonaran tres veces y colgué. Me mantuve a la espera. Después de unos instantes de denso silencio, el teléfono sonó. Un timbrazo; dos, tres..., y se cortó. El eco se alejó y se disolvió en la oscuridad de la noche. Me dio la impresión de que el auricular había llegado a estremecerse.

Durante los días siguientes, retomé la escritura de mi novela, pero solo me salían unas frases tan torpes como originales. Lo que me había impulsado antaño a empezar a escribir la novela se había enfriado completamente y tampoco veía indicios de que fuera a recuperarlo. Sin embargo, desde la noche en que la debacle de la biblioteca iluminó todo el cerro había logrado al menos poner en orden unas cuantas palabras y organizar algunas oraciones. Y no solo eso. También comenzó a desfilar por mi mente una serie de imágenes algo imprecisas que representaban la torre de un reloj en la que una joven había sido encerrada, los dedos de ella, el dibujo que formaban los nudos de las tablas del suelo de la sala del reloj, una montaña de máquinas de escribir, el sonido de los pasos de un hombre que subía la escalera de la torre...

Sin embargo, la cantidad de palabras que conseguía enlazar para describir aquellas imágenes era muy pequeña. Aunque me pasara la noche en vela apenas avanzaba. En ocasiones, me sobrevenía un arrebato de desesperación y me entraban ganas de arrojar por la ventana todo el manuscrito. En momentos así, tomaba en mis manos alguno de los objetos secretos que el señor R me ofrecía y respiraba hondo. Me bastaba con eso para tranquilizarme y para que desapareciera el impulso de tirar el manuscrito.

El ferri fue hundiéndose paulatinamente bajo las aguas del océano. Cada vez que sacaba a pasear a *Don,* me paraba a descansar junto a las ruinas de la biblioteca y me sentaba sobre los escombros. Desde allí contemplaba el mar. Nunca me encontré a nadie por los alrededores y el sonido de los coches que circulaban por la carretera que bordeaba la costa se oía muy lejano, permitiendo que una profunda calma reinara en el lugar. Se decía que la Policía de la Memoria había levantado varias construcciones en el descampado en que se había convertido el extinto jardín de rosas y el yermo terreno de la biblioteca, pero, fuera o no verdad, ninguna institución había asumido la tarea de retirar la gran montaña de escombros a la que había quedado reducida la biblioteca.

—¿Recuerdas cuando nos encontramos al anciano sentado aquí? —le pregunté a *Don*—. Cuando me acuerdo de ello, me viene otra cosa a la mente. —*Don* correteaba despreocupado a mi alrededor—. ¿Debería haber notado en su rostro que le pasaba algo? Pero no parecía pasarle nada, ¿verdad? Era el mismo rostro amable, genuino y atento de siempre. Pero en mi recuerdo, su rostro aparece teñido de una enorme tristeza. Creo que deseaba pedirme ayuda, pero que no quería causarme problemas y se limitó a mantener la mirada baja. Las lágrimas estaban a punto de desbordársele y caerle por el rostro, por su rostro sombrío de aquella tarde. Lo que hizo, no obstante, fue sonreír. Débilmente, pero sonreír. Cada vez que rememoro su expresión siento tanto dolor que apenas puedo mantenerme en pie. «No te preocupes, todo irá bien», le grito y alargo el brazo hacia él, pero no lo alcanzo. Es lógico, ya no está a mi lado.

Mientras hablaba sola, saqué de mi bolsillo una galleta, la partí y le lancé un trozo a *Don*, que se encogió y saltó para cazarlo en el aire. Aplaudí su destreza y él, mostrándose orgulloso, elevó el morro varias veces apuntando al cielo, como solicitándome que le lanzara más trozos.

—¿Por qué no me di cuenta de lo que le estaba ocurriendo? ¿Por qué no pensé en la posibilidad de un derrame cerebral? Si hubiera tenido en cuenta dicha posibilidad, podría haberle salvado la vida.

Trataba de descargar en voz alta la rabia de no haber actuado. De no haber sabido actuar. Aun siendo consciente de que aquello no me libraría del dolor por el sentimiento de culpa, volvía cada tarde a ese mismo lugar y repetía a gritos ese mismo ritual. Mientras tanto, *Don* solía entretenerse mordisqueando ruidosamente las galletas que yo le lanzaba.

A medida que pasaban los días, cada vez se veía menos la

popa del ferri sobre el profundo azul del mar, que se lo iba tragando. Sin embargo, aunque acabara desapareciendo del todo, a mí me parecía que no se alejaría demasiado de la superficie de las aguas. El oleaje era intenso y, a veces, no podía verse la popa.

Cuando pensaba en que el ferri acabaría por desaparecer, se me hacía un nudo en la garganta. La idea de pasear por el cerro, caminar ladera arriba y dirigir mi mirada al mar sin poder ver el ferri se me hacía difícil. ¿Podría entonces mantener la certeza de que, efectivamente, allí se encontraba el ferri? ¿Podría arreglármelas para conservar vivos en mi memoria los momentos en que disfrutábamos comiendo pastel en el camarote o preparando el plan para ocultar al señor R en el refugio, o contemplando el atardecer, apoyados sobre el barandal de cubierta? No sabía si mi debilitado corazón podría soportarlo.

Y llegó el día en que lo que desapareció fue el brazo derecho. No cundió el desconcierto como en la ocasión anterior, cuando desapareció la pierna izquierda. La gente no permaneció en la cama sufriendo largo rato para comprender qué había sucedido, ni tuvo problemas para vestirse ni se apuró ante la idea de cómo se las arreglarían de ahí en adelante. En cierto modo, todo el mundo había asumido que una desaparición así llegaría tarde o temprano. De hecho, no fueron pocos quienes la asumieron con mayor tranquilidad e indiferencia que el resto de las desapariciones: no era necesario reunir los objetos desaparecidos ni llevarlos a la plaza ni preparar enormes hogueras; tampoco se veían tumultos ni agitación. Uno podía continuar con la mañana tal y como hacía habitualmente, con la nueva cosa desaparecida —una nueva ampliación del vacío de la memoria— pegada al cuerpo.

Naturalmente, había cambios que afectaban a los pequeños detalles de la vida cotidiana. Dejó de ser posible hacerse la manicura y hubo que idear una técnica de mecanografía centrada en el uso exclusivo de los dedos de la mano izquierda; pelar hortalizas se convirtió en un asunto de no poca enjundia, y hubo que cambiarse los anillos de la mano derecha a la izquierda. Pero ninguno de los cambios supuso un grave trastorno en las vidas de los habitantes de la isla. Lo importante era aceptar cada nueva desaparición y dejar que el cuerpo se adaptara con naturalidad a ella.

Por lo que a mí me atañía, no pude volver a bajar la escalerilla del refugio portando la charola de la comida del señor R. A partir de entonces, se la pasaba desde el hueco de la trampilla con extremo cuidado para que la comida no se saliera de la charola ni se desparramara. Después bajaba despacio, paso a paso, con ayuda del señor R, que me servía de apoyo. Subir no resultaba más fácil. Requería un esfuerzo titánico ir impulsándome para alcanzar la trampilla y, una vez allí, aguantar el peso del cuerpo y empujarlo hasta poder atravesarla. El señor R se mantenía al pie de la escalerilla, al tanto de cada uno de mis movimientos.

—Temo que no esté muy lejos el día en que no pueda bajar ni subir —dije un día.

—No digas eso. Al menos, aquí estoy yo para sujetarte en brazos, como si fueras una princesa —replicó el señor R, y levantó las manos hasta la altura del rostro. Los brazos se le veían fuertes a pesar de que las únicas actividades que había llevado a cabo durante todo ese tiempo habían sido cosas tan sencillas como poner en orden los recibos de la compra, desenvainar chícharos o sacar brillo a la vajilla. Mi brazo derecho parecía un palo de yeso al lado de los suyos.

—Sería toda una gentileza por tu parte —aprecié.

—Es lo mínimo que podría hacer —replicó él.

—Pero ¿cómo te las arreglarás para sostener en brazos un cuerpo que ha desaparecido? —agregué.

El señor R apoyó sus manos sobre las rodillas y me miró intensamente. Parpadeó dos o tres veces, como si no captase el significado de lo que acababa de decirle.

—Recuerda que por muchas desapariciones que se produzcan, yo no perderé la capacidad de reconocer y tocar cualquier parte de tu cuerpo —aseguró.

—Te equivocas. No puedes tocar lo que ha desaparecido —insistí.

—¿Qué estás diciendo? Mira, te estoy tocando aquí, y ahora aquí...

El señor R me tocó, palpó y sujetó aquella especie de palo de yeso que me colgaba del hombro derecho y, acto seguido, repitió el mismo gesto con aquel otro palo que me colgaba del lado izquierdo de la cadera. El bajo de la falda ondeó y el pelo me rozó las mejillas.

—No dudo del mimo con que me tratas. Me has ayudado a recordar para qué servían objetos como la caja de música, el boleto del ferri, la armónica o los caramelos de limón en la época en que todavía existían, pero, lamentablemente, eso no significa que haya recordado que dichas cosas existieron ni que hayan retornado a mi memoria por completo. Lo que ha ocurrido no es más que un destello de lo que fueron aquellas cosas, tan breve como el brillo de los fuegos artificiales. Al apagarse la fugaz luz, también se apaga el recuerdo de lo que esta alumbró, y todo queda reducido a espectros. Eso es lo que son mi brazo derecho y mi pierna izquierda; y todos los objetos que conservas en el refugio: espectros.

Recorrí con la mirada algunos de los objetos secretos que se acumulaban en el refugio. Me aparté el pelo de la mejilla y me lo sujeté detrás de la oreja. Él separó sus manos de mi cuerpo e introdujo los pies en sus pantuflas para sacarlos de nuevo. La marca de sus dedos permaneció durante breves instantes tanto en la pantorrilla de mi pierna izquierda como en la muñeca de mi mano derecha. Al desaparecer, ambas extremidades volvieron a semejarse a meros trozos de yeso.

—Supongo que al resto del cuerpo le espera el mismo destino —dije mientras recorría con la mirada mi cuerpo, desde la punta de los pies, pasando por las rodillas y la cadera hasta llegar al pecho.

—Ocurra lo que ocurra, no deberías dejarte arrastrar por pensamientos así —opinó el señor R.

—Me temo que las desapariciones no van a tener en cuenta lo que yo piense o deje de pensar —apunté yo—. No hay escapatoria. Lo siguiente serán... ¿las orejas? ¿La garganta tal vez? ¿Acaso las cejas? ¿O la pierna y el brazo que nos quedan? ¿La columna vertebral? ¿Qué será lo último en desaparecer...? Porque estoy segura de que ese momento llegará. El momento en que no quede nada de nosotros.

—¿Tú crees? De momento, no me cabe la menor duda de que nos encontramos el uno frente al otro, y nada de nosotros ha desaparecido —aseveró y, sujetándome por el hombro, me acercó a él.

—Vuelves a equivocarte. Lo que tú consideras mi pierna y mi brazo no son más que cáscaras huecas, sombras de lo que fueron. Y, por lo que respecta al resto de mi cuerpo, estoy convencida de que le espera el mismo destino. Se irá. Desaparecerá, se diluirá en el aire.

—No ocurrirá nada de eso.

—Lo cierto es que no tengo ningún deseo de esfumarme. Quisiera permanecer siempre junto a ti. Pero no importa con qué intensidad lo desee, porque veo que entre tú y yo se ha abierto una brecha insalvable. Tú vives rodeado de sensaciones, de aromas, de sonidos, de tibieza, de serenidad, de frescura... Yo de frío. Mi interior va congelándose poco a poco. Me convertiré en hielo, hielo picado, y después me derretiré.

—Si permaneces a mi lado, no tiene por qué pasarte nada de eso. Aquí estás a salvo. ¿No te das cuenta? Este habitáculo se ha convertido en un refugio no solo para mí, sino también para la memoria, para los recuerdos, para los objetos secretos. Fotografías, perfume, calendarios, esmeraldas... ¿Lo ves?

—¿Estás insinuando que yo también debería permanecer escondida en el refugio? —inquirí.

—Así es —contestó, asintiendo con la cabeza.

—Pero ¿cómo me las arreglaré?

A primera vista, era una idea descabellada. ¿Cómo podría llevarla a cabo? Moví la cabeza a izquierda y derecha, sumida en el desconcierto. La brusquedad del movimiento hizo que el brazo derecho se desplazara y fuera a parar al regazo del señor R.

—Tanto los objetos que tu madre ocultaba en las esculturas como yo mismo estamos protegidos aquí dentro, a salvo de la Policía de la Memoria —insistió el señor R.

—Tengo el presentimiento de que nos acercamos al final. Hasta ahora, las desapariciones han sucedido de manera abrupta y sin previo aviso, pero ahora siguen un patrón. ¿Lo entiendes? Ocurren en el propio cuerpo. Tengo un presentimiento; sutil como cuando uno sabe que tiene la piel seca o percibe un leve entumecimiento, pero un presentimiento nítido, al fin y al cabo. Esto es como deslizarse cuesta abajo, no hay manera de evitarlo, y será cuestión de unos tres días, tal vez diez, dos semanas... Entonces una nueva desaparición afectará al cuerpo. Y tengo miedo. Pero no es el hecho de desaparecer lo que me aterroriza, sino el de ser arrancada de tu lado, el de separarnos cuando desaparezca.

—No tienes por qué tener miedo. Yo cuidaré de ti en el refugio —dijo y, acto seguido, me ayudó a tumbarme sobre la cama.

27

A veces me asalta la extraña cuestión de por qué no le guardo más rencor. Lo normal sería estallar de rabia e insultarlo, ceder al deseo de abofetearlo y hacerle daño de un modo u otro. Por haberme arrebatado mi propia voz, por haberme seducido con engaños y haberme encerrado en este lugar...

No, no le guardo rencor. Al contrario, a veces experimento destellos de simpatía hacia él en aquellos momentos en que tiene pequeños detalles conmigo: cuando me indica cómo sostener la cuchara correctamente, cuando retira la espuma de jabón que me cubre los ojos para evitar que se me irriten, cuando al cambiarme de ropa me ayuda a desenganchar algún mechón de pelo que se me haya quedado atorado en la cremallera. Evidentemente, se trata de cosas triviales en comparación con el terrible delito que comete al privarme de libertad. Sin embargo, son instantes en que sus dedos se mueven para atenderme y servirme, y lo primero que experimento es el deseo de agradecérselo. Sé que soy una tonta al pensar así, pero es la verdad y no puedo remediarlo.

Tal vez sea esa, precisamente, la prueba de mi encierro. Me refiero a que los sentimientos que uno considera normales cuando está en libertad sufren cierto proceso de cambio y degeneración hasta adaptarse a la nueva situación.

También he ido perdiendo cierta capacidad de visión. Tanto el enorme montón de máquinas de escribir como la cama, el badajo de la campana o las cosas guardadas en el cajón de la mesa se me presentan tras un velo de sombría traslucidez que solo me permite obtener una imagen borrosa de ellos. Y tras ese mismo velo veo también el exterior cuando me asomo al resquicio del reloj, incluso si hace una tarde soleada. La hierba del jardín de la iglesia se me muestra gris, y veo a la gente que se reúne como si fueran sombras.

Naturalmente, necesito moverme por el habitáculo, ya sea para lavarme la cara o para cambiarme de ropa, y, debido al deterioro de mi vista, acabo chocándome con el instrumental de mantenimiento del reloj, con el respaldo de la silla o con cualquier cosa. Lo que más nerviosa me pone es su presencia a mi lado. Aunque nunca me reprocha mi torpeza, tampoco hace nada por remediarla. Simplemente, guarda silencio y sonríe. Su sonrisa es gélida, tan poco reconfortante como si me pasara un cubito de hielo por las costillas.

Pese a la paulatina degradación de mi vista, a él continúo viéndolo nítidamente. A mis ojos no se les escapa ni el más nimio detalle del movimiento de sus dedos. Todo, menos él, va hundiéndose en una irremediable oscuridad. Solo él permanece.

Un día sucedió algo inusual. Él había salido después del mediodía para dar su clase de nivel inicial, y al cabo de unos segundos oí unos pasos que subían la escalera de la torre del reloj. Se detuvieron en el descansillo a mitad del recorrido. Me dio la impresión de que la persona que subía estaba recuperando el aliento. Al poco oí cómo los pasos reiniciaban su marcha escaleras arriba.

«¿Quién será? ¿Acaso tiene intención de subir hasta la sala del reloj?»

Si así fuera, no sabría cómo reaccionar. ¿Me conocería de algo? En caso afirmativo, ¿de qué? ¿Vendría para ayudarme o para perjudicarme? Y, sobre todo, ¿por qué motivo en concreto había dejado atrás el aula de mecanografía y se dirigía hasta aquí? Mi cabeza no cesaba de plantearse preguntas. Desde que yo estaba allí, nadie se había aventurado hasta tan arriba aparte del artífice de mi encierro. A mí misma no se me había pasado por la imaginación subir más allá del aula, a pesar de haber sido alumna de mecanografía durante años.

Presté atención. Eran pisadas de mujer, sin duda. De mujer joven. El sonido de sus pasos era comparable al que produciría el pico de un pájaro al golpear los escalones de madera. Sus tacones debían de llevar prendida una pieza de plástico de esas para evitar resbalones. Debían de ser unos zapatos abiertos, sin broches ni correas.

No sé por qué, me dio la impresión de que se había perdido. Parecía atemorizarle no saber qué se encontraría al final de la escalera y, a medida que se acercaba, sus pasos iban tornándose pesados. Entonces consideré la posibilidad de que no fuera ni miedo ni extravío lo que yo percibía en el sonido de sus pisadas, sino mero cansancio. Desde luego, se trataba de un recorrido largo y empinado por una cavidad angosta. Por fin, se detuvo ante la puerta.

Toc, toc, toc. Llamó tres veces con los nudillos. Yo permanecí inmóvil, sentada sobre el suelo, abrazándome las rodillas. Era una puerta muy vieja, pero hasta ese momento no me había dado cuenta de lo rota y reseca que sonaba la madera. Él siempre abría haciéndose acompañar por el tintineo de su juego de llaves.

¡Se me ocurrió que aquella tal vez sería una gran oportunidad para escapar! Posiblemente se tratase de una de las alumnas de mecanografía. Quizás había oído algún ruido y no le había parecido del todo normal, o tal vez era simple curiosidad lo que la movía a subir. En cualquier caso, me bastaría con incorporarme inmediatamente, correr hacia la puerta y golpearla para darle a conocer mi presencia en aquel lugar aislado. La joven solicitaría ayuda en la iglesia o llamaría a la Policía. Derribarían la puerta y yo volvería a ser libre.

Sin embargo, fui incapaz de moverme. Permanecí acurrucada sobre el suelo, el corazón me palpitaba acelerado, los labios me temblaban y multitud de gotitas de sudor me perlaban la frente.

«¡Debo hacerlo! ¡No hay tiempo que perder!», gritaba una voz en mi interior.

«Nada de eso. Debo quedarme quieta», decía otra voz represora. «¿Cómo voy a explicarle mi presencia aquí? ¿Me creerá si le digo que yo también era una de las alumnas de mecanografía y que él, nuestro profesor, me privó de voz y me encerró en la sala del reloj junto a una montaña de máquinas de escribir inservibles?» De todos modos, ¿de qué manera iba a hacerme entender si carecía de voz? No era solo mi voz. También mi oído, mi vista y mi cuerpo entero habían sufrido un proceso de notable deterioro con el objetivo de adaptarse a la situación que se me había impuesto. Si, efectivamente, ella decidiera echarme una mano, ¿volvería yo a mi anterior condición y a recuperar la voz? Para ello, sin embargo, tendría que dar con la máquina de escribir que, de entre todas las que conformaban aquel enorme montón, retenía mi voz. Además dudaba de que pudiera cuidar de mí misma sin la acostumbrada ayuda de él.

Mi voz represora no cesaba de hacer preguntas que surgían del temor y la inseguridad. Me tapé los oídos con ambas manos, metí la cabeza entre las rodillas y traté de contener la respiración. Desde luego, no me sentía con fuerzas para regresar al mundo exterior, así que rogué y supliqué por que la joven se cansara de esperar una respuesta y se marchara escaleras abajo.

Perdí la noción del tiempo. Ella rozó la cerradura con los dedos y giró la manija de la puerta. Suspiró. Finalmente, dio un paso atrás e inició el camino de vuelta. Escuché sus pasos alejarse en espiral, siguiendo el trazado de la escalera de caracol. Aun después de haber desaparecido por completo, dejé pasar unos instantes antes de incorporarme. Temía que cualquiera de los leves sonidos que llegaban hasta mis oídos pudieran indicar que la joven había decidido subir de nuevo.

Cuando se acercaba la puesta de sol, sentí el impulso de mirar a través del resquicio del reloj. Naturalmente, no localicé a la joven que había llamado a la puerta de la sala del reloj. El jardín se hallaba a esas horas abarrotado de alumnas que acababan de terminar la clase de la tarde, y de otras que se disponían a incorporarse a la clase nocturna. Para mí, todas ellas eran una masa sombría en la que no podía distinguir ni los rostros ni la ropa ni, por supuesto, los zapatos de cada una. Solo a él lo distinguía con claridad, sentado sobre el pequeño muro que rodeaba los parterres de flores, tan nítidamente que me hacía daño a la vista.

Esa noche se presentó una vez más con aquella extraña ropa con la que le gustaba vestirme, solo que, en esa ocasión, parecía algo menos rígida que de costumbre. Seguía sin guardar semejanza alguna con los cánones de la moda del momento, pero, a diferencia de sus confecciones anteriores, esta era de tejidos convencionales, no mostraba ni un solo adorno y las puntadas habían sido dadas con descuido. Me decepcionó. No porque tuviera deseo alguno de volver a probarme sus aberrantes creaciones, sino porque me figuré que aquella novedosa insustancialidad y dejadez en sus diseños no podían deberse más que a cierto declive de su pasión por mí.

—¿Ha subido alguien hoy? —preguntó de pronto.

Dejé caer la ropa que acababa de agarrar. ¿Acaso lo sabía? Y, si lo sabía, ¿por qué no había detenido a la joven? Desde luego, había corrido el riesgo de que se descubriera todo. Bajé la mirada. No me explico por qué solo pude reaccionar de esa manera.

—Alguien ha llamado con los nudillos a la puerta, ¿no es así? —insistió él.

Asentí muy levemente con la cabeza.

—¿Por qué no solicitaste su ayuda? —preguntó, mientras recogía la ropa del suelo—. Podrías haberle comunicado que te encontrabas en esta sala de muchas maneras. Podrías haber golpeado la puerta, podrías haber hecho ruido con la silla, podrías haber lanzado una máquina de escribir contra la pared.

Me quedé paralizada sin saber qué contestar.

—¿Por qué no aprovechaste para escapar? Tal vez deseaba sacarte de aquí. Ahora mismo podrías ser libre —señaló, y me tocó la barbilla—. Sin embargo, no hiciste nada. Decidiste ignorarla.

Estaba empeñado en que yo le diera alguna razón que explicara mi inactividad. Pero ¿qué motivo iba a poder ofrecerle si no tenía voz con la que explicarme? Él debía saberlo bien. ¿Qué sentido tenía, entonces, que insistiera tanto? ¿O era tal vez que estaba solicitándome alguna otra cosa que yo no llegaba a captar? Me puse rígida.

—Es una nueva alumna del nivel inicial —informó. Parecía haberse resignado a no hacerme más preguntas—. Todavía no tiene técnica, no sabe escribir oraciones completas, solo palabras sueltas, con lentitud y no pocos errores. Hoy, de pronto, me ha preguntado qué había arriba del todo. Me ha dicho que, de niña, acudía a menudo a una torre y, allí, visitaba al encargado del mantenimiento de la maquinaria del reloj, y que lo echaba de menos, y que deseaba subir a echar un vistazo. No me opuse. Le dije que, si quería, podía subir, pero que no había encargados del mantenimiento del reloj ni mucho que ver, pues en la actualidad la sala apenas cumplía con la función de almacén.

«¿Por qué no se lo impediste? ¿Qué habrías hecho en caso de que me hubiera descubierto aquí encerrada?» Lo miré fijamente sin poder articular ninguna de aquellas preguntas.

—Tenía la seguridad de que no querrías liberarte. La cosa va más allá de que alguien se presente o no frente a la puerta. Simplemente, esta estancia te tiene medio absorbida.

«Absorbida.» Los ecos de aquel participio flotaban constantemente entre ambos. Agarré la ropa y me cambié. La simplicidad del diseño me permitió hacerlo con facilidad. Una leve inclinación hacia delante bastó para que el vestido se acomodara a mi cuerpo.

—¿No dijo nada desde el otro lado de la puerta? —preguntó.

Negué con la cabeza.

—Qué lástima. Me hubiera gustado que escucharas su voz. Tiene una voz encantadora, y única. Difícil de clasificar. No le haría justicia si la definiera simplemente como bella. Una variedad de sutiles cualidades se integra en ella y le otorga su particular timbre: su resonancia nasal, la humedad de su lengua, la liviana vibración de su mucosa bucal, una dulzura capaz de derretirte los oídos... Nunca había oído una voz así —explicó, y dirigió la mirada hacia la montaña de máquinas de escribir. El hilo de viento que se introducía por el resquicio del reloj hacía mecerse el foco del techo—. En cuanto a las clases, es una alumna del montón, tal vez por debajo de la media. Enseguida confunde la o con la doble u y la uve con la be, encorva su espalda cuando se sienta a teclear, sus dedos son cortos y regordetes como los de un niño, y no consigue memorizar los pasos para cambiar el carrete de tinta. Pero cuando abre la boca para hablar, es como si su entorno se iluminara. Su voz, desde luego, hace de ella alguien especial.

Cuando acabó de hablar, me abrazó y me condujo a la cama.

«¿Por qué me cuentas esto? ¿Tramas algo con ella? ¿Piensas hacerle algo a su voz?»

Intenté zafarme de su abrazo, pero con aquella ropa solo me salieron unos torpes e infructuosos meneos. Su mano izquierda se cerró como unas tenazas sobre mis muñecas, impidiéndome cualquier movimiento.

—Quisiera que practicara más, que agarrara velocidad y precisión con las teclas. De ese modo, la máquina de escribir irá atrapando paulatinamente su voz, hasta que llegue el momento en que ya no le quede y las teclas dejen de moverse —dijo.

A partir de entonces, apenas se dejó ver por la sala del reloj de la torre y yo me acostumbré a pasar largos días en soledad. Dejó de traerme ropa confeccionada por él y de prepararme las comidas que antes me hacía. Se presentaba una vez al día o dos veces cada tres días con pan y platos de verdura hervida ya fría, los dejaba junto a la puerta y se marchaba sin más. Abría la puerta lo justo para introducir los platos y, sin esperar —ni siquiera a observar mi reacción—, daba media vuelta y bajaba, mientras resonaba tras de sí el tintineo de la vajilla.

Mis ojos y mis oídos continuaban debilitándose progresivamente, y todo mi cuerpo iba desprendiéndose de mi mente, y caía y se desperdigaba por el suelo de la sala del reloj. Aquel cuerpo, el mío, había gozado de curvas, gracia y fuerza cuando él todavía le procuraba cuidados, pero desde que él lo había abandonado se había convertido en un gran pedazo de arcilla. Yo dudaba de que aquello fueran mis piernas, mis brazos y mis pechos. Solo el roce de sus dedos podría devolverles la vida.

Él era la única compañía de la que disponía en mi aislamiento en aquella estancia que me había absorbido. Si él miraba hacia otro lado, ¿qué sería de mí? Solo de pensarlo, temblaba de miedo.

Una noche, llené el lavabo e introduje los pies en el agua. Lo hice para estar segura de que mis pies seguían existiendo. Sobre la superficie del agua no flotaba ni una sola partícula de polvo. Era fría y transparente. Introduje primero la punta de los dedos y, a continuación, muy lentamente, el resto.

No sentí nada. Más tarde, a la altura de las pantorrillas, solo una especie de calambre. Era como si mis pies aletearan suspendidos en el espacio. Me pregunté qué era exactamente lo que sentía cuando todavía existían. No conseguí recordarlo.

Y de esa guisa, subida al lavabo, miré a través de la ventana. La luna llena coronaba el cielo nocturno, pero la palidez de su luz apenas era suficiente para mis ojos. Dirigí la mirada hacia la verde pradera que se extendía hasta el horizonte y sobre la cual se perfilaba el contorno de la ciudad. El viento acariciaba la hierba y creaba una especie de dibujo que se iba moviendo, semejante a las marcas que deja un ratón con los dientes al roer un queso. Intenté meter también en el agua las manos, la cara y el pecho, para comprobar si obtenía el mismo resultado que con los pies, y así fue efectivamente.

Sin duda, mi existencia se me escapaba y alejaba, succionada, absorbida, hacia lugares inalcanzables a los que no podría ir a recuperarla.

He perdido la cuenta de cuántos días hace que no lo veo. Pienso que ha pasado una considerable cantidad de tiempo desde la última vez que probé bocado. Fue la punta de una *baguette* —unos cinco centímetros— y una cucharada de mermelada, y recuerdo que el pan me resultó muy duro, lo cual no es de extrañar teniendo en cuenta el paulatino debilitamiento que asola mi cuerpo, que, dicho sea de paso, se debe más a la sala del reloj —cómo me va absorbiendo cada vez más y me tiene atrapada— que a la falta de alimento. De hecho, dejé la *baguette* y me limité a lamer la cuchara de mermelada. El pan ha ido enmoheciéndose bajo la almohada, donde lo guardo.

Me tumbo sobre la cama y aguzo el oído a la espera de escuchar el sonido ascendente de los pasos de él. A veces oigo un crujido de madera y me da un vuelco el corazón. «Ahí está», pienso. Pero no es más que una travesura del viento o, quizás, de un ratón.

¿Por qué no viene? ¿No se da cuenta de que tanto mi cuerpo como mis sentimientos y mis sentidos vivían solo para él? Tanto era así que las paredes y el espacio de la sala han ido absorbiéndolos.

Seguro que él está enseñándole mecanografía a ella. Y que lo hace con el propósito de aprisionar su voz en una de las máquinas de escribir.

Cierro los ojos, consciente de que se acerca el final. Ruego por que llegue y por que no implique dolor, como cuando perdí la voz. Quizás no tenga de qué preocuparme. Tal vez sea como cuando la varilla de una máquina de escribir se eleva urgida por la tecla presionada y golpea el papel en un abrir y cerrar de ojos, con su habitual y contundente sonido.

Oigo pisadas. Es él. Tras sus pasos se oyen otros, más ligeros, de zapatos abiertos con una pieza de plástico en el tacón para evitar resbalones. Ambos sonidos se combinan y se entrelazan en su continuado ascenso hacia la puerta. Posiblemente, ella sujeta en los brazos una máquina de escribir. Me dejo absorber de manera pausada y sin dejar rastro. Tal vez así vuelva a reencontrarme con mi voz después de tanto tiempo. Los pasos se han detenido. Él gira la llave en la cerradura.

Llega mi esperado último momento.

28

Solté el lápiz. Me sentía agotada y apoyé la cabeza sobre el escritorio. El cansancio no era solo mental, derivado de la búsqueda y entrelazamiento de palabras, sino también físico, a consecuencia de la progresiva desaparición de diversas partes de mi cuerpo.

Escribía con la mano izquierda, y el resultado dejaba patente mi total falta de habilidad. Muchas de las líneas me quedaban temblorosas y demasiado finas, a un paso de extinguirse, y, en general, el texto parecía un desfile de letras lloronas. Agrupé los folios del manuscrito y los sujeté con una pinza para papel. No tenía claro que ese fuera el tipo de historia que él me había urgido a escribir, pero al menos había conseguido ir enlazando las palabras unas tras otras hasta alcanzar un final. Había logrado completar la novela, que era lo único mío que podía dejarle a él. También me di cuenta de que la voz narradora, el «yo» de la novela, desaparecía al final.

A pesar de no haber transcurrido tanto tiempo desde la desaparición de las novelas, yo había pasado por un número considerable de percances antes de finalizarla: el terremoto, el hundimiento del ferri, la aparición de los objetos secretos que estaban escondidos en las esculturas de los Inui, la excursión a la cabaña para traer las esculturas de mamá, la inspección en la estación de tren y la muerte del anciano; todos ellos sucesos azarosos, sin necesidad de que una secuencia concreta fuera encadenándolos, y, a la vez, íntimamente dirigidos hacia un mismo destino acerca del cual los habitantes de la isla nos hacíamos una idea, aunque nadie quisiera reconocerlo de forma explícita. El caso es que todos habíamos aceptado las desapariciones como parte de nuestra vida cotidiana y ni el miedo ni el deseo de huir formaban parte de esta.

Solo el señor R, con el objetivo de retenerme junto a él, insistía en oponer resistencia al inevitable y progresivo proceso de desaparición. No me cabía duda de la inutilidad de semejantes intentos, pero, de todos modos, ya no escatimaba en contarle todo aquello que se me pasara por la cabeza. Mientras me acariciaba las partes de mi cuerpo que ya no eran más que vacío, me contaba historias relacionadas con los objetos secretos que atesoraba en el refugio. Era como si lanzara piedrecitas a mi mortecino e inerte lago interior. Sin un fondo donde descansar, las piedrecitas flotaban eternamente en la abismal infinitud del lago.

—¡Mi más sincera enhorabuena! Me alegro mucho de tus productivos esfuerzos por terminar la novela. Es como cuando ambos compartíamos todavía todos los detalles de tu narración —decía él, henchido de entusiasmo al tiempo que acariciaba el montón de folios de mi manuscrito.

—Sin embargo —intervine—, no podría afirmar que haya dado con la manera de poner fin a la gradual debilidad que va carcomiendo mi espíritu. Sí, he terminado la novela, pero yo misma sigo avocada a la desaparición.

Me apoyé en su pecho. Me sentía agotada y dolorida, tanto, que apenas podía sostenerme erguida.

—Vamos, descansa. Recuéstate y duerme. Verás qué bien te sienta.

—¿Crees que mi novela permanecerá tras mi desaparición?

—Por supuesto. ¿No es evidente? Cada una de las palabras que has escrito pasará a formar parte de mi propia memoria. Puedes estar tranquila.

—Me alivia saber que va a quedar una huella de mi paso por esta isla.

—Vamos. Será mejor que duermas.

—Sí...

Cerré los ojos y caí en un sueño profundo.

La desaparición de la pierna izquierda había sorprendido a todo el mundo. La gente se arrastraba, se tambaleaba y apenas se las arreglaba para continuar con la normalidad de su día a día. Poco imaginaban los habitantes de la isla que llegaría el día en que, con la mayor parte del cuerpo desaparecida, ejecutarían con soltura y destreza sus quehaceres diarios y se desenvolverían plenamente en la vida. Ponían a trabajar en perfecta coordinación las pocas partes del cuerpo todavía activas y se manejaban con naturalidad, adaptados por completo a su isla, también objeto agonizante del mismo proceso de desaparición. Los lugareños sobrellevaban la vida con la ligereza de las hojas secas arrastradas por el viento.

Don se había visto obligado a dejar de saltar contra las ramas para que cayera la nieve acumulada sobre las mismas, pero se las había ingeniado para idear nuevos juegos usando solamente su pata delantera izquierda, el morro y la cola. Para sus siestas de costumbre se hacía un ovillo y trataba de apoyar la cabeza en sus patas traseras. Se daba cuenta, entonces, de que no había nada donde apoyarla y, con cierto estupor en la mirada, tiraba de su manta y se la acercaba a la cabeza para usarla como almohada.

La atmósfera de quietud e inactividad que se cernía sobre la isla era más densa con cada día que pasaba. Ninguna institución había asumido los arreglos de la gran cantidad de desperfectos sufridos por restaurantes, cines, parques y carreteras como consecuencia del terremoto. La frecuencia de los trenes disminuía. Ni siquiera podía ver lo que quedaba del ferri al contemplar el mar.

No había muchas novedades. Apenas se cultivaban rábanos, repollos o berros, y los objetos manufacturados eran más bien escasos, apenas unos suéteres y unas mantitas tejidos por las señoras de la cooperativa de lana. Por otro lado, un camión cisterna distribuía combustible de vez en cuando. Poco más, aparte de eso. Y en cuanto al clima, tampoco disfrutábamos de una gran variedad precisamente. Nieve y más nieve. La nieve parecía ser la única cosa del mundo sin indicios de desaparecer.

Dada la situación, pensé que había sido una suerte que el anciano muriera antes de que comenzara la desaparición de las partes del cuerpo. Afortunadamente, el recuerdo del tacto de sus manos, aquellas manos que tanto me gustaban, permanecía intacto en mí.

También él había sufrido la desdicha de perder un gran número de cosas, pero era preferible morir que vivir a la espera de nuevas desapariciones, sobre todo si uno mismo pasaba a formar parte de ellas. Así, al menos había fallecido cuando su cuerpo aún le pertenecía. Recuerdo el cuerpo frío y rígido del anciano sobre la camilla metálica, pero también recuerdo haber percibido —todavía palpitante en sus brazos, sus hombros, su tórax y sus piernas— su fortaleza y su incondicional, desinteresada y constante disposición a echarnos una mano tanto a mí como al señor R.

Supongo que el orden en que fueran desapareciendo las cosas tal vez no importaba. En cualquier caso, al final todo acabaría desapareciendo.

Por mi parte, continué inmersa sin remedio en la rutinaria repetición de las horas y los días: salía de casa, iba al trabajo, escribía a máquina con mi mano izquierda, sacaba a *Don* de paseo, preparaba una comida frugal, ponía a tender las sábanas y pasaba con él la noche en el refugio. Ni siquiera se me ocurría la posibilidad de pasar un rato haciendo alguna otra cosa.

Bajar por la escalerilla del refugio se complicaba cada vez más. Básicamente, él abría sus brazos y yo, cuando me daba la señal, me dejaba caer, y él siempre me recogía con gran habilidad.

En la cama, sin embargo, por muy íntima que fuera nuestra unión, la brecha creciente entre nuestros cuerpos era insalvable. Ninguna zona de su cuerpo, robusto y perfectamente simétrico, llegaba a encajar con el mío, débil y flaco; ningún centímetro de nuestra piel se amoldaba al del otro. A él parecía no cansarle aquella lamentable situación y se esforzaba por tenerme lo más cerca posible. Verlo hacer tales esfuerzos —alargaba el brazo, lo retiraba, giraba la cabeza, doblaba las piernas— me provocaba una tristeza insoportable. Tanta que las lágrimas me recorrían las mejillas sin contención.

—Vamos, no llores —decía él, y me pasaba el dorso de su mano por las mejillas para secarme las lágrimas.

Lo primero que me venía a la mente era la sorpresa por conservar todavía intactas las mejillas. E, inmediatamente después, me cuestionaba qué sería de mis lágrimas sin mejillas por las que deslizarse cuando estas desaparecieran, y qué de las manos de él sin mejillas en las que apoyarse para secarme las lágrimas. Dichos pensamientos me hacían llorar con más intensidad aún.

La mano izquierda (esa misma que me permitió terminar de escribir la novela), los ojos desbordados de lágrimas e incluso, al final, las mejillas sobre las que estas se deslizaban, todo ello acabó desapareciendo hasta quedar solo mi voz. El contorno de mi existencia y el de las demás personas fue desdibujándose hasta que solo quedaron nuestras voces.

Y, así, resultó que pude descender de nuevo al refugio sin que él se viera obligado a extender sus brazos y agarrarme al vuelo, y sin necesidad de levantar la pesada trampilla (me bastaba con colarme por la estrecha rendija de esta). Desde luego, si exceptuamos el problema de que, sin ojos para ver, bastaba un mínimo descuido para que el viento te arrastrase a lugares lejanos, tuve que reconocer que la desaparición completa del cuerpo constituyó toda una liberación.

—Me alivia que sea la voz lo último que vaya a desaparecer —dije—. De esta forma, me veo con mayor predisposición a afrontar el instante final de la manera más tranquila y serena posible, sin tener que pasar por un calvario de dolor, sufrimiento y miseria.

—No pienses en eso —replicó él, y alargó el brazo hacia mí, pero al momento lo detuvo. Su mano batió el aire sin llegar a tocar nada.

—¿Te das cuenta? —dije—. Por fin puedes salir de aquí. Fuera te sentirás completamente libre. La Policía de la Memoria ha dejado de llevar a cabo inspecciones de recuerdos. ¿Cómo van a detener a nadie si no somos más que voz? —Traté de esbozar una sonrisa, pero enseguida me di cuenta de que era imposible—. El mundo exterior se encuentra desolado, completamente cubierto de nieve. Pero tienes un espíritu fuerte y estoy convencida de tu capacidad para superar los rigores de allá fuera. No solo tú, espero lo mismo de todos los fugitivos que han permanecido todo este tiempo encerrados en refugios.

—No estoy seguro. Sin ti, temo no ser capaz —aseveró, e hizo un ademán con la mano, como tratando de tocar mi voz.

—Te equivocas. Mi misión ha terminado y no hay nada más que pueda hacer por ti.

—Pero... ¿por qué? —preguntó, extendiendo los brazos alrededor del espacio vacío desde donde parecía provenir mi voz. Aunque erró el lugar, me llegó el calor de su abrazo.

La dirección del viento cambió y, con ella, las voces que llegaban de fuera se alejaron.

—Cuida de este refugio si desaparezco —dije—. Ruego por que los recuerdos se mantengan vivos e intactos en él.

Me costaba respirar. Recorrí la estancia con la mirada. Mi cuerpo habitaba el interior de todos aquellos objetos que yacían en el suelo. Me encontraba tumbada boca abajo, con los brazos cruzados bajo el pecho y las piernas estiradas, metida en la caja de música y la armónica. Al repetir acciones como girar la llave de la caja de música o tocar la armónica, él tocaba mi cuerpo, y es posible que, a fuerza de insistir, fuera devolviéndome parte de mi memoria, si no toda.

—De modo que te vas... —dijo, y aproximó las manos a su pecho atrayendo hacia sí la porción de aire que había rodeado con sus brazos.

—Adiós —me despedí con lo que me quedaba de voz, justo antes de que se disipara por completo.

—Adiós —replicó él con la mirada fija en el espacio vacío que sostenía entre sus manos. Dejó transcurrir un buen rato, hasta que estuvo convencido de que ahí no quedaba nada, entonces dejó caer los brazos, desprovistos de fuerza, inertes, se acercó a la escalerilla y, escalón a escalón, alcanzó la trampilla, que levantó sin demora, permitiendo que un haz de luz se colara en la estancia por la abertura. Atravesó el hueco y desapareció. La puerta volvió a cerrarse de inmediato con un crujido, y la oscuridad regresó. Escuché el leve rumor de la alfombra al extenderse sobre la trampilla.

Y así, encerrada en el refugio, asumí la inevitable realidad de mi progresiva desaparición.